Роксоляна

ОСИП НАЗАРУК

Роксоляна

РОМАН

I

СТРАШНЕ ВЕСІЛЛЯ

Не знаєш ранком,
Що буде вечерком.
Народна приповідка

Було то в гарячий літній вечір 1518 р.

Золота велика звізда дня помалу заходила в найбільший став Поділля, що в блискучім озері світла лагідно шелестів м'ягкими хвилями води. Вона мов цариця лагодилася до сну на своїм м'ягкім пурпуровім ложі. За ставом видніли темні окопи й білі стіни Рогатина та спокійна лента тихої річки Липи.

В такий час із-за синьої смуги лісу показалися чотири вози на порошнім шляху, що провадив зі Львова до Рогатина. На них їхали весільні гості. То старий Дропан, львівський купець, їхав з сім'єю в Рогатин женити свого одинака Стефана з дочкою о. Луки Лісовського — пароха при церкві св. Духа, на передмістю Рогатина.

Молодий Стефан Дропан, що вже від двох літ любився в Настуні Лісовській, не пам'ятався з весільної радості. Він більшу часть дороги йшов попри вози, хоч з нього сміялися, що й так скорше не буде на місці.

— Не спішися, бо й так не знати ранком, що буде вечерком,— говорив йому батько, що вже перейняв цю улюблену приповідку від свого свата, батька Настуні, який часом приїздив до свого брата, що був священиком при церкві св. Юра у Львові. Але Стефан то випереджував вози, то оставав позаду, щоби свобідніше віддаватися своїм мріям про щастя. І не бачив і не чув нічого, пріч своєї дівчини коло себе, хоч її не було тут. Не бачив ні синяви шати шалвій, ні смілок у тіністих місцях лісів, які переїздили, не бачив золотистої імли беріз, ні пахучої м'яти, ні гнучкого ломиносу, ні яглиці, ні жовто-червоної дівини, ні холодку, ні копитникастародуба, хоч ішов по них.

— Йому тепер цвіте папороть... — говорили про нього весільні гості, прихильно сміючись.

А в його серці цвіла й пахла любов.

Він раз у раз згадував, як вона починалася і як перший раз побачив Настуню на подвір'ю церкви св. Юра у Львові. Відтоді життя було для нього одною смугою світла, запаху й музики. І боротьби. Батько не дуже був за цим, щоб він женився з попадянкою. Мав для нього на приміті багату дочку свого спільника в торгівлі. А й сім'я Настуні, яка належала до старих священичих родів, дивилася нерадо на її подружжя з сином "крамаря". Подобалося їй його багатство. Відпихало те, що він "крамар". Але, кінець кінців, якось погодилися.

Як же далеко було молодому Стефанові до міста, що вже видніло перед ним, і до невеличкого дому на березі тихої Липи біля церковці св. Духа.

ІІ

А там ждали на них, бо все було приготоване до весілля. Весільні гості з'їхалися вже, й гамірно було від молоді і старших.

Брат хазяїна о. Іоан Лісовський найдовше опирався подружжю Настуні зі Стефаном. Бо між церквою св. Юра й сім'єю Дропанів провадився довгий судовий спір за якийсь грунт, і о. Іоан недобре думав про старого Дропана. Та й тепер виїхав скорше зі Львова, щоб не їхати разом з "безбожним крамарем", котрий провадив судові спори з домом Божим. І, крім того, урядив ще одну демонстрацію,— він хотів бути на вінчанню своєї браниці. Але не хотів, щоб старий Дропан міг чванитися, що він, о. Іоан, приїхав нарочно на те весілля! Для того вишукав собі якісь церковні діла у львівського владики до Кам'янця на Поділлі, щоб тільки буцімто по дорозі бути на весіллю браниці. Це розголосив іще у Львові.

Тепер сидів зі своїм братом і з ігуменом недалекого василіянського монастиря в Чернчу, о. Теодозієм, в садку біля парохіяльного дому, при деревлянім столику, в тіні лип. Перед ними стояли три глиняні горнятка, глечик кислого молока, хліб і масло.

— Їж і оповідай, що нового,— говорив до нього о. Лука.

— Від чого тут починати? — журився о. Іоан.

— Від справи нашої церкви,— сказав поважно ігумен Теодозій.

— Авжеж,— відповів о. Іоан.

Хвилину подумав, взяв шматок житнього хліба, насмарував маслом і, поклавши його знов на деревляну тарілку, почав:

— Нашу святу церкву дорешти розорили й одоліли латинські гієрархи та й панують над нею. А наші крамарі ще й собі шарпають її,— не стерпів, щоб не додати.

— І врата адові не одоліють її,— замітив побожно ігумен Теодозій.

— Так, так,— відповів о. Іоан.— Але щораз більше важко стає дихати. Гордість, лакімство, нечистоту, обжирство й пиянство — всі без винятку гріхи головні бачимо у чужих. А мимо того панують вони над нашою церквою. І Господь не виводить її з чужого ярма!..

Львівський священик гірко усміхнувся. На се сказав о. Теодозій:

— Бо й ми не без гріхів. Особенно нищить нас один головний гріх. Це лінивство. Із-за нього ми так покутуємо. Бував я в світі, між чужими людьми, бував у Єрусалимі, і в Антіохії, й на Святій горі Афонській. Але ніде не бачив, щоб інші люде так мало прикладалися до книг, як наші. І тому вони не уміють боронити своєї церкви перед нападами ворогів!

— Ти все своє, отче ігумене,— замітив о. Лука.— А я тобі не раз казав і тепер кажу, що воно троха так, а троха інакше. Бо де тих книг взяти? І за що купити? Га? За що?! А ще до того жонатому священикові в нинішних дорогих часах! Церковні землі загарбали старости й ксьондзи. Татарські напади дихати не дають. І ніхто ними не журиться! Якось сього року ще не було їх тут. Але слухи про них уже йдуть. Селянин зубожів і раз у раз дальше убожіє. Міщанство теж, бо шляхта бере торгівлю в свої руки, хоч кричить, що це їй "не до гонору". А наших священиків вже тут і там навіть на панщину гонять! І де їм голова до книг?!

Настала прикра мовчанка. Отець Іоан, що мав їхати до Кам'янця, занепокоївся на вістку, що є вже слухи про небезпеку. Але подумав, що брат як знає щось більше про се, то скаже йому перед від'їздом.

А о. Лука відітхнув і говорив дальше:

— От возьміть на приклад мене! Кажуть, що віддаю дочку за багача. Але голої її не можу віддати. А кілько мене коштує це весілля? Один локоть атласу 20 грошей, а фаландашу 35. І в що її одягти? І за що?

Знов помовчав і тягнув, бо перед братом і своїм приятелем ігуменом не мав таємниць:

— А що коштує весілля! Навіть така дурна щука коштує 2 гроші, короп ще більше, гарнець вина 40 грошей, фунт шафрану 70, камінь цукру 150, а камінь перцю 300! А де байберка, а брокатові кафтани, а кіндяк, а чинкатори? Бо й я та й моя жінка мусимо якось завтра виглядати бодай попри людей! Ви, отче ігумене, масте одну реверенду й не турбуєтеся тим всім!

— Ти щось, як крамар, розговорився,— замітив брат.— Аж так скоро відбилося на тобі нове посвячення?

— Вибачайте,— сказав о. Лука.— Але якби вам так уже від місяця жінка про ніщо інше не говорила, як про потрібні їй адамашки й фаландаші, то й ви так сим накипіли б, що мусіли б перед кимсь пожалітися!

— От, дякуй Богу, що одну дочку маєш, та й тої позбудешся завтра,— сказав брат.

— Таж дякую,— відповів о. Лука.— Але чого ти так завзято хотів її випхати за якогось убогого чоловіка? Щоби клепала біду, як клепле її батько? Га?

На те сказав ігумен:

— Гнівайтеся або як собі хочете, а я вам правду скажу! Не будь у нас родин — і журби за весілля, та придане, та фаландаші, та й байберки, та всю ту мірську сусту,— то й боротьбу з латинством ми видержали б! А земленьки наша церква ще від князів наших і народу має стільки, що будуть ще сотки літ брати — і вистарчить для нас! Тут не в сім діло, а в тім, що ми до боротьби з латинством не маємо тої зброї, котру має воно! Правду кажу, як все, але ви її не хочете бачити!

Тут ігумен звернувся до хазяїна дому і з жалем сказав:

— Нехай Бог дасть щастя дитині твоїй на тім шляху, на який вона ступає. Але чи не більше богоугодне діло зробила б вона, якби так пішла в монахині? Ой придалася б та дитина нашій гоненій церкві. Бо має великий розум. Та ви даєте її тому, котрого не любите! Мало маємо ми монахинь зі священичих родів наших та з панських. А у ляхів навіть магнати за честь собі мають, коли з їх роду в монастир піде панна. Ось чим вони нас побивають! І тому народ їх так шанує їх костел, бо пошану від верхів до костела бачить. А ми до сладостей мірських, як мухи до патоки, липнемо! Та й така нас і доля в тих сладостях жде. В гіркість обертається сладість мірська. Порохнявіє сила наша, і миршавіє наш нарід, а поратунку нізвідки!

Ситуація зробилася страшно прикра. Але ігумен не звертав на се найменшої уваги і говорив дальше:

— Давав той народ на церкву нашу, дає і буде давати! Але рідко це трафиться, щоб було кому правити тим, що він дає! І народ се бачить, бо ще зовсім не осліп. Та й не тільки наш народ бачить, але й сусіди бачать се. Та й беруть, що хочуть. Бо як не брати? Звалювати всю вину на ворогів — се пуста пісонька. Бо правдою єсть, що і вони були б у нашій церкві, якби ми самі та інакше дбали за неї. Ось де правда! І не минути нам Божої кари за те, що правду закриваємо! Ніхто не мине тої кари. Прийде, бо ми її взиваємо не віднині!

Брат о. Луки вже отвирав уста, щоб відповісти. Але перед ворітьми заскрипіли вози Дропана, й весільне товариство почало вискакувати з них і прямувати в сад.

III

Дерева в саду немов занялися червенню, й немов червоний пожар обняв сад і церковцю св. Духа, що й досі стоїть на тім самім місці, і парохіяльний дім при ній, і тиху ленту Липи, і великий став, і лани золотої зрілої пшениці, що усміхалася до неба синіми квітами волошки й немов очікувала на серп. Всі присутні подивилися неспокійно на небо, лякаючись заграви. Але вона горіла на заході.

В кривавім блеску конаючого дня надходив молодий Стефан Дропан зі своїм щастям у душі. Він очима живо шукав своєї Настуні. Знайшов її в садку, в товаристві двох подруг, дуже зацікавлену розмовою про щось.

— Над чим так радите? — запитав весело, підбігаючи до своєї судженої.

— Не скажемо! — відповіла за неї її подруга Ірина.

— Не можемо сказати, — поправила її Настуня.

— Завтра довідаєтесь! — докинула друга дівчина.

— Та скажіть, скажіть,— просив м'яким голосом Стефан.

Дівчата давалися просити.

Нарешті Настуня, переглянувшись очима зі своїми подругами, втаємничила Стефана: Ірина замовила ворожку циганку, щоб перед тим вінчанням виворожила їй будучність!

— Тільки батькові про це ні словечка, бо дуже гнівалися б! — сказала Настуня. Стефан прирік мовчати.

IV

Старий Дропан і його жена привіталися по звичаю з панотцями, й він відразу почав:

— Господи! Як же здирали нас по дорозі! Всього десять миль уїхали ми, а платили і мостове, і гробельне, і перевозове, і пашне, і ярмарочне, і торгове, і помірне, і штукове, і від повних возів, і від порожніх, і на обидві руки, і на одну! Драча й лупежество такі, що й під турком не гірше!

— Хто їде на весілля, той не торгує,— не стерпів о. Іоан, щоб не вколоти старого Дропана. Але той не був з тих, що наставляють і другу ланиту. З місця відтявся:

— Не знати, панотче, що більше богоугодне: чи по дорозі на весілля робити діло, яке трапиться, чи їхати за ділом і по дорозі вступати на весілля...

Поважна жена старого Дропана подивилася на нього з закидом, о. Лука усміхнувся, о. Іоан не відповів нічого.

Старших весільних гостей запросив о. Лука відітхнути поки що в садку. А молодші щезли. Найскорше щез Стефан Дропан. Пішов шукати за Настунею і привітатися з її матір'ю.

Отець Лука вийшов до коней не тільки як хазяїн, але й як знавець. В гарного коня любив вдивлятися як в образ. А розумівся на конях так, що тільки оком кинув, і вже знав їм вартість і ціну.

Молодий Стефан знайшов Настуню в крузі подруг, котрі товпилися на другім кінці подвір'я біля молодої циганки, що хотіла ворожити молодій. Якась тітка Настуні горячо противилася тому, кажучи, що перед самим весіллям не годиться. А Настуня весело напиралася, кажучи раз у раз:

— Тіточко! Адже Бозя могутніша від ворожки!

— Так, так! — підтягали за нею її подруги, а найбільше її приятелька Ірина.— Що Бозя дадуть, те й буде!

Стефан сягнув у карман і знебачки сипнув на ворожку жменю дрібних грошей. Се рішило справу. Настуня кинулася радісно до нього і взяла його за руку. А ворожка, що зараз визбирала часть грошей, вхопила її за ліву руку й почала вдивлятися в неї. Тітка вже не противилася, в напруженню очікуючи.

Ламаною бесідою почала циганка говорити, дивлячись то в обличчя, то в долоню Настуні:

— Твоя чоловік багата, ах, яка багата. Дуже багата!..

— Ото виворожила! — сказала одна з подруг.

— Та все ми всі знаємо! — докинула друга і глянула на Стефана.

Він спустив очі й увесь запаленів. А ворожка говорила далі:

— В перлах і фарарах ходити будеш... Ї адамашки під ногами будеш, а горючий камінь у волоссю твоїм, а біленькі шовки на ніженьках твоїх, а червона кровця на рученьках твоїх... Ладан і кубеба у кімнатах твоїх... А їсти будеш дорогий цинамон, а пити будеш солодкі сорбети... А мати будеш двох синів, як Ева... і два весілля, а одного мужа!..

— Ха-ха-ха! — засміялися подруги.

— Тіточко, тіточко! Аж два весілля і одного мужа! Як же се?

Тітка Катерина відповіла: "От верзе!" Підняла праву руку над молодятами й поважно перехрестила їх. Стефан весь час журився тим, відкіля він возьме аж таких багатств.

Циганка вдивлялася досі спокійно й немов з насолодою в біленьку рученьку Настуні. Нараз, немов збентежена сміхом дівчат, що перервали їй ворожіння, дуже споважніла й інакшим, суворішим тоном голосила свою ворожбу:

— Далека дорога без мостів, без шляхів... По чорнобиллю, по твердім корінню... де цвітуть шалвії і божії ручки... де сон-трава синіє... де горить горицвіт... де повзе дур-зілля й перекотиполе... перекотипол-ле... перекотипол-л-ле!..

Урвала, немов в екстазі, захлистуючись, як від води, і кинулася на землю збирати решту розсипаних грошей. Потім глянула глибоко в очі молодій і, навіть не звернувши уваги на Стефана, поспішно відійшла. Оглянулася ще кілька разів за Настунею і зникла за ворітьми.

Всім, що остали, зробилося по її відході якось ніяково. Стара тітка Катерина заговорила:

— То, діти, все так ворожать дівчатам перед вінчанням, що буде багата, дуже багата, що поїде в дорогу, далеку дорогу, що матиме синів, що буде їй і весело, і сумно, от як у життю буває.

Настуня на те усміхнулася й заспівала:

Он втоптана доріженька,
Посипана маком!
Та чи гаразд мені буде
За тим одинаком?...

І незначно притулилася до Стефана. Її веселість уділилася й йому. Він заяснів на обличчі й відповів їй веселим тоном:

Ой втоптана доріженька
Горі мочарами!
А хто її так втоптав,
Любко, вечорами?..

— Ти, ти, ти! — сказала приязно Настуня й повела його до матері. За ними барвистою струєю ринула молодь в кімнати, бо надходила ніч.

V

А мала се бути остання ніч Настуні в її ріднім домі і — одна з останніх на рідній землі.

Вона немов прочувала се. І якось докладно оглядала свою скромну, дівочу кімнатку, одиноке вікно котрої виходило на луг над Липою. Переглянула ще раз свій слюбний одяг і свої річі, які мала забрати до Львова. Деякі відкладала, щоб забрати їх при слідуючім побуті в Рогатині. Між відлеженими річами були й дві повісти, які перечитала найменше двадцять разів: "Повесть о Китоврась" і "Повість дивна о царі Соломоні".

Заснула пізно і тільки півсном. І снилось їй, як хтось співав уривки весільних пісень:

Благослови, Боженьку
Першу доріженьку!
Ми йдемо на барвінок,
Настуненці на вінок…
Зіленька насадила
Тонкого, високого,
Листоньку широкого…

Хоч Настя була веселої вдачі, але ся переломова хвиля в її життю настроювала її так поважно, що встала як у паморочі. Якась неозначена дрож розкоші й страху, дивної боязні перед чимсь невідомим наповняла все її єство. Рух весільних гостей ще збільшував її неспокій.

Успокоїлася аж перед самим виходом з дому до церкви, коли вже була зовсім одягнена до слюбу.

Вінчати молодят мав о. Іоан, стрик Настуні зі Львова.

— Вже було з полудня, як вийшли з дому й попрямували до Церковці св. Духа.

В хвилі, коли Настуня з дружбами станула на першім деревлянім східці церкви, сталося щось страшне. Що саме сталося, в першій хвилі ніхто з учасників весілля не здавав собі справи.

Вони тільки почули оподалік крики.

Уривані, проразливі крики.

Всі занепокоїлися й заметушилися. Та й почали інстинктивно оглядатися за місцем укриття. Втім скричав хтось:

— Татаре йдуть!

— Алла-гу! — залунали дикі крики вже в улиці і з боків. Весіллє вмить розлетілося серед страшного переполоху. Кождий скакав, куди міг. Хто в сад, хто між будинками, хто в шуварі недалекої річки Липи.

Настуня вискочила з-між своїх дружбів і хопилася свого судженого. Хвильку обоє стояли перед створеною й освітленою церквою, мов задеревілі. На хвильку пустилися йти в церкву, мов під опіку св. Духа. А потому вибігли й пустилися бігти в сад.

Але вулиця була вже заповнена татарськими їздцями. Вони з диким криком перли наперед. Густі гриви й хвости їх негарних коней, "бакематів", досягали землі. Багато весільних гостей було вже в їх руках — на арканах. На оболоню за садом теж видно було татар, що уганялися за поодинокими людьми то на конях, то пішки. Рев худоби долітав з цілого передмістя. Тут і там блимала пожежа. То татаре підпалювали виграбовані доми передмість Рогатина.

Міста ще не мали в руках. Там лагодилися до оборони. Чути було грання труб і биття в дзвони, мов на пожар.

Під навалом жаху Настуня зімліла і в своїй білій слюбній сукні з вінком на голові впала на порошній дорозі. А Стефан прикляк біля неї...

І світ затьмився обоїм.

II

ОЙ БИТИМ ШЛЯХОМ КИЛИЇМСЬКИМ, ОЙ ДИКИМ ПОЛЕМ ОРДИНСЬКИМ...

Там в долині огні горять,
Там та гаре полон ділять...
Один полон з жіночками,

Другий полон з дівочками...

З народної пісні

I

Настуня почула, як хлюпнули на неї студеної води. Пробудилася й відкрила очі.

Хвилю не розуміла зовсім, де вона та що з нею діється. Над нею нахилилися дві постаті з чорними, скісними очима, малими вусиками й виставаючими кістками облич, в острих шапках, з луками за плечима, в чорних кожухах, вивернених вовною наверх. Грудь Настуні стиснув такий великий страх, що переходив аж у розпач. Якийсь дивний, півсвідомий жах і неприємність розливалися по всім її тілі і по очах, стискали гортанку, тамували віддих.

Перша її думка була, що вона в руках татар — татарська бранка і що ті півдикі постаті з жовтаво-темними обличчями можуть з нею зробити, що хочуть.

Відвернула від них очі. Тепер побачила, що лежала на якійсь леваді, недалеко ліска. А біля неї лежало або куняло в отупінню багато молодих жінок і дівчат. Між ними пізнала кілька знакомих міщанських дівчат. Своєї подруги Ірини з Рогатина не бачила. Оподалік лежали й сиділи мужчини, пов'язані міцними мотузами й ременями. Відразу пізнала між ними свого Стефана. Він вдивлявся в жіночий полон. Чула, що очима шукає її.

Рівночасно думала над тим, що сталося з її батьком і матір'ю, з її подругами, з її весіллєм... Мала враження, що воно розбилося, як скло. Щезло, як сон.

Рогатина теж не бачила. І він щез як сон. Що буде з нею?

Ся думка загорілася в її головці, як пожар, що зривається на криші дому разом з першими лучами нового дня.

Татаре ходили поміж полоненими, порядкували їх, б'ючи тут і там батогами. Стони і крики наповняли воздух. Настуню успокоювало трохи те, що мала так багато товаришок і товаришів недолі.

II

Вечеріло. Ніч затягалася ніжним серпанком таємничого смутку. В недалеких корчах заблимали м'ягким сяйвом свято-іванські мушки-світляники. Вони свобідно літали і світили. А десь далеко горіла пожежа.

Татаре розпалили великі огні. Видно, мусіли бути в більшій силі й чулися безпечно. Свідчив про се й численний полон, який зібрали. В нім було більше слюбних пар з дружками й дружбами. Саме тепер паювали їх. Настуня не розуміла, на чім полягало се паюваннє. Бачила тільки, що воно — припадкове.

По небі почали блукати блудні звізди, метеори. Хвилями виглядали, як правдивий дощ. Вона весь час бажала собі одного: жити, жити, жити — за всяку ціну жити, хоч би в біді й пониженню, в татарській неволі! Бо світ був такий гарний, гарний! А вона була ще така молода, молода!..

Три роди світел що блимали на землі і на небі, надавали її першій невольничій ночі якоїсь таємничої краси. А грізні й дикі татарські обличчя зі скісними очима й острими шапками викликали грозу невідомого їй, розкішного жаху. В корчах чути було крики дівчат і жінок, над котрими знущалися дикуни. Уже тут зрозуміла Настя проклін, який часом чула на базарі при сварці перекупок: "А брала б ти слюб на Дикім Поліординськім!.." І пізнала, що є щастя в нещастю: їй поки що не грозило таке знущання, бо татарські ватажки звернули вже на неї увагу як на ціннішу добичу й лишили її поки що в спокою.

III

Ранком зі сходом сонця рушив татарський табор разом з полоном у східнім напрямі. Полонені мужчини йшли пов'язані, а женщини тільки під сильною сторожею. Хорих з переляку жінок, які не могли йти, повкидали в чорні, обозні мажі і везли. Хорих мужчин убивали на місці. Для того кождий навіть останками сил старався йти, поки міг.

Настуня йшла пішки в гурті молодих дівчат. Йшла у своїм слюбнім одязі. Тільки віночок загубила десь. Рання молитва до Бога успокоїла її. Якби не голод і сумні личка товаришок, була б навіть весела.

За плечима чула форканнє коней татарської сторожі,

котра час до часу заїздила із боків та придивлялася дівчатам. Притім робила майже про кожду з них ріжні голосні уваги, яких Настуня не розуміла. Особливо докладно оглядала сторожа дівочий полон, коли наближався до неї якийсь турок.

Настуня мала між усіма товаришками недолі найспокійніше обличчя. Додумалася, що се надавало їй поваги навіть в очах дикої сторожі, яка, показуючи на неї реміними нагаями, повторяла часто слово: "Хуррем!"

Догадувалася, що слово "Хуррем" значить: або спокійна, або безжурна, або весела. Не знала тільки, чи се по-татарськи, чи по-турецьки.

І се було перше слово з мови грабіжних торговців живим товаром, яке запам'ятала собі..

Татаре досить часто ставали на коротенький час і злазили з коней, щоб дати їм відпочити й перекусити. В той спосіб причікували також на стада награбованої худоби й отари овець, щоб табор не розтягався занадто. Тоді відпочивали й полонені.

IV

Коло полудня, коли спека була вже велика, татаре зробили довший попас. Приготовлялися до обіду. Настуня була дуже цікава, як виглядатиме перший татарський обід. Вже по приготуваннях бачила, що мужеський полон не дістане їсти, тільки жіночий. Дуже хотіла покормити свого Стефана, але не бачила на те способу.

А татаре розкладали свої казани й розпалювали огні. Виймали з возів награбовану муку й мішали її з кінською кров'ю, як на ковбасу, та кидали валки з тої мішанини в кипучу воду. Показували бранкам, як се робиться, і кільканадцять з них заставили до роботи. Вибирали, сміючись, "молодих", у весільних сукнях. Між ними знайшлася й Настуня, й одна польська шляхтяночка, яку із-за її блискучої сукні татаре теж взяли за "молоду". Вона пручалася зразу. Але по трьох реміних нагаях почала витривало місити муку з конячою кров'ю.

Оподалік зчинився крик. Там упала якась конина і здохла. Татаре з радісним криком кинулися на неї й почали її шматкувати ножами. Всю падлину, опріч м'ясистого задка коняки, дали зараз зварити в соленій воді. Піну забороняли здіймати. А м'ясистий зад конини порізали на більші круги й поклали під сідла. Настуні робилося недобре на вид усіх тих приготувань і ще більше на думку, що з сими людьми прийдеться їй жити хто знає як — і як довго! Мимо голоду не могла й діткнути їх харчів. А татаре лакомо заїдали падлину і ковбаси з кінської крові та муки.

З бранок мало котра їла. Татаре сміялися з тих, що не їли, як з таких, що не розуміють, в чім смак. Серед реготу рясно роздавали удари батогів ніби "на шутки".

По відпочинку табор рушив у дальшу дорогу.

V

Слідуючого дня Настуня теж не могла взяти до уст татарських присмаків. Пила тільки воду. І так ослабла, що не могла вже йти. Але боялася, щоб її не посудили, що удає. І тому останками сил держалася на ногах.

Та під вечір упала — на степах Панталихи. Мовби змовилися з нею, майже рівночасно попадали на шляху й деякі інші бранки. Жара на степу була ще велика. Татаре здержали похід...

Напівпритомна Настя чула, як дали їй кілька порядних батогів, як її підняли й поклали в якийсь віз, на тверді дошки. Очевидно, мусіли зразу думати, що вона удає перевтомлену. Батоги з сирівця, з гудзами, були дуже болючі. Вилася й корчилася з болю від їх ударів, а тверді дошки ще більше придавали терпіння. Тільки під головою почула щось м'якше, але з рубцями. Крізь роздерті шлюбні черевички діткнула пальцями теж якоїсь твердої матерії. В гарячці здавалося їй, що се ризи з церкви св. Духа. Якась гаряча червень заливала їй очі. Хотіла позбутися її й насилу відкрила їх. І побачила щось таке, як про се співалося в народній пісні:

Одну взяли попри коні,
Попри коні на ремені...
Другу взяли попри вози,
Попри вози на мотузі...
Третю взяли в чорні мажі...

Вона була в чорних скрипучих мажах. Здавалося їй, що се домовина. І що в тій чорній домовині похоронена вся її ясна дівоча минувшість.

Запала в півобморок. В нім чула, як ще боліли удари

татарських батогів на ніжнім тілі її. І пригадала собі, як перед кількома роками була тяжко хора. І як тоді так само пашіла її головка і все тіло, немов побите. І як мати її клячала перед образом Розп'ятого й офірувала одиначку свою на монахиню, коли виздоровіє. Щойно тепер пригадала собі, як опісля, коли вже Стефан старався о її руку, мати противилася тому. І як пригадувала обітницю свою.

Кров ударила їй до голови.

Тепер уже знала, що якби була послухала материнської волі, не була б пішла страшним шляхом ординським. Бо навіть дикі татаре поважали монахинь і з пошаною вступалися їм з дороги, називаючи їх "дівчатами дивного Пророка джаврів, що помер на хресті". Монахині могли свобідно ходити до татарських таборів і навіть брати для бранців молоко від татарських кобил. Якби була послухала матері, була б тепер могла спокійно йти між дику татарську орду зі спущеними вниз очима, зі збанком у руці. А баші й аги татарські були б із забобонним страхом вступалися з дороги перед "нареченою таємничого Бога джаврів, що помер на хресті".

Зачала плакати найтяжшим, тихим плачем — у чорних мажах татарських, що їхали Дикими Полями в невідоме місце і в незнану будучність... Попала в стан півсну.

VI

Як довго була в такім стані півсну, не знала. Чула тільки, що кілька разів зливали її личко водою. А двічі пробували якісь, мабуть жіночі, руки заливати її молоком.

Коли нарешті відкрила очі, побачила кругом себе безмежну й дику рівнину, покриту полином і чорнобилем, тирсою-ковилем, пориту балками й ярами. Зрозуміла, що опустила вже галицьку землю з її управними полями, гаями й лісами. Опустила — назавше, немов щось шепнуло їй.

Гнітучий жаль стиснув її груди, і серце в ній защеміло. Як оком сягнути, бачила кругом тільки спечені сонцем степові простори, які вже починали жовтіти від жари. Тільки в балках і біля солончаків видніли тут і там смуги якоїсь сірої зелені.

Більше відчула, чим зрозуміла, що знаходиться на Диких Полях, на однім зі страшних татарських шляхів. Де саме була, не знала.

Припускала, що на Чорнім Шляху.

Чорний Шлях, званий також Злим Кроком або Шляхом Незримим. Чорним називався він з ріжних причин. Ходило ним чорне нещастя, убийство, грабіж і чорна смерть — чума. Йшли ним століттями чорні від бруду орди монгольські й почорнілі від нужди бранці-невольники. І земля тут з природи чорна, а татарські коні, стоптавши траву, значили на ній чорне пасмо переходу.

Шлях сей ішов майже по тій самій лінії, по якій і сегодня йде торговельний шлях до Одеси. Туди і колись давно йшов сухопуттям торговельний і воєнний шлях староукраїнських князів.

Татаре мали звичайно три дороги, якими в своїх наїздах розливалися по Україні, вибігаючи спільно з-над Чорного моря. Оден їх шлях ішов волоським пограничем, другий серединою Поділля, третій Київщиною й Волинню. А всі вони лучилися в Східній Галичині. В серце її, у Львів змагали всі навали татарські, що пливли як повінь тими трьома шляхами. Волоський ішов проти Львова через Бучач і Галич, подільський або кучманський через Теребовлю й Золочів, волинський закручував на півночі і йшов проти Львова через Сокаль і Жовкву. Йдучи з трьох ріжних сторін, змагали вони до одної мети, до серця Східної Галичини і впивалися в околицю Львова, мов три криваві мечі в грудь людини.

Кождий з тих шляхів народ ще сегодня називає чорним і ще сегодня оспівує трагедії, які діялися на тих чорних шляхах татарських.

Із гори, з гори, з темненького лісу
Татаре їдуть, волиночку везуть...
У волиночки коса
Золотоволоса —
Щирий бір освітила,
Зелену діброву і чорну дорогу...

В такім самім положенню, як оспівана в народній пісні волинянка, була й галичанка Настуня.

VII

Свідомість, що знаходиться на страшнім татарськім шляху, була для Настуні чимсь іще страшнішим, ніж сам той шлях, ніж свідомість, що була в руках торговців живим товаром. Закрила очі.

Але цікавість мучила її й спонукала знов відкрити їх та й оглянути страшний шлях, яким везли її в незнані землі й незнану будучність. Отворила очі й довго дивилася.

Не був се властиво ніякий шлях. Полоса степу, якою посувався татарський чамбул, майже не ріжнилася від Дикого Поля. Тільки вряди-годи зустрічався на тій полосі людський або кінський кістяк, ще рідше сліди огнища, а біля них порозкидані кості й побиті черепи з горшків і людей. Тільки далеко поза собою бачила чорніючу смугу землі, стоптану копитами ординських коней. Не розуміла, чому в пісні співається: "Ой битим шляхом килиїмським..." Бо се не був ні шлях, ні битий... Хіба били його своїми пораненими ногами бідні бранці-полонені та копита некованих татарських коней.

Онде йшли вони — татарські бранці — оточені татарською сторожею. Помарнілі, почорнілі, ледви на ногах держалися. Здавалося їй, що вони не видержать довше сеї подорожі в безмірній одноманітності степу, виссаного жарким сонцем з останніх соків — як серце її було виссане з надії.

Подивилася на свої ноженята, щоб побачити, чи не поранені. Бо, може, прийдеться і їй дальше йти пішки... Щойно тепер запримітила, що має тільки один слюбний черевичок на собі, і той подертий. Видно, мусіли роззувати її, але оставили. А, може, при взуванню оставили, подумала.

Невзута ніжка боліла. Придивилася їй ближче. На ній була кров, почорніла, засохла...

І ще побачила, що в чорних мажах, якими їхала, були без ладу накидані річі, головно жіночі, й усяка матерія, очевидно, награбована. Гірко усміхнулася. Бо пригадалося їй пророцтво циганки. Воно вже здійснювалося, але зовсім інакше. Бо вправді бачила "під ногами" адамашкову матерію, але не було ні перлів, ні фарарів, ні біленьких шовків. І кровцю мала не на рученьках, а на ніженьках...

З тривогою пошукала на собі маленького срібного хрестика від матері, бо боялася, чи не забрали його. Він був. Засунула його набік. Як же дорогий він був тепер для неї! Не тільки як пам'ятка від матері, але й як пам'ятка з тої країни, яку покидала — може, навсе. Перший раз у житті відчула дійсну близькість того, хто помер на хресті, замучений. Терпіннє наближало її до нього. Кругом бачила також терпіння битих бранців, які йшли пригноблені на свою Голгофту. Міцно притиснула хрестик до себе й успокоїлася. Тому хрестові служив її батько. Іменем того хреста боролися на степах наші козаки з татарами. Якась неозначена надія на поміч, на свободу почала прозябати в її думках.

Оглянулася на всі боки, шукаючи очима Стефана. Але не могла його знайти, хоч обхопила зором майже цілий татарський обоз, що як великий, чорний вуж тягнувся Диким Полем і вилискував тут і там зброєю своєї сторожі.

І пригадалися їй казки з діточих літ про те, як страшні смоки й потвори пориають дівиць і забирають зі собою, яких опісля освобождують відважні лицарі.

"Козаки! Козаки!" — закричало щось в її душі. Вдивилася в дикий степ усею силою свого молоденького зору. І побачила далеко, десь дуже далеко — ряди постатей, які скрадалися тихо, як тіні, в напрямі табору. Не виглядали на татар. Чула се всім серцем своїм. Якась безмежно глибока прихильність і любов до них засвітила в нутрі її душі. Побачила й кінні відділи — козацькі, певно козацькі! Зірвалася на чорних мажах і витягнула рамена, як молениця до чудотворного образу. Але розжарений воздух так дрожав-дрожав, що всі коні козацьких відділів — не мали ніг... Так... Вони їхали на конях, які не мали — ніг...

Зрозуміла, що це був злудний привид степової пустині, який часто лучався на диких полях України.

Упала на віз...

Відвернула личко від матерії, на котрій спочивала, і солені каплини заперлилися їй з очей. Витиснула їх заведена надія. Пробувала здавити в собі жаль. Але не могла.

А в тім часі далеко, на Галицькій Землі, у Рогатині, хора мати Настуні, в тяжкім горю своїм, на хвилю задрімала при пораненім батьку. І мала сполудня дивно виразний сон.

Снилося матері, що її Настя, дочка-одиначка, йде Чорним Шляхом килиїмським і Диким Полем ординським... Йде в своїй легкій, слюбній, білій сукні... зелений віночок згубила десь в степу... Йде попри дикі коні-бакемати, йде під батогами диких татар... Йде серед спеки степом бездоріжним... а піт солений залива їй очі, ллється в уста... І вже в неї жовкне личенько дівоче, та темніють очі сині як вода... А червона кровця з ніжок її спливає, на тверде коріння, на степове сон-зілля краплями накрапляє...

Настунина мати з плачем зі сну зірвалась і до церковці св. Духа зі своїм тяжким болем пошкандибала і Матері Божій свою бідну Настуню всею душею в опіку віддавала.

А в тім самім часі далеко від неї, на Чорнім Шляху килиїмськім, на Дикім Полі ординськім молоденька Настя сердем материнську журбу відчувала, сліди її по хаті очима цілувала, жаль в собі задавляла. Але здавити не могла.

І плач потряс нею, як нагальний вітер яблінкою в саді над Липою, біля церковці св. Духа... Виплакавшися, зітхнула до Бога і успокоїлася.

VIII

На однім з постоїв запримітила Настуня якийсь неспокій між татарською сторожею. Татарські команданти раз у раз збиралися на наради, перечилися між собою, висилали гонців. Вечером не розпалено огнищ, хоч були вже далеко в степах. Очевидно, татарам грозила якась небезпека.

На цю думку радісно заблистіли очі Настуні, а в серці розгорілася надія. Надія на свободу.

Як надійшла ніч, не могла заснути. Бо цілий табор не спав. Чути було в воздусі, що на щось заноситься. Задрімала щойно по півночі, як Косарі вже високо піднялися на небі.

Як довго дрімала, не знала. Збудив її тупіт кінських копит і страшний крик. Намети татарського табору в однім кінці палахкотіли ясним огнем. В його блеску побачила кілька невеличких козацьких ватаг, що відважно вдерлися в татарський табор. Пізнала козаків по їх лицях і шапках, по чубах, тих, які в метушні й бою втратили шапки. Серце в її грудях забилося так, що немов грудь розсаджувало.

В таборі між полоненими піднялася метушня. Козаки перли якраз на ту часть табору, де містилися полонені. Вже доперли до мужеського полону. Вже частина полонених мужчин получилася з ними. Вже чула виразні оклики в рідній мові: "Ріж, бий невіру-бісурмана!"

І здавалося їй, що між полоненими доглянула й свого Стефана, котрий напирав на татар з люшнею від воза. Серце в ній билося як пташка в клітці. Вже бачила, як вертає додому, як кінчить перерване весілля і як справджуються слова циганської ворожки, що матиме два весілля, а одного мужа.

Весь жіночий полон з дрожачим серцем слідив вислід боротьби. Полонені дівчата й жінки сиділи тихо, як перелякані птиці, над якими б'ються шуліки. Тільки тут і там якась відважніша викликалася в степ серед замішання й інстинктом керована бігла в напрямі, відкіля прийшли козаки. Настуня з жалем дивилася на свою зранену ніжку.

Татаре боронилися завзято. Особенно витривало боронили тої часті табора, де був жіночий полон.

Нараз Настуні похололо в серці. Козаки почали подаватися... Вона ще не розуміла, що сталося. Невимовний біль і жаль стискав їй серце мов кліщами. Невже вони не освободять її? Невже й Стефан покине її?

Козаки і з ними частина полонених були вже за таборами. Очевидно, відходили поспішно. Татари чомусь не гналися за ними. Не могла зрозуміти, що було причиною того всього.

Щойно по довгім часі, як козацькі ватаги вже ледви видніли в блиску догоряючих частин табора, побачила, як здалека над'їздив більший татарський чамбул.

Тепер і татарська сторожа з табора кинулася в значній часті в погоню за втікачами.

Як чорне гаддя, затемніли на степу татарські відділи. Козаків уже не видно було.

"Нехай їх Бог рятує!" — подумала Настуня й хотіла молитися за них. Але увагу її відвернув прикрий крик. То остаюша частина татарської сторожі добивала ранених козаків і деяких полонених, перед тим виколюючи їм очі й знущаючись над ними в страшний спосіб.

Так закінчився серед українського Дикого Поля оден з тих незлічимих і страшних епізодів, одна з тих нічних різанин, в котрих від віків ніхто не просить ні не дає пардону. А криваві степи Запоріжжя знов мерехтіли спокійно в ранній імлі, такі здорові і свіжі, якби їх щойно сотворила дивна рука Господня.

Настуня в своїй глибоко віруючій душі думала весь час над тим, чому Бог дав їй на цілі дні наперед побачити козацькі відділи, перекинені, може, на багато миль злудним привидом пустині, а не дав їй освободження. Думала й не знаходила відповіді.

І ще на одно не знаходила відповіді, а саме на питання, чому діти тої землі, з котрої вийшла, йшли у неволю, хоч вони ростом і силою більші від татар. Чому вони не женуть татар у неволю, але татаре їх?

IX

Зі сходом сонця табор рушив у дальшу дорогу. Свист ремінних нагаїв і крики болю полонених не умовкали. Але жіночого полону не били. Навпаки. Щойно тепер дали сему полонові можливий харч: ячмінь, просяну і гречану кашу, приправлену кінським товщем.

Настуня зрозуміла, що кормлять їх уже як свою власність, яка представляє більшу ціну на торзі, коли добре виглядає.

Вже чула в серці, що не вирветься з неволі. І почала спокійно придивлятися своїм власникам присадкуватим, з товстими черевами, широкими плечима, короткими шиями й великими головами, з узькими, чорними очима, короткими носами, малими ротами та з волоссям, чорним, як смола, і грубим, як конячі гриви.

Розуміла, що прийдеться їй стати невольницею або, може, жінкою одної з тих брудних потворів, про які ще вдома оповідала їй бабуня, що вони родяться сліпі, як собаки.

Здавлювала в собі обмерзіння й дивилася в невідому далечінь. А уста її шептали молитву до Богоматері.

Татаре щораз дальше запускалися в безмежні степи, йдучи в полуднево-східнім напрямі. А чим далі посувалися у глибину степів, тим більше свобідно почувалися й їхали помаліше. Але в міру як наближалися до своїх аулів, щораз то частіше бралися до тресури свого жіночого полону, щоб заголюкати до останка своїх бранок і зламати в них усякі прояви їх волі.

В тій цілі як лише котра прочуняла від утоми, казали їй злазити з воза, прив'язували за шию мотузком до маж і так казали йти або й бічи при возі. Здоровіших, у котрих можна було сподіватися сильнішої волі, тресували ще більше дико: таких брали на ремені за шию й попід пахи та гнали попри конях.

Ой ще не все сказав Настуниній мамі її виразний сон про долю її дочки!.. Коли й вона прийшла трохи до себе, мусіла також іти що другий день на мотузі попри чорні мажі татарські і мусіла часом бічи попри диких конях на ременях, під ляскіт батогів і під регіт ординців.

І так їх тресували по черзі, всіх без ріжниці походження і віри, і мови, всіх, що породила наша гарна земля, котрої її мешканці не могли оборонити із-за неладу між ними.

В одних ті знущання кидали іскру ненависті, і ті поганіли в душі і на обличчю. Настя не належала до них. На татарських ременях пригадувала собі, що не тільки її мати, але й вона сама жертвувала себе в хоробі на службу Богу. А потому, коли минула хороба, забула свій обіт і знайшла собі земного нареченого. Тепер свої терпіння уважала покутою за зломання обіту. Без словечка скарги бігла попри коні ординські. А терпіння, яких зазнавала і які спокійно зносила, надавали її вже перед тим гарному личку якогось ще більшого вдохновенія. Личко її продовжилося й набрало такої великої, що аж хоробливої ніжності, а очі в болю і терпінню набрали глибини. Дух її ріс і кріпшав в упокореннях, як росте у кождої людини, котра свій хрест лучить з думкою про Бога й очищення.

Татаре знали вже з практики, кілько їх дикої тресури може видержати кожда сорта живого товару. Для того звичайно не перетягали струни, бо той "товар" становив їх багатство.

Але не одна з тресованих, оскільки не погибла, діставала й кілька разів горячки, заки перейшла великі степи України і дійшла до Криму. До тих останніх належала й Настуня.

Молитвою втихомиряла свої болі й упокорення. В уяві своїй бачила тоді нутро церковці св. Духа в Рогатині або катедри св. Юра у Львові, де вперве побачила свого Стефана.

Але часом горячка від степової жари і знущання доводила її до маячення, коли вже лягла на твердій землі для відпочинку. Тоді уперто переслідував її привид Чорного Шляху, хоч замикала очі. В її уяві йшла тоді тим шляхом чорна смерть, чума. Ішла висока, аж до хмари, вся чорна, як оксамит, з чорною косою у руці, на білім кістянім держаку. Йшла і сміялася степами Запоріжжя, а все йшла від сходу сонця...

Настуня вже освоїлася з думкою про все, навіть про чорну смерть на Чорнім Шляху.

Тим часом її Стефанові удалося в замішанню прилучитися до одної з козацьких ватаг. Незабаром добився він до Кам'янця, де його батько мав спільників. З одним з них пішов Стефан зараз до монастиря Тринітаріїв, котрі займалися викупом з полону. Там якийсь польський монах з побожним виглядом заявив йому, що коли прийме польську віру, одержить допомогу при викупі своєї судженої. Але коли почув від Стефанового товариша, що батько сего молодця називається Дропан,— відразу зм'як і почав обчисляти кошти викупу. Бо Дропан був знаний.

Молодий Стефан любив Настуню. Але він твердо любив і свою церкву, хоч вона була в пониженню. Може, якраз для того любив її так дуже, що бачив її слабість в порівнянню з латинським костелом. Не розумів причин слабості одної, ні сили другої, хоч бачив кріпку організацію латинських священиків, їх всюдиприсутність і ціпку зв'язь їх самопомочі.

Як кожда сильна і благородна вдача, так і Стефан не

дався б був взяти на ніякі обіцянки ні навіть на сповнення їх — за ціну опущення своєї церкви. На предложения чужого монаха не відповів ні словечка, хоч чув жаль у душі, що й наша церква не мала такого чина, як тринітарії. Батьківський товариш відповів за нього:

— Се син Дропана, купця зі Львова. Ні він, ні його батько не схоче даром вашого труду.

Тепер і чужий монах не відповів ні слова, тільки дальше рахував приблизні кошти викупу.

Вийшовши з тринітарського монастиря, пішов Стефан подякувати Богу — до своєї церкви біля самого ринку в Кам'янці. Довго клячав на її кам'яних плитках і молився.

А коли вийшов, побачив на церковнім подвір'ю подругу Настуні, Ірину, котрій також удалося втечи серед замішання, хоч і з іншою ватагою козаків. Була дуже втомлена і змарніла. Разом поїхали в дальшу путь — додому.

III

В ОБЛАСТІ ТАТАРСЬКИХ АУЛІВ

Pace tua, si pax ulla est tua, Pontica tellus,
Finitimus rapido quam terit hostis equo
Pace tua dixisse velim tu pessima duro
Pans es in exilio, tu mala nostra gravas.

I

А Настуня мала таку сильну горячку, що була півпритомна, коли на татарськім шкіряним мішку, випханім сіном, переправляли її через Дніпро коло Тавані.

Ой далеко ще від Тавані до кримської шийки Перекопу. А дуже далеко для тих, що мусять пішки йти з мотузом на шиї, як невольники.

За Таванню зачиналися вже татарські аули. Але вони були тут іще такі рідкі й подвижні, а Настуня була така перетомлена, що в області між Дніпром і Перекопом не запримітила ніяких аулів, хоть чула, як татаре часто повторяли слово "аул" і вже за кілька тижнів подорожування з ними догадувалася, що се значить. І домірковувалася, що входять в область їх движимих "осель" чи радше постоїв. Мов злудні привиди степової пустині щезли кудись ті аули на всім просторі між Таванню і Перекопом — точно так, як фата-моргана.

Мабуть, під сю пору татаре боялися чогось в тій області й усунули свої аули аж за шийку Криму. А може, Настуня із-за тяжкої перевтоми тільки не запримітила нічого.

Від непам'ятних часів пересувалися по степах, мов таємничі хмари, ріжні завойовники, племена, орди й ватаги добичників, яких навіть з імені не знає історія. Одні другим видирали в кривавій боротьбі нагромаджену добичу. І щезали з нею в безвістях бездоріжного степу, паленого сонцем.

Одинокий виїмок у тім хаотичнім стовковищі грабіжників становили найдальші окраїни степу, надморські побережжя, передовсім Крим. У його містах держалася тривка культура старих греків, яка без упину боролася з диким і страшним степом, заливана раз у раз його мутними хвилями.

В Криму в тім часі сиділа татарська влада. Сиділа як брудна, їдка пляма на дорогоціннім, поломанім, запорошенім клейноді. А ту брудну пляму шарпали звідусіль то внутрішні міжусобиці, то ногайці, то козаки, то безіменні ватаги всякої збиранини, яка по добичу заганялася аж за Перекоп, у сам Крим.

Перекоп був немов тою жилою, котрою пливли дві противні собі, криваві струї добичників: одна з Криму явно і в значній силі на Україну, друга з України, таємно, малими, але відважними ватагами — в Крим. Обі йшли мечем і огнем, обі лили кров і ширили знищення.

Перекоп був небезпечною шийкою. Тому татарський загін зі значною добичею постановив переночувати в степу і щойно ранком наблизитися до моря, а відти через Перекоп посунути в Крим.

Татаре розложилися на нічліг. Вечір на степу був дуже гарний, хоч сам степ був мертвий. Він робив враження мертвого, мимо життя, яке на нім і над ним метушилося. Малі зайчики скакали оподалік. Птиці літали. Онде дрофи довгим рядом летіли низько над степами. А там високо в воздусі кружляли орли і супи та багато яструбів.

Настуня дивилася на те все і завидувала кождій птичці, що може летіти, куди хоче.

II

Раннім ранком наблизилися татаре до Чорного моря. Настуня ще ніколи в житті не бачила моря. Була дуже цікава, як воно виглядає.

Тут, близько Перекопу, пригадала собі, що її бабуня оповідала їй про море:

"На морю,— говорила їй,— не такі риби, як у нас. А великі-великі! Вийде така риба, підпливе до берега та й усе собі співає. Ніхто не може її підслухати, бо вона все втікає. Але був такий оден, що конче хотів підслухати. Сховався за корч. А риба не бачила, підплила та й своє... А той усе собі пише з кождої співанки одно слово, аби не забути. Прийшов другий раз та вже більше засяг. Пустив потому між людей, і з того співанки тепер".

Більше Настуня нічого не знала про море. Але й се так оживили її молоду уяву, що аж серденько живіше билося їй у груди.

Табор сунув помалу. Нараз задув приємний, холодний вітер від полудня й усіх тронув до глибини татарський оклик:

"Денгіс! Денгіс!"

"Море! Море!" — прошепотіли рівночасно змарнілі уста полонених. Бо море на кождого робить глибоке враження, все одно, чи він свобідний, чи в кайданах. І тому всі оживилися, хоч іще не бачили його, тільки чули близькість того велетня.

Не довго тривало, а перед їх очима простяглася довга, рівна поверхня води в першій червоній заграві дня. Всі відітхнули так, якби тут мала кінчитися їх мука.

Незабаром побачила Настуня довгу, білу від піни, смугу морського припливу та почула його грімкий, оживляючий шум і побігла молодими очима по безмежній живій поверхні моря — з розкішшю, в якій містилося почування, що відкрила щось зовсім нове. В тій розкоші містився й казковий спомин з діточих літ. Очима почала шукати чудових риб, від яких люде переняли співанки. Але їх — не було видно. Тільки білогруді меви літали над морем і скиглили радісно до сходячого сонця.

III

На Перекопі було тихо. Табор пересунувся через нужденне містечко Ор і знайшовся на Криму, де вперве безпечно відпочав. Здалека видніли бідні аули кримських татар з масою кучерявих овечок на пасовиськах. Зі струнких веж дерев'яних мошей муедзини кричали свої молитви. Помолилася й Настуня до Бога свого, що терпів на хресті.

Вже на другий день почали в табор приходити громади купців у ріжних одягах татарських, турецьких, грецьких, єврейських, арабських, італійських. Були між ними старі, й молоді, й середнього віку люде, поважні й веселі. Вони низько кланялися татарським начальникам і просили дозволу оглянути привезений "живий товар".

Татарська сторожа спроваджувала їх поміж рядами засоромлених жінок і дівчат, котрі розуміли, що оглядають їх на продаж.

Властивий поділ добичі ще не був переведений. Але купці вже тепер хотіли оглянути її, щоби слідити за тими жінками й дівчатами, котрі їм особливо припадуть до вподоби.

IV

У КРИМУ

Взріла корчі все зелені
В синіх горах Криму,
Полонини Чаїрдагу —
Мов квітки килиму...

I

— "Відкрий свої очі й дивися. Бо що побачиш тепер, того вже ніколи не узриш!"

Сими словами Корану відізвався старий турок, купець Ібрагім до свого вірменського спільника в місті Бахчисараю, привівши до нього щойно куплену невольницю.

Старий вірменин подивився на свіжий товар, і його очі весело блиснули.

— Ва, ва.— сказав по хвилі, скривившися.— Ти, певно, заплатив тільки, що за ті гроші можна б купити дім у Кафі, в самій пристані!

— О, заплатив я багато,— сказав Ібрагім.— Але варт!

— Що варт? Як варт? Чому варт? Що на ній є? Ледви

на ногах стоїть! Кому її продамо? Я гадав, що ти купиш бодай три або чотири здорові дівки за ті гроші, які ти взяв!

— Слухай! — відповів спокійно старий Ібрагім, відкриваючи верхній одяг і руки молодої дівчини, що вся запаленіла від сорому.— Ти подивися тільки! Вона така гарна, що я раджу якнайскорше вивезти її з Бахчисараю до Кафи. Там у гурті лекше її укриємо до слушного часу. Бо тут забере нам її котрий-небудь зі синів Могаммед-Гірея, а заплатить тільки, що й плюнути не варт!

— За неї ніхто багато не заплатить! Вона хора!

— Не говори дурниць! Я сам взяв би її до свого гарему і мав би потіху на старі літа. Але се задорогий для мене товар! А хора вона не єсть, тільки втомлена дорогою і татарською тресурою. А ти не був би втомлений, якби так тебе кілька тижнів гнали, як коня на ременях?

Старий вірменин знав се, а сперечався лише по своїй торговій звичці. По хвилі сказав:

— Може, її троха підховаємо і продамо якому баші.

— Ні,— відповів Ібрагім.— Я вже думав над тим. Ми її не троха, тільки довше підховаємо... А потому я сам повезу її продавати.

— Чому ти сам?

— Бо я сподіюся вкрутити її бодай на служницю до гарему, може, навіть якогось дефтердара: се лучше для нас, ніж до баші. Хто знає, як вона нам може стати в пригоді.

— Ліпше не мати пригод! А заки вона здобуде собі ласку якої жінки великого пана, нас уже може й на світі не буде.

— То діти наші будуть!

На се старий вірменин був чуткий. Він подумав хвилю і сказав:

— Добре, повеземо її завтра до Кафи. Але я за тим, щоб її якнайскорше продати. Такий товар недобре довго держати!

— Побачимо, побачимо!

— А кілько ти дав за неї?

Старий Ібрагім назвав ціну — і почалася сварня!

Настуня не розуміла їх розмови, тільки догадувалася, що не попала в найгірші руки і що оба купці радяться та перечаться над тим, як її найпоплатніше ужити. Коли дивилася на них, була рада, що не попалася в руки напівдиких татарських ватажків і торговців живим товаром, які розібрали поміж себе її товаришок.

Вірменський купець, не перестаючи сваритися з Ібрагімом, отворив двері й закликав невольницю. Не треба було її довго кликати, бо вона підслухувала під дверми. Він рухом руки показав їй Настю, й обі вийшли. Невольниця завела її в якусь кімнату з закратованими вікнами, де куняли вже інші невольниці. По їх обличчях видно було, що також недавно привели їх сюди.

Служниця, що привела Настю, сказала до неї тільки одно слово:

— Кафе! — і показала рукою далечінь.

Настуня остала з товаришками недолі. Порозумітися з ними не могла. Страшно втомлена заснула під натовпом думок з молитвою на устах. Збудили її аж до вечері.

Проковтнула шматок коржа і троха молока та знов заснула.

А як пробудилася ранком, побачила на подвір'ю запряжену татарську телігу й обох своїх власників, готових до подорожі. Її закутали в якісь старі лахи й посадили на віз.

Оливними гаями й дубовими лісами їхали вони попід чудові гори, де на верхах пишалися вічнозелені, чатинні дерева і корчі. На їх узбіччях видніли винниці й огороди та сади з олеандрами, магноліями, туліпанами, миртами, мімозами і гранатами. На синім тлі полудневого неба колисалися злегка корони кипарисів і дерев лаврових. Дорогою минали чудові ломи ріжнобарвного мармору й цілі валки маж, що везли білу сіль. Краса чудової кримської природи відривала думки молодої невольниці від понурої дійсності й непевної будучності. Та краса природи успокоювала її.

Праворуч видніло верхів'я Чатирдагу, одної з найкращих гір на землі. Краса його була така велика, що Настуня аж похилилася під її враженням. І пригадалися їй могутні слова, якими зачинається Святе Письмо: "На початку сотворив Бог небо і землю".

Тут, у стіп чудного Чатирдагу, відчула всім єством своїм безмежну велич Творця. І дух її, придавлений неволею, пізнав сильніше велич палати-світа, у котрім Бог нагромадив тисячі красот і чудот і дав на мешкання ріжним народам.

Тут пригадала собі, як раз переїздив через Рогатин польський король і батько Настуні мусів його вітати. Вернувши додому, сказав:

— І ми мали б тепер свого господаря, якби таки наші крамольники не строїли були з гордости останнього князя сеї землі, заки ще мав потомство. Думали, що самі потраплять правити, без голови!

І зітхнув, складаючи ризи.

Тут Настуня повторила батьківське зітхання, тільки ще тяжче. Розуміла, що не була б тепер провадена на торговицю, якби колись крамольники наші не розвалили влади своєї землі... На синім тлі Чатирдагу немов узріла чашу чорної отруї, котру наші крамольники підсунули молодому князеві Юрієві — останньому з роду Данила.

У священичім стані заховалися і ще були в тім часі усні перекази про мученичу смерть від скритоубийства останнього потомка Володимирової крові на Галицькій землі, котрий для скріплення Галицько-волинської держави оточував себе німцями й іншими людьми західної культури. Якраз се викликало до нього ненависть наших ненависників, і вони на Високім Замку у Львові підсунули йому помалу діаючу отрую перед самим виїздом його у подорож на Волинь. Стара бабуня Насті часто з сумом оповідала, як молодий князь Юрій сідав у повозку з отруєю в нутрі, як їхав у болях на Волинь, як доїхав у смертельних потах до свого замку у Володимирі і як там вився в передсмертних судорогах на долівці своєї палати.

Ні бабуня, ні батько, ні мати не вміли їй сказати, коли се було. Казали тільки, що тоді була прекрасна осінь на нашій гарній землі, і що дуже рясно зародила була садовина. І що потому три дні бив тяжкий град по всій землі Галицько-Волинській, спочиваючи хвилями. І що від того часу б'є ту землю нещастя аж по сей день. А батько додав раз:

— Гарні пташки не тільки наші, а й ляхи! Але все-таки вони пошанували заповідь Божу: "Не убий!" бодай щодо свого господаря. І тому мають своє господарство по сей день. Яке мають, таке мають, але таки мають...

Настуня слухала колись тих оповідань, як байки. А тепер вже не тільки розуміла, але й відчувала все значіння того. На собі відчувала, що значить, коли якась земля стане жировищем і оборою чужих наїздників. Образи руїни і недолі всеї землі стояли перед нею так виразно, як білий сніг наверху Чатирдагу, як темні ліси під ним.

*Ой на горі сніг біленький,
Десь поїхав мій миленький,*—

забреніла пісня в її молодім серденьку. Але уста не вимовили її, тільки очі ясніше заблистіли.

Настуня не могла відвернути очей від чудового Чатирдагу. Він красою так утихомирив її, що з повним спокоєм у душі доїздила до великої торговиці невольницями, до пристані Кафи.

II

Третього дня в'їхала Настуня зі своїми двома власниками в улиці надморського міста, де в однім дні продавано на торзі й до 30 000 невольників та невольниць. Вже здалека видніли старі, темні, величезні доми генуенців з закратованими вікнами. В них сиділи маси невольників і невольниць, призначені на продаж.

Між будинками побачила несподівано християнську церкву тринітаріїв, що займалися викупом невольників.

Пізнала її по розірванім ланцюху, що як символ прикріплений був над входом до церкви. З церковної брами виїздили якраз два монахи на ослах. Вона бачила раз у Львові тих "Ослячих братів", як збирали датки під церквою. Навіть сама дала їм раз щось на полонених.

Скрізь по східних торговицях невольників їхали ті "Ослячі брати", обличчями обернені до хвостів ослячих, бо не уважали себе достойними їздити так, як їхав на ослі Спаситель світу, Цар над терпінням його. Скрізь ішли вони, сини ріжних народів, по наказам з далекого Риму, в покорі духа свого йшли — лагодити страшні терпіння невольників. Настуня з вдячністю дивилася на них.

Лекше відітхнула на думку, що й тут є ті, котрі пам'ятають іменем Христа про допомогу бідним невольникам. І вже з лекшим серцем дивилася на старі, великі доми генуенців з закратованими вікнами.

На подвір'я одного з таких домів заїхала теліга з Настунею й її власниками. Вони помалу висіли з воза і взяли з собою Настуню досередини. По коридорах крутилося багато людей зі смаглистими, полудневими очима й безліч прислуги.

Ібрагім і вірменин задержали одного з них і щось розпитували його.

Настуня відразу зміркувала, що вони тут, як у себе вдома.

За хвилю Ібрагім кудись подівся, а вірменин завів її до одної з кімнат, де сидів при столі якийсь сухорлявий чоловічок. Він говорив кепсько по-нашому й випитував Настуню, відки вона, кілько має літ, хто її родичі, де живуть і яке мають, майно. При тім вірменин весь час щось говорив йому, розмахуючи руками. Сухорлявий чоловічок записував собі щось у велику книгу.

Потім вірменин дістав від нього якийсь шкіряний значок і запровадив її до іншої, великої кімнати при тім самім коридорі. В ній стояли цілі ряди шаф з ріжними одягами. Біля них поралася жіноча прислуга.

Вірменин вручив шкіряний значок старшій між прислугою, що, очевидно, розпоряджалася там, і вийшов.

Вона взяла Настуню за руку, попровадила до одної з шаф, подивилася на Настуню раз і другий і почала вибирати з шафи якісь одяги, даючи їх держати Настуні. Вибравши, крикнула на одну зі служниць і сказала до неї кілька слів. Та повела Настуню рядом напівтемних, подібних до себе, кімнат. Настуня несла річі, додумуючись, що вони призначені для неї. Дорогою спробувала в пальцях матерії. Була досить добра.

Нарешті стала перед одною з кімнат, відки через напівотворені двері бухала пара.

"Купіль",— подумала Настуня й усміхнулася. Не купалася від часу, як попала в татарські руки.

В купальні оживилася й прийшла до себе. Вернув їй давній гумор. Купалася довго, аж поки якась стара служниця не дала їй знаку, що час уже одягатися. Вона помогла Настуні розчесати її золотисте волосся й одягнутися. Скінчивши роботу, попровадила її перед якесь надломане зеркало, що стояло в кутку сусідної кімнати, і пляснула язиком. Настуня глянула в зеркало: була майже задоволена собою і своїм одягом.

Стара попровадила її знов тими самими напівтемними кімнатами, несучи старі річі Настусі. В кімнаті, де стояли одяги, віддала її в руки керовниці і пішла. Та докладно оглянула Настуню від голови до стіп і щось поправляла на ній.

Настуня зміркувала, що тепер запровадять її до когось, хто рішатиме про її долю. Додумувалася, чому вже тепер: мабуть, Ібрагім і вірменин хочуть зараз вертати або мають якісь інші діла. Розуміла, що вона остане тут, у сім будинку, тільки не могла догадатися, до чого її призначать.

Керовниця шатні закликала одну зі слуг і сказала щось до неї. Та попровадила Настусю довгими коридорами до кімнати, перед дверми якої стояли посильні. Сказала щось одному з них. Він вступив досередини, і за хвилину вийшов вірменин. Служниця вказала йому Настуню.

Вірменин подався: не пізнав її в новім одязі. Потому взяв її за руку і впровадив до кімнати.

Була це велика, гарна саля, з коліровими венецькими шибами у вікнах. Долівка її вистелена була матами. Перед вікном стояв стіл, на нім оправлені в шкіру книги й два тираменні свічники. Перед столом сидів на подушці Ібрагім, а біля нього старий уже мужчина, сухий, середнього росту брюнет, мабуть, старший брат того, що записував у першій кімнаті, бо були дуже подібні.

Ібрагім, побачивши Настуню, встав і підійшов до неї з очевидним задоволенням, придивляючись, як вона покращала в новім одязі. Взяв її за руку й попровадив аж до господаря кімнати, що вдивився в неї.

Настуня мимохіть склонила голову. Ібрагім весь час говорив, вірменин притакував йому. Хоч Настуня на думку, що зараз пічнуть її знов оглядати, вже змішалася, одначе запримітила, що тепер уже не тільки Ібрагім, але й вірменин говорить те саме, а господар кімнати мовчить.

Оба її "опікуни" почали рівночасно оглядати її. Вона так змішалася, що кров почула аж в очах. Коли наступив відплив крові, запримітила, що господар кімнати оглядає її зовсім такими самими очима, як її батько коня, який йому сподобався.

Сей спомин оживив її, й вона усміхнулася сама до себе. Господар кімнати сказав щось. Оглядини були скінчені, і то корисно для неї, бо оба її дотеперішні опікуни були, очевидно, задоволені. Господар кімнати підійшов до одної з шаф, виняв відтам якусь шарфу червоної краски і заложив її сам на рам'я Настуні.

Ібрагім і вірменин попращалися з ним, взяли з собою Настуню і повели до зовсім іншого крила будинку. Перейшли з нею два великі подвір'я й огород, у якім були дерева. Потому впровадили її в новий будинок і передали в руки іншої керовниці. Попращали рухом руки і пішли.

III

Настуня знайшлася у великій кімнаті, де було багато молодих невільниць. Вони зараз обскочили її й ріжними мовами почали питати, хто вона, з якого краю, коли і як попала в полон.

Були між ними і бранки з української землі. Настуня зараз присусідилась до них.

Побачивши своїх, повеселішала й оповідала майже

радісно. Тут відчула близькість людей, уроджених на однім шматку землі, де сонце так само світить.

— Ти така весела! — сказала з подивом одна з її нових товаришок недолі.

— А чому не має бути весела? — відповіла друга.— Адже піде до школи, а за той час, може, родичі довідаються, де вона, й викуплять її.

— До якої школи? — запитала Настуня.

— То ти не знаєш? Ми тобі скажемо,— посипалося зі всіх боків. А одна з них, що мала на руці таку, як Настуня, червону шарфу, тільки вже старанно пришиту, почала так:

— Отся червона лента значить, що тебе зараз не продадуть...

— Ой чому ні! — перервала друга.— Або не продали тому тиждень одної з нас, хоч мала червоний знак?

— Е-е, ту сподобав собі якийсь великий пан і дав більші гроші!

— Також і її може хтось сподобати собі.

— Е-е-е, за тою вже шукав! А сих, що призначені до школи, показують тільки дуже багатим купцям, і то рідко.

— Але скажіть уже раз, до якої школи піду,— просила Настуня.

— Властиво, то ми всі в школі, і то в якій школі! Треба слухати й учитись, бо б'ють. Ах, як б'ють! Онде лежить на своїй лежанці ляшка з-під Львова, побита за непослух так, що ні сісти, ні лежати не може.

Настуня глянула в той бік, де їй показали хору. На долівці лежала боком у кутку на лежанці молода дівчина й не рухалась. Настуня підійшла до неї зі спочуттям. Всі разом з нею звернулися в той бік і обступили хору.

Лежача болісно усміхнулась і сказала до Настуні:

— Тут б'ють дуже болюче, але нешкідливо — батогами по обвитім тілі.

Втім увійшла керовниця, а за нею внесли обід.

Почався рух. Всі сідали на своїх місцях. Тільки хорій подали харч. Настуні також призначено її місце.

По обіді, який був дуже ситий, бранки почали прощатися з Настунею, кажучи:

— Кожда з нас мусить іти до своєї роботи. Вечером оповімо тобі все. А ти поки що поговори собі з хорою, бо тебе ще сьогодні не заберуть до школи.

Коли всі опустили кімнату, Настуня присіла до хорої й запитала її лагідно, відколи вона в полоні.

— Я,— відповіла хора,— попала в татарський полон

уже рік тому. Батько мій, Вєлєжинський, має село і, може, міг би викупити мене, якби знав, де я. Але ті генуенці укривають ліпших бранок...

— Чому укривають?

— Бо сподіваються або тим більшого окупу від родичів, чим довше вони тужитимуть, або великої ціни від чужих, яким раз у раз показують нас, вивчивши наперед, чого їм треба.

— А чого їм треба?

— Як від котрої. Вони ділять нас, бранок, на ріжні роди. Одних, простих і негарних, призначають до тяжких робіт і до праці вдома. Інших беруть до шкіл.

Ляшка усміхнулася з прикрістю і сказала:

— До такої, як тебе призначили, ще добре дістатися.

— А до якої школи мене призначили?

— Тебе призначили таки до дійсної науки. Навчать тебе читати й писати посвому та, може, своїх рахунків і спробують продати як служницю до гарему якогось могутнього баші або дефтердара, що має ласку в хана.

— Нащо ж їм сього?

— Аби мати через тебе знакомства і поміч в ріжних справах.

— А що ж служниця може зробити?

— Як де, як котра, як коли. Не одно вишпіонувати можна. Ті хитрі генуенці вже все обміркували.

— А до якої школи призначили тебе?

— Мене до зовсім інакшої. Гарних дівчат призначають вони до гаремів своїх багатих панів і вельмож та відповідно кормлять і виховують. Ти бачила, кілько харчів принесли мені?

— Бачила. Дуже багато.

— І я все мусіла з'їсти. Бо якби не з'їла, то знов дістала б кільканадцять батогів, хоч я вже така збита, що сидіти не можу.

— За що?

— За непослух, кажу. От мене висікли за таке. Приїхав з Трапезунта якийсь старий баша, що хотів вибрати собі між дівчатами нашого пана, — чи панів, бо вони спілку мають, — якусь гарну дівчину до гарему. Привели мене, гарно одягнену, й наказали мені виконати при нім усе, чого мене вчили в мой школі.

— А чого ж тебе вчили в твоїй школі?

— Се не така школа, як ти думаєш. В тій школі, де я була мало вчать, але основно вчать їсти, танцювати їх танці й інакше поводитися супроти старих, а інакше супроти молодих.

— Як же?

Молода ляшка Ванда трохи засоромилась. Але сказала:

— Як приїде молодий, що хоче купити дівчину, то вона має заховуватися дуже несміло, спускати очі вниз, закривати їх стидливо руками і так заінтересувати його.

— А старого як?

— Старого зовсім інакше. Йому має дивитись просто в очі, робити до нього гаряче, огнисте око й очима немов прірікати йому розкіш, аби купив. Отож приїхав тут до нашого пана старий як світ баша з Трапезунта. Кількадесять найкращих дівчат уставив йому наш пан у ряди, а між ними й мене. Всім нам остро пригадали, як поводитися. Баша, опираючись на палиці, переліз попри нас і кожду оглянув. Я як подивилася на нього, то мало не зімліла: старий, згорблений, каправий, голос має, як сухе, ломане дерево. А він якраз показав — на мене! Вивели мене з ряду ні живу ні мертву, й сам пан запровадив мене до окремої кімнати зі старим башою, де той при нім мав мене докладніше оглянути. Наш пан ще по дорозі давав мені очима знаки, як поводитися. Але я постановила собі поводитися якраз інакше, ніж мене вчили.

— І доконала свого?

— Так. Старий баша приступав до мене кілька разів, а я ні оком на нього не глянула, хоч мій пан аж кашляв з гніву. І баша сказав йому при мені: "Що ж! Вона гарна, але без життя. Не хочу!" Та й поїхав, не купивши нікого!..

— Я так само зробила б.

— А я вже ні, нехай діється, що хоче. Бо через тиждень били мене тричі на день так, що я від пам'яті відходила. Більше не хочу того. Коби тільки той сам баша не приїхав удруге.

Дрож потрясла нею. Настуня потішала її.

— Адже він уже тебе не схоче.

— Ага! Ніби він пам'ятатиме, що вже раз оглядав мене. Приберуть мене зовсім інакше, волосся опустять на груди, не назад,— о, бачиш, яке гарне волосся виплекали в мене! Вони знають, як се робити!

Показала своє дійсно гарне і буйне волосся та й, відітхнувши, додала:

— Маю таке прочуття, що той старий труп таки купить мене!

Почала плакати тяжко.

— А що ж він тобі зробить, як ти не любитимеш його, навіть коли вже тебе купить?

— Ех, як же ти нічого не знаєш про се, що вони виробляють з непокірними невольницями, які не піддаються всім їх забаганням! Поживеш, то почуєш. І тут між нами є такі, що були вже в гаремах у Царгороді, і Смирні, і Єгипті. Оповідають страшні річі.

Настуня задумалася.

Перед її очима стояв розірваний ланцух на Тринітарській церкві монахів як символ усього найкращого. Щойно тепер зрозуміла, що значить невольниця, а що свобідна людина. Розірваний ланцух на Тринітарській церкві видався їй золотим символом, дорогим над усе. Нараз прийшло їй на думку, що коли сьогодні вчує голос дзвону з тої церкви, то відзискає свободу.

Пригадалося їй, що батько її дуже не любив таких забобонних повірок. Але не могла опертися тому, що тепер уродилося в її душі, хоч воювала з сим. "Може, сьогодні неділя?" — подумала. Бо в дорозі втратила рахубу днів. А боялася запитати товаришку недолі чи вона не знає, що сьогодні за день: хотіла якнайдовше дуритися, що сьогодні неділя і що зараз задзвонять на вечірню молитву в Тринітарській церкві. Той голос мав для неї бути знаком, що буде ще свобідна, на волі, вдома, в ріднім краю. Ті два поняття: рідний край і свобода — лучилися в її думках і мріях нерозривно.

"Не мав слушності батько, коли говорив, що здоровля найбільше добро людини,— подумала.— Бо ще більше добро свобода".

Але не давала по собі пізнати того, що діялося в її душі. Інстинктом чула, що веселість і глибоке почуття радості з життя — одинока її оборона.

— Не журись,— сказала до ляшки.— Що має бути, те буде!

І затягнула таку веселу пісоньку, що й Ванда повеселішала. Так перебалакали аж до вечера, а — дзвін не задзвонив... Прийшли з робіт інші товаришки. Від тої, що мала червону шарфу, довідалася Настуня, що вже завтра поведуть її в школу і що там є вже двадцять дівчат, крім неї. Вона єврейка з Київщини, а є там ще дві грекині і інші з ріжних земель. Головних учителів мають двох: оден турок, оден італієць...

По вечері дівчата знов почали виходити.

— Куди ж ви знов ідете? — запитала Настуня.

— Знов до школи, але вже до лекшої,— відповіла їй ляшка.

— Там учать жінки,— доповіла друга.

— І ти туди завтра підеш,— докинула третя.— Мусиш піти, хоч, певно, трохи умієш робити те, чого там учать.

Настуня була дуже цікава побачити ту школу невольниць. Не спала тої ночі майже зовсім.

V

В ШКОЛІ НЕВОЛЬНИЦЬ В СТРАШНІМ ГОРОДІ КАФІ

Кожда школа вчить не для себе, але для життя.
"I am miserable and in a manner imprisoned and weighed down with fetters till with the light of Thy presence Thou comforlesi me, givest me liberty and showest me Thy friendly countenance.. "

Збентежено вибиралася Настуня до школи невольниць. Але ум її працював живо. Розуміла ясно, що в сій школі може бути побудована підвалина її дальшої долі — доброї або злої. Чи до утечі, чи до дальшого життя тут — все треба пізнати тутешнє життя і те, чого воно вимагає. Розуміла се так ясно, як Отче наш, котрий раз у раз повторяла.

Довго думала над собою. І твердо постановила пильно присвоювати собі все, чого в тій школі вчитимуть. І роздумувала ще над одним, хоч соромилася того сама перед собою…

Роздумувала, як сподобатись учителям. Розбирала докладно натяки товаришок неволі про те, як поводитися супроти молодих мужчин, а як супроти старих. Але стидалася докладніше розпитувати про те.

Коли перший раз переходила огородом з іншими невольницями до сусіднього будинку, де була школа для невольниць, побачила через залізну огорожу, недокладне забиту дошками, страшний вид: на вулиці вився в ланцюгах і болях нагий невольник з тавром на обличчі, вистогнуючи тільки два словечка в нашій мові: "О Боже!.. О Господи!.." Кості в руках і ногах мав потовчені, й обломки їх виставали крізь пороздирану шкіру. Якраз спускали на нього великих, нарочно голоджених собак, щоби рвали ту жертву... При нім стояла сторожа, щоб його з милосердя не дорізали християне, бо він мав сконати з голоду і спраги та упливу крові, рваний собаками двічі на день.

Були се звичайні способи, уживані мусульманами проти невольників, котрі уперто втікали. А вживано їх публічно на те, щоб інших відстрашити від утечі.

На той страшний вид Настуні закрутилося в голові, вона побіліла як стіна, хлипнула воздуха й упала на грядку квітів, сама як скошена квітка. Падала також зі словами: "О Боже, о Господи!"

В синіх очах Настуні знов мигнула чаша чорної отруї на тлі Чатирдагу... і зазвеніли в душі страшні, але правдиві слова Святого Письма: "На потомках потомків ваших відіб'ю злобу вашу".

Думки блискавками шибали їй по голові.

Катований невольник був гарно збудований, і легко міг бути потомком одного з тих злочинців, що підсували чашу з отруєю на Високім Замку у Львові, пам'ятної осени, коли рясно зародили сади по всій землі Галицько-волинській...

Довкруги на вулиці лунали зойки кількох інших катованих кнутами невольників: то публічно виконувано на них ріжні кари за найменший непослух. Настя, лежачи, затулювала вуха руками.

По якімсь часі піднеслася при помочі товаришок і бліда як смерть пішла дальше, подібна до лунатички. Молилася всю дорогу з великою вірою, кажучи в дусі:

"О Боже, о Господи! Ти, певно, справедливо караєш нарід наш за його гріхи великі. Але змилосердися над ним і наді мною в сім страшнім городі кари. Покажи мені приязне обличчя своє, і стане лекша неволя моя... Возьми опіку наді мною..."

З такими думками вступила в шкільну кімнату й усіла, як інші, на плетену мату, підібгавши ноги під себе.

О, якже се боліло!

Товаришки, що вже до всього привикли, сміялися з неї й потішали її, кажучи:

— Привикнеш! Не бійся!

Старалася тепер всіми силами забути те, що бачила на вулиці. Молилася і дивилася в двері.

До кімнати поваги вступив учитель в завою на голові. "Ні молодий, ні старий",— мигнула Настуні думка крізь головку і збентежила її так, аж почервоніла. Не знала, як супроти нього поводитися.

Поважний турок Абдуллаг відразу запримітив нову ученицю й її збентеження. По його обличчю перебігло щось ніби увага, ніби задоволення: може, подумав, що то він як мужчина зробив таке вражіння на гарній невольниці. Але старався не дати пізнати сього по собі. Усів на подушці і почав поважно, як щодня, свою науку словами:

— Нема Бога, тільки Бог, а пророк його Магомет!

Тричі повторив сі слова з таким притиском, як би добував їх із глибини свого серця.

Настуня розуміла їх, бо зустрічалася з ними майже від першого дня своєї неволі.

Слова Корану, читанки пророка, наводив учитель Абдуллаг тільки в арабській мові. Пояснював їх дивною мішаниною — турецько-персько-татарсько-слов'янською. При тім надробляв гестикуляцією й показував руками предмети, про котрі говорив.

Як губка воду, так Настуня втягала в себе правильну вимову арабських слів. Але зі змістом їх не годилася в душі, противилась йому, хоч була вдячна учителеві, що так уважно повторяв сі слова. Була переконана, що робить се для неї. Вдивлялася в нього, як в образ.

З дальшої його науки не розуміла нічого. І чулася найменшою з усіх учениць. Але тим твердше постановляла собі в душі зрівнятися з ними й навіть випередити їх. Уважно вслухувалася в чужі звуки мови учителя. Вся перемінилася в слух.

Щойно при кінці науки запитав поважний Абдуллаг, чи котра з учениць не знає мови Настуні. Зголосилась єврейка. Абдуллаг наказав їй передати Настуні все, що чутиме від нього, і взагалі помагати в науці. Єврейка переповіла се Настуні. Вона поглядом подякувала учителеві. По скінченні лекції Корану Абдуллаг учив рахунків.

Коли Абдуллаг вийшов, було полудне. Учениці пішли на обід. Настуня сіла біля своєї опікунки Кляри (так називалася єврейка) і зібрала в думці вражіння,— як робив голосно її батько, коли рішався на якесь більше купно або інший важний крок. Чула, що в Абдуллагу матиме приятеля, бо сподобалася йому: вдивлявся в неї весь час. Вправді непомітно, але частіше ніж в інших. Частіше й інакше. Зовсім так, як вдивляються, наприклад, жінки в гарну, дорогу матерію, якої із-за ціни не можуть купити. Він не зробив на ній ніякого вражіння як мужчина, як зробив Стефан, коли вперше побачила його. Але мимо того відчула смак у тім, що сподобалася йому.

Роздумуючи над тим, не забула про свою опікунку. Питала її, як називається по-турецьки кожний предмет, який бачила на столі. Кляра радо говорила їй і живо пояснювала все, що знала. Кляра була типова представниця свого рухливого племені, котре з потреби привикло бути у чинним між чужими. Опісля та учинність перейшла в кість і кров його та стала органічною потребою жидівської раси в добрім і злім.

Прихильність Кляри була для Настуні поки що більше потрібна, ніж приязнь Абдуллага. Від Кляри довідалася, що з другим учителем, італійцем Річчі, сама могтиме порозумітися, бо він був у Лехістані та й навіть троха говорить так, що вона зрозуміє його. Була тим дуже врадувана та й уже майже зовсім весела йшла на науку по обіді.

З полудня прийшов Річчі. Худий, жилавий мужчина, з якимсь дивним огнем в очах. Мав панські, аристократичні манери. Таких людей бачила Настуня тільки на мить, як переїздили раз через Львів. Отець Іоан казав їй, що се були ненецькі посли, котрі їхали в Москву.

Була дуже цікава, яким чином такий чоловік опинився на службі у людей, що торгували жінками. Очевидно, мусів мати якісь таємничі пригоди в життю, котрі загнали його аж сюди і приневолили до такого заняття у таких людей...

Річчі рівно живо зацікавився своєю новою ученицею. Він зараз-таки, заки приступив до науки, випитав її докладно, відки вона, чим її батько, як і коли дісталася в полон і що вміє.

Був задоволений з інтелігентних відповідей Настуні, хоч при деяких незначно усміхався. Особливо виразно усміхався, коли Настуня твердо підчеркнула свою віру та красу її обрядів і церков.

Се вкололо її так, що вона відважилася замітити:

— Ви, певно, латинської віри...

Річчі знов усміхнувся і відповів:

— Мої батьки визнавали ту віру.

— Як то — батьки? А ви прийняли іншу? — запитала з ледви замітним обуренням в тоні. Бо вже з дому винесла погорду до тих, які покидають віру батьків.

— Ні,— відповів Річчі, сміючись.— Але про се, якщо ви цікавитесь тими справами, поговоримо колись докладніше, і про красу ріжних обрядів та святинь у ріжних краях поговоримо також. Я радо говорю про се, особливо з молодими й цікавими людьми...

Взявся до науки. При тім кожде речення перекладав такою мішаниною, що й Настуня його розуміла. Говорив про ріжні народи, про життя на дворах панських і королівських і про те, як там пишуть листи, як будують, як одягаються. Цікаво говорив.

Настуня так зацікавилася його наукою, що при вечері навіть не мала часу подумати про сього учителя. Тільки випитувала Кляру, що він говорив досі, заки вона прийшла до школи. І Річчі при кінці лекції вчив рахунків.

По вечері попровадили її товаришки до тих кімнат, котрі бачила, як тільки прийшла до сього будинку. На питання, чого ще їх тут учать, відповіли їй:

— Дурниць! Зараз побачиш...

Тут вчили вже жінки під проводом тої керовниці, яка переодягала Настуню.

Вчили — залицятися, сідати на коліна, ніжно і горячо цілувати, плавно ходити по кімнаті, одягати й роздівати мужчин (одяги стояли на деревляних моделях), обіймати, робити їм гарні завої й турбани. Все — на моделях.

Настуні ся наука зовсім не сподобалася. Вона просто не могла собі уявити, як можна цілувати когось іншого, крім Стефана. Але пригадала собі слова Ванди й задумалася.

І сеї ночі довго не могла заснути. Думала про все, що бачила й чула в тій дивній школі. З одного була вдоволена: з припущення, що вона сама провадитиме науку в напрямі, який цікавитиме її. Була спритна. Вже першого дня зміркувала по поведенню учителів, що се може їй удатися. Успокоєна тим, заснула твердим сном.

Скоро помітила Настуня основну ріжницю між своїми обома учителями. У Абдуллага не було іншого Бога, крім Аллага, не було іншої влади, крім султана, не було іншого світу, крім мусульманського. Він був добрий і навіть приємний чоловік. Але пригадував їй вола в кераті, що крутився все в один круг, хоч часом той круг був доволі широкий і гарний. Абдуллаг з захопленням оповідав про велич султанської влади, про красу столиці і палат падишаха, про його сади цвітучі, про пишні одяги його двору, про силу його військ, про далекі країни, які підлягають його владі, про їх багатства і красу, про всю величність Сходу. Але всьому основа було у нього призначіння. Все буде, як має бути, як Аллаг призначив. І в тім основне ріжнився він від італійця. Так основно, як ріжниться Схід від Заходу.

Річчі в усім підчеркував вагу і значіння людської думки, підприємчивості і праці. Навіть у тім, що очевидно мусить бути,— говорив,— може людина робити важні зміни.

Любила його за сю думку. Бо ні на мить не покидала

своєї мрії про утечу, про те, що колись вирветься з сього чужого їй світу, куди її насильством запроторили й учили, крім потрібних речей, поцілунків і залицянь. Ненавиділа сю науку рівно сильно, як любила ту науку, яку їй подавав Річчі. З переняттям слухала його оповідань про чудові будівлі італійські, про царицю моря — Венецію на 122 островах, про золоту книгу її родів, про її Велику Раду, про могутність Дожі, про олов'яні тюрми в підземеллях, про високі школи у Флоренції, про Ватикан у Римі та про всі дива епохи Відродження.

Наперед сподобалось їй у тій науці це, що Річчі говорив про підприємчивого духу тамошніх людей. Потому перемогло в ній захоплення зовнішнім блиском тамошнього життя. Та вкінці знов більше зацікавилась людьми, яких їй представляв італієць. Особливо велике враження зробило на неї оповідання про те, що на Заході й жінки займаються всім тим, що й мужчини: і торговлею, й наукою, і навіть державними справами! І дивним дивом,— хоч була в неволі, — перший раз почула тут у собі — людину. Вправді, і вдома знала, що були й у нас жінки, які правили державою, от як велика княгиня Ольга. Але се знання було якесь запорошене і неясне, немов казкове. То було так давно, так дуже давно, як у байці. А тут усе те дійсно тепер відбувалося, жило. На саму думку про те рамена їй пружилися, мов сталеві пружини, і грудь підіймалася високо.

Тут вперше прийшло їй на думку, чому жінка не мала б займатися державними справами?

"Чи я не така сама людина, як мужчина?" — подумала. І якась іскра дивної амбіції заіскрилася в її серці — тим дивніша для неї самої, що вона добре розуміла, що була в неволі, і розуміла також, що і там, у старім краю,— так його в думці називала, бо сей був для неї зовсім новий,— властиво, тільки одні монахині зі всіх жінок кермували своїми публічними справами. Знала, що вони мали свої наради, що самі визначували членів своїх монастирів до ріжних справ і поїздок. А всі інші жінки подібним не займалися. І тим більшу вдячність відчувала супроти церкви, котра допускала й підносила жінок до такої праці. І тим більше гнівалася в душі на учителя Річчі, що він якось так з усміхом говорив про церкву.

Настуні ані не снилося, що Річчі був одним з політичних розвідунів Венеції, найбагатшого тоді міста Європи. Його завданням було слідити всякими способами відносини на Сході та причинятися до виховування таких інтелігентних невольниць, яких опісля можна було б ужити до звідунської служби на дворах мусульманських намісників, адміралів, генералів, везирів і вельмож.

Щоб не звертати на себе уваги турецької влади, котра особливо не терпіла венеціян, Річчі буцімто був на службі у генуенців, ворогів і конкурентів Венеції, котрі мали розмірно більше симпатії у турків, ніж венеціяне... Велика генуенська купецька фірма, у котрій служив під сю пору Річчі, мала спілку з купцями вірменськими, грецькими, турецькими та арабськими. Інтерес і політика були в ній так майстерно пов'язані й закриті, що навіть далеко не всі учасники тої спілки знали, в чім річ. Головна централя спілки нарочно була приміщена в Кафі, а не в Царгороді, де мала тільки свою філію з найбільш довіреними людьми.

Настуня більше відчувала серцем, ніж розуміла розумом, що в огороді її думок наступає якась зміна. Виглядало їй, немовби той її внутрішній огород поділився на три ріжні грядки з ріжними квітами.

Перша грядка була та, котру засадили в її душу ще вдома. Вона була їй наймиліша, мов васильок, пахуча, хоч найменше зрозуміла.

Друга грядка була та, яку засаджував в ній турецький учитель Абдуллаг. Вона не любила його науки. Але він сам був їй симпатичний, бо відчувала в нім чесного й віруючого чоловіка.

А третя грядка була та, яку засаджував в ній італійський учитель Річчі. Інстинктом відчувала, що він гірший від турка. Але наука його так її потягала своїм солодким блиском, мов гріх. Мов тепла, ясна водиця в купелі обіймала її дивна наука тодішнього меткого Заходу. Більше відчувала, ніж розуміла, що та наука визволяє нутро людини, але страшно визволяє. Дає чашу отруї в руку і кинжал у другу й говорить: "Тобі все вільно робити, що тільки хочеш!" А строга наука Сходу говорила: "Ти маєш слухати Аллага на небі й султана на землі!" Вона в'язала — ще тяжче, ніж татарське реміння. Але в тім зв'язанню чути було силу. Відчувала її Настуня в Абдуллагу, що був сильно зв'язаний тою наукою на всі боки.

Перед чистою, як квітка, душею Настуні стояв тодішній Захід ренесансу, заражений уже безвірством і злочином,— і чужий Схід, повний жорстокостей, але сильніший вірою в Бога на небі, котрий вибрав той Схід на кару для землі.

Боронилася в своїм нутрі, як бориться метелик, кинений у воду. Одинокою її внутрішньою опорою був хрест. Але його щораз більше немов заливали дві нові струї. Ще виринав він у її душі — навіть ясніший, ніж перед тим. І держалася його так, як держиться мурашка на малій трісочці, котру вже несе повінь.

О, страшна є внутрішня повінь розхвильованої душі людини! А така повінь щойно зачинала прибувати в невинну душу Настуні…

II

Хоч Настуня не любила Річчі, але з запертим віддихом слухала його лекцій, особливо про безоглядні вчинки жінок в Італії. Як же він цікаво оповідав! Про їх інтриги й заговори або про ріжні отруї, якими прятали зі світу ворогів.

У нутрі кричало щось у ній, що так не вільно робити. Але рівночасно заглушувала той крик нова свідомість, що так роблять… І моральний крик її душі був щораз тихіший і тихіший. Просто освоювалася з тим, хоч терпіла від того.

Одного дня прийшло їй на думку, що її учитель має якийсь означений і добре обдуманий план, коли оповідає їм про те все. Властиво від першої години, яку перебула разом з ним у школі, відчувала, що се якийсь таємничий чоловік, котрий чогось не договорює. Кілька разів здавалося їй, що ловить кінець нитки його дуже таємничого клубка. Вже пальчик прикладала до чола на знак, що відгадала. Але по хвилі спускала ручку… Не могла відгадати.

Все те її цікавило й захоплювало, але й мучило. Тому відіткнула, коли Річчі перейшов до зовсім нових справ. Настуня щось чула про се вже вдома — перші глухі вісті. Але тут довідалася докладніше про нові дива-дивенні, які італійський земляк її учителя відкрив за великим морем, у котре заходить сонце. Довідалася про червоних людей, що летять як вихор степами і здирають шкіру з голов побіджених, про їх шкіряні вігвами й кам'яні святині на таємничих озерах, про золоті палати їх царів у Мексиці і Перу та про страшну, завзяту боротьбу з білими наїздниками.

З того повернув Річчі на оповідання про чудові пригоди Одіссея. Помалу перейшов до еллінської філософії, втягала в свої думки його науку, як втягає квітка росу в ніжні листочки. І дозрівала на очах, як черешня.

Все, що вчула, обговорювала потому зі своєю товаришкою єврейкою, котра більше знала, бо довше вже була в руках сих торговців, котрі старанно підготовляли свої жертви.

Раз запитала її Настуня:

— Скажи мені, Кляро, на що вони нас вчать про ті отруї і про жінок, що таке роблять?

— То ти, Настуню, ще не знаєш? Вони міркують собі так: ану ж котра з їх невільниць дістанеться до якогось високого дому, де їм треба буде спрятати когось. Тоді прирікають золоті гори, і не одна таке робить. Все те спілка, котра сягає Бог знає, як далеко! Я не знаю, але здається мені, що та спілка сягає навіть у ті зовсім нові землі, про котрі оповідає Річчі.

Настуня здригнулася, як від порушення гадини: та страшна думка так її занепокоїла, що ніколи не любила зачіпати в розмові тої справи.

Але раз знов запитала Кляру:

— Чи ти гадаєш, що й Абдуллаг є у тій спілці?

— Абдуллаг? Ні! Се чесний турок, він слухає Корану. Але він не знає, що робиться.

Раз, коли сама йшла коридором і спізнилася трохи до школи, зустрів її Річчі, задержав і несподівано запитав:

— Чи Ви поїхали б зі мною в західні краї?

— Як то? — відповіла збентежена і ціла запаленіла.— Адже я в неволі...

— Втечемо разом.

Не знала, що відповісти. Хотіла видертися відси. Але пам'ятала про свого Стефана. А що значить утечи з Річчі, розуміла. Та не хотіла відмовою наразити собі його. І відповіла по хвилі скоро, якби спішилася:

— Я... я... надумаюся...

Хтось надійшов, обоє поспішно пішли до школи.

Річчі почав іще краще оповідати про дива західних країв, про їх високі школи і науки в них.

Так минав час. А сподіваний викуп не приходив... І навіть чутки не було ні від Стефана, ні від батька. А може, не допускали до неї ніякої вістки? Часом сиділа й нишком плакала. Але скоро зривалася й бралася до пильної науки.

Властителі Настуні тішилися, що мають таку пильну ученицю.

А тим часом Стефан Дропан, наречений Настуні, зі значними грішми їхав з польським посольством слідами своєї любки. Був у Бахчисараю і добився до Кафи. І молився в церкві оо. Тринітаріїв, лиш через улицю від своєї Настуні.

Скрізь розпитував і поїхав дальше аж до Царгороду. Але

навіть ніякої вістки про неї не здобув. І не відзискав Настуні, і вона не відзискала його. І хитрим торговцям не вдалося ужити її до своїх цілей. Бо незбагнута рука Господня керує долею людей і народів на стежках, які вони самі собі вибирають вольною волею, ідучи до добра чи зла.

VI

В НЕВІДОМУ БУДУЧНІСТЬ

*"Ambula ubi vis, quaere quodcumque volueris:
et non invenies altiorem viam supra,
nec securiorem viam infra, nisi viam sanctae crucis".*

*Понад морем сумно лине
Ключ відлетних журавлів.
Хто з них верне? Хто загине?
Чути їх прощальний спів.*

I

Багато днів минуло у школі невольниць, і над страшною Кафою вже другий раз на північ летіли журавлі. Настала гарна весна, і земля запахла. Одного вчасного вечора, коли до пристані причалив ряд турецьких галер, побачила Настуня з вікна своєї кімнати, як військова сторожа у пристані зачала кидати свої шапки на землю і зривати намети! Голосні оклики вояків доносилися аж до неї.

Миттю стало відомо всім, що в місті Ограшкей помер у дорозі старий султан Селім і що тіло його чорними волами везуть до Стамбула.

Якесь небувале заворушення заволоділо мусульманами.

На устах усіх було ім'я престолонаслідника, що досі був намісником Магнезії.

— На престол вступає молодий Сулейман!

Сі слова вимовляли мусульмани з якимсь особливим притиском і таємничістю в очах.

По вулицях міста якось інакше йшли військові відділи: інакше ступали, інакше несли мушкети, інакше підносили голови. Крок їх став твердий, а литки яничарів мов сталь напружилися... У старих, чорних улицях Кафи збиралися товпи мослемів і, голосно кричали до неба:

"Аллагу Акбар! Нехай сто літ живе султан Сулейман!" ... Десятий султан Османів! А з тим окликом якась дивна легенда віри і надії йшла від Чорного моря і від гір Чатирдагу між народ мослемів. Йшла і кріпила його на дусі і на тілі.

Навіть на подвір'ях гаремів побожні жінки мослемів піднімали своїх дітей вгору і з завзяттям шептали:

"Нашу кров і майно — на приказ падишаха!"

І всі мошеї станули отвором, а народ мослемів хвилями напливав молитися за молодого султана. Із верхів мінаретів кричали муедзини дивними голосами свої молитви. Мов дрож громовини йшла по краю мослемів. Чути було в воздусі, що надходить велика доба держави Османів, підготована твердістю покійного султана. Якась аж неймовірна єдність опанувала мусульман всіх племен і станів — від багача до жероти. Від неї тим виразніше відбивали посоловілі обличчя чужинців, християн і жидів.

Настуня з цікавістю очікувала дня, щоб розпитати свого учителя Абдуллага про молодого султана.

Як тільки на другий день увійшов у кімнату Абдуллаг, запитала його:

— Чого мусульмани сподіються від нового султана?

Абдуллаг подивився уважно на неї, склонив голову, схрестив руки на грудях і сказав глибоким таємничим голосом:

— Султан Сулейман буде найбільший зі всіх султанів наших!

— Чому? — запитала молода невольниця, котра вже убулася в школі і привикла до учителів.

— Бо так предсказано,— відповів з глибокою вірою поважний Абдуллаг.

— Але що саме предсказано? — запитала цікаво Настя.

— Предсказано, що з початком кождого століття родиться великий муж, який обхопить те століття, як бика за роги і поборе його. А султан Сулейман уродився в першім році десятого століття Геджри.

— Але ж у тім році уродилося більше людей,— замітила Настуня.

— Не говори так, о, Хуррем,— відповів поважно Абдуллаг,— бо султан Сулейман любимець Аллага, і свята різка в руці його має за собою ще оден знак на те, що буде найбільший зі всіх султанів наших.

— Який знак? — запитала ще цікавіше.

— Такий, що він десятий з черги султанів! А число

десять се найбільш досконале число! Бо воно кінчить і завершує перший круг чисел. Про досконалість сього числа свідчить те, що маємо десять пальців на руках і десять на ногах,— маємо десять змислів: зір, слух, нюх, дотик і смак, і п'ять таких у нутрі, маємо десять частей святої книги Корану і десять способів читання її, маємо десять учнів Пророка і десять заповідей, і десять частей неба, і десять геніїв над ними, і з десятків складається все військо падишаха. Десятий султан тяжко поб'є ворогів ісламу. Чи не чуєш, як інакше перекликається сторожа у пристані? Вона вже чує, що велика рука взяла над землею знак влади Пророка, ще більша, ніж була рука його грізного батька, нехай Аллаг буде милостивий душі його!

А військова сторожа дійсно інакше перекликалася у кафській пристані. Інакше на вежах співали муедзини. Інакше носили голови навіть прості мослеми: їх уявою заволоділа вже міцна віра в великого султана, що все переможе і все упорядкує. І дивні легенди почали оповідати про молодого Сулеймана.

Настуня все нетерпеливо ждала на Абдуллага, щоб розпитувати його докладнійше про нового султана. Тепер Абдуллаг, а не Річчі, цікавив її передовсім.

На другий день почала знов розпитувати Абдуллага про молодого султана. І так зацікавилася тим, що говорила вже доволі добре з Абдуллагом, навіть без допомоги товаришок.

Абдуллаг, урадований її зацікавленням, оповідав з найвищим захопленням, говорив про великі діла, яких напевно доконає сей молодий султан.

Настуня довго слухала його з зацікавленням. Нарешті перервала його словами:

— Говориш про його діла так, якби султан Сулейман мав вічно жити.

— Ні. Вічно жити не буде й він. Але старе передання каже, що він і по смерті правитиме світом ще якийсь час.

— А се як?

— Ось так. Десятий султан Османів умре на львинім столі сидячи. А що він у хвилі смерті своєї оточений буде всіми ознаками влади, то люде і звірята, генії й злі духи боятимуться його і слухатимуть, думаючи, що він живий. І ніхто не відважиться наблизитися до Великого халіфа. А він нікого не закличе, бо буде неживий. І так сидітиме, аж поки малий червак не розточить палиці, на якій великий султан опирати буде обі руки свої. Тоді разом з розточеним патиком упаде труп Великого Володаря. І смерть його стане відома всім. І пічнеться небувалий нелад в державі Османів. Мішками зав'яжуть собі шиї аги і вельможі і настане страшне панування Капу-Кулів. Арпалік і Пашмаклік знищать велику скарбницю султанів, а перекупства і злочини, як черви, розточать силу законів десятого й найбільшого султана Османів. Ще з того боку моря, з пустинь далеких такі передання приніс мій нарід про десятого й найбільшого султана Османів.

По хвилі додав:

— А ти, ніжна квітко, не бійся страшного часу Капу-Кулів. Бо предсказано, що хто матиме літ більше ніж десять, коли вперве почує сі передання про Сулеймана, той не побачить смерті десятого султана. Бо дуже багато морських хвиль ударить до берегів землі, заки зморщиться молоде обличчя Великого халіфа і як молоко побіліє каре волосся його.

Учитель Абдуллаг говорив се спокійним голосом. І ні один нерв не задрижав на його обличчі.

З запертим віддихом слухала Настя старого повір'я турків про їх найбільшого мужа. Немов в екстазі, запитала:

— А не предсказано нічого про жадну з жінок десятого султана?

— Все, що призначене, єсть і предсказане. Найлюбіша жінка десятого султана буде Місафір. Зійде як ясна феджер у серці падишаха, а зайде криваво над царством його. Зробить багато добра і багато лиха в усіх землях халіфа від тихого Дунаю до Базри і Багдаду і до кам'яних могил фараонів! Навіть в царстві мовчання, у страшній пустині, де вік віків чорніє Мекам — Ібрагім, серед жари засвітить чистий ключ водиці за стопою її. Бо дасть їй Аллаг з високого неба велику ласку свою і розум великий. Але шайтан засіє в її серденько рівно велику гордість…

В школі невольниць було тихо, хоч мак сій. Учитель Абдуллаг відітхнув і говорив дальше:

— Довго і завзято постом і молитвою буде боротися Велика Султанка зі своїм гріхом, поки не піддасться силі шайтана — у святу ніч Рамазану… І затермосить вихор брамами сераю і вікнами гарему, а в серці султанки зійде гріх гордості, і засміється шайтан у садах султанських і в мармурових палатах падишаха. А потім кара Божа так певно надійде, як іде пустинею напоєний верблюд. Бо Аллаг людині багато позичає і довго чекає і нічого не дарує, даром не дає…

Настуня задумалася, але не над жінками падишаха. Ум її,

котрий Річчі зацікавив державними справами, звернув увагу на щось зовсім інше, і вона сказала:

— Ще одно! Чи не предсказано, що буде дальше з державою великого султана?

— Все... що призначене... єсть і предсказане дрожачою душею віщих людей,— відповів Абдуллаг. І додав якби з сумом:

— Коли доповниться круг віків на повіках вічних очей Аллага, тоді нарід Османів поверне відки прийшов, сповнивши по наказу Божім своє призначіння на безбожних нессараг. А вертати буде знов на схід сонця під проводом кривавих ватажків своїх без роду і без плоду, лише з огнем в зубах...

Помовчав хвилю і закінчив:

— Як кожда людина, так і кожде плем'я має свій кісмет, твердий і невмолимий, котрого не об'їде ні конем на землі, ні судном на морю...

Говорив так певно, мовби читав зі святої книги Корану. Ні на одну мить не проявився неспокій в очах його. Всьою поставою і всім виразом обличчя говорив, що буде те, що має бути, і навіть Сулейман Великий не здержить кроків Призначіння. "Кісмет" ішов...

II

Рух, викликаний вісткою про смерть старого султана і вступлення на престол нового, не вгавав, а кріпшав дня на день. Рух в пристані став великанський. З глибин Криму приганяли на торг великі маси коней, худоби і невольниць. Попит за ними був сильний. Бо всякі достойники заосмотрювалися в сей товар, щоб робити дарунки ще вищим достойникам: запопадали їх ласки при сподіваних змінах, хотіли вдержатися на своїх становищах або одержати при тій нагоді вищі.

Наука в школі невольниць майже зовсім перервалася, бо щодня приходили вельможі й багаті купці, яким у ріжних одягах або й напівнаго показувано весь жіночий товар. Раз мало не купив Настуні якийсь анатольський баша. Купно розбилося тільки із-за високої ціни, з якої не хотів генуенець опустити ні шеляга.

Не переривано тільки науки, якої вчили жінки. Сю науку вбивано в голови невольниць з іще більшим натиском. Скоро повторювано з ними особливо науку ґустовного одягання й добирання красок в одягах та в уряджуванню кімнат, в укладанню кашмірських шалів та дорогих серпанків з Моссулю й Дамаску. Поведення з невольницями стало надизичайно суворе: за найменшу неточність били їх батогами, докладне обвиваючи тіло перед биттям, щоб не поранити. Харч був багатий, як ніколи.

Серед такого руху, де кожда кождої хвилі могла сподіватися зміни своєї долі на гіршу, майже без враження здійснилося прочуття ляцької шляхтянки. Всі її товаришки дивилися якось безучасно на те як її одягали.

Всі вже знали, що приїхав старий, знеможілий баша. Настуня при пращанню шепнула їй на потіху:

— Він купує тебе не для себе, а на дар для когось. Може, й молодому мужчині дістанешся.

— Ой ні,— відповіла жертва.— Він уже над гробом і в нікого ласки не запопадає. Для себе купить мене! А може жити ще довго...

З'явилися і вірменин, і старий Ібрагім та й разом з генуенцем прийшли, ще раз упімнули свою жертву, щоб старалася сподобатися старому баші.

— Бо інакше буде дуже зле,— сказали їй торговці, щоб залякати й інших.

Нещасна жертва, пам'ятаючи попередні знущання, зараз піднесла голову й почала крізь сльози кидати огнисті погляди та живо рухатися так, як її вчили. За годину їхала в критій колясі зі старим трупом до пристані як його власність.

Настуня з жалем пращала очима свою землячку, бо сама не знала, що з нею буде завтра.

— Бідна Ванда Вєлежинська вже має чоловіка,— шепнула Настуня до своєї товаришки Кляри. Та не відповіла ні словечка, така була стурбована.

Кляру призначили в оден ряд з Настунею — невідомо, куди...

III

Генуенець, Ібрагім і вірменин ходили по огороді й над чимсь радили. Невольниці з запертим віддихом слідили з вікон кождий їх рух, кождий вираз їх облич. Знали, що ті торговці рішають тепер про їх долю, але не знали, що рішать.

Ще того вечора повідомили їх, що завтра рано повезуть на продаж цілу школу. Куди, не сказав ніхто. Але всі додумувалися, що морем і правдоподібно в Царгород, бо там найбільший попит. Сам Ібрагім повезе їх, оповідали. Все одно — опиняться на авретбазарі. Се знали.

Настуня не спала майже цілу ніч. Не спали й її товаришки. Споминали минувшість, вгадували будучність.

Раннім ранком принесли їм гарні одяги й наказали старанно одягнутися. Недовго тривало — і цілу школу рядами поведено до пристані та човнами перевезено на велику галеру. Доглядав їх чемно старий Ібрагім і то разом з вірменином. Настуня згадала перші хвилі свого полону. Оба були ласкаві для своїх жертв. Очевидно, не знали ще, де котра з них попаде і чи не пригодиться коли в життю. З обома торговцями їхав також брат генуенця.

Галера довго стояла. Мабуть, ждала ще на когось. Рушила щойно під вечір.

Настуня з жалем подивилася на місто й будівлю, де пережила стільки нових для неї думок, мрій і почувань.

Якийсь холодний сутінок клав свої ніжні пальці на тихі води моря, на його легкі хвилі й на заплакані очі молодих невольниць.

Яка доля ждала кожду з них? Одну ждала лучша, другу гірша — аж до страшних домів розкоші у Смирні та Дамаску, в Марокку й Самарканді... Але болю душ не можна порівняти. І тому однаково клав свої ніжні пальці вечірній сутінок на заплакані очі невольниць. Нараз — невольниці сумно заспівали на пращання... Заспівали, як птиці заскиглили... Береги Криму і страшний город Кафу з жалем пращали. Така вже вдача людей: вони жалують того, що було, хоч воно було б недобре, бо бояться того, що буде — невідомого.

Хоч вони були дуже втомлені, бо не спали минувшої ночі, але й сеї заснути не могли. А як темна ніч покрила чорним оксамитом безмежну поверхню моря, жах почав ходити по чорній галері і не дав заснути ні везеним на торг невольницям, ні їх властителям. Оповідали собі про напади морських розбишак, про страшного Хайреддіна з рудою бородою, котрий не шанує навіть галер високих достойників. Оповідали про чайки козацькі, що несподівано нападають на морю й підпалюють турецькі галери.

Настуня мріла про такий напад, хоч дуже боялася вогню на воді.

А як північ наспіла і небо та Чорне море стали чорні, мов найчорнійший аксамит і ні одна зірка не блистіла на небеснім зводі, — побачили бідні невольниці, як далеко-далеко засвітили на морі три червоні огні. Вони скоро зближалися. Неспокій запанував на галері торговців.

Хто се може напливати?

В тих часах моря були рівно небезпечні, як сухопутні шляхи.

Неспокій перейшов у тривогу, бо вже виразно видніли таємничі судна — не то купецькі, не то воєнні. Нараз пронісся по галері шепіт:

— То пливе Хайреддін з рудою бородою!

Хто шептав? Всі шептали. Хто зачав? Вони не знали. Але ні одна душа не сумнівалася, що напливає Хайреддін, "пострах п'яти морів" — від Альґіру по Аден, від Кафи по Каіро, скрізь страшний і скрізь присутній... Жах спаралізував усякий рух на галері торговців. А три темні судна Хайреддіна, найстрашнішого пірата тих часів, щораз ближче світили червоними огнями. У світлі їх Чорне море ставало ще чорніше. І якась тяжка задуха лягла на воздух, і на воду, і на серця всіх людей на галері,— така тяжка, якби духи всіх помордованих грізним султаном Селімом хмарами летіли зі всіх усюдів на суд справедливого Аллага. Навіть невольниці, котрі нічого не могли стратити, відчували, що може бути ще гірша доля від тої, яку мали: попасти в руки закам'янілих злочинців як добича, жеребом тягнена.

А темні судна Хайреддіна підпливали все ближче і ближче. Вже на них виразно видніли чорні тула гармат і блискучі гаківниці і залізні драбини з гаками, які розбишаки перекидали на купецькі кораблі і так діставалися на них з мечами в руках і ножами в зубах. Онде стояли вони довгими рядами, ждучи наказу ватажка.

Галера торговців стала — як курка, на котру налітають шуліки. А на однім з піратських суден вийшов з каюти Хайреддін з рудою бородою, пострах всіх людей, що плили морськими шляхами, без ріжниці віроісповідань. Обличчя опришка було порізане глибокими близнами. Крізь легкий прозорий кафтан з червоного шовку видніла сталева кольчуга. За поясом мав два острі ятагани, при боці криву шаблю, в руці звичайну палицю-кавулю. Бороду мав руду, аж червону, немов помальовану.

Настя на той вид зачала тихо тремтячими устами шептати псалом:

— Помилуй мя, Боже, по великій милості твоїй і по множеству щедрот твоїх...

Кляра, на всім тілі дрожачи, шептала до Настуні:

— Зараз буде напад...

Хайреддін глумливо й уперто вдивлявся в галеру торговців, не кажучи ні слова. Над його головою помалу підносили червоне полотно на двох жердках. На нім звичайно видніло одно-одиноке слово: "Піддайтеся!"

Але тепер на велике здивування всіх, що вліпили очі в полотно, був більший надпис: "Десять днів і десять ночей не беру добичі ні на морі ні на суші ні від мослемів ні від нессараг, відколи вуха мої вчули вістку, що на престол мослемів вступив десятий падишах Османів".

Всі відітхнули, хоч страх не уступив відразу: і свобідні, і невольні напівпритомними очима гляділи на три піратські судна Хайреддіна, що тихо сунули попри них.

Вони вже зникали на чорнім тлі, а жах невольниць ще більшав на думку про в'їзд у столицю того чоловіка, котрого хоч на десять днів пошанував страшний Хайреддін з рудою бородою.

Настуня збілілими устами раз у раз відмовляла "Помилуй мя Боже" — вже зі страху перед Царгородом, столицею Халіфа.

Всі невольниці вже Бог знає котрий раз оповідали собі, як перед виладовуванням їх у пристані покують їх чвірками в ланцюжки, бо в натовпі могла б не одна втечи і пропасти.

Кляра, котра відкись докладно знала майже про все, що робили з невольницями, пояснювала Настуні, що коли часом не стає ланцюжків, то скорше навіть мужчин пов'яжуть звичайними путами, ніж молодих жінок і дівчат.

— Та чому? — питала Настя.

— Я ж тобі вже говорила! Бо мусульмане кажуть, що найдурніша жінка хитріша від найрозумнішого мужчини. Зрештою, ми в нашім віці дорожчий товар, ніж найсильніші мужчини.

Білі ручки Настуні злегка задрожали, а в її синіх очах заперлилися сльози.

Над ранком заснула неспокійним сном. І снилося їй, що на галеру таки напав Хайреддін-розбишака трьома суднами і що здалека надлетіли малі чайки козацькі... І що була завзята битва, і що галера почала горіти, і пекла ясна полумінь. Пробудилася з криком. Було ще темно кругом. Тільки оченята її пекли від недоспаних ночей. Сіла на лежанці й очікувала днини. Раненько почула в небі тужні голоси. Такі тужні, що здавалося їй на хвилинку, що то її рідна мати й батько кличуть за нею: "Настуню! Настуню!"

А то ключ перелетних журавлів летів з Малої Азії понад

Чорним морем, на північ, в рідний край Настуні. Може, й він пращав її…

Перед її очима став Рогатин і великі луги над ставищем, де часто спочивали журавлі.

"Там, певно, все ще в руїні," — подумала, і сльози заперлилися в її очах. А чорна галера торговців живим товаром пливла і пливла на захід сонця — в невідому будучність.

VII

В ЦАРГОРОДІ НА АВРЕТБАЗАРІ

*"Viel dunkle Wege fuehren
Vor unbekannte Tuezen,
Wer keine Heimat hat…"*

*"Zal z oczu lzy wyciskal tym, co tam patrzyli,
Co z Bahramen w niewoli w Carigrodzie byli,
Widzac, ano tuteczne ludzie przedawano,
Xiedza, cylopa, szlachcica, — nic nie brakowano.
Jednych kijmi na bazar jak bydlo pedzono
Drugich w petach, a drugich w lancuchach wiedziono"*

I

Щойно перестали падати рясні дощі над гарним Царгородом, і весняне сонце усміхалося до нього блиском і теплом. Зазеленіли сади й огороди. І міцніше притулився повій до струнких кипарисів у парках Ільдіз-Кіоску. І зацвіли білі й сині бози, і червоний квіт брескви покрив гілля її. З величезних мурів резиденції падишаха позвисали сині, міцно пахучі китиці квітів гліцинії. Запах їх доходив аж до пристані, де виладовували довгі ряди молодих невольниць. …Йшли скованi, по чотири, злучені міцними подвійними ланцюжками, з кайданками на руках. А для чвірки, в котрій була Настя, якось не стало легких, жіночих ланцюжків. І на березі Золотого Рога столиці падишаха заложили на її ручки тяжкі ланцюхи, призначені для молодих мужчин-хлопців, стиснувши їх на три огнива, бо дрібні ручки мала.

Була б тут, може, ревно заплакала, якби й увагу не відвернули дикі сцени, що діялися тут при виладовуванню мужеських невольників. Від Чорного моря, від берегів Скутарі й від моря Мармара тиснулися до Золотого Рога ріжні-преріжні судна, галери, байдаки і каравелі. А з них виганяли на беріг пристані маси невольниць і невольників. З невольницями поводилися ще сяк-так, але невольників гнали як худобу: били буками і різками, дротяними-нагайками і кінцями ланцюхів, аж до крові.

Тут узріла розгорнену в самій середині "книгу історії наших найбільших страждань і мук". Від хвилі, коли побачила своїми очима, що навіть найстрашніший опришок турецький умів пошанувати правну владу своєї землі, вже не сумнівалася в розвиненій болем головці своїй, що кождому народові дає Бог справедливий таку долю, на яку заслугує. В синіх очах Настуні знов мигнула чаша чорної отруї — на тлі Високого Замку у Львові. І для того не заридала вголос на березі Стамбулу і золотої пристані його. Тільки дві тихі сльози скотилися з очей її на ланцюхи-кайдани і засвітили, як перли. І пригадали їй ворожбу циганки, котрої вже давно не згадувала: "В перлах і фарарах ходити будеш і адамашки під ногами будеш, а горючий камінь у волоссю твоїм…"

Не в перлах, а в ланцах ішла, не по адамашку, а по поросі, скропленім сльозами невольниць. У волоссю не мала дорогого "горіючого каменя", але зате немов палахкотів горіючий камінь у голові: хвилями відчувала такий пекучий біль у головці, що здавалося їй, немов її власні очі западаються в нутро голови. Коли біль уставав, віддихала, мовби на світ щойно вродилася.

А від Пери й Галяти, великанських передмість Істамбула, гнали сухопуттям в ланцюгах і путах нові товпи вже проданих невольників! Кого між ними не було! Робітний народ, селяне і міщане, шляхтичі й духовні, що видно було по їх одягах: мусіли їх недавно пригнати з рідного краю кримські ординці або дикі ногайці. Бранці йшли сковані й пов'язані, як худоба, биті й катовані. А турецькі пси лизали кров, що капала з їх ран від побоїв.

Настуня закрила очі з внутрішного болю. Були се, очевидно, бранці з її рідних сторін, бо переважали між ними зітхання до Бога в її рідній мові, хоч чула також тут і там уривані слова польської молитви: "Здровась Марійо, ласкісь пелна... мудль сен за намі гжешними... тераз і в годзіне сьмерці нашей... амен…"

Польську мову чула між нещасними рідше ніж нашу. Пригадалися їй батьківські слова, що й ляхи гарні пташки, але таки не такі гарні, як наші. І для того менше їх попадало в отсю страшну каторгу-покуту. Думала: "Як вимірив Божою мірою справедливості…"

Розуміла, що й наші, й поляки були тут дуже нещасні, бо втратили свою Батьківщину, ціннішу навіть від здоровля й тепер не знали, куди їх поженуть та перед чиїми дверми опиняться. А як не чула вже ні рідної, ні польської мови, зачала розглядатися по місті, щоб забути страшний вид, який недавно бачила. Вона зі стисненим серцем дивилася на марморні палати і стрункі мінарети чудової, як мрія, столиці Османів серед квітів і зелені під синім небом полудня.

II

Якраз виправляли в Мекку святу весняну каравану, що везла дари й прохання султана до гробу Пророка. Бо був се приписаний день перед початком Рамазану.

Вже від ранку глітно було на широкій вулиці, що з північного кінця пристані провадить до Ільдіз-Кіоску, положеного над Босфором, на височині Бешікташу.

Незлічимі повозки сунули в барвистій товпі народа... А від Бешікташу аж до гори Ільдіз стояло шпалірами військо падишаха. І все ще виходили султанські сили стройними рядами з довгої на милю казарми яничарів, котру скоро кінчив десятий султан Османів. Всі дахи кам'яниць були битком заповнені глядачами. З кождого вікна дивилися цікаві очі тісно стиснених голов. А всі мури по обох боках вулиці обсаджені були видцями до останнього місця. Довжезними рядами сиділи на них турецькі жінки і дівчата в завоях. Кожда з них очікувала нетерпеливо, щоб побачити молодого султана.

Те саме бажання мали й молоді невольниці, яких уложено далеко позаду — просто для того, що дальше в натовпі не можна було ні йти вперед, ні вернути до пристані.

З мошеї вийшов довгий ряд мусульманських духовних: старі, бородаті мужі, поважного вигляду, в довгих одягах з зеленого шовку, з широкими, золотом гаптованими ковнірами. На головах мали зелені турбани з широкими золотими лентами. Йшли мовчки і поважно — в напрямі до султанської палати. Там, перед вікнами великого падишаха, в укриттю перед товпою, навантажували султанськими дарами святу, весняну каравану до гробу Пророка.

Настуня вся замінилася в зір. Але не могла бачити, що діялося там, куди пішов довгий ряд духовних.

Перемогла в собі внутрішнє пригноблення, яке мала із-за наложених на руках ланцюхів.

І вже з веселим усміхом звернулася до старого "опікуна" свого і сказала лагідним, як оксамит, тоном:

— Скажи нам, добрий Ібрагіме, куди йдуть ті духовні?

Ібрагім ласкаво подивився на неї й відповів:

— Скажу тобі, о Хуррем, хоч ти й не визнаєш святого імені Пророка. Бо я не трачу надії, що світло науки його осінить колись твої веселі очі. Правду скажу тобі. А що се правда, переконаєшся, як Аллаг буде ласкав для тебе і зробить тебе служницею одної з жінок падишаха, нехай живе вічно!..

Показав рукою і говорив дальше:

— Ті духовники йдуть на велике подвір'я палати падишаха, де під вікнами султана всіх султанів навантажують святу каравану султанськими дарами. Визначні паломники, що підуть з нею до гробу Пророка, і ті духовні, що товаришать їй, вступають у великий намет, де для них приготована спільна вечеря. По вечері входить між них сам Шейх-Уль-Іслям, Заступник Халіфа у справах Ісляму і благословить їх на путь. Опісля виходять з намету і стають перед вікнами султана. Щасливий той, чиї очі можуть хоч раз в житті побачити десятого й найбільшого султана Османів!..

Тут старий Ібрагім зітхнув і говорив дальше:

— Він стає в однім з вікон і знаком руки прощається з паломниками. А вони кланяються йому до землі. Зараз потім виходить тридцять висланців султана й передають провідникам каравани золоті гроші в шкатулах з білої шкіри, зав'язаних зеленими шнурами. За ними виходить багато носильників зі скриньками, в яких є султанські дари для Мекки. Наперед навантажують двох верблюдів, потому тридцять мулів. Опісля тих двох верблюдів провадять по великих купах піску, насипаних на той час в подвір'ю султанської палати, щоб показати, як свята каравана йтиме важким шляхом пустині.

В тім місці Настуні задрожало серденько в груді. Але вона ще не знала чому. Щойно по хвилі додумалася причини свого зворушення: мусульманський символ пригадав їй інший символ інакшого свята, вріднім домі батьків, де на святий вечір вносили дідуха і стелили на долівці пшеничну або житню солому. Надворі смеркало, і перша зірка блимала на небі. І звичайно потрясав сніжок. Як сон, як сон, як далека мрія рисувався їй у душі сей святочний спомин. І Настуня похилила на хвилю головку.

А старий Ібрагім оповідав дальше:

— По тій церемонії задержують обох верблюдів на місці й розстеляють перед ними молитовні килими. Духовники звертають лице до Мекки, а Шейх-Уль-Іслям ще раз благословить їх. І тоді свята каравана опускає палату султана і входить між народ. Ось зараз надійде...

Дійсно. По зворушенню народа видно було, що надходить свята каравана. Очі всіх звернулися в той бік. На чолі каравани посувалися ті самі духовники, що йшли недавно до султанської палати. Тільки тепер їхали на білих конях; сідла їх були багато вибивані золотом. Шпаліри війська з трудом здержували товпу, що перлася, аби якнайближче стати біля святої каравани. Військо тупими кінцями копій і ударами батогів заганяли тих, що випихалися із рядів. Два передні верблюди виставали високо своїми головами понад товпу. Дорогі металеві вудила звисали з їх писків, а шовкові кутаси з їх золотом тканих накривал. На хребті першого верблюда колисався на дорогоціннім килимі намет, скарбами наповнений, покритий килимами великої вартости, грубо золотом і сріблом тканими. Другий верблюд мав на хребті на шовкових килимах дивну вежу з павиними віялами й чудовими страусиними перами, що мали відганяти злих духів від каравани. За верблюдами йшла військова сторожа під такт глухих ударів барабанів.

Нараз похід став. Два араби, озброєні кривими шаблями й металевими плитами, малими, як тарілка, скочили проти себе в дикім двобою. Скорими, напрасними ударами били себе взаїмно по своїх металевих щитах і шаблях, справно граючи кіньми. Се видовище представляло напад розбишак на каравану й оборону її: паломники, заосмотрені в довгі палиці, відганяли напасників. І похід вже спокійно посувався дальше.

В середині каравани, під охороною сильної сторожі війська, несли два міцні мули гарну, як павільйон різьблену, лектику з темного дерева. Дах тої лектики був на золочених стовпах. На верху її блистів золотий півмісяць. По обох боках мала лектика по три відчинені вікна, а спереду і ззаду по одному. Всі вони заосмотрені були занавісами. На пухких подушках чудової лектики сидів малий синок султана, що представляв батька: сам султан тільки духом ішов з караваною.

На вид престолонаслідника велике одушевления опанувало народ. Але він тільки рухами очей і рук, а не криком, давав вислів своїм почуванням, щоб голосним криком не злякати малого принца з крові падишаха.

І тільки тихий шепіт ішов в народі мослемів: "Се Мустафа, первенець султана Сулеймана…"

Був се перший член сем'ї падишаха, якою Настя побачила в столиці султанів. Гарне, живе дитя.

За лектикою йшов довгий ряд тяжко навантажених мулів. Кождий з них двигав крім двох скринь ще якийсь дивоглядний, чотиригранний прилад з павиними і струсиними перами. Всі ті тягарі покриті були дорогоцінними шалями.

За мулами знов їхала сильна військова сторожа. А за нею інші члени святої карвани і маса народу.

Весь той мальовничий похід сунув у напрямі до пристані, де мав переправитися на азійський берег, до Скутарі.

III

За той час вірменин і генуенець кудись ходили. Мабуть, шукали нічлігу для себе і для свого жіночого товару. А може, шукали покупців, бо філія їх фірми мусіла вже давно приготовити нічліг для свого "товару". Може, й відповідних покупців знайшла, і вірменин та генуенець тільки для переконання ходили кудись.

Настуню якось сильніше заболіло серце на думку про тяжку долю, яка жде невольниць. Не журилася чомусь собою, тільки ними. Вроджена їй веселість немов говорила до неї: "Ти даш собі всюди раду".

Але як день почав умирати в улицях Царгороду, закрався неспокій і в серце Насті. Зразу щемів у нім тихо, мов дрожання маленької рани. Потому щораз дужче і дужче. Вже тьохкало серденько в груді. Спочатку — мов цвіркун в житі — вривано, незначно. Нарешті розтьохкалося, як соловейко в калині, в саду над Липою.

Вже сумерк почав тихо блукати в улицях Стамбула. Муедзини кінчили співати п'ятий азан на вежах струнких мінаретів, як надійшли вірменин з генуенцем. Були задоволені зі своєї прогулки по місту. Вірменин шепнув щось Ібрагімові, і той також повеселішав.

Звернувся до дівчат і сказав:

— Ходіть! Маємо вже нічліг біля Авретбазару.

Рушили.

Єврейка Кляра, що йшла коло Наступі, шепнула до неї:

— Матимемо завтра багатих купців.

— Та що з того?

— Як то що з того? Все лучше попасти в багатший дім, ніж в убогий.

— А звідки знаєш, що так буде?

— Як то, відки? Ти гадаєш, що вони вернули б такі задоволені, якби не підкупили слуг якогось багатого дому, котрі завтра купуватимуть невольниць? Но, я їх дуже добре знаю! А не забудеш за мене, як тобі буде лучше, ніж мені?

— Ні. Але й ти не забувай!

— А чи я тебе забувала в Криму?

— Ні, ні. Я тобі дійсно вдячна! — казала Настуня до Кляри. Та розмова трохи успокоїла її.

Вже зовсім було темно, як їх власники запровадили їх у великі сіни якогось заїзного дому, що стояв при самій жіночій торговиці. Спокійно, як овечки, зайшли туди дівчата. Незабаром розковано їх і розміщено у великих кімнатах. Для котрих не стало місця, тих приміщено в сінях, на сіні. Всі одержали воду до миття, харч і свіже білля.

Їсти майже нічого не могли. Але з приємністю милися по довгій дорозі. І поклалися спати, кожда зітхнувши до Бога.

Настуня відразу заснула.

Спала так слабо, як пташина на гілці. Від довшого часу переслідували її майже щодругої ночі якісь дивні сни. І тепер мала дивний сон: снилося Насті, що йшла степами, кривавими слідами, з іншими невольницями. І всі дійшли до якогось мрачного міста над морем. Було темно в улицях його. При вході до кождої вулиці стояв мужчина у зброї з жінкою в білім одязі і з дитиною. І брали на ніч утомлених подорожніх. Але питали: "Чи маєш батьківщину?" Хто мав, той ішов відпочивати додому, до кімнати. А хто не мав, мусів лягати на вогке каміння, під домом. А собаки бігали скрізь і нюхали лежачих, і зубаті щурі скакали по них. І холодна мрака стояла в темних улицях. Настуня лягла на мокре каміння й заснула. І в сні мала сон: весь час снилася їй чорна чаша отруї, кинжал убийників і якась довга бійка без кінця. Тупа, безладна і безцільна. З криком і вереском плювали на себе, і шарпали себе, і кололи довгими ножами.

Збудилася в сні. І знов їй снилося, що не хотіла спати на твердім мокрім камінню чужої вулиці. Встала і добивалася до дверей. Але вони були вже замкнені, і ніхто не відчиняв. І щось збунтувалося в ній. Зачала бити дрібними п'ястуками в чужі замкнені двері, міцні, дубові, в мури вмуровані. І на диво — розбила їх. Але геть покривавила собі рученята. І з серця їй пливла кров по білім одязі. І з очей її двома струями лилися криваві сльози — такі червоні-червоні, як огонь. А як дісталася до чужого дому, він був пустий у тім крилі. Впала втомлена на ложе, на м'ягкі подушки, але заснути не могла. А кров з її серця пливла і пливла по подушках, по ліжку, по підлозі — до дальших і дальших кімнат. А потому надійшов якийсь мужчина, і збирав ту кров пригорщами з долівки, і хитався мов п'яний.

Стряслася на всім тілі.

Пробудилася, втомлена до краю. Глянула у вікно.

Ледви сіріло на торговиці. Тихо клякла на лежанці, обернена обличчям до закратованого вікна, й підняла очі до неба. Черствий подув ранку відсвіжував її чисту душу. Вона мов біла квітка відчувала, що наближається щось у її житті, щось зовсім нове й невідоме. Всі думки і всі почування звернула до одинокого Опікуна, котрого тут могла мати — до всемогучого Бога.

І представився їй в уяві ясний верх Чатирдагу, що підноситься високо над землею. Вона ніколи не була на нім. Але бачила його і знала, що він існує, гарний, як мрія, спокійний і могутній. В сірім сутінку ранку молилася до Бога з твердою і міцною вірою в те, що Він чує кожде її слово, хоч би як тихо шептала. Молилася.

— Всемогучий Боже, що бачиш все на світі! Ти видиш, як встає мій батько, щоб іти до Твоєї церкви на молитву. Даруй мені, Боже, поворот додому! Я піду пішки кривавими ногами, о прошенім хлібі, як ідуть убогі на прощу до святинь. Ніколи без милостині не відійде прошак із мого дому. І ніхто ніколи не попросить даром мене за нічліг. Я для сиріт буду добра, як ненька...

Слези заперлилися їй в очах. Крізь них побачила якісь невисказано далекі простори і відчула надзвичайну силу молитви. Хвилинку мала враження, що всемогучий Бог вислухає її та сповнить її гаряче бажання. Відчула розкіш, яка розлилася їй по очах і по обличчю та миттю висушила слези. Була задоволена вже тою хвилинкою щастя, хочби тепер прийшло хто знає що! Була певна, що се Божий дар-ласка на дальший шлях життя.

"Да будет воля Твоя яко на небесіх, так і на землі..." — прошепотіла з глибоким відданням себе в опіку Провидінню.

І засоромилася в душі того, що хотіла вказувати Божій премудрості шлях", яким має її вести. Була вже зовсім спокійна і приготована на все, що присудить їй всевишня сила Божа. Чулася дитиною Бога й вірила, що Він не дасть їй зробити кривди. Мала роз'яснені, як дитина, очі й відсвіжене екстазою обличчя, як моленниця. Виглядала, мов рання квітка полева, свіжа і ясна.

Надворі теж роз'яснювалося.

Зачинався рух.

Невольниці повставали й почали митися й одягатися. Робили се нервово, як перед далекою дорогою, в невідомий світ. Снідання майже не їли. Не могли.

Коли одягнулися, їх власники оглянули докладно кожду зокрема й усіх разом. На деяких поправляли одяг. Деяким казали замінити одяг. Знов закували їх у ланцюжки і вивели їх на торговицю.

Там уже був рух.

Зі всіх усюдів надходили малими й більшими групами невольниці, призначені на продаж, під доглядом своїх власників і їх слуг. Деякі вже стояли на видних місцях. Були там жінки й дівчата з ріжних країв, усякого віку й вигляду — від найчорніших муринок до найбіліших дочок Кавказу. Були з грубими рисами, призначені до тяжких робіт, були й ніжні як квіти, виховані виключно для розкоші тих, що їх куплять. Усякий смак мужчин міг тут бути заспокоєний: від того, що хотів найтовстішої жінки, яка з трудом рухалася, до того, що хотів дівчини ніжної й легкої, як птиця.

Купці вже крутилися по базарі й оглядали призначений на продаж товар. Настя спокійно придивлялася групам невольниць, біля яких станув купець. Скрізь невольниці миттю змінялисвоє поведення, відповідно до віку й вигляду купця. Очевидно, скрізь уживано тих самих або дуже подібних способів "виховання" їх. По деяких групах невольниць було видно, що були в особливо гострій школі. Бо надмірно виконували те, чого їх учили. Тільки призначені до тяжких робіт служниці сиділи нерухомо і лише час від часу, по наказу своїх власників, підносили тягарі, які стояли біля них, щоб доказати свою силу. Товсті жінки переважно сиділи без руху. Деякі з них сильно заїдали, мабуть щоб доказати, що можна їх зробити ще більше товстими.

Продавці розкривали своїх невольниць і голосно захвалювали їх красу або силу. Деяких миттю спускали з ланцюжків і переводили за руки перед купцями, щоб доказати плавність їх ходу.

Деяким наказували танцювати на площі або співати.

Всі ті картини зразу цікавили Настуню своєю ріжноманітністю. Потому так обурювали, якби кождий наказ відносився безпосередньо до неї. А потому знов збайдужніла. Втома робила своє. Сиділа як кам'яна подоба.

Але коли до її групи наближалися покупці, довга тресура в школі робила своє: мимохіть викликувала й у неї вивчені рухи та погляди очей. Переходили цілі товпи купців. Першу продали єврейку Кляру. Настуня зі сльозами в очах пращала її. І навіть не могла зміркувати, до якого краю поїде її товаришка. У чвірці Настуні остали вже тільки три невольниці: вона, одна грекиня й одна грузинка.

Коло полудня Настунею зацікавилися аж два купці нараз, один молодий, другий поважний, з довгою сивою бородою. Але почувши високу ціну, відійшли. Молодий вертав іще два рази. Але власники Настуні, очевидно, не спішилися з продажею її. І навіть не дуже прихвалювали. Видно, ждали на щось.

Настуня втомилася й сиділа, підібгавши ноги під себе, збайдужніла на крик торговиці й на все кругом.

Нараз побачила, як заметушилися її власники й усі разом почали їй давати знаки руками, щоби встала. Махінально встала й оглянулася. Серединою торговиці йшла більша група чорних євнухів під проводом якогось достойника, також чорного. Мусів се бути слуга якогось дуже високого дому, бо всі кругом вступалися з дороги і кланялися низенько. Між чорними євнухами йшли дві, очевидно, щойно куплені, білі невольниці надзвичайної краси. З ними йшла також якась старша жінка в заслоні, поважна, як пані.

Вірменин, що стояв біля Настуні, перекинувся поглядом з генуенцем й Ібрагімом і почав кланятися та голосно кричати:

— Нехай ясні ваші очі не минають і сих квітів в огороді Божім!

Нервовим рухом Ібрагім шарпнув заслону на грудях Настуні і закричав:

— Маю одну дівчину, білу, як сніг на Ливані, свіжу, як овоч із нестертим пухом, солодку, як виноград з Кипру, з грудьми твердими, як гранати з Базри, з очима синіми, як туркус, що приносить щастя, — вивчену в школах для розкоші вірним, добру до танцю, добру до розмови, послушну, як дитину, — вміє крити тайну…

Настуня запаленіла на обличчі.

Чорний достойник став, придивився їй уважно і сказав

щось невиразно до жінки в заслоні. Вона приступила до Настуні й, не кажучи ні слова, діткнула її обличчя й узяла в пальці її золотисте волосся — зовсім так, як пробується матерію. Пригадала собі, як її перший раз продали у Криму.

Зрозуміла, що була знов продана. Не знала тільки кому. Кров ударила їй до очей і до голови. Мов крізь криваву мряку бачила, як її дотеперішні власники кланялися чорному достойникові й жінці в заслоні. І чула ще, як чорний достойник відсапнув і сказав до Ібрагіма: "По гроші прийдеш вечером до мене".

Склонила голову перед своїми ще не проданими товаришками, мовчки прощаючи їх.

Заходило сонце за Гагію Софію, як бідну Настуню на Авретбазарі другий раз продали і з ланця спускали, кайдани з рук здіймали і чорним євнухам незнаного пана в руки віддавали.

Пішла в товпі чорних як уголь євнухів...

А за нею клекотіла й шуміла жіноча торговиця Стамбула на Авретбазарі...

Рух улицями в поході оживив Настуню з її втоми. Думки зачали їй ходити по головці. Хотіла збагнути, кому її продали й куди її ведуть.

Від самого початку розуміла, що продали її до якогось дуже багатого дому. Може, попаде в дім якогось аги або дефтердара. Але якого?

Не довго тривало, як євнухи зачали йти в напрямі величезних будівель. Серце в ній захололо зі страху... Не було сумніву: її вели в напрямі сераю... Здовж попід мури ходила рівним кроком військова сторожа...

"Ну, відси вже ніхто ніякими грішми не викупить мене, — шибнуло їй в головці. — Навіть якби Стефан продав увесь свій маєток, то й сим тут не діб'ється нічого", — подумала і зітхнула.

Дрижала як лист осики, коли впровадили її в якусь страшну велику браму, на котрій видніли застромлені на гаках свіжі людські голови з вивернутими від болю очима, стікаючі кров'ю. Зрозуміла, що входить у нутро дому сина і наслідника Селіма Грізного, десятого султана Османів, найгрізнішого ворога християн.

Мимохіть піднесла ручку і притиснула до грудей малий срібний хрестик від матері. Се успокоїло її, хоч страх мала такий, що тільки на хвильку відважилася піднести очі до неба.

І так увійшла на подвір'я сераю, де зеленіли високі платани. А велика звізда дня якраз зайшла, і сумерк ліг на величезні мури і сади сераю в столиці Сулеймана, султана турків-Османів.

VIII

СЛУЖНИЦЯ В СУЛТАНСЬКІЙ ПАЛАТІ

Любов перша — чаша запахучих квітів,
Любов друга — чаша з червоним вином,
Любов третя — чаша з чорної отруї...

З сербської народної пісні

І

Сходяче сонце щойно усміхнулося над вежами і мурами султанського сераю, і над страшною брамою Баб-і-Гумаюн, і над ще страшнішою Джеляд-Одасі, і над великими платанами в подвір'ях терему, і над малими вікнами в підваллях челяді, й над спальною кімнатою новокуплених невольниць.

Настуня прокинулася й відкрила очі. Інші невольниці ще спали.

Перше, що їй прийшло на думку, була челядь в домі її батьків. Одних слуг батьки її любили, других ні. Уважно пригадувала собі, котрих і за що любили.

Думки її перервала кяя-хатун, шо прийшла будити невольниць. Вони позривалися на рівні ноги й почали одягатися. Мовчки одягалася й Настуня й потайки перехрестилася та змовила "Отченаш".

Новокуплених невольниць повела кяя-хатун на перший поверх гарему, щоб показати їм його розклад. Опісля мали їх оглянути і розібрати між себе султанські жінки й одаліски.

Весняне сонце грало світлом на ріжнобарвних венецьких шибах вікон султанського гарему й оживляло оргії красок на чудових килимах кімнат. Уважно придивлялася їм Настуня і всіми змислами відчувала радість на вид тої пишної краси. І здавалося їй, що вона купається в тій красі, мов у теплий день в ріці рідного краю, і здавалося їй, що стіни, покриті килимами — живі-живіські і що вони оповідають чудові казки, як оповідали бабуня вріднім домі. І здавалося їй, що вона вже не служниця, не невольниця, тільки багата пані, збагачена самим видом тих дивних красок і чудових картин. Цвітучі країни дивилися на неї зі стін, далеко кращі, ніж в дійсності, квіти, й овочі, і виноградні грозна. Онде йшла Агар з малим сином Ізмаїлом. Ішла пустинею, вигнана мужем з дому, під надходячу ніч. Але навіть пустиня виглядала на килимі м'ягка, мов матірна пісня. І все так чудово відбивалося від матово-золотистих стін гарему. Так. Тут чула біля себе теплоту і працю великих умів і рук артистів.

Місцями переходила напівтемними коридорами й неприкрашеними кімнатами, що виглядали як кам'яні ломи. Мимохідь скоро минали їх.

Улюбленій жінці султана не сподобалася ні одна зі свіжокуплених невольниць. І їх повели в дальші, менше прикрашені крила гарему, де Настуню вибрала собі одна з султанських одалісок, гарна, але дуже розпещена туркиня.

В її кімнатах зараз лишилася Настя. З нею було там ще кілька невольниць.

Уже на другий день почала Настуня пізнавати життя великого гарему, його звичаї, зависті, інтриги й ненависті.

Думки й розмови султанських жінок, одалісок і служниць крутилися передовсім коло особи молодого султана. Всі були якнайдокладніше поінформовані про те, котрого дня і в якій порі був він у одної зі своїх жінок чи одалісок, як довго там сидів, чи вийшов задоволений, чи ні, на кого по дорозі подивився, що сказав,— до найменших подробиць. Одяги й повозки, служба й солодощі, оточення султана — все, мов у дзеркалі, знаходило докладне відбиття в розмовах і мріях гарему. Настуня скоро пізнала все те, і скоро воно навкучило їй.

В душі відчувала, що все те тільки тимчасове. І тішилася тим, хоч воно трохи й турбувало її. Відколи розсталася з рідним домом, все було у неї дивне й тимчасове. Все, все, все.

Було се в три тижні по прибуттю Настуні до її нової пані. Весна світила в повнім розгарі.

Дерева цвіли у садах султанських. А в парках Ільдіз-Кіоску, мов води рік, ніжно хвилювали довгі й округлі грядки червоних, синіх і пурпурових квітів.

П'яні пахучим соком квітів і дерев, жужжали пчоли у золотім сонці. На ясних саджавках між зеленню листя і блиском квітів плавали гірлянди біленьких лебедів.

На тлі аж темно-зелених кипарисів дивно відбивали сліпучо-білі корчі ясминів, біля котрих ставали і молоді, і старі, що переходили чудними огородами сераю, вдихаючи запашну ласку неба. А часом над саджавками у парках султанських розпиналася семибарвна дуга. І було тоді так гарно, мов у раю.

Настуня привикла вже до своїх робіт, до ношення води, до миття кам'яних сходів, до чищення кімнат, до тріпання килимів і диванів, опісля до обтирання дорогих мальовил, вкінці до скучного й довгого одягання своєї пані і навіть до тихого бездільного сидження в її передпокою. В думках старалася ще тільки привикнути до того, щоб не журитися на вид старих невольниць, котрі тут і там волочилися, як тіні, при ласкавіших жінках султанських.

Так надійшов пам'ятний для Настуні день і таємнича година її долі.

Вечеріло.

Муедзини кінчили співати п'ятий азан на вежах струнких мінаретів. На сади лягала чудова тиша ночі в Дері-Сеадеті. Пахли гліцинії.

Служниці, між ними і Настя, кінчили одягати султанську одаліску в м'які нічні шати й мали розходитися, як надійшов кіслярагасі, начальник чорних слуг в ранзі великого везира. Він повідомив особисто паню, при котрій була Настуня, що сього вечера зволить її відвідати сам падишах. Низько склонився і вийшов.

Султанська одаліска оживилася так, що важко було пізнати, чи се та сама жінка, її великі чорні очі набрали блиску й живості. Наказала покропити себе найдорожчими пахощами й одягти в найкращі шати і прикраси. Всі її слуги одержали гострий наказ, стояти біля дверей своїх кімнат і — не дивитися в очі великого султана, коли переходитиме.

Тиша залягла в цілім крилі гарему. Тільки чорні євнухи ходили на пальцях і надслухували, чи не йде вже султан, володар трьох частей світу.

Настуня після наказу своєї пані скромно стала біля дверей її кімнати й поклала руку на залізній краті відчиненого вікна, в яке заглядали розцвілі квіти білого ясмину, пронизувані таємничим сяйвом місяця.

Серце в її грудях билося живіше: вона була цікава побачити великого султана, перед котрим дрожали мільйони людей і навіть дикі татарські орди, які нищили її рідний край.

Лискавкою перебігли перед нею спомини подій від часу її вивезення з рідного дому. Їй здавалося, що на всі землі та шляхи, якими йдуть орди татарські, простягається рука сеї людини, що мала входити в кімнату її пані, що ся людина — жерело тої страшної сили, яка нищить усе кругом. Так, серце в грудях Настуні билося живіше. Перший раз у житті відчула якийсь небувалий у неї внутрішній неспокій. І вся перемінилася в слух. І здавалося їй, що вона очікує співу соловейка і що він ось-ось затьохкає в парку...

Довго чекала.

Нарешті здалека зашелестіли кроки по килимах кімнат. Настя відчинила двері й махінально оперла знов руку на залізній краті вікна, в котре заглядали розцвілі цвіти білого ясмину.

Не дивилася на молодого султана.

Тільки раз, один раз.

Султан став.

Так... Перед нею став і стояв у блиску місячного світла, у всій красі і молодості своїй, первородний син і правний наслідник Селіма Грізного,— Сулейман Величавий,— пан Царгорода і Єрусалима, Смирни і Дамаска і сім сот міст багатих Сходу і Заходу, десятий і найбільший падишах Османів, халіф всіх мусульманів, володар трьох частей світу, цар п'ятьох морів і гір Балкану, Кавказу й Ливану, і чудних рожевих долин здовж Мариці, і страшних шляхів на степах України, могутній сторож святих міст в пустині Мекки і Медини і гробу Пророка, пострах всіх християнських народів Європи і повелитель найбільших сил світу, що міцно стояли над тихим Дунаєм, над Дніпром широким, над Євфратом і Тигром, над синім і білим Нілом...

Ноги під нею задрижали.

Але свідомість мала майже ясну. Він був прекрасно одягнений,— стрункий і високий. Мав чорні як терен, блискучі, трохи зачервонілі очі, сильне чоло, матово-бліде обличчя лагідного виразу, тонкий, орлиний ніс, вузькі уста й завзяття біля них. Спокій і розум блистіли з карих очей його. На дорогій темній котарі біля дверей одаліски виразно відбивала висока постать його.

Стефан Дропан зі Львова був кращий, бо не такий поважний. Та сей був молодший від Стефана. Така молодість била від нього, що не могла собі уявити, як він міг би стати старцем з білою бородою і зморщеним обличчям, якого їй описував у Кафі учитель Абдуллаг. Се видалось їй просто неможливим.

Спустила очі вниз і ручку зняла з залізної крати... Чула, як обкинув її поглядом згори додолу, мов жаром обсипав. Збентежилася так, аж кров їй підійшла до личка. Засоромилася того, що її невільницький одяг закривав красу її тіла. За хвилинку виринув у неї ще більший страх на думку, що скаже її пані на те, що султан так довго задержався тут...

Мимохіть підвела вії та благаючим поглядом показала султанові двері своєї пані, немов прохаючи, щоби скорше йшов туди. І знов спустила свої сині очі.

Але чи султана Сулеймана задержав білий квіт ясмину, що заглядав у вікно, чи білолиций місяць, що пронизував пахучі листочки ясмину, чи біле, як ясмин, личенько Настуні, чи її переляк — досить, що султан не відходив; стояв, вдивляючись у неї, як в образ. За хвилю запитав:

— Я тебе ще ніколи не бачив?
— Ні,— відповіла тихе, ледве чутно, не підводячи очей.
— Як довго ти тут?

В тій хвилі відчинилися двері сусідньої кімнати й виглянула султанська одаліска з розгніваним обличчям.

Султан рухом руки дав їй знак, щоб зачинила двері. Вона на одну мить спізнилася виконати наказ, на мить, якої треба, щоб кинути гнівним поглядом на свою служницю як суперницю. В ту мить молодий Сулейман обхопив поглядом обидві жінки. І сказав до Насті, збираючись до відходу:

— Ти підеш за мною!

Зовсім збентежена, глянула Настуня на свій одяг і на свою паню. А та стояла мов громом ражена. Настя махінально пішла за Сулейманом. Ідучи, чула на собі погляди своєї пані. А в дальших кімнатах і своїх товаришок, що кололи її завистю, мов затроєними стрілами.

III

Не пам'ятала, як і куди йшла і як опинилася в невеличкім наріжнім будуарі гарему, де в закратовані вікна заглядав синій, міцно пахучий боз.

Серце в її грудях билося так сильно, що сперла знов руку на крату вікна.

Молодий Сулейман підійшов до неї і, взявши її за руку, повторив своє питання:

— Як довго ти тут?
— Три тижні,— відповіла майже нечутно. А груди її так хвилювали, що запримітив се султан і сказав:
— Ти чого така перелякана?
— Я не перелякана, тільки не знаю, як тепер покажуся на очі своїй пані, якій я мимохіть перебила твій прихід.

Забула з перестраху додати який-небудь титул,

належний володареві Османів. Говорила просто через "ти" і "твій". Він, очевидно, взяв се на рахунок незнання мови і звичаїв.

— Ти зовсім не потребуєш показуватися їй на очі,— відповів, усміхаючись.

— Чи ж не так само зле буде мені тепер у кождої з твоїх жінок? — замітила дуже тихо. Султан весело засміявся і сказав:

— Ти, бачу, не знаєш, що котру жінку чи дівчину султан раз діткне, її відокремлюють і дають їй окремих невольниць і євнухів.

Зрозуміла. Мов лискавиці, осліпили її на мить нові, зовсім несподівані вигляди.

Хвилину билася з думками й відповіла, вся спаленіла від сорому:

— Мусульманам Коран забороняє насилувати невольниць проти волі їх...

Молодий Сулейман споважнів. Пустив її руку і здивований запитав з притиском на кожнім слові:

— Ти знаєш Коран?

— Знаю,— відповіла вже трошки сміліше.— І знаю, що Коран у багатьох місцях поручає як богоугодне діло освободжування невольниць, а передовсім лагідність і доброту супроти них. І знаю, що ти наймогутніший сторож і виконавець приписів Пророка,— додала, незначно підводячи очі на молодого султана Османів.

— Хто вчив тебе Корану? — запитав.

— Побожний учитель Абдуллаг, у Кафі, в школі невольниць. Нехай Аллаг Акбар дасть йому много добрих літ!

— Він добре вчив тебе.

Обоє дивилися на себе; якби відкрили в сій палаті щось зовсім несподіване. Вона не сподівалася ніколи, що буде мати нагоду в чотири очі говорити з могутнім падишахом і може випросити у нього свобідний поворот до рідного краю. Чула всіми нервами, що ся молода людина здібна до благородних учинків. І вже вважався їй у далекій мрії рідний Рогатин, і церковця св. Духа, і сад біля неї, і луги над Липою, і великі стави, і білий шлях до Львова... Аж покраснiла від мрії, як сніжний квіт калини, сонцем закрашений.

А він не сподівався, що між невольницями одної зі своїх одалісок зустріне чужинку, яка кепською мовою, але зовсім влучно говоритиме про Коран і не схоче відразу кинутися йому до ніг — йому, наймогутнішому з султанів! Здавалося йому, що в її так скромно спущених оченятах замигтів відблиск гніву. На одну мить.

На хвилинку забушував також у нім гнів. Особливо вразило його слово про "насилування". Хотів їй сказати, що не має ще ніякої підстави говорити ані навіть думати про се. Але вчас зміркував, що такий висказ може зразити безборонну невольницю та замурувати їй уста. І перемогла в нім цікавість молодої людини, як дальше розвинеться розмова з сею невольницею, і успокоювало його гнів її признання, що він наймогутніший сторож святої читанки Пророка.

Взяв її знов за руку і сказав:

— Чи ти віриш у Пророка?

— Я християнка,— відповіла виминаюче, але доволі виразно.

Усміхнувся, думаючи, що вже має перевагу над нею.

— І як же ти можеш покликуватися на читанку Пророка, коли не віриш у нього?

— Але ти віриш,— відповіла так природно й весело, що роззброїла його.— А ти тут рішаєш, не я,— додала.

— Та й розумна ж ти! — сказав здивований Сулейман.— А відки ти родом, як називаєшся і як сюди попала?

Скромно спустилася очі й відповіла тихо:

— Яз Червоної Руси. Твої люде називають мене Роксоляна Хуррем. Татари вивезли мене силою з дому батьків, в день вінчання мого. І продали мене як невольницю, раз у Криму, а раз тут, на Авретбазарі.

— Ти була вже жінкою другого? — запитав.

— Ні,— відповіла.— В сам день вінчання вивезли мене.

Молодий Сулейман хвилину боровся зі собою. Потім взяв її за обидві ручки, подивився в очі й запитав:

— А чи ти по своїй волі лишилася б тут, якби я прирік взяти тебе до свого гарему на правах одаліски?

— Ти не зробиш сього,— відповіла.

— Чому?

— По-перше, тому, що я християнка.

— А по-друге?

— По-друге, тому, що я тільки яко служниця слухняна...

Засміявся і сказав:

— По-перше, ти і яко служниця не зовсім слухняна!

— А по-друге? — запитала.

— По-друге, говори ти по-третє, бо не скінчила.

— Скінчу! Отож, по-третє, я думаю, що тільки тоді можна віддаватися мужчині, коли його любиться...

Молодий султан знав, що в цілій величезній державі

його нема ні одного дому, ні одного роду мослемів, з котрого найкраща дівчина не впала б йому до ніг, якби лиш проявив охоту взяти її до свого гарему. Він дуже здивувався, що тут, одна з його служниць,— ба, невольниця! — може мати такі думки... "Що за диво?" — подумав.

— Значить, тобі треба сподобатися? — запитав напів з глумом, який одначе щораз більше перемагала цікавість.

— Так,— відповіла наївно.

— І як же можна тобі сподобатися? — питав з іще виразнішим глумом. Одначе рівночасно чув у глибині душі, що ся дивно відважна дівчина зачинає його дуже інтересувати.

А вона спокійно відповіла:

— Подобається мені тільки такий мужчина, який не думає, що має право й може зі мною робити, що хоче…

— А чи ти знаєш, що я міг би за такі слова взяти тебе силою до свого гарему як невольницю?

— І мав би тільки невольницю…

— Розумію. А як жінка ти хотіла б, щоби твоїй волі підлягали всі палати мої. Правда?

— Ні.— відповіла щиро, як дитина.— Не тільки палати, але й уся твоя земля — від тихого Дунаю до Базри і Багдаду, і до кам'яних могил фараонів, і по найдальші стійки твоїх військ у пустинях. І не тільки земля, але й води, по котрих бушують розбишацькі судна рудого Хайреддіна.

Молодий падишах підняв голову, як лев, котрому на могутню гриву хоче сісти легка пташина. Так до нього не говорив ще ніхто!

Був у найвищій мірі здивований і — роззброєний. Тінь твердості зовсім щезла довкруги його уст. Велике зацікавлення сею молодою дівчиною, що так основне ріжнилася від усіх жінок в його гаремі, перемогло в нім усі інші почування. Пустив знов її руки і почав поводитися як супроти дівчини з найповажнішого дому.

— Де тебе виховували? — запитав.

— Вдома і два роки в Криму.

— Чи ти, о Хуррем, знаєш, чого домагаєшся?

Мовчала.

В тій хвилі чула, що звела першу боротьбу з могутнім падишахом, з десятим і найбільшим султаном Османів — і що тепер наступить кристалізування їх взаємин. Інстинктом відчула, що се кристалізування не сміє поступати скоро, коли має бути тривке. Глибоко відчувала, що се не остання розмова з султаном.

А молодий Сулейман почав якимсь м'ягким розміряним тоном:

— У старих книгах написано, що були могутні султанки, які по завзятих боях брали в підданство султанів. Але ти, о Хуррем, хотіла б мене взяти в підданство зовсім без бою!..

— Без бою неможливо нікого взяти в підданство,— відповіла.

Довшу хвилю вдивлявся в її молоде, інтелігентне личко. Потому сказав:

— Так, маєш слушність. Чи ти, може, не виграла вже бою?..

Не відповіла.

Він приступив до вікна і схопив кілька разів запашного воздуху, як ранений.

Вона жіночим інстинктом відчула, що доволі глибоко загнала йому в нутро солодку, але затроєну стрілу першого враження симпатії і любові. І відчувала, що він зараз спробує вирвати з серця ту стрілу.

Молодий Сулейман задумано вдивлявся в ясну ніч. Нараз став близько перед нею і запитав:

— Чи можна більше разів любити в життю?

— Я молода й недосвідчена в тім,— відповіла.— Але я недавно чула, як співали про се невольники зі сербської землі, що працюють у твоїм парку.

— Як же вони співали?

— Вони співали так:

Любов перша — чаша запахучих квітів,
Любов друга — чаша з червоним вином.
Любов третя — чаша чорної отруї...

Сказала се напівспівучим тоном, причім, як могла, так перекладала сербську пісню на турецьку мову. По хвилі докинула:

— Але я гадаю, що і перша, і друга любов може стати отруєю, коли не поблагословить її Бог всемогучий.

Сулейман признавав їй у душі глибоку рацію, бо розчарувався був на своїй першій любові.

Став як вкопаний. Був переконаний, що вона думає, що він уже перебув і третю любов... Не хотів оставити її в тім переконанню. По хвилі промовив помалу не то до себе, не то до неї:

— Першу чашу я вже випив. Тепер, мабуть, другу зачинаю пити, хоч вино заборонене Пророком. І вже чуюся п'яний від нього. Тільки третьої чаші ніколи не хотів би я пити...

Дивився допитливо в її очі. І був далеко кращий ніж недавно, коли побачила його, як ішов до її пані. Тепер здавалося їй, що вже не від сьогодня знає його. Мовчки слухала биття власного серця.

По хвилі Сулейман сказав:

— Ти завдала за весь час тільки одно питання, а я завдав тобі багато питань. Запитай мене ще за що... — й усміхнувся. Був дуже цікавий, що її зацікавить.

Настуня подивилася на нього уважно, чи не глумиться. Зміркувавши, що ні,— спитала дуже поважно:

— Чому ти маєш зачервонілі очі?

Такого питання не сподівався від невольниці, з котрою вперве говорив. Бо привик його чути тільки від одної жінки — від своєї матері, коли вертав утомлений з нарад Високої Порти, або з довгої їзди конем в часі вітру, або коли задовго читав книги, або звіти намісників і дефтердарів.

Відповів з приємністю:

— Сильніший кінь повинен більше тягнути...

Несподівано схопив її в рамена й почав цілувати з усею жагою молодости. Боронилася, чуючи, що між ним і нею стоїть на перешкоді передовсім ріжниця віри. Із-за тої ріжниці чулася ще невольницею мимо горячих поцілунків падишаха. Із-за хрестика від матері, який чула на грудях, боронилася перед першим вибухом пристрасті молодого мужчини. В шамотанню з нею побачив молодий Сулейман срібний хрестик на грудях Настуні. І всупереч звичаєві мовчки зняв свій золотий, султанський сигнет, який мав ще його прадід Магомет у хвилі, як в'їздив у здобутий Царгород.

На нім був чудовий, синій туркус, що хоронить від роздратування й божевілля, від отруї і повітря, що дає красу і розум, і довге життя та й темніє, коли його власник хорий. Поклавши сигнет на шовкову подушку, вдивився в оксамитні, великі, вже втомлені очі невольниці. Але вона — не зняла малого хрестика, хоч зрозуміла його і хоч він сподобався їй тепер. І се рішило про її вартість в очах великого султана...

Шамотання з молодим і сильним мужчиною втомило її. Щоб мати змогу відпочати, сказала, ловлячи воздух:

— Будь чемний, а завдам тобі ще одно цікаве питання!

— Завдавай! — відповів Сулейман, також віддихаючи глибоко.

— Як ти можеш спроневірюватися своїй найлюбішій жінці, залицяючись так до мене, хоч ти мене вперве побачив!

— Якій найлюбішій жінці?

— Казав мені побожний учитель Абдуллаг, що твоя найлюбіша жінка зоветься Місафір. Зійшла, казав, у серці десятого султана, немов ясна зоря, і зробила багато добра у всіх землях Халіфа... Я сама бачила у святій каравані гарне дитя твоє, певно, від тої жінки,— додала.

Повторяла слова учителя без ніякого заміру і з повною вірою, що султан уже має найлюбішу жінку, котра називається Місафір. А слова учителя, що та жінка зробила і багато лиха, пропустила, щоб не вразити падишаха.

Молодий Сулейман зачав слухати з великою увагою. Не тільки зміст її слів зацікавив його, але й свобідна форма і вже перший акорд її, перші два слова. Хоч люде се такі єства, що якби їх було тільки трьох на світі, то оден з них був би їх головою, то все-таки в кождім, без виїмку, є природне бажання бодай ілюзії рівності. Має се бажання і цар, і жебрак, і велетень, і дитина, бо се прояв вічної правди про рівність всіх перед обличчям Бога.

Султан не чув довкруги себе атмосфери рівності, хіба при одній своїй матері, і тому з великою приємністю вчув від служниці слова:

— Будь чемний!

Але коли вона скінчила, з тим більшим захопленням заатакував її, кажучи:

— Не маю найлюбішої жінки! Хіба, може, буду мати...

Не могла догадатися, чи знає він передання, які оповідали про нього. Але якийсь внутрішній стрим не радив їй питати про се.

Опиралася постійно дальше.

Опиралася — аж поки від укритої в мурах Брами яничарів не залунали надзвичайні молитви улемів. Бо в круговороті часу наближався великий день Османської держави, в котрій її військо вдерлося в столицю греків.

І турецькі улеми молилися досвіта.

Султан, хоч збурений був до самого дна, переміг себе. Встав, засоромлений, і пішов сповнити обов'язок молитви.

Наступя глибоко відітхнула, відпочила й упорядкувала волосся та одяг на собі. А як виходила з наріжного будуару зі спущеними вниз очима, срібні звізди Косарі на небі піднялися високо над стрункими мінаретами Стамбула — й низенько кланялись чорні євнухи молодій служниці в султанській палаті...

IX

І ЗАЧАЛАСЯ БОРОТЬБА НЕВОЛЬНИЦЬ З ПАНОМ ТРЬОХ ЧАСТЕЙ СВІТУ

Вислід кождої боротьби непевний...
Для того в жаднім положенню не трать
надії, що виграєш.

I

До краю збентежена несподіваним знайомством з найвищою особою на всім Сході, верталась Настя до своєї службової кімнатки. По дорозі, мов крізь мряку, запримічувала, як низенько кланялись їй ті самі слуги і навіть достойники гарему, які перед тим не звертали на неї ніякої зваги, навіть наказуючи їй щось — так, якби говорили "вйо" до коняки...

Відповідала на низенькі поклони, але майже незначно, бо ще в своїм почуванню із-за напрасної зміни свого становища не могла мати певності, чи ті поклони не кпини, не глум і не шутка гаремової служби,— хоч розум говорив їй, що ні.

Весь час, як ішла коридорами гаремліку, мала враження, що весь гарем не спить і не спав сеї ночі ні хвилинки. Раз у раз ніби припадкове відхилялися котари й занавіси кімнат і будуарів по обох боках коридорів та виглядали з них сильно зацікавлені обличчя то її товаришок-невольниць, то одалісок у дорогих шатах, то навіть жінок султанських. Останнім кланялася по припису, як перед тим. Чула на собі погляди їх здивованих очей — то повні цікавості й зависті, то навіть нетаєної ненависті... І чула, як гарячка підходила їй до очей. І чула роздразнення в кождім нерві. А передовсім — збентеження. Не знала, як іти, що робити з власними руками, як держати голову. Так ішла, мов між двома рядами огнів і різок. Насилу здержувала сльози в очах.

А як знайшлася перед входом до своєї службової кімнатки, побачила самого Кізляр-агу з ранці великого везира з трьома групами гаремових слуг: в одній стояло окремо кілька євнухів з лектикою, в другій кілька білих, а в третій — чорних невольниць з зовсім іншого крила гарему, бо не знала нікого з них.

Мимохіть склонилася перед Кізляр-агою. Але він поклонився їй ще нижче і сказав до неї: "О, хатун!". А разом з ним глибоко вклонилися перед нею всі три групи гаремових слуг.

Знала, що титул "хатун" не належався їй, бо була невольницею і щодо увільнення треба було формального акту. Знов мала легке враження глуму. Але Кізляр-ага, чоловік серйозний, промовив до неї поважно:

— Благословенне хай буде ім'я твоє, хатун, і нехай Аллаг внесе через тебе добро і ласку свою в ясний дім падишаха! Отеє слуги твої! А зараз запровадимо тебе до твого будуару, бо не годиться, щоб ти оставала в малій кімнатці хочби хвилю довше від часу, коли взяв тебе за руку великий султан Османів.

Рухом руки показав закриту лектику на знак, що може всідати. Збентежена в найвищій мірі, звернулася Настя мовчки по свої убогі річі. Але Кізляр-ага вмить додумався того і сказав:

— Всі твої річі, хатун, вже в лектиці…

Рада була всісти в неї, щоб укритися перед очима здовж коридорів. Але якийсь дивний сором вчорашньої невольниці відпихав її від шовкових занавіс лектики. Воліла вже йти, ніж датися нести.

Пішла в товпі євнухів довгими коридорами гаремліку в товаристві Кізляр-аги, вся запаленіла на обличчі. Не пам'ятала опісля нічого, що бачила по дорозі. Пригадувала собі тільки, що перед відходом хотіла ще попрощатися зі своєю панею, котра не була для неї зла. Але досвідчений Кізляр-ага і сего доміркувався та й шепнув їй:

— Наилучше іншим разом…

Коли знайшлася в призначенім для себе будуарі, глибоко відітхнула і кинула оком на ряд своїх кімнат. Були ще краще уряджені, ніж у її дотеперішньої пані. Чудовий запах ладану нісся злегка по них. Подумала, що завдячує все те тільки довгій розмові з падишахом, а може, його збуреному по відході виглядові, котрий мусіла запримітити служба.

— Коли сі кімнати не сподобаються тобі, о хатун, можеш одержати інші,— сказав поважно Кізляр-ага.

— О, се прекрасно дібрані кімнати,— відповіла і глянула у вікно. Там уже сіріло, і зачиналося лящіння ранніх птиць у садах сераю.

— Спасибіг за перше добре слово, хатун! — сказав задоволений достойник.— Маю добру волю старатися, щоб задоволені були завсе уподобання твої.

Дав знак євнухам і слугам — і всі вийшли, за виїмком двох невольниць, призначених до розбирання нової пані. Опісля сам серед уклонів і бажань вийшов з будуару.

Одна біла й одна чорна невольниці заметушились і принесли своїй пані нічний одяг. Але Настя була така втомлена переживаннями сеї ночі, що не хотіла зміняти одягу. Сказавши їм, щоб вийшли, сама скинула з себе свій верхній одяг, і в невольницькій сорочці поклалася на чудовий перський диван, і затягнула над собою прекрасну котару з Кашміру.

Щойно тепер почулася лучше.

Відітхнула кілька разів глибоко і примкнула повіки. Але заснути не могла. Кров, мов молотками, стукала їй у висках, а перед очима повторялися картини подій, які пережила від вчора,— від хвилі, коли муедзини скінчили співати п'ятий азан на вежах струнких мінаретів.

"Десь тепер, може, дзвонять на утренню в Рогатині",— подумала і клякла на м'якім дивані. Схилилася так, що головою діткнула його, закрила обличчя обома руками і розплакалася в молитві до Бога свого. Мала певність, що Бог вислухав її молитви в ніч перед проданням її на Авретбазарі і що дасть їй через знакомство з султаном можність повернути додому. Горячо дякувала Богу.

Потому втома зробила своє, і сон зморив її.

А в часі, коли вона, плачучи, молилася, до найдальших крил і кімнат гарему дійшла вже дивна вістка, що, напевно, справдиться старе передання турків і при десятім падишаху Османів царствувати буде могутня султанка Місафір...

II

Настуня пробудилася по короткім сні і скоро зірвалася з дивану. Хвилинку стояла перед ложем, протираючи очі, бо думала, що спить...

Над її ложем висіли прекрасні, дорогі котари... Відхилила їх... Вона була в величавій кімнаті, а не в спальні невольниць... І ніхто не взивав її, щоб одягалася...

Ще раз кліпнула очима по міцнім сні і пригадала собі, з ким вчора говорила і як опісля сам Кізляр-ага запровадив її в отсі кімнати та призначив їй окрему прислугу. Чи все те дійсно сталося?..

Але якраз із-за котари сусідньої кімнати виглянула одна з

призначених їй білих невольниць і, низько кланяючись, запитала, чи хатун хоче одягатися.

Кивнула несміло головою на знак згоди і не знала, що з собою почати. Миттю вступили в її спальню дві інші невольниці і глибоко склонилися. Одна з них запитала, чи хатун хоче скупатися. Знов притакнула несміло, бо по тім як іще вчера сама послугувала, було їй прикро вживати послуги інших. Її нові невольниці одягнули її тим часом і завели в гарну купальню.

Настя мовчки купалася, а серце її билося майже так, як учера, коли вперве побачила Сулеймана. По купелі завели її слуги в її одягальню, де побачила прекрасні посудини з дорогими парфумами, ще красшими, ніж були у її попередньої пані.

Чого там не було!

На малих столичках з чорного гебану стояли пахощі з Гіндостану і прегарні красила: вогкий, чудовий сандал і темна аняна, і блідо-рожева паталя, і ясно-червона бімба, і міцно пахучі парфуми пріянгу та чорний альоес, і чудна масть з червоної живиці з лякки... Оподалік у кутку незначно горіло пахуче коріння нарду.

А під вікнами цвіли прегарні лотоси, і пахуча бакуля, і білі "квіти сміху" кетакі, і ще більші кандалі, і дивний манго з квітом, як кров червоним, і гарна карнікара.

Деякі з тих парфум і квітів бачила у своєї бувшої пані, але не всі. Не знала, як забиратися до того всього, хоч недавно сама помагала при тім своїй пані. Слуги робили з нею, що хотіли. На всі їх питання лише потакувала.

Тільки при одяганню вже показувала, які одяги і яких красок хоче.

Відітхнула, коли скінчили її одягати і завели до їдальні, де вже був накритий столик для неї з ріжними присмаками й овочами. Сказала їм, щоб оставили її саму.

Оглянулася, впала на коліна й довго молилася. Щира молитва успокоїла її. Сіла до столу і несміло зачала коштувати присмаки з султанської кухні, думаючи про Сулеймана...

III

А молодий Сулейман встав з думкою про чужинку-невольницю. Чогось подібного ще не переживав. Був мов п'яний. У нім дрижали всі нерви.

Йому, панові трьох частей світу, оперлася його власна невольниця... І ще до того покликуючись на свою віру!.. Щось нечуване в його роді!..

Думки його бігали безладно. І всі кружляли коло тої невольниці, яку вчера перший раз побачив. Пробував відвернути від неї свої думки. Не міг. Раз у раз вертали.

Образ молодої чужинки таки стояв перед ним. Ось-ось стоїть мов жива: волосся золотисте, очі легко сині. Личко біле як сніг з таким відтінком, як у першого пупінка рози, а таке лагідне, як у його матері, що все боїться за нього. І притім так само енергійне!.. Очі Сулеймана почервоніли ще більше, ніж вчера.

Здригнувся. Так, він ще не зустрічав у своїм житті жінки, котра більше пригадувала б йому його матір, ніж ся невольниця з далекого Лехістану. Вже був певний, що вона, й тільки вона потрафить виступити супроти нього так само лагідно й так само твердо, як його мати, котра одинока говорила йому одверто правду в очі, коли стрілив якогось бика без пороху.

А серед вічних підхлібств і подиву остре слово матері було йому таке приємне, як разовий хліб голодному. Був зовсім певний, що і ся невольниця скаже йому те саме, як тільки возьме її за жінку...

Встав і підійшов до вікна.

Парк цвів. І в душі султана розцвітала друга міцна любов. Відчував се глибоко і ще раз пробував з'ясувати собі, чим його властиво взяла за серце та чужинка з далекої країни, якої перед тим не бачив. Ще раз і ще раз уявляв собі її. Мала біле як квіт ясмину личко і великий спокій у нім, і великі очі. А говорила так спокійно і розумно, якби належала до найвище освічених улемів ісламу. Так бодай здавалося йому...

Нараз заворушилася в нім думка— від якої засоромився. Вона була вже в нім вчера, але якась півсвідома. Щойно тепер остро проявилася в нім і нагло заволоділа всім його єством і чувством, перейшла як тепло-гаряча хвиля по його чолі, обличчю, грудях, руках і ногах. Йому зробилося від неї так горячо, що аж отворив уста.

Зрозумів, що його опановує пристрасть. До чужинки. До невольниці. До християнки! До неї одної!..

І пригадалися йому її слова про чашу з червоним вином. О, він ще не пив з кришталевої чаші того червоного напитку, забороненого Пророком! Але знав, як він діває. Так само, як любов. Тільки любов міцніша!...

Думка, якої соромився, щораз виразніше видиралася на

поверхню його свідомості й тягнула за собою другу, якої ще більше соромився. Перша була така, як у кождого молодого мужчини.

А друга думка була така, чи не ужити ріжних способів примусу? Та від сеї думки молодий Сулейман аж покраснів — з сорому. Він, може, міг би був зробити се з кождою іншою, тільки не з нею, котра так спокійно вміє дивитися і покликається на важні для нього, а не для неї, постанови Корану!.. Так хотів її любити...

За сими думками прийшла третя, ще більше напрасна. А що буде, як та невольниця таки упреться при своїм і не віддасться йому ніколи, хоч євнухи вже мусіли її зачислити до жінок, яких діткнув...

Нервозно плеснув у долоні.

До кімнати вступив німий невольник.

— Покликати Кізляр-агу!

Безмежно довгим видався йому час, заки прийшов найвищий достойник гарему. Він уважно подивився на змінене обличчя падишаха і низько склонився, майже дотикаючи чолом долівки.

— Де єсть невольниця, з котрою я вчора вечером говорив? — запитав султан, пробуючи надати собі байдужий вигляд, хоч чув, що не стає йому віддиху.

— Благословенна Роксоляна Хуррем, як велить старий звичай, відокремлена була зараз по виході з наріжного будуару й одержала окремих невольниць і євнухів. Тепер одягається в новий одяг і виглядає, як сонце у квітах ясмину,— відповів достойник, котрий зміркував, що молодий султан опанований вже пристрастю до нової женщини.

Молодий Сулейман так змішався, що не знав, що відповісти. Відвернувся до вікна, щоб не дати слузі запримітити свого змішання. Вістка про те, що вона одягається в новий одяг, влила в нього надію, що вона повинується йому. Але боявся того враження, яке викличе вона в новім вигляді. А враз з тим боявся упокорення, що може не дістати її, хоч уже всі знають, що він відчуває до неї... Він — пан трьох частей світу...

Нараз прийшла йому до голови щаслива думка. І він сказав:

— Нехай прийде до мене Мугієддін мудерріс!

Кізляр-ага низько склонився й опустив кімнату. Заки дійшов до будинку улемів, знали вже всі в палаті, що першою в цілім гаремі стає бліда чужинка, невольниця Хуррем, "християнська собака". І зашипіла ненависть по коридорах, кімнатах і парках сераю, як їдовита гадина, що сунеться по чудових квітах.

IV

Султанові здавалося, що час задержався, хоч клепсидра на його столі пересипала без упину золотий пісок, як завше.

Нетерпеливо ходив по своїх кімнатах і ще двічі висилав службу по старого улема. А в цілій палаті горячо молилися правовірні мослеми за побожного султана, який, мимо пристрасті до християнської невольниці, не зближається до неї, поки не осінить її віра Пророка.

Нарешті вступив до кімнати султана старий улем Мугієддін-Сірек і привітав його словами:

— Сторожеві Корану, десятому султанові Османів благословенство і поклін від колегії улемів, імамів і хатібів.

Молодий Сулейман рухом руки подякував за привіт, сів на шовкову подушку й дав знак старому священикові, що може також сісти. Тричі склонився старий Мугієддін перед заступником Пророка, дякуючи за велику честь, і сів на нижче місце обличчям до халіфа.

Сулейман почав відразу, без ніякого вступу:

— Маю до тебе довір'я і хочу ради твоєї в такій справі. Моє серце полонила християнська невольниця великої краси і розуму. Як найвищий сторож Корану не хочу переступати святих постанов його і силою брати невольницю. А вона добровільно не віддасться мені, кажучи, що ріжнить нас віра... Освіти її серце правдивою вірою Пророка!

Старий Мугієддін, що любив Сулеймана більше, ніж рідного сина, задумався і так глибоко опустив голову, що аж біла борода його оперлася на долівку. По хвилі сказав:

— Ти найбільша надія Османів, і сонця твого щастя ніщо не повинно затемнити! Але якраз тому я не можу зробити тобі того, що спробував би зробити кождому іншому правовірному...

— Чому? — запитав здивований Сулейман.

— Мій приятель і великий учений, Муфті Кемаль Пашасаде, з яким усі науки зійдуть колись до гробу, каже: "Навіть найбільший лікар не береться простувати звихнену руку своєї власної дитини. А чужим навіть зломані ребра складає". Вибач мені, надіє Османів! Я не для ласки говорю, що ціню тебе більше, ніж рідного сина. І тому не можу лічити твого серця...

Молодий Сулейман з вдячністю, але з нетаєною прикрістю залюбленого подивився на старого філософа й запитав:

— А в кого ж ти радиш мені просити сеї прислуги?

— Віддай сю справу колегії улемів.

— Ні. Се мені задовго тривало б,— відповів нетерпеливо. Старий Мугієддін знов помовчав. Потому зачав непевним голосом:

— То, може, уповажниш мене говорити в тій справі з християнським патріархом...

— З християнським патріархом? Чейже він не навертатиме християнки на іслам! — сказав молодий султан з найвищим здивуванням.

— Сам не буде. А може знайти такого, що може се лучше зробити, ніж наші улеми. Не забувай, падишаху що Аллаг віддав тобі владу над ними і що вони, може, посвятять одну душу для ласкавості серця твого...

Молодий султан подумав і сказав:

— Муфті Кемаль Пашасаде недаром уважає тебе своїм приятелем. Нехай буде, як кажеш! Тільки скоро роби се діло. Вступ маєш кождої хвилі.

Авдієнція була скінчена.

Ще того ж дня вернув до султана Мугієддін-Мудерріс.

— Що сказав християнський патріарх? — запитав султан,

— Відмовив,— відповів спокійно Мугієддін. Султан скипів. Обличчя мав спокійне, але під очима дрижали м'язи. Запримітив се старими очима Мугієддін-Мудерріс і сказав помалу, слово за словом важучи, мов на вазі:

— То моя рада була зла, не його рішення. Нехай же твоє рішення не буде менше справедливе, ніж його. Не забудь, о могутній, що боротьба з жінкою не виграється насильством. Я передумав дорогою відповідь патріарха і всі наслідки її. Та й кажу тобі по щирості серця свого: ніколи не прихилиться до тебе серце тої невірної, ні не змінить вона щиро віри своєї, коли б ти із-за неї покарав християнського патріарха. Силою з жінкою не виграєш справи.

Султан помалу охолонув. По хвилі запитав:

— Отож що тепер радиш робити?

— Заки я був у патріарха, улеми знайшли вже бувшого їх монаха, і то з землі Роксоляни, що втік з монастиря і приняв віру Магомета. Я ніколи не дивився добрим оком на таких людей, але тут він може зробити прислугу тобі. Іншого способу не бачу. Коли дозволиш, він іще сьогодні може говорити з тою невольницею.

— Роби, що уважаєш! — відповів коротко Сулейман. І додав:

— Освоєними соколами ловлять соколів диких.

— А сей бувший монах хоч не сокіл, то дуже бистрий ястріб. Його знають наші улеми і кажуть, що він дуже спритний. Вже не раз уживали його.

— Побачимо! — сказав Сулейман.

Мугієддін-Мудерріс низько склонився і вийшов у задумі.

V

Ще того ж дня сталася в султанській палаті подія, якої не було, відколи в ній засіли предки Сулеймана: до гарему падишаха впровадив за його дозволом сам Кізляр-ага бувшого монаха й завів його до кімнат молодої Хуррем. І оставив його сам на сам з нею, тільки поставив сторожу з чорних євнухів під дверми.

Настуня, хоч знала строгі закони гарему, майже не здивувалася тим, що до неї допустили чужого мужчину.

Відчула, що він приходить у зв'язку з султаном. Але в якім? Сего не могла додуматися, хоч з найбільшою увагою вдивлялася в обличчя гостя.

Була се людина літ понад 50, з хитрим виразом, який мають звичайно всі відступники.

Хоч мав уже постанову признатися, що він відступник, але тут ще раз передумав, чи сказати се, чи ні. І рішив сказати. Бо якби опісля довідалася правди, то не мала б уже ніякого довір'я до нього. А він сподівався ще не раз зустрічі з нею.

Поблагословив її знаком хреста і, завагавшися ще хвильку, заговорив рідною мовою Настуні:

— Дитино! Я — бувший монах, приходжу до тебе в справі дуже важній для всіх християн і для тебе…

Се так поразило Настуню, що вона стала як непритомна. Хоч розуміла кожде слово, але не знала, що сказав їй гість.

Була би краще його зрозуміла, якби заговорив був по-турецьки або по-татарськи.

Він запримітив се і ще раз, помалу, повторив свої слова, що як міцний мід впливали на Настуню.

— Ви з мого рідного краю?! — запитала Настя, а слези як горох пустилися їй з очей.

— Так, дитинко, так — відповів гість.

— Ви давно з дому?

— Моїм домом, дитино, була монастирська келія,— відповів поважно. — А там, де ми родилися, був я давно-давно.

Настуня посумніла. А він сказав до неї лагідним тоном:

— Але я приходжу до тебе, дитино, в справі, близькій також нашій рідній землі, дуже близькій, хоч виглядає далекою.

Молода дівчина вся перемінилася в слух. Правда, від хвилі розмови з падишахом почувалася могутніша, ніж була перед тим. Одначе, все-таки не розуміла, як вона, бідна невольниця, замкнена в клітці пташка, може помогти рідному краєві, з котрого вийшла, й народові, котрий мучився там. Атже не могли на се порадити ні її батько, ні стрий, ні інші розумні люде. А що ж могла порадити чи помогти вона? Була дуже цікава. Вже добре розуміла, що в'яжеться се з залицянням султана. Але яким способом можна з того залицяння дати щось доброго людям під Рогатином і Львовом — сего не бачила.

Те, що говорила султану про Базру й Багдад, було чисто особистим бажанням поширення своєї сили, чимсь таким, що має й повій, який притулиться до дуба. А тут закроювалася перед нею в невиразній імлі справа якогось ділання з означеним напрямом. Яким — не знала. Але відчувала можливість і важність його існування.

Витягнула свою білу ручку й, заслонюючись від очей гостя, вдивилася в себе. Раз, другий і третій кинула оком на крати гарему й дерева в парку — і знов думала. Гість зміркував, що в ній кільчиться якась нова думка, і ні словечком, ні рухом не переривав таємниці уродин думки.

Учені й філософи людства не знають іще тої таємниці. Не знають, як повстає життя організму ні життя людської думки і що саме викликає його. Не знають, хоч у їх власнім нутрі діються ті таємниці.

Не знала й бліда невольниця з далекої країни, що викликало в ній заграву нової думки — таку міцну, що аж рукою прислонила очі. Чи викликав її старий султанський палац, загарбаний царям візантійським, у котрім кожда кімната була кров'ю злита? Чи далекі дзвони в галицькій землі? Чи стан невольниці, перед якою стояла доля й давала їй владу від синього Дунаю до Базри і Багдада, і до кам'яних могил фараонів? Чи молодість, запліднена стрілою думки? Чи далекі дрожання відродженого Заходу?

— Знаю, знаю,— крикнула несподівано і вискочила як людина, що нагло наткнеться на блискучий скарб, оточений гаддям. Вона в тій хвилі відчувала, що провадить не тільки дуже тяжку боротьбу з паном трьох частей світу, але ще тяжчу боротьбу з собою. Відчувала, що боротьба з могутнім падишахом зарисовується на тлі ще більшої боротьби — в її власнім нутрі так, як зарисовується велика битва військ на полях, де в землі бореться за своє існування страшним, невблагальним боєм кождий корінець і кожда стебелинка. Ой, а може, Річчі мав рацію, коли вчив, що тільки безоглядність — се страшне право землі і цілого світу? І дивно усміхався, коли говорив про церкву! Де він може бути тепер?

Пригадала собі, що чула ще в Кафі, що бувші власники невольниць, коли продадуть їх до високих домів, ждуть на місці місяць або і два. І потому через євнухів бачаться зі своїми бувшими невольницями, вивідуються в них про відносини в тих домах і роблять їм ріжні предложення.

"Певно, і до мене прийдуть,— подумала.— Адже вищого дому, як сей, нема тут ніде". Була цікава, чого від неї схочуть. "А може, сего відступника прислали генуенці? — подумала.— Чого він хоче? А тут нікого порадитися! Коби хоч турок Абдуллаг був тут!.."

Гість не запитав її, що саме вона знає. Сидів непорушно і ждав. Молода невольниця важко віддихала. Грудь її хвилювала, мов у любовнім палі, а ясні очі заходили імлою. Прийшовши до себе, підійшла до вікна, відітхнула свобідніше й сіла на шовковій подушці дивану, показавши гостеві місце оподалік.

Він розумів, що тепер пічнеться його найтяжче завдання: зломити в душі людини святу форму її. Бо не суть думки, а форма найміцніше опановує душу чоловіка.

Се завдання було для бувшого о. Івана тим важче, що й він сам не пірвав зовсім у нутрі з формою, яку мав у ній пірвати. Його весь час мучив гріх відступства.

Ясно розумів, що тут найслабше місце, на якім може заломитися все діло. Відітхнув, перехрестився й почав:

— В ясну, спокійну ніч, як вітри не віють від Гелеспонту і від Пропонтиди, як Єлинське море, гладке, мов дзеркало, посріблене сяйвом місячного блиску, вдихає в себе запах синеньких бозів, і білих ясминів, і червоних роз,— тоді Мати Божа Воротарниця в Іверській іконі на святім Афоні сходить з-понад брами на стежки колючі, на шляхи розстайні, на кам'яні дороги... Йде босими ногами по гострім камінню, по твердім корінню й шукає при стежинках зломаних ростинок, шукає в болю ранених звірят, шукає горя в людській душі... І як іде розбійник з ножем у халяві, і як іде убийник з кривавими руками, і як іде зрадник правдивої справи,— вдається з ним в розмову і прощає йому, як тільки в нім відчує жаль за гріхи...

Молода невольниця, спочатку дуже заслухана в бесіду бувшого монаха, перервала:

— Чи всі гріхи людські прощає Мати Божа Воротарниця?

— Ні, не всі, дитино. Є оден гріх, якого не прощає навіть Мати Божа Воротарниця в Іверській іконі на святім Афоні.

— А який це гріх?

— Се гріх супроти мужа.

— Хто ж його прощає?

— Прощає церква Божа по словам Христовим.

Думка молодої невольниці випрямилася, як струна, й інстинктом дійшла таємниці вивищення церкви над земськими справами.

"Значить, хтось хоче мене так прив'язати до Сулеймана, щоб опісля тільки він мав владу наді мною",— сказала собі. Сама не знала, відки та сміла думка взялася у неї. Чула тільки, що її хтось у якійсь цілі хоче обмотати і що відбудеться завзята боротьба між нею і кимсь іншим, хоч сильним, але укритим. Якийсь острий глум вибухав з глибини її душі, й вона відповіла:

— А я знаю оден гріх, якого не сміє простити навіть церква Божа.

— Ні, моя дитино! Церква має владу прощати всі гріхи.

— А чи ти, мій отче, простив би в ріднім краю, де вороги так нищать правовірний люд, зраду нашої церкві, так тяжко гоненій. Коли Мати Божа Воротарниця в Іверській іконі на святім Афоні не прощає зради лишень супроти одної людини, то як же могла би простити зраду супроти костей цілих поколінь і церкви Сина свого?..

Бувший монах зблід. Одиноке слабе місце мав у своїй душі, коли йшов до сеї дівчини. І якраз те місце вичула вона невинною душею. Зразу хотів пояснити їй, що церква все прощає, коли бачить покаяння і щирий жаль людини. Але не міг отворити уст, такий став пригноблений при тій молодій чистій дівчині, і сидів мовчки. Мовчанку перервала вона:

— Я сама поїду молитися Божій Матері в Іверській іконі на святім Афоні!..

Не пробував їй пояснити, що се недопустима річ, бо ще прапрадід теперішнього султана Магомет прирік на просьбу святоафонських монахів не допускати жінок на святий Афон. І від того часу се султанське приречення не було ніколи зломане так само, як придержувалися його перед тим і християнські царі від часів Константина.

Думав над тим, чи не захиталося щось у тій молодій дівчині? Чого вона захотіла їхати на прощу до все прощаючої Матері Божої Воротарниці в Іверській іконі на святім Афоні?

Розумів, що на перший раз досить сказав і досить зробив. Чув, що сам був зранений у найчуткіше і найбільш болюче місце своєї скаліченої душі. Але, очевидно, якимсь чином зранив тепер душу також сеї дитини, хоч не знав ще, чим і як. Бо дивна є душа людини: вона більше таємна від середини пущі, і від морської глибини, і від небесної безвісти. Бо незбагнутий Сотворитель тих див дав душі людини свобідну волю вибору між добром і злом, між вірністю і ламанням її. І тим зробив ту душу подібною до себе.

А в душі Настуні виростало, як горючий корч, ясне бажання піти на прощу до Богоматері в Іверській іконі на святім Афоні. Піти і висповідатися зі своїх покус і просити поради. Бо й кого ж мала просити в сих мурах палати, де на чорній брамі Бабі-Гумаюн сторчали скривавлені голови людські...

X

В ПАРКУ ІЛЬДІЗ — КІОСКУ

Дивний єсть зв'язок мужчини з жінкою, а ім'я йому таємниця. Глибінь тої таємниці пізнала тільки церква. І тому — не розв'язує її та й називає тайною.

I

Молодий Сулейман спробував ще раз освободити свої почування й думки від чару блідої дівчини. Перейшовся по іншім крилі і відвідав свою першу жінку. Успокоївся.

Але як тільки зголосився Мугієддін Сірек зі своїм звітом

у дорученій йому справі, Сулейман знов занепокоївся... Який вислід? Що приносить йому старий приятель?..

Мугієддін докладно переповів султанові все, що довідався від бувшого монаха.

Цікавість султана росла. Він запитав старого Мугієддіна, що думає про вислід.

— Нічого не можна ще думати,— сказав старий.— Се дивна дівчина.

— А що робити, як упреться їхати на Афон?

— Гадаю, що коли попередні володарі опиралися дивним забаганкам жіночим і додержували приречень своїх батьків, то опреться і султан Сулейман. І ще радив би я вислухати, що скаже Муфті Кемаль Пашасаде.

Султан вже був непевний, чи опреться, хоч не міг собі уявити того, як можна зломити батьківське приречення. Але та непевність так його подразнила, що зараз наказав заповісти свої відвідини молодій Хуррем. Постановив зимно поводитися супроти неї й не уступити перед її афонською забаганкою.

Вже на коридорах, якими йшов до кімнат Ель Хуррем, зауважив, що служниці й євнухи дивляться на нього зовсім інакше, ніж дивилися досі: з якоюсь більше напруженою увагою й надзвичайною цікавістю. Та їх цікавість була така велика, що навіть важилися не схиляти належно голов, щоб тільки докладніше придивлятися йому. Се його дратувало. Але рівночасно та їх цікавість уділилася й йому.

Євнухи, що стояли біля кімнат Ель Хуррем, отворили йому двері так якось дивно, якби вже не він тут був головна особа, а та бліда невольниця, до якої йшов!.. Усміхнувся, як усміхається в думці лев, що переходить попри нору мишки.

Вступив напрасним, молодечим кроком.

І — тихо став майже біля самих дверей ясно освітленої кімнати Ель Хуррем.

Його любка, очевидно, ждала на нього стоячи. Але була се рішучо вже не та сама дівчина, з котрою недавно говорив. Так основне змінилася... Хвилю не здавав собі молодий султан справи з того, що саме сталося з нею. Щойно помалу освідомлював собі свої враження.

Першим, дуже сильним, його враженням був її поклін — рівний, спокійний і поважний. Так здоровила тільки одна особа, яку досі знав: його молода ще мати, яку султан дуже шанував. Мимохіть порівняв їх знов у душі. І знов здавалося йому, що вона має в собі щось подібне до його матері.

Другим сильним враженням був одяг Ель Хуррем. Се вже

не був сірий одяг невольниці, який заслоняє красу тіла. Через тонкі і як сніг білі мусліни перебивало її рожеве молоде тіло, дискретно заслонене і гарне, як весняна земля, що родить пахучі квіти. Накинений на рамена плащ з темних фарарів, підшитий дорогим адамашком, спадав аж до маленьких стіп, обутих у мешти з біленького шовку. На грудях мала чудовий нашийник з біло-матових перлів, а на золотистім волоссі біло-шовковий турбан на турецький лад. На нім пишався горючий камінь. Виглядала в тім одязі як правдива султанка...

Але найбільше враження робила вона сама: її великі спокійні очі, й маєстатично-спокійне обличчя, і ціла постава. Щось тепле й дуже живе било з її на око спокійного обличчя. З очей виднила якась думка, що так оживляла її личко, як горючий камінь оживляв її турецький турбан. Молодий султан відчув інстинктом любові, що то нова думка відродила її та що довкруги тої думки збирається у неї все: кожда частинка її одягу і прикрас, кождий її рух і кождий напрям, всі її почування й гадки. "Чи се, може, початок любові, любові до мене?" — подумав на хвильку, і дрож перейшла його тілом, як електрична струя. Почувся більшим і сильнішим, мовби щось доповнило його силу. Подібне враження мав тільки в кімнаті своєї матері. Але се було сильніше, приємніше й мало в собі щось, що непокоїло його душу — можністю утрати.

Все те разом заворушило змисли й ум падишаха та скристалізувалося в нім в одно-одиноке, міцне не то почування, не то думку: "Вона повинна бути моя жінка!.."

Пригадалися йому слова досвідченого Кізляр-аги, що благословенна Хуррем виглядає в новім одязі, як рожеве сонце у квітах ясмину. Був йому вдячний за таку оцінку своєї любки. Так, вона дійсно виглядала як ніжно-рожеве сонце, раннім ранком оточене білою імлою небесних муслінів. І в душі молодого Сулеймана почався новий ранок життя.

Вона весь час мала скромно спущені очі. Не оглядала його, бо не потребувала: інстинктом жінки чула, що діється в нім. Спокійно ждала, що скаже.

Молодий Сулейман, опанувавши перші враження, промовив:

— Ти зібрана на вихід?

— Так. Може, підемо в парк?

Якби була сказала: "Ходім до парку!" — був би, напевно, відповів: "Ні, останьмо тут". Але вона тільки питала, чи, може, піде в парк. Відповів:

— Підемо, дуже прошу. Там дійсно дуже гарно.

Відчинила йому двері — так само, як тоді, коли була

служницею одної з його одалісок... Ся скромність аж заболіла його і збентежила. Йшов біля неї коридорами палати так, якби не він був тут головна особа, а вона. Ішов так зразу мимоволі, потому свідомо. І мав якусь дивну розкіш з того, що запримітили се і чорні євнухи, і стрічні невольниці, й молоді одаліски, які нароком виходили з кімнат... Запримітили, бо кланялися нижче їй, ніж йому, панові трьох частей світу! Уважав се окупом своєї любові до неї. І мав утіху з того, що молода Хуррем приязніше відповідала на поклони слуг і невольниць, ніж на привіти його жінок.

В цілім величезнім палаці падишаха не було вже нікого, хто не знав би, що буде нова султанка Місафір, наймогутніша зі всіх.

II

Silberblick im dunklen Zeit —
Sternenfunkelnder Garten.
Deine Augen lauschen erhellt:
Wollen Wunder erwarten.
Hinter Bäumen glänzt ein Gold,
Ist ein Kammerfensterlein:
Mögen dort die Wunder sein,
Die zu Dir gewollt?..

Опустивши палату, почулася молода невольниця свобідніша у великім парку, що доходив аж до моря Мармара. Розуміла, що тепер розіграється гра, яка вирішить те, чи вона лишиться невольницею, чи стане наймогутнішою царицею світу.

Тиша панувала у величавім парку падишаха. Чудова тиша ночі в Дері-Сеадеті. Понад верхами столітніх дерев сунув тихо місяць по синьому небі у безмежну даль. І ясно світила молочна дорога, що виглядала мов срібний шаль, тканий з міліонів розсипаних перлів і святоіванських мушок-світляників.

Молода Ель Хуррем зітхнула до неба, до Матінки Бога, Воротарниці. Іще раз, останній, згадала свободу. Згадала 14 великих брам Стамбула й вибирала в душі, якою хотіла б виїхати в рідний край. Сімома виходять війська падишаха: вони для звичайних людей зачинені. А для неї — замикалося в уяві і сім останніх брам Царгорода... Глянула на квіти і на кращий від квітів одяг, який мала на собі. Та й відчула, перший раз відчула — порив вдячності для молодого Сулеймана.

Зірвала пук ясминів з куща, котрий минали, і дала його молодому товаришеві прогульки. Та промовила тихо:

— Хочу подякувати тобі за новий одяг. Він такий гарний!.. А се так приємно, хоч на короткий час,— мати гарний одяг…

— Чому на короткий час? — запитав, подякувавши поглядом за квіти.

— Бо я невольниця. Невольницю вдягають і роздягають по волі її пана…

Засміялася так природно й весело, якби хотіла сказати: "Але я приготована на се! Мені властиво все одно, як це скінчиться..." Та не було се все одно молодому Сулейману. Він відхилив її плащ і взяв за руку. По хвилі запитав:

— Скажи мені, Ель Хуррем, що ти робила б, якби сповнилося твоє бажання і твоїй волі підлягала би вся моя земля від тихого Дунаю до Базри і Багдада, до кам'яних могил фараонів і до найдальших стійок моїх військ у пустинях…

Втягав запах зачарованих ясминів, як найсолодший нектар, і пам'ятав кожде слово її бажання з першої розмови.

— Я перед тим просила б о зломання одного приречення...

Знав, про що говорить. Але не хотів навіть допустити до розмови про се і сказав:

— Які ж дивні ті жінки! Приречення мужчини не ломлять!

Подумала хвилю і сказала:

— Я будувала б, багато будувала б!

— Що ж ти будувала б? — запитав з тим більшим зацікавленням, що досі ні одна з його жінок не висказала подібного бажання.

Відповіла поважно, але так приязно, якби вже просила його дати фонди на ті будови:

— Наперед збудувала б я велику імарет *(ред. Кухня для убогих)*. Бо не можу думати про те, як убогі ходять голодні й не мають ні чим, ні де заспокоїти голоду свого.

Став здивований. Вона виростала в його очах на дійсну султанку.

— А потому? — запитав.

— Потому казала б я збудувати велику дарешшіфу *(ред. Лічниця)*.

— Дуже гарно, Ель Хуррем! А потому?

— А потому каравансерай для подорожніх і чужинців...

Останнє слово виповіла майже нечутно. Але тим краще увійшло воно в душу великого султана. Був захоплений.

— Ти маєш не тільки великий розум, але й дуже добре серце, що не забуваєш людей з країни, з котрої походиш. І що ж ти будувала б далі? Султанська скарбниця ще тим не дуже була б нарушена,— додав з веселістю в очах.

— Дальше збудувала б я великий гамам *(ред. Купелевий дім)*, бо не можу дивитися на бруд людей.

— Ти маєш всесторонньо гарну душу, моя дорога,— сказав Сулейман.— Будуй дальше! Тобі варто віддати скарбницю, бо думаєш про обов'язки султана.

— І ще збудувала б я багато мекбетів *(ред. Школа для хлопців)*...

— Гарно! Що ще?

— І ще дуже велику кітабхане *(ред. Бібліотека)*...

— Чудово! Того я сподівався по тобі... А скажи, на котру з тих річей ужила б ти найбільше грошей?

Подумала і відповіла:

— Про се я ще не говорила.

— Так? — запитав, зацікавлений.— Отож на що?

Думав, що вона заговорить тепер про новий, величавий мечет. Але по хвилі зміркував, що вона як християнка не скаже сього.

Вона мовчала. Подивилася в його палкі очі і сказала повагом, помалу:

— Найбільше грошей ужила б я для найбільш нещасливих людей.

— Слушно. Але хто вони?

— Се ті, що повинні жити в тімархане *(ред. Дім для божевільних)*...

Молодий Сулейман притиснув її ніжно до себе і йшов мов осліплений, бо пожар мав в очах. Осліплений був не білим квітом у ясминовій алеї і не срібним світлом місяця, що заливав увесь парк, а мріями молодої Місафір...

Так. Се були султанські мрії.

Такої любовної розмови він ще не мав. Перебіг у споминах усі свої розмови з жінками. Які ж вони були пусті в порівнянні з сею!..

Мав якусь велику, безмежну ясність у душі. На небі гинули поодинокі звізди. А його щось підносило до звізд. Високо, високо.

Вона запримітила се і сказала:

— Бог розсіяв звізди по небі, як хлібороб насіння по

ріллі.

— І одну з них, мабуть, через забуття кинув до мого парку,— сказав молодий султан.

Вона покраснїла з задоволення, але навіть очей не підняла на нього. Так їй було добре з ним, що не хотіла сеї хвилі псувати просьбою о дозвіл виїхати на Афон, хоч весь час думала про се.

Але й він думав про се. Думав вже не так, як хотів старий учений Мугієддін Сірек.

Думкою, яку заострила любов, почав порівнювати вартість обох поглядів: пустити її на Афон чи не пустити її на Афон? Почав порівнювати так, що його думка, мов магнетична голка, схилялася до бажання Роксоляни. Він міркував уже тільки в тім напрямі і з тим заміром, щоб оправдати себе.

І як не оправдати? Що значить одна їзда одної жінки до якогось там монастиря "джаврів" супроти здобуття такої жінки! Адже на неї можна здатися в усім! "Такої перли Аллаг не кидає двічі на шлях життя людини!" — подумав.

Став, немов отрясаючи з себе приречення предків і традиційну заборону старих царів Царгорода, котрих спадщину перейняв його рід. А вона, розмріяна, йшла дальше в місячнім сяйві, що заливало ясминову алею.

Дивився, як ішла. Все його життя було в очах. Вдивлявся в її легке, гармонійне колисання, що було для нього музикою без тонів, розкішшю без дотику, краскою без світла, життям без воздуха. Віддих запирало йому в грудях, але так приємно, як приємно заливає вода потопаючого.

Нараз видалося йому, що десь уже бачив такий хід. Думка його пошукала в споминах і — знайшла. Так... Подібний хід бачив він у самиці королівського тигра, що ходила по великій клітці в Арслянхане. Ходила, як благородна королева, хоч була в неволі.

Рішився. Тільки не знав, як почати.

Приспішив кроку. Але так тихо, якби лякався перервати її думки.

А вона також думала. І також лякалася. Тільки чогось зовсім іншого... Лякалася, щоб він не пригадав собі докладно першої їх розмови.

В дівочій гордості не залежало їй на тім, чи він возьме її за жінку, чи ні. Боялася лишень того, чи не занадто нахабно домагалася від нього... Не могла скінчити думки. Так їй зробилося соромно. Прийшла їй на думку мати. Як же вона видивилася б на кожду дівчину, котра від мужчини домагалася б майна! І то в першій розмові!.. Господи!..

За ніякі скарби світу не була би сказала своїх думок! Запаленіла. І була як червона квітка між білим ясмином.

— Що з тобою, Хуррем? — запитав Сулейман. По його тоні відчула сильніше, ніж перед тим, що він любить її, що старається о неї. В ту мить пригадався їй ще оден небезпечний висказ її з першої розмови та його відповідь. Кров ударила їй до голови так, що оглянулася, де сісти.

Занепокоєний Сулейман запровадив її до найближчої альтанки.

— Що з тобою, Хуррем? — запитав удруге. Але сього вже таки ніколи не сказала б ні йому, ні нікому. Ледви сама собі могла повторити те, що тоді сказала:

— Чи ж не так само зле буде мені тепер у кожної з твоїх жінок?

Як же я могла щось подібного сказати! — думала, схиливши головку і спустивши очі вниз. Адже він міг зрозуміти, що я освідчилася йому! І навіть так зрозумів, бо дав таку відповідь. Не розуміла, як могла щось подібного сказати, хоч добре знала звичай мослемів у справах заручин і подруж.

Від сорому хотіла б під землю сховатися.

— Що з тобою, Хуррем? — запитав утретє султан.

Несподівано рішилася — сказати, заперечити! Бо заважко було їй з тим спомином. Помалу, немов шукаючи слів і тонів, таких ніжних, як сліди малої пташки на снігу, почала:

— Я думаю над тим, чи (тут вложила личко в обі долоні) не напихалася... я... тобі?..

— Ти?! Мені?!

Встав і сміючися додав:

— Адже я ще не зустрічав такої гордої дівчини ні жінки. Ніколи!

Відчула, що міцна любов покрила в його душі спомин першої любові, мов золотий мід вощину.

— Чи ти дійсно над тим думала, Хуррем? — запитав ніжно.— Чи, може, над виїздом до свого Бога?.. — рішився сказати. Рішився так само несподівано, як вона перед хвилею.

Дивилася на нього здивована, відки він знає, що діялося в її душі.

Він не хотів, щоб вона заперечила, бо чув, що тоді не знав би, як їй заявити, що годиться на се. Не очікуючи її відповіді, продовжав:

— Їдь, куди хочеш і коли хочеш! Хоч би завтра! І хоч би в місце, в яке я прирік не пускати жінок! — Останні слова майже викидав зі себе.— Тільки верни! — додав м'якше.

Зрозуміла, що він знає, куди вона хотіла б поїхати. Від кого знає, се її не обходило. Мабуть, той відступник оповів комусь. Але се було їй байдуже.

Образ Богоматері Воротарниці станув їй перед очима. Зрозуміла велику жертву Сулеймана. Вона була для неї завелика, щоб відразу могла її приняти.

— Я не хочу, щоб ти ломав приречення задля мене,— сказала тихо, майже нечутно.

Встала зі слезами в очах і вийшла з альтанки.

Як тінь, пішов за нею молодий Сулейман. І йшли у блиску місячної ночі, обоє щасливі, як діти.

Він хотів їй конче подарувати те, чого вона не хотіла приняти. Якраз тому хотів докончe се подарувати, що вона щадила його.

— Ти дуже благородна, Ель Хуррем! — почав.— Але що значить приречення, якого зломання нікому не шкодить?

— Я не хочу, щоб ти ламав навіть такі приречення,— відповіла з упором дитини.— Але й маю спосіб на те, щоб ти не зламав нічого і щоб я поїхала. Ти знаєш, куди? — запитала цікаво.

— Знаю,— відповів.— А який же ти спосіб маєш? — запитав, зацікавлений.

Не питала його, від кого знає, куди вона хоче їхати, тільки спокійно відповіла:

— Мій спосіб дуже простий. Ти чи твій далекий предок прирік, що не допустите жінок на святу гору Афонську. Але я можу поїхати переодягнена за хлопчика, як твій отрок…

Усміхнувся на ту жіночу хитрість і сказав:

— Ти дуже спритна, Ель Хуррем. Але твій спосіб закриває тільки зломання приречення…

— І вже зовсім-зовсім нікому не шкодить,— сказала радісним щебетом, що лунав у парку, як лящіння соловейка в гаю.— Я так дуже хотіла б кудись іти, їхати, або лучше йти, йти, кудись далеко-далеко, хочби зараз-зараз!..

Почала бігти парком дрібними ніжками, оглядаючись на нього, як молода виверка-білка.

Падишах Сулейман біг за нею, як біжиться за долею, за щастям: всім серцем своїм і всею вірою.

Радість мав в очах і в кождім члені силу. Чув, що та радість має своє джерело в ній. І чув, що в тій хвилі він не султан, не володар трьох частей світу, не цар п'ятьох морів… Тільки мужчина, що любить! І було йому так легко й так радісно на душі, що відчув потребу сісти на коня, високо, і гнати далеко — з нею, зі своєю любкою. Сказав:

— Підім до сторожі при найближчій брамі. Я зараз скажу привести два коні і поїдемо!

— Ні,— відповіла, весело сміючись.— Ваша приповідка каже, що є три непевні річі: кінь, цар і жінка. Нащо ж їх лучити, коли нам добре так?

Радісно сміялася і скоро йшла парком в напрямі до моря. Радісно сміявся і він, кажучи раз у раз: "Не ваша, тільки наша!" Тішився, як дитина, її відчуттям, що вона не бачить у нім султана, тільки мужчину.

Дійшли до краю парку і сходами з білого мармуру зійшли на беріг моря Мармара.

Світало.

На Дівочу вежу, на береги Скутарі, на Кизиль-Адаляр, на анатольський Гіссар і на долину Солодких Вод спадала рання мряка, як пух із ангельських крил. А срібні меви радісним гомоном вітали червень сонця, що надпливала від Бітинії.

Настуня зійшла по білих мармурових сходах аж до морських хвиль і мила в них ручки та біленьке личко, радісна як мева, що вітає сонце. Його червона позолота падала нестримно на кипариси й пінії, на буки і платани. Падала й на очі великого султана, що тої ночі ще дужче полюбив молоду чужинку з далекої півночі.

Надпливали попри беріг у двох човнах турецькі рибалки. Вони пізнали падишаха. Схилили голови та схрестили руки на грудях і не дивилися на незакрите личко молодої пані.

— Я так з'їла би щось,— сказала Настуня й подивилася в очі молодого Сулеймана.

Він знаком руки наказав човнам наблизитися й попросив у них харчу. Скоро дали йому рибалки печеної риби і коржів. І ще ніколи не смакували йому ніякі потрави так пишно, як той скромний харч, який їв з любкою раненьким ранком на березі моря на сходах мармурових.

III

Коли Сулейман з Настунею вертали до палати, запитав він, як питав звичайно в таких випадках:

— Який дарунок хотіла б ти завтра одержати?

— Дарунок? — відповіла.— Пощо? Хіба гарну квітку.

Здивувався і знов запитав:

— Більше нічого?

— Ах,— плеснула в долоні, як дитина.— Чи не можна б сюди спровадити учителя Абдуллага? Я тобі вже раз згадувала про нього. То чесний турок. Він дуже шанує Коран і тебе! Знаєш, він міг би ще вчити і мене, і тебе! Направду міг би!.. — І усміхнулася весело.

Султан усміхнувся так само весело, як і вона.

— А де ж він тепер може бути? — запитав.

— Або тут, або в Кафі,— відповіла й подумала, що матиме коло себе хоч одну знакому душу, нехай і турка.

— Добре,— сказав Сулейман.— Спровадимо сюди учителя Абдуллага.

То була перша посада, яку дала Роксоляна Хуррем в палаті падишаха. Як же багато їх роздавала вона потому — в Європі й Азії, на землях і на водах, в армії і флоті, у судах і скарбі султанськім! А все робила з одним таємним заміром і так витривало, як тільки робить жінка — жінка, котра любить або ненавидить. Але ще не час казати про таємний план Роксоляни, бо вона ще не мала його. Ще не засіяв гріх у її чисту душу ніяких таємниць, ніяких справ укритих, і вона була подібна ще до тої меви, що радісним гомоном вітає ранком сонце.

На другий день з полудня бувші власники Насті сиділи в заїзднім домі біля торговиці і ждали на прихід генуенця, котрий пішов до султанського сераю, щоб розвідати, що сталося з їх невольницею. Вже вечеріло, як скрипнули двері й увійшов генуенець. Був блідий як смерть і задиханий.

— А тобі що? — крикнув вірменин, побачивши його.

— Втікаймо, як стоїмо! — відповів генуенець, кліпаючи очима і важко дихаючи.

— Та чого? Та куди? — посипалися питання.— Та що сталося? Та говори до ладу!

Генуенець сів як підкошений. Його перестрах уділився всім. Видихавшись, почав оповідати:

— Приходжу до султанського сераю... Суну бакшиш в руку сторожеві... Пускає мене... Добиваюся аж до заступника самого Кізляр-аги... Що то мене коштувало!.. Господь на небі знає, а ви не повірите!

— Ну та вже менша о те! Говори, що було дальше!

— Говорю заступникові Кізляр-аги, чи не міг би я бачитися з такою-то невольницею з Руської країни, з Роксоляною Хуррем, проданою тоді й тоді, на службу, до султанської палати...

— А він що? — перервав нетерпеливо вірменин. Турок Ібрагім слухав весь час спокійно, але дуже уважно.

— "Що?! — каже до мене (а бакшиш вже сховав).— Чи ти, чоловіче, не здурів?"

— А ти йому що?

— А я йому кажу: "Та чого ж би я мав дуріти? Се моя бувша невольниця, маю їй дещо передати, дещо сказати, як звичайно буває. Ви ж знаєте…"

— А він що?

— А він каже, що вона нічого не потребує!.. "Як то не потребує?" — питаю його… А він каже: "Чоловіче, забирайся, поки ти живий, бо як хто підслухає, то обидва будемо незабаром дивитися згори, як виглядає Баб-і-Гумаюн!.. Нині-завтра,— каже,— буде її весілля з падишахом, а той хоче бачитися з Роксоляною Хуррем!.. Здурів дочиста!.." — каже.

Присутні повставали зі здивування. Сим разом навіть поважний Ібрагім отворив уста і сказав суворо:

— Не жартуй з такими вістками!

— Я також гадав, що він з мене жартує! Але він каже: "Чоловіче! Тихо… Я тобі і твій бакшиш зверну, і йди собі, відки прийшов. Не хочу клопотів мати!.." Як він сказав, що навіть бакшиш зверне, то я вже знав, що се не жарти. І вже мені не потребував більше повторяти, щоб я йшов… Я не пішов, а побіг. Знаєте, може бути біда! Не всьо в нас було в порядку. Як вона тепер слово шепне султанові, може бути зле з нами!

— Їдьмо нині вночі! — сказав вірменин.

— Зараз!.. То ще не все!.. Біжу я сюди й бачу коло головного мечету… султанські сіпаги в тулумбаси грають… Люди ся збігають… Підходжу і чую, як сіпаги кричать: "А хто знав би, де знаходиться Абдуллаг з Кафи, учитель Корану в одній зі шкіл невольниць… і не повідомив про се найвищу владу падишаха… тому буде вирваний язик… і живцем буде над огнем колесований… аж до семого поту!.."

— Гарна історія! — шепнув переляканий вірменин, що також побілів як смерть. А піт на нього відразу виступив. Наступила загальна мовчанка. По якімсь часі вірменин сказав:

— Ва, ва! Сумніву нема, що й за нами вже десь шукають…

Всі затихли і стояли, як мертві подоби. По хвилі знов сказав вірменин:

— А не добре я радив, продати її ще у Криму?

Ніхто не відповів. По хвилі сказав старий Ібрагім з твердою вірою:

— Перед очима десятого султана — нехай живе вічно!

— не укриється ніяка річ. Іду сам до султанського сераю і скажу, де єсть Абдуллаг.

— А як уже не вернеш відти?..

— За все хвала будь Богу милостивому, милосердному панові в судний день! — відповів побожно турок Ібрагім словами Корану. І повагом вийшов-таки зараз з кімнати.

За хвилину вели його сіпаги до султанського сераю. А оставші сиділи в такім страху, як іще ніколи по продажі ніякої невольниці.

І знов минув день. А вечером був на авдієнції у султана найбільший учений, муфті Кемаль Пашасаде. Ішов з палицею, повагом, похилений, але бадьорий, з білою бородою, в зеленім одязі, так вилинялім від старості, що при вході свіжа султанська сторожа не хотіла його впустити, думаючи, що се якийсь прошак. Усміхнувся і сказав, що сам султан його кличе. Надійшов начальник сторожі і впустив великого ученого, з котрим усі науки зійдуть колись до гробу, як загально говорили про нього.

Що сказав молодому султанові найбільший мудрець його держави, не довідався ніхто, аж поки не дійшло до того, що дрібні, делікатні рученьки Насті зачали ламати велику і сильну державу падишаха, що простяглася на три часті світу... Та до того часу ще не раз зацвіли червоні квіти брескви і не раз з гніздочок голуби вивели молодих.

XI

ПЕРША ПОДОРОЖ НА ПРОЩУ РОКСОЛЯНИ

На Афоні дзвони дзвонять
Починає Прот великий,
Окликаєсь Ватопед.
Далі зойкнув Есфігмену,
Загудів Ксеропотаму,
Там Зографу, далі Павлю,
Розливаєсь Іверон...

I

Був кришталево-ясний ранок, коли султанські галери

допливали до Святої Гори, що як білий мармуровий стіжок видніє на синім тлі неба і стрімкими стінами в море спадає. На довгім півострові вже здалека видніли зелені ліси. Як наближалися, повіяло з них чимсь рідним на душу Настуні, бо запримітила там не тільки кипариси, пінії й каштани, але на височинах також буки, дуби й чатинні дерева: тут лучилася тверда рістня її рідної землі з м'якою полудневою рістнею.

Здалека долітало привітне грання дзвонів всіх афонських церков, що вітали могутнього монарха. На березі заливу Дафні видніли великі процесії монахів зі всіх монастирів і багато паломників!

Свою велику славу, як святе місце прощ, осягнув Афон вже дуже давно, ще як не було роздору між Сходом і Заходом, а єдність була у церкві Христовій.

Оподалік на скелях полуднево-західного узбережжя Святої Гори біля пристані Дафні пишався в прекраснім місці старий монастир великомученика й ісцілителя Пантелеймона, відновлений востаннє галицьким князем Ярославом Осмомислом. Тут проживали отшельники зі всіх земель України.

І здавалося їй, що в їх співах почула також від дитинства знакомий їй напів галицьких церков.

Ще на галері просила Сулеймана, щоби спочав у тім монастирі.

Відчула самотність у товпі мусульман і незнакомих монахів. Зразу зробилося їй так лячно, якби була сама в якійсь пустині. Змовила молитву щиро-щиро. І спокій увійшов у її душу. А потому стало їй так ясно і легко на душі, як у ріднім домі. І здавалося їй, що кождий дуб і кождий бук, кожда тверда частинка і кожда квітка Святої Гори — се її рідня.

Вже не чулася самотня. Не відчувала ніякого тягару. Уявляла собі Матінку Господню Воротарницю в Тверській іконі на Святім Афоні. Не лякалася її так само, як діти паломників не боялися султана, перед яким дрижали їх батьки.

Любила все кругом, і синє туркусове небо, і спокійне море, і Святу Гору, і пахучі ліси на ній, і монастирі, і скити, і трави, і квіти, і монахів, і паломників, і дітей. А його? — запитала себе і майже притакнула в душі...

Вся запаленіла, скоро кинула оком, чи не ріжниться чим від інших молоденьких отроків султана. Не ріжнилася зовсім одягом і, мабуть, не багато виглядом. Успокоїлася.

І знов тішилася всім, що бачила навкруги. Тішилася своєю власною радістю з життя і гралася, мов ясним кришталем,— думкою, яка аж тут її привела. Тою думкою, що зродилася в її голівці в часі розмови з монахом-відступником.

Вдивилася в товпу монахів і здавалося їй, що бачила якесь знакоме обличчя — десь біля самого Прота, начальника всіх монастирів на Афоні, котрий вітав Сулеймана.

Тепла струя перейшла їй від серця до мозку і очей. І здавалося їй, що ясний кришталь думки, який уродився в ній, зачинає розгріватися й виглядає, як горючий камінь, про який пророкувала їй циганка, що буде мати його у волоссю. Вже мала його — в голові...

Спокійно пішла в товпі отроків біля Сулеймана до монастиря св. Пантелеймона.

Коли підійшла до нього з Сулейманом, побачила на верху кам'яної брами монастиря вже невиразний від старості надпис: "Святу Обитель сію возобновив человік, що вірив у Бога: князь на Галичі, Перемишлі, Звенигороді, Ушиці і Бакоті, Ярослав Осмомисл, син Володимирка. Успе в Бозі 1187 года".

З глибоким зворушенням відчитала старий напис і побожно змовила "Отченаш" за душу великого володаря своєї рідної землі.

II

Після скромного сніданння, яким монахи прийняли високого гостя і його товаришів, а яке складалося з чорного хліба, меду і води, пішла Настя оглянути головну церкву і її скити, розсипані по недалеких скелях.

Але як тільки вийшла з киновії, зустріла несподівано знакомого відступника, що йшов з якимсь дуже старим монахом.

Збентежилася й хотіла його оминути. Одначе він показав її свому товаришеві і сказав до нього в її рідній мові:

— Це улюблений отрок султана Сулеймана, християнин. Ось тут був мій дім, моя дитинко! — звернувся до Насті.

Старий монах з білою бородою вдивився в неї своїми синіми очима, поблагословив її знаком хреста і сказав до знакомого Насті відступника:

— Може, о. Іване, той отрок хоче оглянути нашу обитель?

— Так,— відповіла живо Настя.

По тім, що монах назвав відступника "отче Іване", зміркувала, що тут не знають про його відступство. Але не хотіла його зраджувати. Розуміла, що тоді і він міг би видати її тайну, що вона не отрок султана, але його любка.

Ішли в трійку як представники трьох поколінь. Настуня чула ще вдома від батька і про св. Афон і про монастир св. Пантелеймона, як про місця, до котрих від віків спрямовані були серця й уми всіх побожних паломників нашої землі. Знала також, що вступ на св. Афон заборонений жінкам ще від часів царя Константина і що на Афоні не була ще ні одна українка, навіть ніяка княгиня. Серце її білося так, як б'ється в грудях того, хто перший вийде на недоступний верх гори.

— Ти, сину, з нашої землі? А звідки? — почав старий мовах.

— З Рогатина,— відповіла.

— Знаю. Ще не знищили його бісурмани? — Жаль блиснув в його синіх, старечих очах.

Увійшли в церкву, де здалека блистів головний вівтар прекрасної роботи. Настя побожно перехрестилася. Старий монах попровадив її перед сам престол і почав:

— Святую трапезу сію сотворили сице: собра воєдино злато, і серебро, і бисеріе, і каменіе многоцінно, і мідь, і олово, і желізо, і от всіх вещей вложи в горн. І егда смішашеся вся, слія трапезу. І бисть красота трапези сиріч престола неізре-ченная і недомисленная уму человіческому, занеже овида убо-являшеся злата, овогда ж серебра, овогда ж яко камень драгій, овогда ж інакова...

Глибоке враження зробили на ній сі слова старого монаха,— сама не знала чому.

III

Die Nacht ist still,
Die Stunde schlägt:
Vergangenheit rührt sacht
An goldnen Glocken an.

Ідучи дальше до найближчого скита, побачила красу Святої Гори. Кругом під ногами розливалися ясні води архіпелагу: лаврові дерева і прочитан пишно прикривали наготу скель, над котрими високо кружляли вірли. Як ухом сягнути,— панувала тиша. Не переривали тиші ні рев звірів, ні блеяння стад. Бо по уставам Святої Гори заборонений там побут самицям усяких животних і нема розмножування. І ніщо не нарушує глибокої тиші. Хіба вітер просвистить час до часу в гірських проваллях або прошелестить у листі дерев і корчів. І знов тиша. Одно лиш море глухо й одноманітно шумить у прибережжя.

Захоплена красою афонської природи, запитала старого монаха, хто вибрав сю гору на святу обитель.

Старець, ідучи під гору, втомився. Сів, відпочив хвилинку й почав:

— Старе передання восточної церкви каже: "Коли в Єрусалимі святі апостоли з Божою Матір'ю кинули жереб, кому яка земля припаде для проповіді Євангелія,— дісталася Богоматері Іверська земля. Але ангел сказав їй, що та земля просвітиться пізніше, а її сам Бог приведе там, де очікують її опіки. Тим часом чотириднєвний Лазар, що був тоді єпископом на Хипрійськім острові, дуже хотів бачити Божу Матір. Але боявся прибути в Єрусалим, бо там були б гонили його і за дозволом Богоматері прислав по неї корабель, на якім вона пливла до Кипру. Та нараз подув противний вітер і корабель прибув у пристань Дафні, до Святої Гори, де стояв храм поганського бога Аполлона і куди прибувало багато людей, щоб почути пророцтва про свої сердечні тайни і навіть про тайну самого життя. Як тільки Божа Мати ступила ногою на беріг, всі кам'яні ідоли закричали: "Люде! Йдіть до пристані і прийміть Марію, Матір Ісуса!" Народ поспішив на беріг моря і прийняв з почестю Богоматір. А вона оповістила народові про Ісуса. І всі впали й поклонилися йому, увірували в нього і хрестилися. Багато чудес совершила тут Божа Мати і сказала: "Се місто буди мні в жребій, даний мні от Сина і Бога моего!" Поблагословила народ і сказала: "Благодать Божа да пребудет на місті сім і на пребивающих зді с вірою і благоговінієм... Потребная же к житію благая будуть ім с малим трудом ізобильна..." Поблагословила ще раз народ і поплила в Кипр. А як минуло вісім сот літ, знов з'явилася тут Богомати в сні пустинножителю Петру. Він мав такий сон: святий Николай клячав перед Богоматір'ю й, показуючи на нього, на Петра, просив її, щоб показала йому місце для чернечого життя. А вона сказала: "Во Афоні горі будет покой его, то єсть жребій мій, от Сина мні даний, да отлучающимся мірских молв і ємлющимся духових подвигов по силі своєй там временне житіє своє проведуть без печалі..." Таким остане святий Афон до скончанія міра...

Настуня закрила очі рукою.

Все те, що оповів старий монах, видалося їй таким природним і правдивим, що немов бачила й чула, як оживають і кричать кам'яні ідоли, кричать про чуда, які мають діятися на землі. Вірила твердо в чуда. Бо чи ж не чудом було для неї те, що вона сюди дісталася? Дісталася, всупереч приреченям цілих поколінь могутніх царів!.. Дісталася як невольниця туди, де століттями не могли дістатися навіть жінки наймогутніших царів Візантії. Чи ж не чудом було, що з товпи бідних невольниць так скоро вийшла аж на місце, якого їй завидують дочки перших домів сеї землі?

Відчула якийсь дивний біль, що там унизу мучаться товаришки її недолі. Той біль був змішаний з розкішною радістю, що вона не там, між ними...

Всім серцем відчула дивну руку Господню, котра привела її аж сюди — Чорним Шляхом ординським і Диким Полем килиїмським. Привела ненарушену і невинну. Привела і призначила до якоїсь великої проби-боротьби. А перед тим дала їй ще у ласці своїй побачити найсвятішу обитель Греції та помолитися у ній.

З глибоких тихих ущель і дебрів Святої Гори виходили до неї чудові мрії, мов срібна мряка, й нечутно шептали до вуха, що вона призначена до надзвичайних діл.

Хотіла ще тільки побачити Матінку Господню Воротарницю. І запитала:

— Чи далеко відси Іверський монастир?

Старий монах зачав здивовано дивитися на молоденького отрока. Бо за Іверським монастирем попитували звичайно старі люде, які мали тяжкі гріхи на совісті. Вони хотіли перед смертю подивитися в обличчя матері Судді...

Помалу відповів:

— Недалеко, синку!.. На другім березі сього вузького півострова... Заки я відправлю службу Божу, ти вже можеш там бути...

По хвилі додав:

— Ти хочеш бачити Іверську ікону Богоматері?

Настя, бачачи, що старець розбалакався і радо говорить про святі річі Афону, запитала:

— А відки та ікона взялася?

— Одного вечера,— зачав старий,— іноки Тверської обителі побачили на морі полумінний стовп, що верхом сягав аж до неба. Перенятi жахом, не могли рушитися з місця, тільки молилися. А те видіння повторялося ночами і днями. Згодом побачили, що той огненний стовп горить перед іконою Божої Матері і спробували на човнах підплисти до неї. Але чим більше підпливали, тим більше ікона віддалялася. Тоді іверські монахи зібралися в храмі і слізно молили Господа, щоб він подарував їх обителі той неоціненний скарб — ікону Богоматері. Господь вислухав їх молитви. Найпобожнішому з них, Гавриїлові з Грузії, з'явилася в сні Пресвята Діва і сказала: "Вийди в море і з вірою ступай по хвилях до мого образу!" Гавриїл вступив на море, перейшов по водах, як по суші, і приняв у свої обійми ікону Пречистої Діви. Іверські іноки поставили чудотворну ікону в головнім вівтарі. Але на другий день перед утренню інок, що засвічував лампади, вступивши в храм, не застав у нім ікони. По довгім шуканню побачили її перелякані монахи на стіні, над монастирськими воротами, й віднесли на попереднє місце. Але на другий день рано знайшли її знов над ворітьми. Це чудо повторилося багато разів. Нарешті Пречиста Діва знов з'явилася монаху Гавриїлу і сказала: "Об'яви братії, що я не хочу, щоб вони мене охороняли, але я хочу їх охороняти — і тепер, і в будучім житті". Братія сповнила волю Богоматері. Від того часу і до нині Іверська ікона знаходиться над брамою монастиря. Як прийшли тут мусульмани, то вдерлися в Іверську обитель. А був між ними араб, що називався Варвар. Він з ненависті до христової віри ножем ударив Божу Матір в обличчя. Але, побачивши, що жива кров потекла з її рани, що й сегодня можна ще пізнати, — покаявся, увірив і став скитським монахом, і спасся, і став святим. Його малюють, синку, чорного, як мурина, з ножем, зі стрілами і з луком…

Настя сиділа і в екстазі слухала святих легенд афонських. Картини, як малював їй старий монах-маляр, пересувалися їй, мов живі перед очима. Слова: "Об'яви братії, що я хочу їх охоронять — врізалися їй у пам'ять незнищимо.

З задуми збудив її бувший о. Іван, що весь час не промовив ні слова. Тепер додав, кажучи кожде слово:

— Жіночого пола на святім Афоні не було вже більше як тисячу літ. Аронські отці законоположили, щоб жіночий пол не мав вступу на Святу Гору. А се потверджено було грамотами всіх царів візантійських і великих султанів. Була тут лише жінка першого християнського царя Константина. Але як тільки підійшла допершого скита, Божа Мати крикнула з ікони:

"Ти чого сюди! тут іноки, а ти жінка! Ні кроку дальше!"… Цариця злякалася й вернула до Візантії та оповіла се брату Аркадію. Се той, котрий щороку присилав сюди 12 фунтів золота і 17 срібла з царської скарбниці. А як настали турецькі султани, то і вони пошанували святий закон Афонський…

З Настунею діялося щось надзвичайне під впливом дивної тиші й оповзань. Здавалося їй, що тутешні монахи люде не з сего світа. Якийсь внутрішній розрух опанував її душу, мов орану весною земельку, в яку має западати насіння.

Постава й рухи старого монаха вже від першої хвилі зустрічі з ним робили на неї враження, що він мусів колись належати до високопоставлених людей. Тепер по його оповіданнях набрала переконання, що він міг би їй не одно сказати і в інших справах: тих, що ними зацікавив її Річчі у школі неводниць. По надумі промовила до нього:

— Скажи мені, старче Божий, чому турки мають свою сильну власть на великих землях, а ми ні?

Старець вдивився на неї з такою увагою, що аж брови зморщив. Опісля поважом відповів:

— І ми все те мали, мій молоденький сину…

— Чому ж ми втратили? — запитала з великим зацікавленням.

— Бо вірності в нас не було.

Старець зморщив чоло, якби пригадував собі щось давно забуте, і продовжав:

— То мирські діла, мій сину! Але як ми не мали втратити своєї влади, соли вже в десять днів по смерті Владимира убили на Алті сина його, праведного Бориса… Та не в тім річ, що вбили. Було таке від часів синів Адама у всіх племен і народів. Але в тім сором і горе, що праведний Борис сконав, опущений військом своїм. Так само зраджений, погиб і Гліб під Смоленськом, і Святослав, в долині над Опором, серед гір високих, де і я літ тому п'ятдесят молився і докидав соснини, щоб звірі не порили княжеського гробу… Всі вони погибли, опущені військом своїм…

Божий старець мав сльози в очах, коли згадав про се. Настя вдивлялася в нього, як в образ, і ловила кожде слово з його уст.

Тут старець знов напружив ум свій і високо зморщив чоло та почав:

…"А въ лѣто 665549 убиша кіяне Игоря Ольговича снемшеся вѣчемъ и похитиша въ церкъвъ св. Теодора, когда князь бяше въ чернцехъ и въ скимъ… И монатію на немъ оторгоша, и изъ скитки изволокоша, и еліце изведоша изъ монастырь, и убиша его, и везоша на Подолье, на торговище, и нага повергоша"…

Відітхнув і продовжав:

...«А тисяцкій Лязор — то мусів бути варяжскій нащадок, мій синку, бо пошанував хоч тіло князя — "повелѣ воинам взяти Игора князя и они, вземше, покриша его одеждами своими и положиша тѣло его въ церкви святаго Михаила. И на ту нощь Бог прояви знаменіе велико: зажгошася надъ нимъ свѣщи вси. И наутрья приѣха игуменъ Антонъ и везе тѣло князя Игоря въ монастырь къ святому Симеону и тамо положиша его въ гробѣ"...

Старець знов відітхнув і додав:

— Так описує стара літопись нашої землі, як поводився наш народ з владою своєю, слухаючи підшепту бунтівників.

— А на що ж Бог допустив до такої страшної річі, коли той наш князь був праведник, як видно з чуда над тілом його? — запитала Настя.

— Бо дав Господь свобідну волю людям, сотворивши їх на образ і подобіє свое. Робіть, що уважаєте добрим, сказав їм, а не схочете, то побачите, до чого дійдете... На потомках потомків ваших відіб'ю злобу вашу... Не спинялася та злоба і перед найбільшими володарями нашої землі, мій сину... Королеві Данилові, першому розумом по Соломоні, на пирі, при чужих послах, для більшої наруги наш галичанин жбухнув чашу вина на обличчя... А Ярослава Осмомисла, котрого навіть чужі князі і султани вибирали суддею за розум його, взяли галичане на страшні тортури: живцем спалили перед очима його любу жінку... Се той сам господар нашої землі, за голови котрого сіяла вона золотом і достатком, як ніколи. Се той сам, що відновив святу обитель сію...

Тут Божий старець показав рукою монастир св. Пантелеймона ісцілителя й кінчив:

— Аж до самого кінця нашої влади так поступали з нею! А Бог милосердний довго дивився на те, поки не прийняв душі останнього нашого князя, що сконав від отруї в тяжких муках... І не оставив уже на знущання жадного нащадка свого, бо помер молодий від злоби батьків наших... Ось чому ми, дитино, не маємо влади своєї... Не в тім річ, що були злі вчинки, а в тім, що не було спротиву в народі проти них... Не було ні пошани, ні оборони влади. Тому вона й упала...

На Настю зробило те оповідання Божого старця тяжке враження.

Вимовилася втомою і вернула до монастиря.

З полудня виїхала з султаном і іншими отроками через півостров до Іверської обителі. Грунт був сухий і кам'янистий, з рідкими, але животворними потоками. Чудові ліси і сади стояли кругом, а в них дерева маслинні, оріхові, смокові й помаранчеві, каштанові й кипарисові та огороди з овочами і виноградною лозою. Здалека виднів білий сніг на високих шпилях Святої Гори.

В'їхали в дубовий ліс, пишний, міцний і великий. Тиша тут була така, що навіть комахи не бреніли в воздусі.

"Розумію,— сказав мов до себе Сулейман,— чому тут спочивав найбільший завойовник Еребу, що дійшов найдальше на схід сонця…"

Настуня оглянулася ще раз в напрямі таємничого острова Самотраке, з котрого походила мати Олександра Великого. З гори видно було Самотраке й Лемнос, Імброс і Тассос, і ледви замітку полосу берегів Дарданелльського проливу, Гелеспонту.

Вечеріло, як наближалися до Іверської обителі на північно-західнім склоні Афону, що стояла на прибережжі морського заливу, на тлі потрійних недеїв гір, покритих неграми й лісами. Якраз входила процесія в браму святої обителі.

IV

Іверські монахи глибоко клонили голови перед темною іконою Богоматері, що стояла над монастирською брамою.

Настуня глянула на Сулеймана і на ікону та мимохіть і собі склонила голову. Вид Іверської Богоматері був строгий. Вона представлялася як Мати грізного Судді. На ланиті темної ікони без ніяких слідів колориту виднів знак кривавої рани, що надавав їй ще більше грізного вигляду.

Настя подивилася на Сулеймана. Він ще вдивлявся в образ матері "християнського Пророка". Дрож незначно переходила і по його обличчю. Насунув турбан ще глибше на очі, ніж звичайно, і твердим кроком увійшов на подвір'я старого монастиря. Там заночував з усім почотом своїм в окремих келіях.

Хоч Настя втомлена була дорогою, але не могла заснути в своїй келії. Місяць заливав її кімнату таким сильним світлом, що було в ній ясно, мов удень. Дусилася в тій малій келії і чулася дуже самотна, мов осиротіла.

Чи поділали на неї монастирські мури, чи дух відречення від світу, що віяв тут від століть, чи таємнича ніч полудня,— досить, що веселість, яка ніколи не опускала її, щезла зовсім. Відчула потребу якоїсь охорони й опіки.

Охорони не перед зовнішнім світом, бо ту міг їй дати могучий Сулейман. Але охорони перед тим, що наближалося в її нутрі. Того ще не було. Одначе, тінь того, що мало прийти, вперве тут упала на її молоду, розхвильовану душу...

Чула виразно, що розлетівся вже ніжний запах її першої любові, яку відчувала до Стефана, та що помалу, але постійно входить в її серце друга любов. Любов, котра хвилями зачинала сп'янювати її, дійсно як вино. Любов грішна, любов до невірного бісурменина, який ставав їй все дорожчим. Пригадалася їй пісня сербських невольників. І пригадалася їй подруга Ірина. Що вона сказала б на вістку, що Настя стала жінкою султана!.. Якась гордість пробудилася в її душі. Вже не журитиметься нічим!.. Скарби незлічимі матиме в руках... Властива кождій жінці жадоба забезпечення себе і будучого потомства відпочивала в її душі, як насичена боа. Рівночасно та думка справляла їй біль і лишала, мов бурливий потік, якийсь дивний осад в її нутрі.

Образ Богоматері Воротарниці не сходив їй тямки.

А місяць немов викликував надвір.

Встала. Одягнулася. Вийшла...

Припускала, що монастирська брама буде замкнена в тій порі. Але хотіла походити бодай по стежках монастирського города, ближче чудотворної ікони. Тихо, як кіточка, перейшла попри султанську сторожу і підійшла до брами.

Брама була відчинена!.. Біля неї міцно пахли сині бози, і білі ясмини, і червоні рожі, і сині грозну квітів гліцинії, і червоний квіт брескви, що виглядав мов кров на обличчі ікони... Півп'яна від запаху вийшла перед браму... Ніч була ясна і спокійна. Ні найменший вітрець не віяв від Гелеспонту і від Пропонтиди. А Єлинське море, гладке мов дзеркало, посріблене сяйвом місячного блиску, віддихало тихо, як великий став під Рогатином... На спомин рідного краю задрижало серце молодої Насті й очі її звернулися до обличчя Божої Матері.

Воно було зовсім інакше, як вдень! Якесь більше задумане і менше остре, хоч все ще суворе.

Молода невольниця в екстазі впала на коліна і поцілувала чужу землю. З острахом подивилася на Іверську ікону, очікуючи, що вона ось-ось крикне, зійде з-над брами і прожене її зі Святої Гори. Але ікона з суворим видом мовчала й немов готувалася слухати її молитви. І молода невольниця зачала молитися до образа з таким переняттям, якби говорила до живої людини: "...Матінко Господня, Воротарнице! Твій Син сказав до всіх людей: "Просіть і дасться вам, шукайте і знайдете, стукайте і отворять вам..." Матінко Господня, Воротарнице в Іверській іконі на Святім Афоні!.. І я тебе прошу!.. І я шукаю твоєї опіки!.. і я стукаю до милосердя твого!.."

Відітхнула, коли важила в душі те, що дальше мала сказати ласкавій Матері Бога, котра знає, що таке біль. Прочувала, що зможе вертати. Але з чим і до кого? Хто знає, чи там живуть іще батько і ненька? Хто знає, чи Стефан не оженився вже? І чи вільно тут тратити таку нагоду до сили і до влади? Тут пригадалася їй ворожба циганки, що буде великою панею. Відітхнула і знов молилася:

"...Я бідна дівчина з далекої країни, без дому і без роду між людьми чужими, одна-одинока як билина в полі! Мене вирвали з дому й загнали в світ далекий. Але я не прошу ні за свою волю, ні за своє щастя... Матінко Господня, Воротарнице! Дай мені тільки знак, що робити маю у своїм ваганні! Я не можу забути мук нещасних бранців і осель пожежі в своїмріднім краю. Може, ти так хочеш, щоб я злагіднила великі нещастя рідної землі? Дай мені знак який-небудь від всемогучого Сина свого в Тройці єдиній! Адже він знає все і всім опікується, навіть червачком найменшим! А біль душі моєї більший, ніж біль розтоптаного червака. Я не хотіла б вирікатися церкви, в якій молиться мій батько. Бо тоді буду самотня ще більше, ніж тепер. Але ж інакше не принесу пільги тисячам нещасних. Ти знаєш, що таке біль! Встався за мною до всемогучого Бога, що сотворив небо, і море, і вітри, і птиці небесні, що наказав людям творити добрі діла. Дай мені знак який-небудь, Матінко Господня, Воротарнице! Може, якраз в тій цілі дивна рука Божа привела мене аж сюди, степами і морями, щоб я принесла пільгу горіючим селам і гнаним у неволю жінкам і мужчинам? Дай мені знак який-небудь. Матінко Господня, Воротарнице! Кивни своїм оком, задрижи повікою, витягни пальчик до мене!.."

Молилася всею наївною щирістю невинної душі і дивилася пильно-пильно то у вираз обличчя Матінки Бога, Воротарниці, то в безвісти синього неба над святим Афоном. Але не змінялося дивне обличчя ікони. Лиш у небесних таємних безвістях тихо моргали зорі на синім тлі і ясний місяць сунув, мов млинове коло.

Була сама. І відчула самоту. І якийсь дивний внутрішній голос немов заговорив до неї:

— "На образ і подобіє своє сотворив Бог людину, і дав людині промінь розуму свого і вольної волі своєї як дві могутні керми, щоб переплила життя. Рішай сама після розуму свого і волі своєї, що їх дав тобі Бог! А прийде час, коли Бог дасть тобі не один знак, але багато, чи ти добре рішила і чи добрі стежки твої..."

Почула брязк зброї і відгомін кроків серед нічної тиші. То сторожа підносила зброю.

В брамі стояв задуманий Сулейман за насуненим глибоко турбаном, з кривою шаблею при боці. І він не міг заснути тої ночі. І йому не сходив з тямки суворий образ Воротарниці обителі, в якій заночував. І він вийшов, щоби вночі подивитися на той таємний образ Матері християнського Пророка, якого замучили солдати.

Великий султан усміхнувся над тим, що зробили предки теперішніх ісповідників віри Сина Марії. Думав, що якби так його влада простягалася тоді над Єрусалимом, як простягається тепер, то, певно, ні один мусульманський намісник не дозволив би був так мучити того невинного проповідника в білому хітоні! А так — предки "джаврів" споганили світ: скрізь, куди приходять їх потомки, несуть зі собою знак шибениці, на якій повісили свого Пророка!

— "Чи бачив хто щось подібне! — думав ідучи великий султан, що не терпів християнської віри, а передовсім знаку, хреста.— Куди не глянь у їх краю, скрізь бачиш їх святу шибеницю: при стежках і шляхах, і на розпуттях, на домах, і на церквах, і на стягах та коронах їх князів і монархів, на грошах, ба навіть на грудях їх послів!.. Навіть на своїй любці бачив я шибеницю!.. А так міцно держаться ті "джаври" своєї шибениці, що навіть невольниця не хотіла зректися знаку шибениці за ціну султанського сигнета! І чого вони так держаться тої шибениці, на котрій їх божевільні предки повісили їх Пророка?"

Так думав каліф усіх мусульман і не знаходив на се відповіді.

Але велика твердість "джаврів" подобалася йому, як подобалося все, що було тверде, велике, глибоке і правдиве, хочби й разило його. Вірив у те, що Магомет був більшим пророком ніж Христос і що прийшов по нім, аби так само "поправити" його віру, як Христос поправив віру пророка євреїв, Мойсея.

Євреїв не любив з ріжних причин. А головно тому, що вони не мали в собі спокою.

Приглядався не раз, як його яничари добивали полонених ріжних народів. Джаври звичайно спокійно умирали, а євреї ні. Не терпів сього. З джаврів подібно вертілися перед смертю вірмени і греки, їх так само не терпів султан. Великий, погідний спокій тої невольниці, що онде молилася до матері свого Пророка, імпонував йому так, як імпонував добрий полк, що йшов на певну смерть,— уперто, твердо.

Очевидно, вона мусіла вже запримітити його. Але не звертала на нього найменшої уваги. Се дразнило його — й подобалося йому, що був хтось, що не звертав на нього уваги. В почутті своєї сили й могутності відчував потребу того. Майже з покорою виждав, аж його любка скінчила молитися.

Встала і просто підійшла до нього так природно і наївно, як дитина.

Пішли обоє понад морський беріг. Вона ще раз оглянулася, і мовби чула, як у місячнім сяйві йшов мов лунатик бувший монах, відступник. Ішов без шапки, з заломаними руками і з болем на обличчі. Чи так мучило його відступство від христової віри, чи злочини, яких докопував у своїй шпіонській службі, чи одно і друге? Тепер зрозуміла Настуня, чому він так гарно-гарно оповідав їй, як то Мати Божа Воротарниця в ясну спокійну ніч прощає злочинцям їх страшні діла. Збагнула вже його душу і його мрії. Додумалася всього... А він ішов просто до образа над брамою. І не бачив нічого, задивлений у жерело ласки. "Хто знає, як довго мрів він про сю молитву перед чудотворним образом Богоматері?" — подумала Настуня. Оглянулася ще кілька разів. І все бачила, як ішли-скрадалися до образа темні тіні людей-грішників. Всі вони мали якийсь тягар на душі. Всі, всі, всі. "А Сулейман? — подумала.— Цікаво, яка його душа — там — у самім нутрі?.."

Султан запримітив у Настуні якусь зміну. Була ще погідніша, як звичайно. Така дуже погідна, як осінь, що дає солодкі овочі.

"Може, попращалася зі своїм Богом?" — шибнуло йому в душі.

В тій хвилі припускав, що вона покорилася перед ним так, як покорилася перед його предками отся християнська земля з усіма святинями.

Радість засіяла на його обличчі і на хвилину остудила його горячу любов, як остуджує все, що вже осягнене...

Але, глянувши в очі невольниці, відчув, що сю твердиню не вистарчить раз здобути. Великий завойовник вишептав мимохіть слова:

— Люблю тебе…

— І — я,— дуже тихо відповіла молода невольниця, так тихо, що великий султан не знав, чи він дійсно чув ті слова, чи тільки причудилося йому те, що хотів чути.

Час для нього немов задержався від невиразного словечка його любки, що до котрого не був певний, чи дійсно його чув.

Але радість його через те не була менша. Якась розхвильована, солодка розкіш, що давала йому небувале почуття сили і життєвої радості, обхопила все його єство. Мов зелектризований перуном стояв великий султан Османів на березі вічно-гомонного моря. І чув у собі подвійну силу і подвійну велич. Чув у собі погідну радість з життя, яку переливала в його серце та тиха дівчина з далекої країни. Помалу минало його розхвилювання. І обличчя султана залив спокій, який йому найбільше подобався в людях.

А від таємничого острова Самотраке сунув місяць вповні, спокійний, як найбільший володар Османів. Сунув і сипав своє срібне світло на пальчасте листя винограду, на вічно зелене гілля дерев лаврових, на високу браму іноків іверських, на сніжисті шпилі Святої Гори і на мінливі води Єлинського моря, в котрім також любилися Божі сотворіння й через любов набирали сили до дальшого життя в невідомій глибині.

Та не знав великий султан, яка глибина була в душі його любки і що мало вийти з глибини тої душі.

А на неї святий Афон зробив таке сильне враження, що рішилася не покинути христової віри за ніякі скарби світу, навіть за діядем султанки Османів! А що вже полюбила молодого Сулеймана і хотіла стати його жінкою, то відчула, як колеться душа і як великий біль входить у серце. І бачила вже перед собою круту стежину думки, якою мала йти душа її, тягнена двома силами: вірою і любов'ю. О, вже чула, що буде мати що прощати їй Матінка Господня Воротарниця, на святім Афоні, в Іверській іконі…

Любов і віра, дві найбільші сили в людині, вже боролися в ній, як бореться буря з берегом Гелеспонту. Земська любов зачинала покривати все, освітлювана лискавицями того, що люде називають щастям-долею. Покривала їх обоє.

Він мимо розуму свого не бачив навіть того, що вона вже вспіла дати йому й учителя і на прощу до святого місця "джаврів" затягнути. Великий султан Османів у квіті своєї молодості йшов поруч улюбленої жінки святими стежками Афону, як ішов колись прародич Роксоляни. А вона йшла, як Ева, навіть не думаючи про те, чи він завагається з'їсти все, що вона йому подасть — вона, його будуча жінка...

Великий султан Османів, володар трьох частей світу, ішов в облаках райської розкоші — з бідною дівчиною, з невольницею. Він здобув її любов у хвилі, коли вона побачила, як він спокійно ждав, заки вона скінчить молитву до Бога свого. В тій хвилині здобув володар Османів найбільшу любов свого життя, найбільшу розкіш його і — найтяжчу прикрість...

Бо кожда правдива любов — се повторення таємного минулого всього людського. Се золотий дзвін його бувальщини: його високих злетів і кривавих упадків та покути.

О, дивний єсть зв'язок мужчини з жінкою, а ім'я йому таємниця...

V

О, багато наук винесла Настя з першої своєї прощі в далекій чужині. І навіть не сподівалася ще одної розв'язки питання, котре час до часу запрятувало її розбуджені в Криму думки. А сталося се так.

Коли вже мала вертати з Сулейманом до монастиря зі своєї прогулки в спокійну, тиху ніч,— нараз від Гелеспонту повіяв напрасний вихор і закрутилося море під Афоном. І засичали збурені води, і похилилися від вихрів ліси на горах. А поміж скелями Афону щось застогнало й засвистіло. І видно було, як в глибоких яругах, немов з жаху, трясеться вся рістня. І небезпечно стало йти дальше, бо вихор підривав піднесені до ходу ноги та міг кинути в пропасть.

Сулейман глянув на Настю, котра дрижала зі страху і холоду. Опісля подивився довкруги, потягнув її за руку в тихіше місце під густе дерево між скелями, зняв зі себе свій верхній одяг й обтулив перелякану дівчину. А сам обличчям звернувся до Мекки й, похиливши голову, зачав молитися. Молилася й Настя до Бога свого, вся дрижачи зі страху.

А тим часом небо затягнулося хмарами і грім зачав ричати, тисячним хором лунаючи між скелями Афону. І погасли всі звізди на небі, якби їх ніколи не було, і настала темна ніч, а з чорних хмар хлинули потоки дощу. Серед несамовитої темряви час до часу прорізувала небо так само несамовита ясність. В її жахливім фосфоричнім блеску тим страшніше,виглядали чорні челюсті вирів на морі, котрі крутилися немов у шаленім танці й летіли на береги Афону. По кождім освітленні наступала ще тяжча темрява і не видно було навіть руки перед очима.

Настя вся дрижала в обіймах Сулеймана, притулившись до дерева. Не говорила ні слова і не чула, що він говорив. Думки в неї бігали безладно, а всі кружляли коло несамовитого світла, що раз у раз роздирало темряву. Нараз і нутро її переляканого духу роздерла подібна лискавка…

Зрозуміла, чому її батько так не любив роз'яснювання будуччини ворожками... Адже по кождім такім роз'яснюванні наступала ще більша темрява. І хто, уповаючи на роз'яснення йому шляху скорою лискавкою, пустився б іти куди-небудь, того напевно ждала б заглада. Бачила се наглядно.

Коли на хвильку затих рев бурі і гриміт громів на горах, вчула, як говорив до неї молодий султан Османів:

— Ти вся прозябла, я дам тобі зараз і свій кафтан.

Відповіла:

— Ти володар великої держави, а я никла квітка, як казав учитель Абдуллаг. Таких, як я, багато, таких, як ти, нема…

Сулейман не відповів ні слова і зачав розпинати свій кафтан. Задержала його руку, кажучи:

— Не хочу!

— Чому?

— За тобою вже напевно шукають твої люде і кождої хвилини можуть сюди доповзти.

— І що з того?

— Та й що ж подумають собі, коли побачать, що великий султан Османів дрижить в сорочці на дощі, а кафтан свій дав служниці з гарему свого?..

— Ти не служниця, ти будеш найлюбіша жінка моя!

— Ще ні, ще ні! І Бог знає, що буде з нашої любові. Та й не хочу я, щоби твої люде зле думали про мене, коли б я допустила до того, щоб ти наразив для мене своє здоровля.

— Не оглядайся на людей!

— А на твою матір також ні? Таж вона довідалася б про все…

Се здержало Сулеймана.

А буря дальше гула. І султана Османів дійсно шукали його вірні люде, повзучи з нараженням життя поміж скелі Афону, що дрижали від ударів перунів. Два з них погибли:

один упав у пропасть, другого вдарив перун й убив на місці. На другий день Настя бачила тіла обидвох, покриті військовим знаменем.

XII

"І ДВА ВЕСІЛЛЯ, А ОДНОГО МУЖА..."

Eine bot ihm einen bunten Traum
Und er hat sein Herz dafür gegeben.
Nannt' es Liebe und ein reifstes Leben.
Jahre gingen und er merkt' es kaum.
Und sein Blut gor wie der Saft der Reben.

I

Султан Сулейман вертав на Солунь з отроками й почотом до своєї столиці.

І занепокоївся весь гарем на вістку, що бліда невольниця іде з ним вже від Солуня в дорогім діядемі з перел, і гіршилися всі, що вона ще досі заслоною не закрила обличчя, як велить звичай мослемів.

Надзвичайна тиша залягла палату Дері-Сеадету, коли в'їздила до неї невольниця Хуррем. Тільки перелякані євнухи товпою вийшли їй назустріч і кланялися ще нижче, як перед тим.

Та занепокоєні були не тільки мешканці султанського гарему, але й всі везири, кадіяскери, дефтердари й нішандші і навіть Кізляр-агасі, наймогутніший зі всіх двірських достойників. Вони нюхом східних людей чули, що наближаються якісь великі зміни в житті цісарського двору.

II

Мов чорна туча над землею, висіла ненависть над великим гаремом падишаха. Ненависть всіх жінок і одалісок до блідої чужинки, невольниці Хуррем, "християнської собаки", що полонила серце десятого султана.

На другий день по приїзді Настуні побачила вона

вечером, як до її кімнати вбігла мала чорна собака з дерев'ляним хрестиком, прив'язаним до хребта. Зразу так налякалася, що аж крикнула. Але вмить успокоїлася, догадавшись, що се буде "дарунок" її суперниць, котрі зненавиділи її. Вони, очевидно, нарочно тепер підкинули ту собаку, бо була се звичайна пора відвідин падишаха. Якраз під ту пору хотіли вони збентежити Настуню і, може, спробувати востаннє відвернути від неї серце Сулеймана. Зрозуміла се вмить.

Успокоїлася і принадила до себе собачку. Собачка мала обваляні болотом ніжки і якусь дощинку, причіплену до дерев'ляного хрестика. На дощині була надпись. Три слова: "Калим знайді з Керван-Йолі".

Зрозуміла тяжкий глум і насміх над собою, як над сиротою, за котру нема кому навіть калиму приняти. Відчула сей глум тим тяжче, що не зробила ніякого лиха нікому, відколи тут була. Жаль огорнув її такий, що сплакала. Слези, як шнурочки перед, пустилися їй з очей, і не могла їх затамувати, хоч не хотіла, щоб так застав її падишах. Напрасно зачала витирати очі. Потому закликала служницю і казала собі подати води.

Обмивши очі, взялася мити обваляні болотом ніжки собачки. В тій хвилі заповів їй один з євнухів, що падишах вже йде. Зразу хотіла укрити собачку. Але надумалася. "Все одно довідається",— подумала.

Сулейман увійшов, як звичайно, поважний, але зараз на її вид врадуваний. Побачивши, як Настуня сама миє ноги замурзаній собачці, засміявся весело і запитав:

— А се що?

— Се мій калим, Сулеймане,— відповіла тихо. А жаль так дзвенів у голосі її, як дзвенить умираючий звук дзвіночка. Хвилину перемагала себе. А потому не видержала: як два шнурочки блискучих перел, полилися сльози по її обличчю.

Сулейман став мов перуном ражений. Ще ніколи не бачив, як вона плакала. Була така одушевлено гарна в перлистих слезах своїх, як весна, кроплена дощиком. А внутрішній біль так у ній горів, як горить крізь вікна пожар у нутрі дому.

Молодий падишах приступив до предмету, котрий викликав її біль і плач. В тій хвилі доглянув дерев'ляний хрестик на собачці і перечитав надпис на дощинці... Вона вперве назвала його по імені в болю своїм... Було се музикою для нього. Відчув тим глибше її біль і образу. Здавив у собі гнів і сказав:

— О, Хуррем! Ти одержиш такий калим, якого не мала ні одна з моїх жінок, ні жінок мого покійного батька,— нехай Аллаг буде милостивий душі його!.. А ті, що придумали сей недобрий жарт, відпокутують за нього!

Перестала мити собачку, зложила обі ручки як до молитви і сказала:

— Не роби нічого злого, щоб ти не покарав невинних у гніві твоїм! Бо як же ти відкриєш винних у величезнім сераю, де живуть тисячі людей?

— Я вже знайду на те способи! — відповів молодий Сулейман. Сам докінчив мити її "калим", поласкав собачку й, обтерши, поклав на диван.

Перейшовся нервозно кілька разів по кімнаті, усміхнувся до своєї любки і схвильований вийшов.

Ще із-за дверей сказав до своєї любки:

— О, Хуррем! Коли не зломлю страхом сеї ненависті, то вона буде вибухати проти тебе що раз, то грізніше. Се, що вони зробили тепер, тільки початок вибухів. Я знаю своїх людей!

І пішов рівним кроком коридорами гаремліку. А Настуня остала в страху, що буде дальше.

III

На другий день рано Настя як звичайно збудилася і виглянула вікном на внутрішнє подвір'я гарему. Не чула ні одного співу, ні одного звуку, хоч звичайно вже кипіло життя в тій порі. Всі вікна кругом були зачинені. А під своїми вікнами побачила подвійну сторожу зовсім нових євнухів, яких ще ніколи не бачила. Звичайно повідомляли її служниці навіть про найменшу новину, яка сталася в гаремі. Тепер не зголошувалася ні одна. Здивована Настуня сама пішла до кімнат своїх служниць. Були зібрані разом і мали переляканий вигляд. На її вид одні низько похилилися, інші аж поклякали на землю.

— Що з вами? Що сталося? — запитала Настуня, сама перелякана.

— О, пані,— відповіла одна з її невольниць.— Такого вже давно не було в гаремі — якраз тепер батожать дротяними нагайками двох євнухів твоїх перед страшною брамою Джеляд-Одасі, куди їх незабаром запровадять... А одну з найкращих одалісок падишаха зашивають у шкіряний мішок і будуть топити у Босфорі...

Настуня зблідла.

Знала, що режим у гаремах був суворий, але не сподівалася аж такої страшної кари за свою образу. Очевидно, султан мусів уже заявити суддям, що її обида — се обида його і його дому... Без того аж така кара була б неможлива. Щось у ній захвилювало. Вдячність для твердого опікуна свого, страх і боязнь, щоб із-за неї погибло троє людей,— все те відбилося на її обличчю.

Показала пальцем на дві свої невольниці і сказала одно словечко:

— Ходіть!

Встали. Вона казала подати собі плащ і вийшла, як стояла, з двома служницями.

Тихо мов у могилі було в цілім гаремі і пусто на коридорах його. Євнухи, що стояли при виході на сторожі, мовчки розступилися перед нею, дуже низько кланяючись. Перейшла з двома служницями велике подвір'я гаремліку. І прямо йшла до брам селямліку, де вступ жінкам був остро заборонений.

Начальник яничарів, що був при сторожі біля брам селямліку, пізнав Роксоляну, бо вона все ходила без заслони. І вже знали її всі люде в палаті султана. Став у дверях і, низько склонившись, промовив з острахом:

— О, найкраща зірко в палатах падишаха! Вступ до селямліку — жінкам заборонений!

Не відповіла ні словечка. Скромно і тихо стала біля нього перед дверми — і ждала.

Начальник яничарів збентежився.

Вся сторожа стояла мов остовпіла, бо чогось такого ще не бачила. Яничари дивилися то на бліду Ель Хуррем, то на свого змішаного начальника, котрий очевидно не знав, що робити. По хвилі сказав:

— О, найкраща квітко в городі Аллага! Не входи у двері селямліку! А я сам піду й повідомлю падишаха, що ти ждеш перед дверми...

Мовчки кивнула головою на знак, що годиться.

Не довго тривало, як з кімнат селямліку надійшов молодий Сулейман. Ішов твердим кроком, до ночі подібний, і дзвонив острогами. За ним ішли два високі достойники.

На вид молодої Ель Хуррем, що скромно стояла біля дверей селямліку, випогодилося гнівне і завзяте обличчя падишаха. Він запитав:

— Що доброго, о Хуррем, міг би я зробити для тебе?

— Даруй життя трьом людям! — сказала молода Ель Хуррем і зложила руки, як дитина.

Завзяття знов вернуло на обличчя сина Селіма Грізного! Він мовчки стояв. А оден з достойників відповів за султана!

— Нема дарування кари за образу падишаха, о пані!

— Але ж є зменшення кари,— відповіла.— Я дуже боялася б падишаха, якби за таку провину втратило життя трьох людей,— додала так тихо і невинно, що султан відразу змінився на обличчі.

Всі видивилися на нього, як він скінчить сю незвичайну авдієнцію, якої ще не бачили в султанськім сераю.

— Спинити кару на просьбу Ель Хуррем,— сказав коротко, усміхнувся до молодої Ель Хуррем і зник у коридорах селямліку.

IV

Того ж вечера був падишах у кімнатах Ель Хуррем. Як тільки переступив поріг, запитав:

— Чи ти думаєш, о Хуррем, що тим способом позискаєш собі любов жінок мого гарему? І чи ти знаєш, що та, котрій ти врятувала життя, коли їй сказали, хто випросив їй життя, навіть не заявила охоти подякувати тобі за се?

Подумала й відповіла:

— Я не для подяки просила за її життя.

— А для чого ж?

— Бо так учив Бог, що помер на хресті.

Падишах задумався. Потому запитав:

— Як же саме він вчив?

— Він учив: "Любіть ворогів своїх. Чиніть добре ненавидячим вас..." Я після волі моєї матері мала стати нареченою Бога, що помер на хресті...

Молодий Сулейман посумнів. Погляд його зробився якийсь глибокий, якби читав до дна душі Настуні. В тій хвилі зрозумів те, чого не міг зрозуміти на святім Афоні. Зрозумів, чому ті "джаври" так твердо держаться хреста. Перед ним відкрився немов замкнений досі й зовсім йому невідомий, новий огород душі його любки, в котрім цвіли квіти, яких досі не стрічав. Рівночасно більшала в нім любов до неї і ріс біль, що мусить утратити її.

Розумів, що треба рішитися якось скінчити ту дивну пригоду свого життя. Бо вже бачив, як щодня глибше входить у якийсь дивний ліс, в котрім може заблудити — навіки. І пригадалися йому слова його любки про найбільш нещасливих людей...

Тої ночі не спав десятий і найбільший володар Османів, наймогутніший сторож і виконавець приписів Пророка. Як мучився молодий султан Сулейман? Хто годен описати біль того, що любить?..

Не спала тої ночі й Настуня у величавих кімнатах гарємліку. І всю ніч палила пахучий ладан і молилася, і все пропускала в молитві Господній великі Божі слова: "і не введи нас во іскушеніє..."

Лиш уста Настуні вимовляли ті слова молитви,— може, найглибші зі всіх. Але серденьком скакала понад них. А над ранком, як сон її не брався, змішалася Настуні Господня молитва. І втомлені уста вже не говорили: "Да будет воля Твоя". Але здавалося їй, що хтось ходить по садах падишаха і кричить до неї з-між дерев: "Да будет воля Твоя, о найкраща квітко в палатах падишаха!" "Да будет воля моя!" І заснула в гарячці на шовковім ложі, в палаті падишаха...

А на другий день коло полудня дві великі новини потрясли султанським сераєм. Молода Ель Хуррем одержала в дар від султана аж два діядеми чудової краси. Оден з золотистих топазів, а другий з дуже дорогих, лазурових бадахшанів, котрий мала на собі рідна мати султана, коли було її весілля з покійним його батьком, султаном Селімом. Падишах — говорила тихо служба у палаті — ходив особисто до кімнат своєї матері і випросив у неї найкращий дар з її весільного каліму. Служба оповідала собі пошепки, що молодий падишах ледви держався на ногах, як ішов до матері, а огонь гарячки горів в очах його...

Начальник сторожі яничарів, що не впустив Ель Хуррем до прийомних кімнат султана, одержав від падишаха похвалу за вірну службу, мішок золота, вищу рангу і — перенесення до Трапезунта... І ще говорила шепотом служба у сераю, що болюча пристрасть до блідої Хуррем трясе у теремі десятим і найбільшим султаном Османів... І що молодий цісар палахкотить, як свічка, і тане на очах... І що його мати з журби змарніла так само, як її син... І дивна тривога залягла в сераю, а побожні мослеми, обернені обличчям до Мекки, молилися за здоровля зраненого серця падишаха.

А в тім часі в гаремі клячала на долівці бліда чужинка з далекої країни, невольниця Хуррем, "знайда з Чорного

Шляху", званого Злим Кроком або Шляхом Незримим. Клячала й молилася до Бога свого, обернена обличчям до малої церковці в Рогатині. Молилася й дивилася то на деревляний хрестик Спасителя, то на два найкращі діядеми, які їй подарувало серце Сулеймана зі скарбів царського роду його. А ніхто не знає, чиє серце було більше розхвильоване і в котрім більший біль: в серці невольниці чи молодого султана?..

Бідна невольниця з далекої країни в болючій думці своїй назавше міняла свою любов до Бога на хресті — за любов до людини, за скарби світа сего, за діядем султанки, за владу на землі...

V

З небувалим напруженням очікували дальших кроків молодого Падишаха.

Минуло ще кілька неспаних ночей султана — і довідався весь двір, що сам Капу-ага ходив просити до султана двох визначних духовних.

Пізнім вечером вступили до султанської кімнати Мугієддін мудерріс і муфті Пашасаде.

Ніхто не знав, що вони говорили з султаном, і вони нікому сего не сказали. Але на другий день рано пішли вони по наказу султана на згіршення цілого двору до кімнат блідої невольниці.

Такої дивовижі не було ще ніколи в Дері-Сеадеті, щоби два побожні й учені улеми йшли до невольниці в гаремі султана, і ще з його наказу! І тому сам Кізляр-агасі підслухував їх особисто й опісля оповів усе, що чув, своїм приятелям у великій тайні.

Що ж чув Кізляр-агасі в кімнаті невольниці і що оповідав своїм приятелям?

Він оповідав так:

Учені улеми вступили до кімнати блідої невольниці і сказали разом:

"Благословенне хай буде ім'я твоє, хатун! Десятий і найбільший володар Османів, Сулейман — нехай вовіки триває слава його! — дарує тобі волю і каже запитати, чи і коли хочеш опустити його палату, столицю і державу?"

А бліда невольниця довшу хвилю мовчала.

— І що на те сказала? — запитав нетерпеливий Капу-ага.

— Не сказала на те ні слова.
— І улеми так пішли?
— Не пішли.
— А що ж робили?
— Слухали.
— Таж вона нічого не говорила!
— На те нічого не сказала. Але відповіла їм так, що маємо — нову паню!
— Як же відповіла?
— Так відповіла: "Визнаю, що нема Бога, тільки Бог, а пророк його Магомет!"

Слухаючі аги, везири і кадіяскери побожно звернулися в сторону Мекки і всі, як один, повторили святі слова Корану.

А Кізляр-агасі оповідав дальше:
— Я незначно відхилив занавісу, щоб побачити обличчя нашої пані у хвилі, як осінила її ласка Пророка і світло правдивої віри. Була така бліда, як перший сніг, що паде на високім верху Чатирдагу. Але ви того нікому не кажіть! Не скажете?

— Так. Оповідай дальше!

Докладно все, що бачив, переповідав старий Кізляр-ага, найвищий достойник двора падишаха. Лиш не міг переповісти ані змалювати нутра душі Настуні і думок її, що билися як птиці в клітці, коли їй оповіщено дарування свободи!

Мала в тій хвилі дві головні думки, що так стояли біля неї, мовби батько й мати. А перша думка говорила їй: "Бачиш? Бог милосердний і всепрощаючий вислухав молитви серця твого, котрим ти молилася в ніч перед проданням на Авретбазарі. Пам'ятаєш, як ти тоді молилася? "Даруй мені, Боже, поворот додому! Я піду пішки, кривавими ногами, як ідуть убогі на прощу до святинь..." Пам'ятаєш, Настю? Отеє Бог Всемогучий вислухав молитви серця твого. І можеш не тільки йти, але навіть їхати додому, як велика пані, бо султан Османів, Сулейман Величавий, напевно не схоче, щоби його любка, хоч зранила серце його, вертала пішки у свою країну..."

А друга думка говорила Насті: "Настуню, Настуню! Два рази продали тебе чужі люде, а третій раз ти сама себе продаєш. Продаєш свою віру в Спасителя свого, котрий і за тебе помер на хресті. Продаєш його науку про доброту терпіння на сій долині сліз. Продаєш за земну любов до сотворіння, за скарби світа сего, за діадем султанки, за владу на землі... Йди, дитино, йди, бо вольну волю маєш... Та колись побачиш, куди ти зайдеш... без хреста малого і без віри в нього..."

І від тих думок була така бліда молода чужинка з далекої країни, що прийшла Чорним Шляхом на землю Османів з вірою в Бога свого... Бо єсть одно лиш важне діло людини на землі: жити по вірі в Бога.

А Кізляр-агасі оповідав дальше:

— Була дуже красна і мала великий розум в очах. Оба улеми не знали, що відповісти. Перший промовив Мугієддін мудерріс: "Благословенне хай буде ім'я твоє, хатун!" А муфті Пашасаде, як луна, повторив ті слова... І знов мовчали учені улеми, аж поки наша пані не дозволила їм ласкаво сісти.

Тоді старий Мугієддін з любов'ю подивився на неї, як на свою дитину, і сказав недорічні слова, хоч який він розумний.

— Які ж недорічні слова сказав розумний Мугієддін? — запитали всі.

— Він сказав отсі слова:

— "Чи не жаль тобі, пані, оставати в чужині? Чи не боїшся ти чого"?

— А що ж відповіла наша пані?

— Вона відповіла повагом, помалу словами Пророка.

— Якими словами Пророка?

— "...О, бійтесь Аллага, іменем котрого просите себе взаїмно! І бійтесь лона матері своєї! Глядіть, що Аллаг дивиться на вас! І зверніть сироті добро її й не міняйте свою гіршу річ за її ліпшу, і не лучіть її добра зі своїм, бо се великий злочин! Беріть собі жінок з-поміж тих, які видаються вам добрі, тільки дві, або три, або чотири. А коли боїтеся, що се несправедливе, то дружіться тільки з одною свобідною або такою, яка посідає ваші права. Се найскорше охоронить вас перед несправедливістю..."

— Мудро відповіла наша пані! — сказав здивований другий везир, котрий мав дуже злющу другу жінку.

— А що на те відповіли учені улеми?

— Сиділи як остовпілі. Перший промовив Мугієддін Сірек.

— І що ж промовив Мугієддін Сірек?

— Він сказав отсі слова: "Четверта сура Корану, об'явлена в Медині".

— А вчений Пашасаде?

— Учений Пашасаде, як луна, повторив його слова: "Четверта сура Корану, об'явлена в Медині..." І знов мовчали учені улеми. Перший промовив Кемаль Пашасаде.

— І що ж промовив Кемаль Пашасаде?

— Кемаль Пашасаде промовив недорічні слова, хоч він дуже мудрий.

— Які ж недорічні слова промовив дуже мудрий муфті Кемаль Пашасаде?

— Мудрий муфті Кемаль Пашасаде промовив отсі слова: "Благословенне хай буде ім'я твоє, хатун! Ти не боятимешся ніколи і нічого, бо при тобі буде серце найбільшого з султанів!"

— Чому ж ти сі слова називаєш недорічними?

— Бо таку відповідь дала на них наша пані: "Коли небо розколеться, і коли звізди розсипляться, і коли води змішаються гіркі з солодкими, і коли гроби обернуться, тоді знає душа, що вона (зле) зробила і що (добре) занедбала, і в тім дні одна душа не зможе помогти другій, бо дня того рішатиме Аллаг!"

— А що на те відповіли улеми?

— Сиділи як остовпілі. Перший промовив Мугієддін Сірек.

— І що ж промовив Мугієддін Сірек?

— Він сказав з подивом отсі слова: "Вісімдесята і друга сура Корану, об'явлена в Мецці".

— А вчений Пашасаде?

— Учений Пашасаде, як луна, повторив його слова: "Вісімдесята і друга сура Корану, об'явлена в Мецці". А наша пані додала: "В ім'я Аллага, милостивого, милосердного, пана у судний день!" А потому довго мовчали учені улеми. Нарешті промовив Кемаль Пашасаде.

— І що ж промовив Кемаль Пашасаде?

— Кемаль Пашасаде промовив отсі слова: "О велика хатун! Благословенне хай буде ім'я твоє, як ім'я Хадіжі, жінки Пророка! Ти знаєш, що вибрав тебе на жінку найбільший з володарів османських. І, певно, примінишся до звичаю жінок його закривати обличчя перед чужими, о хатун!"

— А що відповіла мудра Хуррем хатун?

— Мудра хатун Хуррем відповіла отсі слова: "О мудрий муфті Пашасаде! Чи ти зустрічав у Корані наказ, що жінки мають закривати обличчя? Бо я читала уважно кожду стрічку св. читанки Пророка і не бачила того..." А вчений муфті Кемаль Пашасаде відповів: "Але чи бачила ти, о хатун, таємничі знаки в Корані?"

— А що відповіла мудра хатун Хуррем?

— Мудра хатун Хуррем відповіла отсі слова: "Я бачила

таємничі знаки в Корані, о мудрий муфті Пашасаде. Навіть великий учений Мугієддін Сірек говорить про тебе, що всі науки зійдуть до гробу з тобою, жий вічно! Але чи ти можеш, о муфті, з чистою совістю запевнити, що в тих знаках, яких ніхто не відчитав досі, єсть наказ, щоб жінки закривали обличчя? Чи ж міг Пророк дати такий наказ, коли Аллаг не наказав квітам закривати білих і червоних платків обличчя їх?"

— А що на те відповів мудрий Кемаль Пашасаде?

— Мудрий Кемаль Пашасаде відповів по правді отсі слова: "Я не можу з чистою совістю запевнити, що в тих знаках єсть наказ Пророка, щоб жінки закривали обличчя". А Мугієддін Сірек, як луна, повторив його слова. І довго мовчали учені улеми...

Між зібраними теж запанувала довша мовчанка. Кождий з них обдумав можливі наслідки впливу такої султанки на уряд і своє становище.

Перший промовив Капу-ага:

— Тепер треба нам ще тільки знати, чи Мугієддін і Пашасаде вірно повторили падишахові свою розмову з нашою панею. І що додали? І що на все те сказав великий султан?

— Се напевно знає спритний Ібрагім-паша,— сказав Кізляр-агасі.

— Може, і, знає, але не скаже, — відповів розумний грек, що був у великих ласках в султана.

— Чому? — загуло з усіх боків.— Адже Кізляр-агасі сказав, що знав! І ти також слухав!

— Не скажу, бо з султаном нема жартів!

— Певно! Але тут не в жартах діло!

— А я тобі кажу, що з такою султанкою ще більше нема жартів! — докинув Кізляр-агасі, що бачив уже не одну жінку в гаремі.

— Ібрагім-паша боїться! — дразнили його.

— Злочинця все пізнати по трусості його! — приповідкою вколов хтось міцно Ібрагіма, ніби шепотом, але так, що всі чули.

— Скажу,— рішився Ібрагім.— Тільки не оповім, як я довідався про се.

— Того ми не потребуємо!

— Догадуємося!

— Ну, кажи вже раз!

— Мугієддін Сірек і Кемаль Пашасаде оповіли султанові все і не скрили нічого...

— А-а-а-а! — крикнув здивовано Капу-ага.

— І чого ти дивуєшся? — загули з круга.

— Вони ж люде чесні!

— Не всі такі скриті, як Ібрагім!

Ібрагім удав, що не чув дотинку, й оповідав дальше:

— Султан уважно слухав їх оповідання. Уважніше, ніж ради Великого Дивану,— віддячився Ібрагім дотинком декому з присутніх.

— Все залежить від того, хто говорить, що говорить і як говорить,— пробував відтинатися один з членів Дивану.

— Тихо! не про Диван бесіда! нехай оповідає далі!

— Султан звернув увагу на четверту суру Корану і кілька разів повертав до неї в розмові з улемами.

— А як султан звернув увагу на четверту суру Корану?

— Султан звернув увагу на четверту суру Корану так, що питав улемів, чи нема в ній укритої погрози, так укритої, казав, як укрите терня під пахучою розою в огороді падишаха...

— А що відповіли учені улеми?

— Мугієддін Сірек відповів: "Із-за одної правдивої рози зносить огородник багато колючок". А Кемаль Пашасаде сказав: "Тільки птиця сороката зверха, а людина сороката внутрі".

— А що розумів під тим мудрий муфті Кемаль Пашасаде?

— Мудрий муфті Кемаль Пашасаде розумів під тим, що всякі заміри має внутрі людина. Але навіть зі слів її, які виходять наверх, мов пара з горшка, не можна пізнати її нутра.

— Мудрий муфті Кемаль Пашасаде сказав "птиця" — замість "звірюка", як говориться у приповідці.

— Бо не хотів дразнити падишаха навіть словом, яке протиставив натурі Хуррем.

— І розумно зробив муфті Пашасаде, бо сказано: "Навіть як маєш муравля ворогом, то все-таки будь обережний".

— А що відповів султан?

— Султан відповів те, що такий, як він, султан повинен був відповісти: "Я знаю,— сказав,— що говорять старі мудрці про людей. Бо вчив мене старий муфті Алі Джемалі, який був уже муфті за діда мого Баязеда і справував той високий уряд за весь час правління батька мого, Селіма,— нехай Аллаг простить всім трьом! Але ні старий Алі Джемалі, ні ніхто інший зі старих мудрців не говорив з хатуною Хуррем і не бачив її...

— А що на се відповіли учені улеми?

— Учені улеми мовчали довго, дуже довго. І не перервав їх мовчанки великий Сулейман. Нарешті промовив мудрий муфті Кемаль Пашасаде.

— І що ж промовив мудрий муфті Кемаль Пашасаде?

— Мудрий муфті Кемаль Пашасаде отворив серце й уста і промовив так: "Ти правильно сказав нам, що рільник є на те, щоб орав і засівав землю, коваль на те, щоб підкував коня, котрого приведуть до нього, жовнір на те, щоб боровся і погиб, коли треба, моряк на те, щоби пливав по морю, а учений на те, щоб висказував свої думки на основі своєї вчености й ума свого. Бо в тім вартість і ціна кожного з них. І ми скажемо тобі по совісті своїй і умінню свому: прегарна хатун Хуррем має ум високий і душу, що так уміє лучити святі думки Корану зі своїми думками, як лучить великий будівничий Сінан благородні мармори з червоним порфіром. Та яке серце має велика хатун Хуррем, отверте чи скрите, лагідне чи остре,— сього ми не знаємо". — "Але я знаю, — перервав султан...— Вона має добре серце, і тому має радість в очах і в обличчі!"

— А що на те сказав Мугієддін Сірек?

— Мугієддін Сірек, як луна, повторив слова Пашасаде і доповнив їх так: "Як від хлібороба не вимагають, щоб більше сіяв насіння, ніж має у мішку, так від ученого не вимагають, щоби сказав більше, ніж має в умі своїм. Онде під парком палати твоєї блищить-сміється море, спокійне і веселе. Але не можна знати, чи попри синопський беріг не йде вже вихор Чорним морем і чи не збурить він до дна Босфору, і Золотого Рогу, і моря Мармара і чи не вдарить сильно в Серай Бурун".

Султан мовчав.

— А що сказав мудрий муфті Пашасаде?

— Мудрий муфті Пашасаде, як луна, повторив слова Мугієддіна і скінчив так: "Прегарна хатун Хуррем принесе тобі велике щастя, або велике горе, або велике щастя і велике горе... Бо вона має ум високий і душу, що так уміє лучити святі думки Корану зі своїми думками і своїм бажанням, як лучить великий будівничий Сінан благородні мармори з червоним порфіром".

— А що сказав старий Мугієддін Сірек?

— Мугієддін Сірек, як луна, повторив слова Пашасаде і

доповнив їх так: "Велика хатун Хуррем уміє так лучити зі своїми думками і своїм бажанням не тільки те, що є в Корані, але й те, чого в нім нема,— як лучить великий будівничий Сінан порожній воздух з розмірами копул у святих мошеях і замкнених худжрах".

— А що на те відповів султан?

— Султан відповів на те: "Ви ж самі сказали, що не знаєте змісту таємничих знаків Корану. Може, хатун Хуррем лучила якраз те, що єсть в Корані, зі своїм бажанням?" — "Може",— відповів мудрий муфті Пашасаде. "Може", — повторив, як луна, Мугієддін Сірек.

Султан подякував їм і хотів нагородити великими дарами, які мав уже приготовані для них. Але оба улеми не прийняли дарів, кажучи, що сказали те, що знали і що повинні були сказати.

І замовкли вельможі в султанській палаті і мовчки розійшлися до своїх урядів.

А кінцевої розмови двох учених улемів не повторив їм Кізляр-аґасі, бо не хотів передчасно викликати ріжних толків. Та розмова виглядала так:

— Чи замітив ти, о приятелю, що нова султанка відразу підкреслила те місце в Корані, де Пророк Магомет поручає брати лишень одну жінку, подібно як Пророк нессараг...

— Я замітив, о приятелю, що нова султанка відразу підкреслила те місце в Корані, де Пророк Магомет пору час брати лишень одну жінку, подібно як Пророк нессараг.

— Чи ти не припускаєш, о приятелю, що нова султанка може розпочати ще не бувалу боротьбу проти усього гарему падишаха?

— Я припускаю, о приятелю, що нова султанка може розпочати не бувалу ще боротьбу проти усього гарему падишаха.

— Чи ти не припускаєш, о приятелю, що та боротьба може скінчитися криваво в кімнатах гаремліку, і в салях селямліку, і в улицях Стамбула, і ген поза ним у величезній державі падишаха... Нехай Аллаг відверне кров від дому того!..

— Я припускаю, о приятелю, що та боротьба може скінчитися криваво в кімнатах гаремліку, і в салях селямліку, і в улицях Стамбула, і ген поза ним у величезній державі падишаха... Нехай Аллаг відверне кров від дому того!..

— Чи ти не уважаєш, о приятелю, що ми повинні про се повідомити Велику Раду улемів і хатібів?..

— Я уважаю, о приятелю, що ми повинні про се повідомити Велику Раду улемів і хатібів...

— Чи ти не уважаєш, о приятелю, що Велика Рада улемів і хатібів повинна довго мовчки приглядатися, бо небезпечно викликати гнів Сулеймана, сина Селіма...

— Я уважаю, о приятелю, що Велика Рада улемів і хатібів повинна довго мовчки приглядатися, бо небезпечно викликати гнів Сулеймана, сина Селіма...

Також Кізляр-ага думав, що небезпечно викликати гнів Сулеймана, сина Селіма. І тому нікому не переповів, що говорили між собою два найвищі улеми, Кемаль Пашасаде і Мугієддін Сірек.

Вже голосно говорили в цілій столиці, що падишах ладиться до великого весілля з бувшою служницею...

Незадоволені з того мали ще одиноку надію на матір падишаха, що вона може перешкодить тому.

Мати падишаха дійсно говорила з сином в справі весілля. Але що саме, ніхто не довідався. Говорила вона і з будучою невісткою. Але й се на диво остало таємницею. Тільки ріжні глухі вісті ходили про се між двораками й жінками гарему. В гаремі кружляли, як оси, злобні дотепи про те, що бліда невольниця принесе в посагу падишахові. Бо дочки ханів вносили як посаг золоті ключі міст і великі багатства.

"Тут навіть не знати, кому калим слати, бо нікому не відомо, де її рід і дім",— говорили з зависті матері поважних турецьких домів, що мали дочок на виданні.

Настуня, як у мраці, дивилася на приготування великого весілля й оглядала чудові дари, "сатшу". Як у мраці, ставали перед нею спомини її першого весілля і першого любка. І вона мимохіть боялася, чи се весілля не скінчиться так само дивно, як скінчилося перше.

Три найдостойніші турецькі жінки оглянули Ель Хуррем по старому звичаю, чи не нарушена вона. Бо правність потомства крові падишаха мусіла бути певна понад усякий сумнів, а ніхто не може знати, чи воля Аллага не забере до себе першого сина падишаха від іншої жінки.

Ті оглядини так збентежили невинну Настуню, що не відкрила очей з рук своїх, аж поки темна ніч не лягла на сади падишаха. У крайнім збентеженні заснула з гарячою молитвою на устах до Матері Того, котрого вирекалася, і мала передслюбної ночі дуже дивний сон.

Снилася Настуні Свята Гора Афонська місячної ночі, вся у блиску зір, оточена піною Єлинського моря... І снився їй образ Матінки Бога, Воротарниці, на святім Афоні, в Іверській іконі. Снилося їй, як оживала Матінка Господня, Воротарниця. І як зійшла з-над брами тихими ногами. І йшла понад води аж до Гелеспонту й до моря Мармара. І прийшла до місця, де мила обличчя молода Настуня пам'ятного ранку на сходах з мармору. І йшла Мати Божа великим парком падишаха, і понад платани, і понад пінії, прийшла до кімнати будучої султанки. І похилилася над її ложем, немов рідна мати. А мала смуток і лагідність в очах. І глянула на ложе будучої султанки й тихенько сказала:

— А хто ж тобі буде дружкою, Настуню? Ти ж бідна дівчина з далекої країни, без дому і без роду між людьми чужими, одна-одинока як билина в полі...

Настуня сплакала в сні і відповіла:

— Матінко Господня, Воротарнице! Я навіть не знаю, чи в турків є дружки...

А Божа Мати ще нижче схилилась і лагідно спитала Настуню у сні:

— А знаєш ти, дитинко, що ти тепер зробила?

— Матінко Господня, здається мені, знаю. Дотепер мене насилу воліки аж тут, а тепер я хочу мати велику силу, щоб добро робити при боці милого. Скажи мені. Мати, чи добрий буде муж мій, чи буде мене любити?

— Добрий буде муж твій, Настуню, дитинко,— сказала Мати Божа, Воротарниця.— Ти в його любові замкнеш очі свої. Всі три наречені, яких ти мала, дитинко, були добрі для тебе. Будь же добра й ти — на тім шляху високім, на земнім кладовищі, повнім сліз і роз".

А як Мати Божа пригадала Настуні материнський обіт, плач у сні стряс нею — і збудилася.

Надворі світало.

Слюбний день вставав.

Проміння Господні вікна цілували. І десь далеко, в улицях Стамбула військові банди грали, полки Сулеймана на торжество скликали...

А в серденьку Настуні вже грала така музика, що її головка забула про все... Забула й рідну матір в далекій країні. У її серденьку грала вже любов страшну пісню, сильнішу від смерті. О, се не була вже ніжна й напівдіточа любов до Стефана. Се була любов жінки, що так знайшла свій предмет, як знаходить туча шпиль гори, котрий освічує лискавками і б'є перунами. Любов — любов — любов! Вона вже часом так кипить у нутрі, як лава у горі, хоч на склонах її ще все спокійне, і зеленіють полонини, і синіють, мов очі, тихі озера...

На великій площі гіпподрому стояли вже намети, що мінилися до сонця чудовими красками, й величний трон для султана. Почалися весільні торжества.

Невиданий блеск і пишнота Сходу так осліпили оченька Настуні, що перших вісім весільних днів все помішалося їй у тямці, мов якийсь безконечний хоровід шалених танців, блисків походів, гомонів і музики. Здавалося їй, що танцюють довкруги всі покої гарямліку, всі брами селямліку, всі кінні полки султана, всі шатра на площах і навіть хвилі Золотого Рогу і Чорного моря. Ніколи опісля не могла в порядку пригадати собі того, що бачила і чула за дев'ять днів свого весілля з десятим і найбільшим султаном Османів.

В султанських палатах і на площах столиці гостили сігільдарів, сіпагів, улюфеджів, хуребів, джобеджів, топджів, везирів, бегів і беглербегів. А дев'ятого дня, як у навечері дня, призначеного до віддання нареченої в руки будучого мужа, удався падишах, немов між двома стінами з золотої парчі і шовку, які звисали з вікон і мурів, на площу гіпподрому й під веселе грання музики засів на престолі та прийняв желания найвищих урядовців і намісників. На пирі того ж вечора пив султан солодкий сорбет з чаші, різьбленої з одного туркуса. Праворуч його сидів старий заслужений муфті його діда Алі Джемалі, а ліворуч Шемс-ефенді, призначений на учителя принців. В пирі взяли участь всі професори високих шкіл і академій. Вони диспутували про учені справи. На пишно заставлених столах стояли дактилі з Багдада, гранати з Шербана, риж із Базри і яблука з Ахляту, кожде ваги до сто діргем!

Слідуючого дня перший дружба Агмед-баша попровадив невиданий пишнотою "похід пальм весільних". Одна з них складалася з 46 000 малих частей, друга з 60 000. Вони представляли чудові красою дерева, квіти і звірята.

Для народу уряджено величні видовища, забави і змагання борців, для учених, поетів і письменників духові турніри з диспутами. На них поети предкладали до оцінки весільні вірші й одержували нагороди в золоті.

Настуня вперве пізнала сестер свого мужа: одну, що була

жінкою Лютфі-паші, і другу за Фергадом-пашою. А потім і сімох стриїв Сулеймана. З них найбільше припали їй до вподоби Шегін-Шах і Абдуллаг-Хан, найстарший і наймолодший.

Всі вони цікаво оглядали її та старалися влекшити їй самоту між чужими. Але почуття чужости віяло на неї нестримно в тій пишній товпі османських вельмож. Як же інакше виглядало тут весілля! Здавалось їй, що ціле життя буде між ними чужа-чужениця. Якась дивна туга за чимсь, що зв'язувало б її з тими людьми і їх племенем, опанувала її. Молоді її очі мимохіть зверталися на мужа.

"Яку долю готовить він мені?" Вже не запитувала себе в душі: бо вже любила...

Перехилила головку і глянула у вікно. Там серед ночі чудово горіли на її честь високі дерев'яні вежі, уставлені здовж Золотого Рогу. Золотисто-червона заграва їх освітлювала парки сераю й кімнати гарему. Із-за мурів долітав радісний рев товпи, розбавленої на вулицях і площах столиці. Ракети ріжнобарвних огнів підносилися високо до звіздистого неба й немов освітлювали будучий шлях її життя: були між ними золоті блиском, як хвилі радости, були зелені, як луги весною, були червоні, як свіжа кров, були перлисті, як сльози.

Вдивилася в них.

І тоді принесли їй пишний калим — весільний дар Сулеймана, що манив очі, мов грядка раю на землі. Стояли на столах у кімнатах Ель Хуррем золоті корони й нараменник, саджені брильянтами. І блистіли великі нашийники з перел білих, як іней на шибах вікон, і з перед найдорожчих, чорних, що виглядали, мов краплини найчорнішої ночі. І світили дивними блесками прекрасні діядеми з червоних як кров рубінів, і з зелених смарагдів, і з темно-бронзових турмалінів, що приносять щастя. А оден був з опалу, з сардійського каменя недолі, оточений колючим терням, як велів старий звичай у царськім роді Османів. Він стояв, напівприкритий шовковою хустинкою попелястого кольору Ізабеллі.

Настуня дивилася на ті дива краси і праці й думала, чи не сниться їй те все. Але ні. Дотикала тих чудових річей. Се була дійсність. Така прегарна дійсність, що навіть її мала собачка ставала на лапки і здивовано гляділа на блискучий калим Настуні.

Прийшов султан і радів її радістю.

А коли муж запитав її, чи подобається їй весільний калим, відповіла:

— Дуже подобається мені мій весільний калим. Подякуй від мене тим, що приготовляли його.

— Але наймилішої тобі часті твого калиму ти ще не бачила...

Була дуже-дуже цікава, що се таке. І просила, щоби сказав. Не хотів.

— Побачиш,— відповів усміхаючись.

— Коли?

— В п'ятницю, як їхатимемо з мошеї. Се буде твій дійсний калим, і я вже наперед тішуся, що він сподобається тобі...

Прийшла п'ятниця. Султан їхав на престольну молитву до Гагії Софії, найбільшого мечету Царгорода. В золотій кареті їхала Ель Хуррем з матір'ю султана. А за ними безконечний ряд двірських карет. В нім їхав великий гарем, Дері-Сеадет, султана: стрункі і делікатні дівчатка з Еребу, ще не розвинені, як пупінки роз, і огнисті дочки Балкану, і прекрасні білі женщини з Кавказу, з очима, мов глибінь, і рослі та сильні жінки з гір Алтаю. А кругом безліч військ і народа.

А як по престольнім богослуженню виїздили з мечету і доїздили до Авретбазару — вечеріло. На торговиці, на тім самім місці, де колись продали Настуню чорним євнухам гарему, побачила вона крізь вікно коляси величезну скількість одягнених по-нашому дівчат і жінок. Безмежна радість била з їх очей і облич, і українська пісня заливала жіночу торговицю Стамбула...

— Се твій калим, Хуррем! — сказав Сулейман.— Вони ідуть додому.

Настуня заплакалася з радості. А великий хор наших жінок співав:

Рубай, сину, ясенину —
Буде добре клиння!
Бери, сину, сиротину —
Буде господиня..

Молода султанка плакала, як дитина, у критій колясі султана Сулеймана і рукою з вікна пращала великий полон українок.

А жіночий похід, освічений світлом смолоскипів, співав:

А у нашім селі-селі сталась новина:
Молодая дівчинонька сина повила.

Не купала, не хрестила, в Дунай пустила...

А потому обняли її ум турецькі пісні, що лунали довкруги — так одностайно, як сипаний вітром пісок на пустині.

А в улицях Стамбула під гук гармат і самопалів, під блиск ракет і гомін музик шаліли п'яні від опіюму кавалькади на п'яних від опіюму конях. І клекотів радісно весь Стамбул султанський. А живий "калим" Настуні при смолоскипах, з возами харчів і одягів, з веселими співами тягнув на Північ, до радного краю Настуні.

VII

Та одного, що приготував Сулейман Настуні як частину її калиму, не відкрив їй ще. Було се сповнення приречення у справі прийняття учителя Абдуллага.

Спілка торговців невольницями, до котрої належала колись Настуня, вернула до Кафи у великім страху. Бо в палаті падишаха ніхто не пояснив Ібрагімові, на що треба падишахові учителя Абдуллага. Старий Ібрагім одержав тільки письмо з порученням до влади в Кафі, щоб доставила до Царгорода Абдуллага. А друге таке письмо пішло окремо.

Старий Ібрагім у присутності цілої спілки торговців повідомив Абдуллага, що його взивають до султана, очевидно, в якімсь зв'язку з Роксоляною. Всі спільники зачали питати Абдуллага, чи не говорив він невольницям чогось такого, за що міг би султан покарати тепер і його, і цілу спілку. Абдуллаг відповів: "Аллаг мій свідок найбільший, що я вчив тільки того, що каже Святе Письмо. А білу квітку з Лєхістану я шанував весь час, бо бачив у неї розум, покору і пильність. Але нехай діється воля Аллага!"

Спокійно сів Абдуллаг на воєнну султанську галеру і під сторожею приїхав до Царгорода в день перед вінчанням своєї учениці. Його привели до сераю й повідомили султана, що вже доставлено Абдуллага з Кафи. Султан сказав, що перша має побачити його нова султанка Хуррем в день після вінчання свого, а перед тим має з Абдуллагом поговорити муфті Пашасаде.

Коли Абдуллага провадили до найвищого заступника султана в духовних справах, він налякався зустрічі з великим вченим. І всю дорогу молився, щоб Аллаг дозволив йому знайти ласку в очах Пашасаде, котрий знав десять способів читання Корану і всі науки близького й далекого Сходу, почавши від науки про небесні блискучі зорі, скінчивши на науці про блискучі зорі в темній землі, про самоцвітне каміння, вживане на ліки у всяких хоробах. А слава його лунала по далеких землях.

Щасливо перейшла для Абдуллага авдієнція у голови учених Кемаля Пашасаде. Він говорив з ним довго про способи читання Корану, які знає звичайно кождий учитель читанки Пророка. Але про те, на що його спровадили до Царгорода, не міг йому нічого сказати, бо сам не знав.

На другий день по слюбній ночі Роксоляни, коли муедзини скінчили співати третій азан на вежах струнких мінаретів, впровадили Абдуллага до кімнат султанки Роксоляни.

Абдуллаг тихо сидів. Коли віддалилася прислуга, губився в домислах, чого казала його завізвати до себе улюблена жінка падишаха.

В своїй скромності провінціального учителя ані на одну хвилину не припускав, щоб його ждало становище учителя — тут, у величезній столиці світу, де було тільки великих учених! Ще раз і ще раз переходив у своїй пам'яті, чи не сказав колись якогось необережного слова про султана або чи не образив чим його теперішньої жінки. І не міг пригадати собі нічого подібного.

Довго ждав Абдуллаг у кімнатах султанки Роксоляни. Вже так оглянув усі річі, дивани й десені, що бачив їх докладно, навіть замкнувши очі. Нарешті зашелестіли жіночі кроки за дорогою занавісою. Вона заколисалася, розхилилася, і в кімнату вступила вся в чорнім оксамиті, з одним блискучим брильянтом на груді і в чудовім діядемі з перед бувша невольниця, "знайда з Чорного Шляху", жінка десятого султана Османів, велика хатун Хуррем. Була трошки втомлена на обличчі, але весела, як весна. На вид Абдуллага її очі засвітили ще ясніше, як благородний камінь на її грудях.

Абдуллаг на той вид так остовпів, що стратив владу в ногах і навіть не міг рушитися. Щойно по хвилині похилився сидячи так, що чолом діткнув дивану на долівці. А велика пані, Роксоляна Хуррем сіла напроти нього так тихо і скромно, як колись, коли ще була невольницею в Кафі. Зовсім-зовсім так само...

І сльози тріснули з очей поважного учителя Корану, що не плакав уже тридцять літ. А як виходив з будуарів султанки Ель Хуррем, то ще мав сльози в очах.

І зі слізьми говорив до Кізляр-аги, що такої султанки не

мав ще рід Османів, бо вона в такій покорі слухає науки Корану, як слухала колись невольницею...

Скоро розійшлися по султанськім сераю похвали Абдуллага. І серця улемів, хатібів та дервішів зачали прихилятись до блідої чужинки, що полонила серце падишаха.

XIII

УРОДИНИ ПЕРВОРОДНОГО СИНА РОКСОЛЯНИ

*Und mag dein Pfad in Zweifelnacht verschwinden —
Das Kreuz am Wege wirst du immer finden.
Ums Kreuz geht dein, geht aller Menschen Wallen:
Am Kreuze müssen alle niederfallen.
Am Kreuze, ob sie noch so ferne irren,
Muss ihrer Wege Rätsel sich entwirren...*

Дитина — се в цілості будучність, оперта на минувшині.

I

Вже семий раз сходив місяць над Стамбулом, відколи молода султанка Ель Хуррем свою службу розсилала, двері своїх покоїв на чотири спусти замикала, вікна в салонах своїх сама заслоняла,— материнський, маленький, срібний хрестик з великим болем серця зі шиї здіймала, на дерев'яний хрест з першого свого "калиму" прив'язала, м'яким, золотистим шовком разом їх обвивала, темно-цеглястим і квітистим адамашком обкладала, у тверду, срібну парчу поклала й уважно між найдорожчі пам'ятки ховала...

Сховала в невеличку скриньку-дерев'лянку, де вже лежав дорогий для неї невольницький одяг, в котрім її вперве побачив володар трьох частей світу, як у нім скромно при дверях одаліски як служниця стояла...

Там вже лежав обвитий, одинокий, слюбний черевичок, котрий у крамі в Рогатині з матір'ю купувала...

Там був і кривавий платочок, котрим свою зранену ніжку на Чорнім Шляху, на Дикім Полі обтирала, коли йшла степами при чорних мажах скрипучих як татарська бранка і з утоми та з болю упала і під бісурменськими батогами всім своїм молоденьким тіленьком дрижала...

Там було і маленьке глиняне надщерблене горнятко, котрим у Бахчисараю і потому в Кафі з Клярою чисту воду пила. І пару засушених листочків, котрі під Чатирдагом, сидячи на возі, на пам'ятку з дерева зірвала. І маленький камінчик з святого Афону, де Божу Матір, що робити, питала...

Вже семий раз зійшов місяць над Стамбулом, відколи молода султанка Ель Хуррем свої сині очі біленькими руками закривала, і перший раз в житті свого мужа Сулеймана цілувала, і всім тілом дрижала, і про цвітучу й пахучу землю, і про синє небо, про батька і про неньку, про день і про ніч, і про весь світ з розкоші забувала.

А як минув перший пал розкоше і перший місяць любові, мов золотистий ручай солодкого меду пролинув, то сумнів дригнув у серденьку Ель Хуррем.

І, мов гілка осоки, совість задрижала.
І, мов пташка у клітці, думка тріпотала.

І тоді молода султанка Ель Хуррем в гарячі пальчики святий Коран брала, й цілими днями читала, й учителя свого про Божі речі питала, загадку призначіння і життя людини розв'язати гадала.

А побожний Абдуллаг благословив Аллага, що така побожна молода султанка настала. Благословив, куди ходив і вчив її всього, що сам знав і в що вірив.

— О велика хатун,— казав до Ель Хуррем.— Аллаг посилає людину на сей дивний світ на коротку хвилину. І не спускає з неї ока й уваги від колиски до гробу. І, як батько, уважає на свою дитину, котра йде кладкою понад ріку. А кому Аллаг дав більше розуму і більше сили, від того й більшого рахунку зажадає, коли людина перейде стежку свого буття і вип'є всі чаші, гіркі і солодкі, котрі їй Аллаг поклав при дорозі життя. А час до часу присилає Аллаг свою пересторогу і, як батько, упоминає.

Так вірив побожний Абдуллаг і так учив високу ученицю свою, гарну і розумну султанку Роксоляну.

Помалу пізнавала вона 70 сект ісламу з ріжними-преріжними науками. Та се не вдоволяло її. Зачала вчитися мов ріжних народів, щоб бути товмачем для свого мужа, коли приходили посли з країни нессараг. Скоро піймала чужі мови, бо дуже прикладалася до науки,— щоб убити внутрішній неспокій і почуття опущення. Часом до її мозку немов ковтали згірдні думки і слова народних пісень про потурнаків, котрі вирекл ися своєї віри для панства і лакімства. Тоді тим дужче бралася до праці.

А в її серденьку все дрижав сумнів, чи добре зробила, що на своїй дивній стежині скинула маленький хрестик материнський...

І скоро минав час, невидимий та найсильніший твір невидимого Бога.

В день святої ночі Кадр, у котрій зіслано Коран з неба, зголосився в сераю блукаючий дервіш. Сиве волосся його спадало аж до стіп, а необтинані нігті виглядали, як пазурі орла, а хід його був до танцю подібний.

Не хотів сказати ні свого імені, ні походження, а на всі питання відповідав:

— Маю об'явлення для падишаха!

Його допустили до султана.

Вступивши в кімнату, приложив руку до серця й до чола і сказав:

— Коли одна з жінок падишаха породить сина в річницю здобуття Стамбула, в день, що вертає щороку, то син той матиме інакше значіння, ніж усі інші діти султанської крові, відколи править царський рід Османів!..

— Добре чи зле? — запитав занепокоєний Сулейман.

— Се знає Аллаг і Пророк його Магомет!

Не ждучи подяки, приложив руку до чола й до серця і вийшов. А йдучи коридорами ходом, до танцю подібним, голосно голосив об'явлення своє:

— Коли одна з жінок падишаха породить сина в річницю здобуття Стамбула, в день, що вертає щороку, то син той матиме інакше значіння, ніж усі інші діти султанської крові, відколи править царський рід Османів!..

Сі слова потрясли султанським сераєм і звернули увагу на Роксоляну Хуррем. Бо тільки вона могла бути при надії.

В цілім сераю знали, що від вінчання падишах Османів ще не був у кімнатах ніякої іншої жінки.

З найбільшим напруженням очікувано предсказаного дня. А як настав той час, потряс біль породу лоном Роксоляни і вона породила сина в найбільший день Османської держави.

Як прийшла з болю до себе, зажадала води. А як подали їй, наказала невольницям опустити кімнату.

Довго вдивлялася в першу дитину свою. Зболілий мозок її працював, мов у гарячці. Хотіла пригадати собі щось і не могла. Нараз бліде обличчя її легко покраснішо, уста відкрилися і прошепотіли: "... Призри нынѣ, Господи Боже, на тварь твою і благослови, і освяти воду сію, і даждь ѣй благодать избавленія і благословеніе Іорданово... "

Оглянулася на всі сторони, чи хто не підглядає її, та знов вдивилася в свою дитину.

Не могла з великої втоми пригадати собі дальших слів святої молитви, яку не раз чула з уст батька, за якою впроваджується дитинку в християнську сем'ю. Знала тільки, що в молитві говориться дальше про воду як істочник нетління, неприступний противним силам. Думкою спочала на тих словах, що виринали з забуття в її мозку, як на зеленім гіллі спочивала голубиця, вислана Ноєм з ковчега по потопі. Напрасним рухом руки зачерпнула води й, обливаючи сина свого, первородного, промовила тихо:

— "Крещается рабъ Божій Стефанъ въ имя Отца, и Сына, и Святаго Духа, Аминь…"

Перед її очима стояв перший любчик її Стефан. І його іменем охрестила сина свого з султанського роду Османів.

Рівночасно зробила над дитиною тричі знак святого хреста. Відітхнула так сильно, якби скінчила дуже важку працю. Здавалося їй, що від того її віддиху захиталася занавіса біля дверей. Втомлена до краю впала на шовкові подушки, бліда, але вдоволена.

Пригадувала собі, як добре чулася колись у кривавім блеску віри в хресне дерево терпіння. Навіть як невольниця не відчувала в тій вірі такого неспокою, як тепер, коли має все, чого душа і тіло забажають. Розуміла, що втратила скарб, з яким не дасться порівняти ніякий з земних скарбів. І хотіла бодай для свого сина зберегти той скарб, впровадити його в посідання того, що сама стратила.

Зразу уважала свій учинок чимсь зовсім звичайним і природним, чимсь таким, що належалося їй дати, а синові взяти як спадщину. Щойно по якімсь часі блиснуло їй у думці, що в сій палаті не було ще ніколи хрещеного султанського сина!

Страх перед мужем обхопив її. Зразу легкий, опісля дужчий. Перед ним і перед усім тим чужим оточенням, в яке попала. Але разом з тим страхом вродилася в ній дивна приємність, якесь миле почування таємниці, яка лучила її в думці зі сином. О, відтепер не чулася вже самотня в сій палаті, навіть як не було б у ній мужа! Мала сина, свого сина!

Крім інстинктової прихильності до плоду свого лона, пробудилася в ній також ідеальна, майже містична любов до дитини, що оточила її, як золотистий янтар оточує мурашку.

Напів у гарячці чула, як до кімнати входив падишах, як тихо підступив до її ложа, як присів біля нього і ніжними словами говорив щось до неї. Вона держалася його руки і щось говорила до нього. Говорила про сина і про те що свято його обрізання мусить бути дуже велике та що на нім мусить бути могутній володар з її країв…

Султан усміхався ласкаво й успокоював її, щозапросить наймогутнішого з сусідів.

II

Сулейман додержав слова.

Крім звичайних запрошень, до намісників і вельможів вислав сим разом також запрошення до великого венецького дожі Андрія Ґрітті. Турецький посол, весь одягнений у золото, впроваджений 12 членами Великої Ради на засідання венецького сенату, заповів свято обрізання первородного сина Роксоляни й запросив дожу як гостя до Стамбула Старенький дожа оправдався своїм віком і далекою дорогою, але прирік вислати окреме почесне посольство під проводом свого найстаршого сина.

В означений день зачалося свято обрізання Стефана.

Був гарячий ранок, коли Сулейман з усім своїм двором доїздив до гіпподрому. На його північній частині, біля Мехтерхане, де стояла музика, піднімався великий трон на лазурових стовпах, під золотим балдахіном, весь покритий найдорожчими матеріями. Кругом лишалися чудові намети найріжніших красок. А як султан доїздив до Арслянхане, підійшли до нього пішки з великою почестю два везири, Аяс-баша й Касім-баша. На середні гіпподрому привітав його великий везир Агмед-баша в оточенні всіх агів і беглербегів. Пішки товаришили султанові, що сам-оден їхав на коні, аж до престола, котрий стояв між здобутими тронами й наметами ріжних володарів, перевищаючи їх своїм блеском. Під оглушаючий звук музики Сулейман сів на престол, а світські і духовні достойники тиснулися до нього з дарами й цілували руки його.

Другого дня допущено до поклону султанові посольства курдійських емірів і чужих держав. Найпишніше виступило надзвичайне посольство Венеції під проводом сина самого дожі, Альойзія Грітті.

Се посольство просило послухання й у султанки, матері принца, й було допущене за дозволом султана.

Велике було здивування султанки Ель Хуррем, коли між пишно одягненими вельможами Венеції, котрі стройними рядами ждали на неї, стоячи в її будуарах, побачила свого учителя зі школи невольниць. На хвильку стала в ходу зі здивування і зібрала всю свою силу волі, щоб не змішатися. Влекшили їй се, немов на команду в один такт, глибоко похилені перед нею голови венецьких вельмож і сенаторів, котрі стояли в такій позиції, аж поки вона не перейшла салі і не сіла на своїм високім кріслі, так густо садженім перлами, що дерева на нім зовсім не було видно.

Сідаючи на престіл, запримітила, як Річчі давав незначно знак молодому синові дожі, котрий зараз виступив наперед і зачав промовляти до неї. Зрозуміла, що Грітті тільки формальний провідник посольства, а в дійсності кермує ним досвідчений Річчі, котрий за той час дуже подався й обличчя його стало ще більше сухе, ніж було.

Церемонія привітання тривала коротко. Султанка подякувала за відвідини й желання та поручила посольство опіці Аллага в поворотній дорозі додому, що на обличчях турецьких улемів викликало нетаєне вдоволення і радість.

Коли вставала з престола, взяв Грітті з рук її бувшого учителя невеличку шкатулку, оббиту білим як сніг саф'яном з золотим замочком, обв'язану зеленими стяжками, і вручив їй особисто як дар, кажучи, що інші "скромні дари" венецького сенату знайде в кімнатах своїх.

Була така зацікавлена тим, що може бути в тій шкатулці, що не промовила ні слова, тільки усміхом і похиленням голови подякувала за дар і вийшла.

Прийшовши до своїх кімнат, відітхнула і зараз відчинила шкатулку. Був у ній нашийник з брильянтів і перстень з туркусом. Але скоро замітила, що шкатулка мала подвійне дно. Коли висунула його, побачила мініятурну книжечку в оправі зі щирого золота й емалії.

Витягла й отворила.

Було се — Святе Письмо, таке саме, яке бачила у свого батька, тільки в малій формі. Менше була б здивувалася, якби той сам дар дав їй мусульманин Абдуллаг, ніж Річчі, котрий так глумливо усміхався, коли говорив про церкву і віру.

"Що се має значити?" — запитала себе. Подумала, що, може, Річчі перебув якийсь допуст Божий і змінився. Бо що то він порадив синові Грітті дати їй такий дар, того була певна.

Якби Річчі не вручив їй був того особлившого дару, була б його через Абдуллага завізвала на окрему розмову, як свого бувшого учителя. А так — не хотіла викликати підозріння.

Мужеві показала той дивний дар, але сама більше не заглядала до нього, бо вже за першим разом та мала книжечка тяжіла їй у руці й викликала якийсь тягар на серці.

Велич і дорогоцінність дарів, які звезено щасливій матері принца, перевищала все, що бачили в Стамбулі при нагоді таких і подібних свят. Індійські шалі та мусліни, венецькі атласи, єгипетські дамасті, грецькі делікатні, як пух, матерії, срібні миси, повні золотих монет, і золоті посуди, повні дорогого каміння, лазурові полумиски і кришталеві чаші, повні найдорожчих родів цинамону і галок та квіту мушкателі з райських островів Банда, і пахощів індійських, китайську порцеляну з чаєм, і чудові кримські хутра несли прекрасні грецькі хлопчики, даровані султанці разом з тим, що несли. Етіопські й угорські невольники та мамелюки вели чудові кляці арабської раси й туркменських жеребців.

Четвертого дня почалися представлення для народу. На площі уставлено побудовані в тій цілі дві деревляні вежі, наповнені угорськими полоненими. Опісля почалися турніри й змагання мамелюків. Султан приглядався їм разом з народом до пізньої ночі, яку світлами замінено в ясний день. Опріч штучних огнів, довго горіли деревляні вежі. Слідуючого дня знов збудовано два нові замки. Кождого з них боронила сотня тяжких їздців, що робили випади. По здобутті їх і упровадженню в полон багато гарних дівчат і молодих хлопців, замки підпалено, й вони горіли довго вніч.

Семого дня виступили густими лавами полки яничарів і пишно одягнена кіннота сіпагів під проводом генералів, несучи торжественні пальми або так звані свічі обрізання з чудовими квітами та золотим дротом, що обвивав символи плідної сили.

Осьмого й дев'ятого дня відбувалися танці на линвах, при звуках музики. Танцювали звинні єгипетські линвоскоки на високо протягнених шнурах. Моряки і яничари лізли по дарунки, уміщені на верхах високих гладких стовпів, висмарованих оливою і милом.

Десятого дня угощувано учених і учителів, які мали денну платню меншу, ніж 50 асприв, як також усунених суддів, котрим у ті дні своєї радості падишах ласкаво вибачав провини їх по довгій покуті.

Три слідуючі дні пописувалися скоморохи й весельчаки. Кождого з них обдаровано щедро золотими й срібними монетами, які їм притискано на чолі або сипано на голову.

Чотирнадцятого дня всі достойники двора і війська удалися до старого сераю й винесли малого принца та занесли його на гіпподром, де напроти нього вийшли пішки везири й товаришили йому аж до престольної салі султана.

П'ятнадцятого дня дав Сулейман бенкет для найвищих достойників. Праворуч його сидів великий везир Агмед-баша і везири Аяс і Касім, беглербеги й військові судді з Румілі й Анатолі, учитель старшого принца Хайреддін і син татарського хана, а ліворуч колишній великий везир Пірі Могаммед, Сейнель-баша, Ферухшад-бег, потомок князів роду Білого Багана, Мурад-бег, син єгипетського султана Кансу Гґаврі й останній нащадок княжого роду Сулькадрів.

Шістнадцятий день присвячено прийняттю учених. По правій руці султана сидів Муфті й військовий суддя Анатолії, Кадрі-бег, а по лівій учитель принців і військовий суддя Румілії, Фенарісаде Мугієддін. Муфті й учитель принців почали на бажання султана диспуту над мусульманським "Отченашем" — першою сурою Корану. В диспуті взяв участь також Халіфе, один з бувших учителів самого султана. Загнаний в кут бистроумністю одного з присутніх, так собі це взяв до серця, що на місці дістав поражения. Його винесли зі салі й занесли до дому, де він ще того самого дня помер.

Сімнадцятий день присвячено тиші й приготуванням до обрізання.

Вісімнадцятого дня відбулося в престольній салі свято обрізання. На бажання матері одержав малий принц ім'я свого діда по батькові, що називався Селім. І хвалили всі розум хассеке Хуррем, радісної матері принца. Везири й беглербеги, аги й улеми цілували руки султана, складаючи желания. Всіх обдаровано почесними одягами. Вищі достойники одержали такі дари, що був задоволений навіть найбільше захланний з них — Агмед-баша. Сей день продовжено штучними огнями довго вніч.

В три дні опісля закінчено свято обрізання Селіма перегонами в Долині Солодких Від.

Тривало се свято повні три тижні. Такого довгого і величного свята не бачила ще столиця султанів.

Як вертали з перегонів, Сулейман, шуткуючи, запитав свого любимця Ібрагіма-башу:

— А що, Ібрагіме, чи твоє весілля було більше величаве, чи свято обрізання мого сина Селіма?

— Такого весілля, як моє, не бачив іще світ, хоч як довго стоїть, і не бачитиме,— відповів Ібрагім.

— Що?! — запитав султан, здивований такою сміливістю. А Ібрагім відповів:

— На моїм весіллі був такий гість, як падишах Мекки і Медини, законодавець наших днів, хай живе вічно!.. А батько принца Селіма на святі обрізання свого сина не мав такого гостя...

Султан усміхнувся і пішов до жінки переповісти їй слова Ібрагіма.

— Той Ібрагім занадто розумний,— відповіла уражена хассеке Хуррем, коли Сулейман переповів їй, сміючись, його слова. І усміхнулася так, якби знала про нього щось, чого не хоче сказати.

XIV

"...А ЧЕРВОНА КРОВЦЯ НА РУЧЕНЬКАХ ТВОЇХ..."

"Немов ту пилку. Бог
Кинув нас на світ.
Він знає нашу ціль,
Він знає і Тебе".

Омар Кгаіям

I

Султанка хассеке Хуррем, "радісна мати принца", скоро прийшла до повного здоров'я і розцвітала, як роза в султанськім огороді.

Біле, як ясмин, личенько її набирало краски сходячого сонця. А в очах мимо молодості своєї мала таємничий спокій, який має осінь, що вже принесла плоди. Найстарші мешканці сераю згідно говорили, що не було в нім досі кращої і милішої жінки. А падишах приходив до неї кождої днини по нарадах Дивану. Постійно засідав до стола тільки з нею й відпочивав при ній душею. В сераю говорили, що сій жінці не відмовляє падишах нічого й дивиться крізь пальці навіть на чужі звичаї, які вона заводить в гаремі.

А хассеке Хуррем ходила без заслони по цілім сераю й відважилась навіть допускати до себе чужих майстрів, що довго сиділи в її кімнатах і малювали її портрети. Такого ще не було ніколи в султанськім сераю. Правовірні мослеми дивилися косо на чужих мужчин, що входили в кімнати гарему. Але ніхто не відважився висказати свого невдоволення, бо дуже небезпечно було подразнити великого султана й викликати гнів його. Навіть улеми і проповідники Корану мирилися з чужими звичаями хассеке Хуррем, бо ніколи не бракло її на молитві у святу п'ятницю, в великій мошеї Царгорода. Згодом і вони привикли до того й навіть самі приходили просити послухань у хассеке Хуррем. І часто глітно було в кімнатах Ель Хуррем.

Приходили до неї учені й поети, малярі й будівничі, духовні й полководці. Кождого приймала радо, й кождий виходив від неї здивований її умом і зацікавленням. Навіть злобний письменник Ґазалі, которого боялися й найвищі достойники із-за його сатир, а котрий не щадив нікого, був одушевлений "найкращою квіткою сераю". Правда, вороги його говорили, що се тому, бо на її просьбу одержав з султанської скарбниці тисячу аспрів місячної платні, якої був би ніколи не побачив із-за остроти язика свого.

Але й інші поети, що мали забезпечення й майно, були одушевлені нею. І перекладчик "Шах-наме" Джелілі, і божеський Бакі, і фантастичний Хіялі, і ворог його Саті, і вічно п'яний Фусулі, й веселий комік Лямії, котрий говорив: "Хассеке Хуррем любить слухати поетів. Се я розумію. Але що вона говорить з Сеаді-Челебім, котрий усе життя сидить над законами? Або з ученим Пашкепрізаде, що знає всі бібліотеки Сходу — і більше нічого!.."

А Фусулі відповідав йому словами перського поета Гафіса, найбільшого лірика Сходу:

Каже Пророк, що вино
Всіх злочинців мати!
Що ж робити, як воно
Солодке, прокляте,—
І солодко, як дівчина,
Цілує, мій брате!..

Але вся та пишна лавина влади і культури Сходу, що

пересувалася постійно салонами Ель Хуррем, не вдоволяла її. Замітив се перекладчик "Шах-наме" Джелілі. І сказав раз до неї:

— О, велика хатун, спічни духом своїм під наметом Омара Кгаіяма, що робив намети для духу.

— Я вже чула про нього й буду вдячна, коли ближче познайомите мене з ним.

На те сказав Джелілі:

— Як подобається тобі, о хатун, отся думка Омара Кгаіяма, солодкого як мід, гіркого як гірчиця:

Ціль і мета сотворінь — се любов,
Сила у соку вина — се любов,
Рим молодечих пісень — се любов,
І пам'ятай, що життя — се любов.

— Гарне і правдиве,— відповіла Ель Хуррем,— але я сподіваюся чогось глибшого від нього.

— І маєш рацію, о хатун,— сказав на те великий поет Бакі. — Мабуть, догадуюся, чого очікуєш. І на те відповідає Омар Кгаіям, кажучи до шукаючої душі:

Ти мене питаєш, яка тайна світу,
Ти на те чекаєш, що розкаже вчений:
Світ — картина з мраки, з безвісти зринає
І знов у ту мрачну безвість пропадає.

— Так дармо пропадає? — запитала Ель Хуррем. На це зауважив учений Пашкепрізаде, котрий знав усі бібліотеки Сходу:

— Перший рубайят се вислів молодості Омара Кгаіяма, другий рубайят се вислів з тих його літ, коли він не вірив в Бога і мав гіркість в устах. І ще єсть один його рубайят з того часу:

З великим трудом черпав я науку
Зі старих книг, котрі читати важко.
На свого духа довгих мандрівках
Знайшов я правду — одну-одиноку:
Я прийшов, як вода, і, як вітер, минуся.

— А що він сказав, коли вернув до Бога?

— Тоді сказав:

Плаче водна капля, далеко від моря.
Море каже: "Дармо б'єшся із-за горя.
Кожде сотворіння Господня дитина:
Ділить нас від Нього лиш часу каплина".

Султанка лекше відітхнула, якби впав їй з грудей якийсь тягар. А Пашкепрізаде замітивши, що їй справляє пільгу, додав:

— Дальші твори духу Омара Кгаіяма дають уже повний відпочинок для духу навіть грішних людей. Від них не виймав він і себе, кажучи:

Хоч клейнод всіх чеснот не належав до мене
І хоч блиск всіх чистот від гріхів не був мій,
Не назвав я ще білого чорним ніколи,
Тому вірю у ласку Господню для мене.

Обличчя султанки роз'яснилося зовсім, а Пашкепрізаде закінчив ще одним рубайятом Омара Кгаіяма:

Направо чи наліво — пилка кінець кінців
Послухає грача, а не сама себе.
Немов ту пилку. Бог кинув нас на світ:
Він знає нашу ціль. Він знає і тебе!..

Настрій був дуже поважний, коли комік Лямії замітив:
— Що Омар Кгаіям великий філософ, се і я признаю. Але я вже бачив, як пилка навіть у доброго грача кінець кінців упала в воду. Та й чи тільки в воду?

Всі засміялися, а служба зачала розносити ласощі й солодкі сорбети та прегарні полудневі овочі.

Так на верхах, в султанських салонах, шукали правди про Божу тайну світу, котру кождий віруючий нарід знаходить від віків у твердій вірі в Бога, а як верхи захитають його в ній, він розпливається, мов мрака на долині.

О, глітно було в кімнатах Роксоляни! А у всіх крилах гарему, де жили інші жінки падишаха, було тихо і пусто, як в опущенім домі. Тільки зависть куняла в них. Але й вона не відважилася поки що виходити з укриття.

Бо людська зависть і злоба, як грабіжні звірюки, ждуть на свою жертву, щоби зловити її у пригожу хвилинку.

II

У прийомних кімнатах хассеке Хуррем ставало щораз то більше глітно. Вже не тільки від поетів, артистів і учених, але й від везирів, кадіяскерів, дефтердарів, нішандшів, сігіль-дарів, чокадарів, нікябдарів, ходжів і всяких інших достойників. Найрадше говорила вона з великим будівничим Сінаном.

Та приняття інших зачали її томити, а часто й нетерпеливити, бо від багатьох, що приходили з проханнями, часто не могла видобути, чого вони властиво прохають.

Султанові не хотіла жалуватися на ту повінь прохачів, бо боялася, щоб він всім не заборонив приходити до неї. А деякі з них були цікаві для неї, від деяких сподівалася допомоги для своїх планів, які почали в її мріях виринати від хвилі, як стала матір'ю, а ще виразніше, відколи довідалася про ворожбу старого дервіша, що прийшов до Сулеймана в день святої ночі Кадр. З тими планами так укривалася, що боялася навіть думати довго про них.

Але коли їй раз забагато було натовпу ріжних достойників, казала запросити злобного Ґгазалі й запитала ще раз, чи він не знає причини аж таких численних відвідин.

Зробила се нарочно і в тій надії, що злобний Ґгазалі додумається, чого їй треба, і своїми сатирами віджене бодай найбільше влізливих. Ґгазалі зараз зміркував, в чім діло, й урочисто відповів:

— О хассеке Хуррем, благословенне хай буде ім'я твоє! Твій слуга Ґгазалі знає причину тих численних відвідин...

— Нехай скаже!

— Недавно приїхав до султана — хай живе вічно! — посол індійського князя Бегадіра-Шаха, привіз йому в дарі пояс вартості сто тисяч золотих дукатів і сказав: "Султанул-беррайн ве хаканул-баграйн, хадімул гаремайн еш шеріфайн, шам джемет мешам, міср надіретул іср, Ґалебеш-шегба, Дарул-джігад, Дарул-селам!" Поможи панові мому проти невірних нессараг, що приплили морем й усадовилися у його пристанях! А він складає тобі за допомогу триста скринь, повних золота і срібла, у святім місті Мецці, при гробі Пророка...

— Знаю,— сказала на се хассеке Хуррем.— Султан уже вислав воєнну фльоту під проводом Сулеймана-баші. А тих скринь іще не привезли з Мекки сюди.

— О хассеке Хуррем, вовіки незабуте най буде ім'я твоє! Ті скарби вже везуть сюди. А як привезуть, тоді побачиш під своїм порогом найбагатших скупиндряг, які всякими способами добиватимуться твоєї ласки, чи радше скарбів султана... Як чорні круки, ждатимуть уперто на добичу й не буде такої погані, на яку вони не пішли б, аби тільки дістати щось зі скарбів Беґадіра-Шаха! Се тільки перші віступни тих, що прийдуть...

Злобне обличчя старого сатирика прибрало острий вид. Він відчув, що тиснуться йому з уст ще остріші слова. Тому низько склонився й вийшов, не здержаний розумною жінкою падишаха. В кілька днів опісля почала в сераю кружляти його сатира про влізливих прохачів у султанки. Натовп їх через те зменшився, але не багато.

III

Минув ще якийсь час, і наступило те, що предсказав Ґгазалі про всякі способи здобування ласки могутньої султанки.

Одного дня, в порі, коли муедзини кінчили співати третій азан на вежах стрункіх мінаретів, зголосився до хассеке Хуррем її перший дружба, великий везир Агмед-баша. Якесь недобре прочуття зворушило серце хассеке Хуррем на сам вид того достойника. Він низько склонився й почав:

— О, найкраща з жінок падишаха, о радісна мати принца Селіма,— нехай Аллаг буде йому прихильний від колиски до гробу. Я прийшов зложити чолобитню наймогутнішій з жінок султана в тій надії, що вона буде й наймилостивіша для вірного свого слуги.

Так виразно вже в перших словах не натякав їй досі нічого ні оден достойник. Се її застановило. Очевидно, мусів мати підставу до такої сміливості. Але яку? Була сим дуже зацікавлена. І щоби скорше довідатися про се, вдарила також у виразний акорд:

— Раз тільки красніє той, що просить, а два рази красніє той, що не дає! Я радо готова сповнити твоє прохання по силам своїм...

Агмед-баша змішався. Бо він приготував собі довгу і круту стежку, заки мав стати на місці, в якім мала бути мова про давання. А жінка падишаха відразу поставила його на тім місці. "Чи знає справу, з якою я прийшов?" — подумав і збентежився ще більше. Бачив, що вона запримітила його збентеження. Але більше нічого не міг пізнати по її спокійнім обличчю. Напружив увагу, зібрав усю свою притомність і по надумі відповів:

— Багато ворогів має кождий, хто вірно служить державі падишаха. А сказано: "Як маєш ворогом хоч би мурашку, то будь обережний!" Не знаю, чи хто з моїх ворогів не представив мене перед сонцем падишаха як людину, з якою годі погодитися.

В сій хвилі вже була переконана, що з сим достойником прийдеться їй звести завзяту боротьбу. Не знала тільки, за що. Розуміла добре, що приповідкою про мурашку грозив їй, а не оправдував себе. Скипіла внутрі. Але не показала того по собі, тільки відповіла так само двозначне:

— Я не знаю про тебе нічого злого. А ворог — се дійсно небезпечна річ. Особливо тоді, коли він має зависне серце. Бо сказано: "Заздрісного не примириш навіть найбільшою ласкою!"

Великий везир Агмед-баша зрозумів також, що жінка падишаха говорить про нього, а не про його ворогів. Але пробував дальше переконувати її, що його можна позискати.

— Вірний приятель,— сказав,— лучший, ніж свояк.

— Правдиву допомогу дає тільки Аллаг,— відповіла твердо, бо вже їй тяжіла ся розмова. А предложенням "вірної" приязні, очевидно, за гроші, чулася внутрі ображена.

— І його заступник падишах на землі та й та, що є зіницею його ока і зерном його серця,— докинув.

— Я вже на початку розмови сказала тобі, що сповняю всі прохання — по скромним силам своїм.

Агмед-баша зрозумів, що довше годі вже зволікати з тим, за чим прийшов. І сказав помалу:

— Я приходжу до наймудрішої з жінок падишаха з великим проханням. Як воно буде в ласці сповнене, остану до смерті вірним невольником усіх замислів твоїх і сина твого, хай потіхою тобі буде, о велика хассеке Хуррем!

— З яким проханням? — запитала.

Він відповів:

— Злі люде уважають мене дуже багатим і кажуть, що я загарбав у Єгипті податки падишаха. Але се неправда! Я убогий і навіть задовжений...

— "Довг пече, як огонь",— відповіла приповідкою, заохочуючи його до дальшого прохання, бо була дуже цікава, кілько схоче сей великий богатир, знаний з захланності. Знала, що султан добре знав головний блуд характеру Агмеда-баші, одначе держав його на найвищім місці із-за його великої робучості, точності і сприту.

— Так, о чудова квіточко Едену! — відповів Агмед-баша.

— Думаю, що падишах радо осолоджує біль своїх вірних слуг. Кілько треба на заспокоєння твоїх довгів?

— О, ти дуже ласкава, найкраща зірко світу! Мені треба (тут відітхнув) триста тисяч золотих дукатів...

— Триста тисяч золотих дукатів?!.

— Триста тисяч, о найцінніша перло держави Османів! Буду до смерті вірним невольником всіх замислів твоїх і сина твого!

Се повторення тих самих слів занепокоїло її ще більше, ніж домагання високої суми. Відповіла майже налякана:

— Не маю інших замислів як ті, що ними живе серце і ум падишаха! А мій син щойно усміхається до добрих людей. Але я готова тобі допомогти. Тільки аж з таким домаганням не можу прийти до падишаха...

— Інша не могла б, а ти все можеш, о найкраща зірко в житті падишаха!..

Була здивована величиною, нахабністю й упертістю прохання. Відповіла встаючи:

— Се неможливе! Адже найбагатший князь Індії прислав падишахові дар, який варта третину того, чого ти домагаєшся!

— Він прислав іще й інші дари, о дуже милостива пані!

— Се не дари, а заплата за кров і кошти війська падишаха!.. Ти задорогий приятель,— додала на пращання.

— Дорожча від всіх скарбів доля дитини... — відповів твердо. Задеревіла і зблідла. По хвилі запитала:

— Як то? А при чім тут дитина?

Завагався й уриваним голосом сказав:

— А хто ж... оборонить... малого Селіма перед...

— Перед чим?

— Перед злобою улемів і гнівом падишаха, коли розійдеться вістка, що він... охрещений на християнську віру!.. Хто ж оборонить, як не великий везир Агмед-баша?..

Остовпіла з великого жаху за свого сина. Вся кров збігла їй з обличчя. Була бліда, як ялиця, овіяна снігом.

Але вмить опритомніла. Думки, як лискавки, почали їй літати по голові в дикій погоні! Наперед цілий табун думок про небезпеки, які грозять її синові. Бо за себе не боялася ні хвилинки! О, ні! Навпаки — чулася міцна, як ранена львиця, що боронить своє молоде... Вже вітрила слабі сторони нападу. Але не знала ще сили ворогів.

Упорядкувала думки залізною волею і постановила

довідатися, чи її таємницю підглянув сам Агмед-баша, чи його спільники. На хвилинку знов похололо їй біля серця на думку, що таємницю її може знати більше людей. Бо що таємницю її вже знали, сего була певна. Пригадала собі, як захиталася завіса біля дверей. З тим більшою силою випрямила свою думку й обережність. І вже спокійно відповіла:

— Язик не має костей і говорить, як йому вигідно, і як же я можу дати облизати золоту кість всім язикам тих, що принесли до тебе сю сплетню? На се замало триста по триста тисяч золотих дукатів!

Агмед-баша встав і тихо прошепотів:

— О, наймудріша із жінок мослемських! Треба ще тільки забезпечити мовчанку одного євнуха…

— Котрого? — запитала невинно, як дитина. Агмед-баша завагався. Але солодкий усміх матері принца та її великі, чисті, як небо, очі мимохіть видерли з його уст ім'я спільника.

— Гассана,— сказав шепотом.

— Як? — запитала так само наївно.

— Або грошем, або ножем,— відповів, думаючи, що вже має в руках наймогутнішу з жінок падишаха.

— Я ще не мала крові на своїх руках,— відповіла в задумі. В тій хвилі пригадалася їй ворожба циганки. Немов посвячена духом з нею, вдивилася в нахабника. І було їй ясно, що він не уб'є одинокого свідка її таємниці, тільки укриє його, щоб до кінця життя мати ніж проти неї і її сина.

— Я ще не мала крові на своїх руках,— повторила.— І не хочу мати! — додала з притиском.

Чула, що тепер сказала неправду. Стало їй так прикро, аж терпко. Не від того, о, не від того, що відчула жажду крові тих людей, які загрожували долю її сина. Тільки від того, що сказала неправду перед такою людиною! Відчула приниження в душі, таке бездонно глибоке, що з ним не могло рівнятися навіть приниження проданої невольниці, яка мусіла робити все, що їй нелюбе, і султанові не сказала правдивого імені свого сина. Але се не було для неї брехнею. Ні. І прийшло в її душу пізнання, що найбільшим пониженням для людини се брехня. І що те пониження тим більше, чим більше нікчемний той, перед котрим говориться неправду. І щось закричало в її душі дивними голосами: "Ти цариця трьох частей світу! Чи ти стерпиш аж таке пониження?" А другий голос говорив до неї немов здалека: "Не убий!" Знов напружила думку, як струну, і сказала:

— Приймаю твою оборону перед злими язиками.

Прийди завтра в сю пору. Я ще сьогодні буду в тій справі говорити з падишахом...

Агмед-баша весело схрестив руки на грудях, низенько склонився і вийшов.

IV

Упала на шовкові подушки й відітхнула. Але не зітхненням утомленої. Хоч тряслася на цілім тілі, ум її був острий, як бритва, і ясний, як огонь. Тряслася з обурення. І слези виступили їй з очей. На лежанці відбулася в ній якась коротка, але, мов буря, напрасна боротьба. Нутро її було так розхвильоване, як море в часі тучі і бурі. Нараз немов перун тріс у ній і потряс цілим єством її. Була напівпритомна від того потрясення. І здавалося їй, немовби щось зламалося в ній, щось урвалося, щось таке ніжне, як далекий відгомін пісні, як золотий промінь сонця, як усміх дитинки. Так, дитинки, дитинки, дитинки.

Знала, на яку воду пускалася. Мимо розхвилювання, важила всякі можливості, особливо ж відношення мужа.

Скоро перебігла в думках, як він досі нічого їй не відмовляв: ні ходження без заслони, ні принимання чужих мужчин, ні замків у дверях на спосіб, який був у домах її країни, ні навіть держання собачки, яку мусульмане уважали нечистим сотворінням.

Все, що вона робила, було для нього добре і чисте. Навіть діткнув собачки, помагаючи її мити. Навіть се!

Встала. Ні. Зірвалася, мов львиця з ланцюха!

Закликала чорних євнухів і білих невольниць. Євнухам наказала приготовити прекрасну лектику Селіма, в якій його виносили в сади. А невольницям веліла одягнути себе в одяг, у якім приймала перший раз султана у своїх кімнатах.

Глянула у венецьке зеркало. Зворушення оживило її ніжне обличчя, а слози облили її великі очі, що виглядали як озера по бурі.

Вийшла з цілим почотом невольниць і євнухів. Між ними йшов і Гассан. Він дуже уважно ніс її сина в лектиці, раз у раз оглядаючись на матір. Перейшла велике подвір'я гаремліку і прямо йшла до брам селямліку. Сторожа не відважилася задержати її при вході до палати падишаха.

Ще всі пам'ятали перенесення команданта сторожі аж до Трапезунта, хоч він тільки сповнив свій обов'язок.

А сим разом могутня султанка йшла вже не сама, а зі своїм сином, з принцом Селімом.

Командант сторожі, побачивши її напрям, щез, як камфора. А змішана сторожа мовчки розступилася, поздоровляючи малого принца як члена султанського роду Османів.

Увійшла в будівлю, де ще не була ні одна жінка мослемська, відколи турки вступили в улиці Стамбула.

Йшла коридорами й салями селямліку в діядемі з перел, в розкішних шовках, в блискучих фарарах — і вся в сльозах. А перед нею несли чорні євнухи малого принца Селіма в біленьких муслинах, в золотій лектиці. За нею йшли білі невольниці гарему, збентежені плачем жінки падишаха.

Вигляд султанки був такий поважний, якби несла з собою найбільшу таємницю держави Османів. Високо держала голову, а сльози, як перли, котилися по її гарнім обличчю.

Всі військові й достойники, яких зустрічала, схрестивши руки на грудях, з поспіхом уступали з дороги розплаканій жінці могутнього султана.

Тут і там на роздоріжжях коридорів жовнір стояв мов остовпілий на вид жінок в палаті селямліку: думав, чи се не привид...

А деякі побігли злякані до команди двірця селямліку, де дали знати про надзвичайну подію самому адзі сторожі сераю. Той вискочив з кімнати як опарений і бічними переходами скоро пішов, щоб заступити дорогу Роксоляні. А вона йшла відважно.

Йшла прямо до салі Великої Ради Дивану. А як дійшла до дверей, дала знак чорним євнухам, щоб задержалися. І виступила наперед, перед лектику сина свого. Ага яничарів, що вже стояв зі сторожею біля Ради Дивану, побачивши оплакану найкращу з жінок падишаха, схрестив руки на грудях і збентежено промовив:

— О радісна мати принца! Падишах занятий судейськими справами. А потому має приймати чужих послів.

— Занятий? Судейськими справами? Я також хочу суду — на розбишак, що бушують в палаті падишаха! — сказала твердо, приступаючи до дверей. Ага яничарів вмить відступив набік, схилившись аж до колін могутньої султанки. Тоді вона додала м'якшим тоном:

— Не бійся! Перед чужими послами Султан напевно прийме сина свого!

Дала знак євнухам, щоб несли лектику за нею, до нутра

салі Великої Ради Дивану. Й увійшла у судейську салю з плачем, але так твердо, якби сама мала в ній судити.

Увійшла й закричала:

— Рятуй дитину свою! Я боюся вертати в гарему кімнати!..

Султан встав з престола.

— Що се? — запитав голосно і пальцем дав знак усім, що були в салі, щоб опустили її. Збентежені достойники виходили оглядаючись, як на дивогляд. Бо хоч до ріжних див уже привикли від сеї жінки падишаха, але і в сні їм не снилося, щоб вона могла відважитися прийти аж тут, незаповіджена, з дитиною й цілим почотом!

За суддями вже без наказу поспішно вийшли євнухи й невольниці султанки.

— Що сталося? — запитав занепокоєний султан.— Чи хто зробив яку кривду тобі або дитині?

Гнів уже мав в очах.

— Не мені, але нашій дитині! — відповіла, тихо плачучи, щоб не лякати сина. Виняла з лектики малого Селіма і взяла його на руки, цілуючи й обливаючи слезами.

— Нашій дитині? Хто смів!? — тихо запитав султан, споглядаючи на сина, що невинно усміхався до нього.

— Агмед-баша!

— Великий везир Агмед-баша?!

— Так! Великий везир Агмед-Баша!

— Що ж він зробив?!

— Наперед кажи його ув'язнити. Бо я боюся, щоб не втік з палати!..— Тряслася з обурення.

— Він є в палаті?!

— Недавно був у мене! І ще накажи (вплач) ув'язнити його спільника, чорного євнуха Гассана! Він жде за дверима... Опісля я все розкажу...

Султан уважно подивився на сплакану і схвильовану жінку. Кинув оком ще раз на дитину, що вже кривилася до плачу, і плеснув у долоні.

З трьох дверей великої салі вийшли німі сторожі падишаха. Султан сказав твердо, слово по слові:

— Ув'язнити великого везира Агмеда-башу і Гассана, чорного євнуха, що служить у хассеке Хуррем!

Вийшли тихо, як тіні, схопивши лиш іскристий погляд Роксоляни.

Султанка Ель Хуррем німим рухом попросила подержати сина — й упала бліда. Зімліла у судейській салі. А маленький Селім ревно розплакався на руках свого батька.

В такім положенні у престольній салі великий султан іще ніколи не був. Не знав, що почати з собою, з дитиною та жінкою. Не хотів кликати слуг, щоб не бачили зімлілої жінки, бо уважав, що дивовижа й так уже була нечувана.

Поклав сина в золоту лектику, що стояла на підлозі, метнувся до жінки й махінально заніс її на місце, де сам сидів. Опісля скочив до дверей, за якими все стояла німа сторожа з вирізаними язиками. Відхилив двері й зажадав води.

Перелякана сторожа ще ніколи не бачила султана в такім зворушенню і гніві. Вмить подано йому воду у кришталевім збані. Сам замкнув за собою двері й підійшов до жінки. Маленький Селім плакав, аж заходився з плачу. Сулейман зачерпнув рукою й покропив улюблену жінку, раз у раз повторяючи:

— Що тобі заподіяли? Що тобі заподіяли?

Відкрила очі, бліда, як квітка ясмину. Почувши плач дитини, пробувала встати. Він задержав її й сам подав їй дитину. Сиділи мовчки втрійку. Вона кормила розплаканого сина, а він подавав їй воду.

Як успокоїлася і прийшла до себе, запитав:

— Коли ти не дуже втомлена, то, може, скажеш, яку кривду заподіяв тобі і дитині великий везир Агмед-баша?

— Скажу, скажу,— відповіла тихо,— бо серце трісло б мені з болю, якби не сказала.

— Кажи,— просив.

— Великий везир Агмед-баша зголосився до мене й зажадав триста тисяч золотих дукатів...

— Як то зажадав? За що зажадав?

— Аби закрити перед людьми й тобою...

— Що закрити? — перервав обурений.

— Що я охрестила твого сина Селіма,— вибухла.

— Охрестила?..

— Ні, се видумка! Се нікчемна клевета великого везира Агмеда-баші й підкупленого ним чорного євнуха Гассана!

Ревно заплакала. Він відітхнув. Оцінив думкою всю злочинність вимушення і сказав:

— Обидва злочинці повинні вмерти! Тільки справедливість вимагає, щоб їх переслухати!

Була сим дуже занепокоєна. Але не дала сього пізнати по собі. Думка про те, як боронитися дальше, успокоїла її зовсім. Встала і промовила:

— Роби судейське діло своє!

Склонилася так, як людина, що має повну слушність за собою й не боїться вироку. Блідо усміхнулася. І пішла.

Султан не сказав їй ні словечка, що непотрібно зробила дивовижу, якої ще не було, відколи султани сиділи на престолі.

А в цілім сераю була біганина, метушня і перестрах не до описання. Напівзбожеволілого зі страху Гассана відвели в тюрму. Він весь час кричав з великого жаху:

— Все неправда! Великий везир Агмед-баша казав мені так говорити! Й обіцяв за те багато грошей! І дім у Скутарі! А то все неправда, що я говорив!

Ніхто не знав, що він говорив. Але всі боялися питати. Ніхто не хотів знати таємниці, султанської жінки, бо вже чув нюхом, що кров буде на ній.

Агмеда-башу ув'язнили в сераю, у хвилі, як ішов через браму Джеляд-Одасі. Увійшов до неї, але не вийшов з неї. І ніхто вже більше не бачив між живими великого везира Агмеда-баші, першого міністра держави. Тільки яничари, що стояли на сторожі біля Джеляд-Одасі, оповідали потому пошепки в касарні, що довго було чути зойки могутнього везира, заки замучила його німа сторожа падишаха.

— За що? — питали шептом у довгій на милю касарні яничарів.

— Ніхто не знає, за що. Бачили тільки, як ішла з плачем до султана його прегарна жінка Хуррем Роксоляна.

— І ніхто перед смертю не переслухав великого везира?

— Ніхто не переслухував...

— Такого ще не було, відколи царствує рід Сулеймана...

— Але й не було ще такого султана. Сей знає, що робить.

Шептом говорили в довгій на милю касарні яничари... Бо могутню руку мав той султан Османів, що залюбився у блідій чужинці з далекої країни, перед котрою незабаром затрясся весь серай султанський, і ціла столиця, і вся могутня держава Османів, що простяглася на трьох частях світу...

Ще того вечора на царській брамі Бабі-Гумаюн застромлено скривавлену голову великого везира Агмеда-баші.

Уста мав викривлені терпінням, а кождий нерв його страшної голови дрижав у промінні заходячого сонця. А тіло його вже четвертували султанські сіпаги на площах Царгорода.

І жах великий пішов по Стамбулі, султанській столиці, пішов по палатах султанського сераю, пішов по блискучих салях селямліку і по пахучих кімнатах гаремліку. І дійшов навіть до святинь мослемів. Й інакше, ніж звичайно, співали в той вечір муедзини з високих, струнких мінаретів свої молитви:

"...Ла Іллага іл Аллаг, ва Магомет расул Аллаг!"

Так погиб Агмед-баша, перший дружба султанки Роксоляни.

А дня того вечером другий раз в житті не могла клякнути до молитви султанка Ель Хуррем, радісна мати принца, немов у далекій, закривавленій мраці станула перед нею мала церковця на передмістю Рогатина. І мовчки стояла. А здалека долітав дивний крик муедзинів на високих мінаретах сераю...

"...Ла Іллага іл Аллаг, ва Магомет расул Аллаг!" Вони молилися до Бога свого за великого султана і за державу Османів, по котрій ішов уже кісмет з кривавими руками. І тихо додавали в своїх молитвах:

"Відверни, Боже, кров від дому падишаха!"

А по великих базарах Стамбула ходили дивні слухи про султанку, яку бачили у коридорах і салях селямліку, і так оповідав собі про се простий народ турецький:

"Хотів Агмед-баша украсти дитину султанки Ель Хуррем." І підкупив чорного євнуха Гассана, щоб той підсунув сонний напій султанці. І зробив чорний Гассан та недобре діло: підсунув напиток на сон молодій султанці... А як вона заснула, підкрався чорний Гассан з великим везиром. І взяли дитину султанки Ель Хуррем.

Але вона зірвалася у сні. І в сні закричала й дитину відобрала. І пішла сонна на скаргу до Султана... У сні ішла...

Йшла коридорами й салями селямліку...

Йшла...

В діядемі з перел, в розкішних шовках, в блискучих фарарах і вся в сльозах...

— Уся в сльозах?

— Так! Вся в сльозах...

— А перед нею несли чорні євнухи малого принца Селіма в біленьких муслинах, в золотій лектиці...

— В золотій лектиці?

— Так! В золотій лектиці.

— За нею йшли білі невольниці гарему, збентежені плачем жінки падишаха...

— Збентежені плачем?

— Так! Збентежені плачем.

— Йшла просто до салі Великої Ради Дивану.

— А як же знала, куди там іти, коли ще ніколи не була в селямліку?

— Так! Знала дуже добре, бо вело її материнське серце... Бо йшла по справедливість.

— Який же вирок видав султан Сулейман?

— Справедливий вирок видав султан Сулейман: казав так довго бити обох виновників, аж поки згідно не призналися, за кілько грошей перекупив везир чорного Гассана. А потому казав припікати везира Агмеда, щоб видав з себе якраз тільки зойків, кілько дав грошей спільникові свому: І сконав Агмед в Джеляд-Одасі.

— А чорний Гассан?

— Його казав султан кинути у море зі зв'язаними руками: як перепливе до острова Принців, то може йти, куди захоче...

Справедливий вирок видав Сулейман. Нехай Аллаг Акбар благословить сліди ніг його! Бо таки крав податки великий везир Агмед, і то крав так, що не могли його імити... А на тих податках були стони і кров. Та й вистогнав їх Агмед в Джеляд-Одасі... А решту рахунків возьме в нього Аллаг з вічними очима".

XV

СУЛТАНКА МІСАФІР

Ніяка влада не родиться з ненависті.
Всяка влада і вдасть родиться з любові.
О, Ви, що хочете де-небудь якої-небудь влади!
Запитайте самі себе, кого і що Ви любите?

I

Власть уродилася з любові, а викормив її пошанівок. Так само, як дитину, що родиться з любові й росте з пошанівку своїх родителів.

Давно-давно, коли турецький нарід утікав з Азії на захід сонця перед страшними ордами Джінгісхана, провадив його в утечі предок Сулеймана. І за те полюбив його турецький нарід і пошаною оточив, як блиском, всіх потомків його. А чим більше росла в нім пошана до роду Османа, тим більшу силу мав той нарід і мала власть його. І так дійшов він до верху своєї сили за Сулеймана Великого, Селімового сина, коли полки його, йдучи горі Дунаєм, дійшли в саме серце Європи.

А тоді червоний кришталь влади турецьких султанів зачав переходити з любові великого султана в руки його жінки, з роду до влади непривичної, що прийшла Чорним Шляхом ординським і Диким Полем килиїмським з далекої країни як бідна невольниця і полонила серце падишаха.

То не жінка прийшла, то прийшов кісмет Османів. А мав він обличчя ангела і пальчики такі ніжні, як перші блиски сходячої зорі, а очі сині, як небо весною. І піддався йому великий султан, володар трьох частей світу, що не піддавався нікому. І приглядався найбільший завойовник блиски сходячої зорі, а очі сині, як небо весною. І піддався і законодавець Османів, що буде робити прегарний кісмет, присланий незбагнутою волею Аллага — Чорним Шляхом степовим і Чорним морем бурливим... Бачив у ній великий розум і добре серце. І був тим цікавіший, що дальше робитиме його люба Ель Хуррем, котрій і так не міг опертися.

II

Все оточення султана знало, що султанка Ель Хуррем скорше довідалася про смерть Агмеда-баші, ніж сам Султан.

Вона бачила себе в зеркалі в тій хвилі, коли їй донесли про се слуги. Була сим оживлена і скріплена, як ростина, котру в часі спеки піділлють водою. О, бо й вона пережила гарячий день! Здавалося їй, що пливла хитким човном по Дніпру і переплила його перший поріг, про який так живо оповідав їй у Криму старий козак-невольник. Хвилями було їй так горячо, аж холодно. Аж мороз ішов поза шкіру.

Серед усеї пишноти її обстановки пригадався їй убогий, спокійний дім батьків, де в часі морозів частували міцною горілкою робітників, що привозили з лісу дрова. Здавалося їй, що й її почастувала доля міцним червоним сорбетом і що той червоний сорбет облив їй одяг і руки.

Обмилася і змінила одяг. Мала враження, що чує запах крові. Не почувалася до ніякої вини, бо боронила сина. Але той дивний запах докучував їй. Закликала невольницю й казала принести ладану та найдорожчих арабських пахощів.

Ніжні пахучі клуби диму пригадали їй Великдень у церковці св. Духа. Впала на коліна і насилу пробувала молитися, обернена до Мекки. Знала вже, що її підглядають. Але очима душі вдивлялася в образ Пресвятої Богородиці, що стояв між восковими свічами в убогій церковці на передмістю Рогатина: "Боже, будь милостивий мені грішній..."

Молилася щиро. Але гріхом уважала не те, що убила людину, бо обороняла невинного сина свого. Гріхом уважала тільки те, що в тій цілі сказала неправду своєму чоловікові. І за се просила прощення в таємної сили над нами. І була переконана, що колись прощення одержить. Відчула полекшу у грудях. І чула навіть якусь не відому досі силу, що входила в неї й росла. Але й тягар був, о, був. На молитві застав її Сулейман.

— Приходжу так само незаповіджений, як ти прийшла сегодня ранком до мене, — почав усміхаючись.

Очевидно, приємно йому було застати жінку при побожнім ділі та ще до того так правильно обернену лицем до Мекки. Коли й був у нім якийсь сумнів щодо правди слів своєї жінки, то тепер розвіявся безслідно.

Встала й радісно, як дитина, закинула йому рученята на шию. Була переконана, що Бог прислав його, щоб перепросила мужа за те, чим почувалася грішна супроти нього.

Сіли обоє біля кадильниці, й Сулейман почав кидати в огонь золотисті зеренця ладану.

— Чи ти не маєш якої невольниці, що намовляла тебе з мого сина зробити християнина? — сказав шуткуючи султан.

Відповіла весело:

— Я не маю ні одної християнської невольниці. Але тепер візьму! Добре?

— Добре, добре! Очевидно, на злість Агмедові-баші: нехай ще перед смертю довідається, що ти не боїшся його наклепів! — сказав султан.

— Він уже помер... — відповіла тихо.

— Що? без мого відома? Непереслуханий?!

Споважнів і сказав по хвилі:

— Чи ти, о Хуррем, спонукала до сього мою німу сторожу?

Був не так занепокоєний, як роздратований тим, що висмикнулася йому з рук добича, на яку щойно мав упасти його п'ястук. Був у тій хвилині подібний до молодого тигра, який побачив утечу старого вовка перед ним.

Вона відчула, що гнів його не звертався до неї, а зверталася до неї більше його пристрасна цікавість. Відповіла так спокійно, якби ходило о якусь звичайну річ:

— А що мені даш, коли скажу тобі правдиву правду?

По обличчю султана було видно зацікавлення.

— Чи ти могла б мені сказати й неправду? — запитав.

— Певне, що могла б. І ти ніколи не довідався б про се. Але бачиш, що не хочу.

Зміркував, що треба з сею гарною дитиною говорити тепер по-діточому, і сказав:

— Я ж тобі досі нічого не відмовив. Скажи, чого хочеш?

— Двічі тільки золотих дукатів, кілько хотів вимусити на тобі Агмед-баша!

Розсміявся й відповів:

— Але ж бачиш, яка кара зустріла його за вимушиння!

— Але я не хочу тих дукатів для себе, як хотів він!

— Тільки для кого?

— Для мошеї!

— Якої мошеї?

— Такої, якої ще нема у твоїй столиці.

— Ти хочеш будувати нову мошею?

— Так. Як подяку Аллагові за відвернення першої небезпеки від нашого невинного сина. І назву ту мошею іменем його батька.

— Що ж, будуй! Се богоугодне діло. Тільки чи не забагато золота ти хочеш? Ти не знаєш, дитино, яка се велика сума! Нею можна обігнати кошти великої війни і здобути цілу країну!

Подумала хвильку й відповіла:

— Але подумай, як твоя мошея виглядатиме! Знаєш як? Ось як! Всередині будуть чотири стовпи з червоного граніту. Бо червона кров солила мені з обличчя, коли я зміркувала небезпеку, яка грозила Селімові. А верхи тих стовпів будуть з білого як сніг мармору, бо я тоді дуже поблідла. І міграб буде з білого мармору, і проповідниця, і мінбер для хатіба, і мастаб муедзина, й висока максура, призначена для тебе. По боках будуть подвійні галереї з худжрами, в яких люде укривати будуть золото, і срібло, й дороге каміння, а яких не рушить навіть султан! Бо все те буде під опікою Аллага!

— А маєш уже будівничого? — питав напівшуткуючи, бо знав, що часто любить говорити з будівничим Сінаном.

— Будівничого маю, але ще не маю грошей, тільки

думку. Та й тої я не скінчила.

— Кінчи; вона дуже цікава.

— Так буде всередині. А зверха буде ще краще, бо я з тобою хочу там лежати по смерті...

Великий султан спустив побожно очі й поцілував подругу. А вона, одушевлена, мріла-будувала:

— Вся площа під мошеєю буде поділена на три чотирикутники. Середній меджід я вже описала. Перед ним буде передсінок. А за ним буде огород Аллага, де людські ростини-кості спочиватимуть аж до судного дня, коли кожде тіло стане свіжим квітом у великім воскресенні Божім. І там ми обоє спічнемо навіки. А над цілим храмом скажу збудувати чотири мінарети, високі, аж до неба. І забезпечу їх освітлення у святі ночі місяця Рамазану.

Був гордий з такої жінки. І так захопився її мрією, що сказав:

— На таку будову варто дати шістсот тисяч дукатів. Тільки чи не буде замало?

— Може, й замало. Бо я думаю ще про малу мошею мого імені. Вона буде скромна і дешева, з одним мінаретом. А стане на місці, де мене купили як невольницю до твого гарему. Тільки коло неї хочу збудувати школу для сиріт, кухню для убогих і дім для божевільних.

Божевільне міцна любов, якою розгоріло до неї серце молодого султана тоді, коли перший раз натяками згадувала йому про подібні замисли,— бухнула знов. Забув, з чого почалася та розмова, і припав устами до її уст. Боронилася, як колись дівчиною, кажучи:

— Ти забув, з чого ми почали. Тепер уже скажу тобі правду: то я спонукала твою німу сторожу виконати нині присуд, який мав щойно завтра упасти на Агмеда...

Опритомнів.

Совість судді несподівано сильно застукала до душі великого володаря. Але ще сильніше відчув скрегіт вищерблюваного в собі кришталю влади. Мимохіть кинув оком на дрібні рученята своєї жінки. Виглядали ніжно, як білі квіточки лілеї.

Припав устами до її руки. А вона гладила його по обличчю. Не питав навіть, як вона спонукала його німу сторожу передчасно виконати кару смерті. Бо щойно тепер стало йому ясно, чим його так цікавить та дивна жінка. Досі був він у своїй палаті й державі сильний, як лев, але одинокий. Він нікого не боявся, а його боялися всі. В сій жінці відкрив людину, яка не боялася його, від якої міг кождої хвилі сподіватися чогось несподіваного і він, і все його оточення. Зовсім так само, як від нього самого.

Тим ставала рівною йому. Мав глибоке задоволення з того, що біля нього був ще хтось, кого так само бояться, як його. Мав пару — і не чувся вже самотнім. Зрозумів, яким чином міг так спокійно дивитися на ту нечувану дивовижу, що її жінка викликала сьогодня в судейській салі: та дивовижа була йому дорога, неоцінима. Як лев-самотник, що довго блукав сам і нарешті знайшов собі самицю, простягнувся у весь ріст з задоволення.

Запитав дуже ніжним голосом:

— Чи тобі не прийшло на думку, як ослаблюєш своїм кроком судейську совість найвищого судді в державі?

— Прийшло. Але я сказала собі, що ти можеш переслухати про все євнуха Гассана. Він живий…

Відітхнув усею груддю. Вона також відітхнула свобідно, бо знала вже, що викрикував напівбожевільний Гассан.

Сулейман знов споважнів на хвильку. Пригадав собі ріжні неприхильні вискази про жінок ріжних мудреців Сходу і запитав:

— Чи ти ніколи ще не сказала мені неправди?

Засміялася, як дитина, і відповіла:

— Так! Сказала!

— Коли?

— Тоді раненько... над морем... коли в червонім блиску сходячого сонця напливали рибалки...

— А яку ж неправду сказала ти тоді?

— Я сказала, що хочу їсти. Але я була сита любов'ю. І думала, чи ти не голоден. А соромилася запитати тебе…

По тих словах, що були для нього солодші від меду, могутній султан Османів перший раз в житті сказав собі, що про душу жінки всі мудреці не знають нічого... Дивувався сам собі, як міг тоді повірити, що та делікатна істота хотіла харчу для себе, а не для нього. Пригадав собі, з яким смаком тоді заїдав, і сягнув по чашу сорбету…

III

Великий султан Сулейман випив чашу сорбету, не тільки зі спраги, але й тому, що чув якусь дивну пустку в нутрі. Вона не була прикра й навіть робила йому якусь полекшу. Що се таке з ним діялося — не знав. Але був переконаний, що вияснення знайде лише в очах сеї жінки. Обняв її й чекав якогось нового "нападу", нового "вимушення" її ніжних рученят і чудових уст. Чув приємність у цілім тілі з того, що є хтось, що може на нім робити вимушення.

Вона інстинктом жінки відчула свою перевагу в сю хвилю. І мала навіть ясний план ще одного вимушення. Вже дійсного вимушення — а то для себе, не для мошеї. Але трохи боялася зачати, а ще більше — не знала, як зачати.

Він налив собі ще одну чашу сорбету. Пив помалу, любуючись думкою про те, що ся дивна жінка, очевидно, ще чогось захоче. Її мовчанка дразнила й напружувала його. Не видержав і сказав:

— Ну, скажи вже раз те, про що думаєш. Я сьогодні готов програвати...

— А звідки ти знаєш, що я ще чогось хочу?

— І знаю навіть, що чогось незвичайного. Бо ти зі звичайними справами не надумуєшся так довго, от як наприклад зі смертю Агмеда-паші.

Ще подумала й запитала:

— Чи тобі було прикро, що я зробила таку дивовижу?

— Ні. Було щось надзвичайне. Ніяка інша з моїх жінок не відважилася б на таке. І се мені навіть сподобалося, що ти така відважна.

Подякувала йому усміхом і сказала:

— А що ти зробив би, якби я зробила ще більшу дивовижу?

— Тут, у палаті?

— Так.

— Прилюдно?

— Так.

— Яку дивовижу?

— Довго триваючу.

— Цікаво! Як же довго?

— Ціле життя.

— Довго. Але я не розумію!

Мовчала й надумувалася.

Був уже переконаний, що заноситься дійсно на поважнішу дивовижу, коли вона аж так довго надумується. Ждав. Вона повіяла віяльцем і запитала:

— Чи ти міг би наблизитися до жінки, про яку знав би, що вона недавно могла бути в руках іншого мужчини?

Видивився на неї і відповів коротко:

— Ні.

— А що ти відповів би, якби я так само сказала тобі: "Ні"!..

Коли вимовила те слівце "ні", здавалося їй, що впливає на другий, ще більше небезпечний дніпровий поріг.

Її відповідь була для нього зовсім несподівана. Скорше сподівався почути ганьбу від Пророка з неба, як таке. Був ображений, мов нечуваним замахом на свої права.

В першій хвилі хотів їй відповісти, що вона належить до нього, як кожда жінка в сій палаті, і що вона була ще недавно невольницею! "Але невольниця не здобудеться на те, щоб висмикнути з рук султана кришталь судейської влади,— подумав.— І не відважиться навіть на спробу таких змагань, як ся!.." Пригадав собі, що від часу вінчання з нею не був ще ні разу у іншої жінки.

Вибирав у душі між усіми і нею. Волів її. Думав, як над шуткою. Але по її обличчю бачив, що се для неї зовсім поважна справа. Ї запитав:

— А що ти зробила б, якби я відмовив?

Те, що він ужив слова "зробила б", а не "сказала б", застановило її. Зрозуміла, що тепер рішається її становище на цілу будучність, на ціле життя та що від сеї хвилі вплив її буде або безнастанно рости, аж до невідомої висоти, або безнастанно меншати, аж упаде до ряду тих жінок-невольниць, що служать до розкоші й забави — поки не зів'януть.

Все, що винесла з дому, піднялося в ній на саму думку про такий упадок. Але не хотіла в такій рішаючій хвилі нічим подразнити мужа. І лагідним словом відповіла:

— Я скажу тобі се аж тоді, коли ти відмовиш.

— І виконаєш се?

Голос її задрожав, але миттю набрав звуку. Відповіла твердо, заглянувши йому в очі:

— Виконаю!

Надумався. Пригадав собі європейських монархів, що жили без гаремів. Пригадав собі й життя Пророка Магомета, котрий довго жив з одною жінкою, Хадіжою, що була старша від нього. А ся була така молода! Якесь внутрішнє почуття справедливості пробудилося в нім, мов ключ цілющої води, що добувається зі скелі. Примкнув очі від натовпу думок і сказав:

— І я виконаю те, чого ти домагаєшся.

Була дуже задоволена. Але не показала того в такій мірі, як могла. Може, із-за страху, що переведення тої надзвичайної постанови султана награфить на ріжні перешкоди...

Задумалася.

Сулейман взяв її за руку і промовив:

— Пригадую, що ти прирекла сказати мені, що зробила б, якби я був відмовив.

Спокійно почала оповідати, мов казку дитині:

— Я зробила б те, що роблять жінки в моїм краю, коли їх мужі люблять інших жінок.

Йому шибнуло в думці одно-одиноке слово: "Місафір!" І він запитав:

— А що саме?

— Я взяла б малого Селіма на руки й опустила би твою палату, столицю і державу. І не взяла б я з собою ні одної прикраси, яку ти мені подарував: ні діадем з перел, ні перстеня з брильянтом, ні синіх туркусів, ні одягу з шовку, ні грошей!

— І з чого ти жила б у дорозі, та ще з дитиною? — запитав.

Задрижала. Бо сподівалася, що запитає, яким правом забрала б йому сина. Але зараз успокоїлася. Бо се його питання було для неї доказом, що він більше любить її, ніж дитину. Спокійно оповідала далі, мов казку дитині:

— А з чого жиють убогі жінки з дітьми? Я варила б їсти хорим в тімарханах і чужинцям в карвансераях, я прала б білизну в великих гамамах.

Перервав, сильно занепокоєний на саму думку, що ся жінка могла б утечи з його палати й на небувалий сором йому, як його законна жінка, заробляти таким чином на життя своє і його сина!.. По хвилі запитав:

— Чи ти думаєш, що мої люде не знайшли б тебе і не привели б сюди, заки сонце другий раз зайшло би на небі?

— О, се ще не таке певне! Я нікому не призналася б, що я жінка султана, пана трьох частей світу. Скажи, чи хтось так легко догадався б, що робітниця в лазні може бути жінкою султана?

Подумав і відповів:

— Дійсно, нелегко.

Спокійно оповідала далі, мов казку дитині:

— І так працюючи, ішла б я все на північ, чужими краями, аж поки не дійшла б до рідного дому.

Не міг погодитися з думкою, щоби щось подібне могло статися проти його волі, і сказав:

— Нелегко було б людям догадатися, що ти султанська жінка. Але нелегко було б і тобі втечи переді мною!

— Скажім, що твоїм людям навіть удалося б зловити

мене в дорозі. То що ж ти зробив би мені?

Здивовано відповів:

— Що? Наказав би знов привести сюди й замкнув би в гаремі!

— Яким правом? Адже я свобідна! Волю подарував мені сам султан Сулейман, якого весь нарід називає справедливим. Гадаю, що він не сплямив би свого імені і своїх законів насильством над безборонною жінкою, і ще до того матір'ю свого сина!

І знов шибнуло йому в думці словечко: "Місафір!" Усміхнувся і подумав, що то він супроти неї безборонний, а не навпаки. Бо вона мала його сина і його любов. Та не сказав їй того, тільки запитав:

— Але яким правом забрала б ти мого сина з собою?

— Таким самим, як Гагар забрала Ізмаїла.

— Адже її чоловік вигнав з дому, а я тебе не виганяю й не виганяв би.

Був дуже цікавий, що вона відповість на се. А вона спокійно оповідала далі, мов казку дитині:

— Ріжну твар Господню ріжно виганяють з її гнізда. Інакше пташку, інакше рибку, інакше лисичку. Я не могла б навіки остати — в домі розкоші, як свобідна жінка, хіба як невольниця! Любов не терпить товаришок! — вибухла. Ї була дуже гарна в тім вибуху і гніві.

— Адже ти як свобідна звінчалася зі мною. Та й знала, бо бачила, що я маю й інших жінок. Так чи ні?

— Так. Але я думала, що ти покинеш інших. І як бачиш, я слушно думала! Бо ти вже прирік.

На се не знав, що відповісти. Думав уже над тим, яке враження викличе його постанова. Був навіть задоволений з того. Бо до всіх пророцтв про його надзвичайність в історії свого народу приходила ще одна, дійсно небувала надзвичайність. Усміхнувся, обняв її тим дужче, що мав уже її одну, і сказав:

— А відки ти знатимеш, чи я не заведу собі гарему десь за Царгородом?

— Сулейманові вірю на слово! Іншому я не повірила б.

Споважнів. В тій хвилині прочув, що з тою жінкою переживатиме дійсно дивні пригоди, яких не переживав ні один султан. І пригадалися йому слова Пашасаде: "Прегарна хатун Хуррем має ум високий і душу, що так уміє лучити святі думки Корану зі своїми думками і своїм бажанням, як лучить великий будівничий Сінан благородні мармори з червоним порфіром".

Дійсно. Навіть се її надзвичайне бажання не було противне святій читанці Пророка. А те, що вона ні разу не заговорила при тім про Коран, переконувало його, що вона вже наскрізь стала мусульманкою, бо з досвіду знав, що позірно навернені на мусульманство люблять багато говорити про Коран, особливо тоді, як домагаються чогось. "Вправді, багато вчених говорило, що жінка не має душі, але ся, очевидно, має душу",— подумав. І ще яку!

З задуми вирвали його таки його власні слова, котрі вимовив несподівано для себе самого:

— Я завойовник і розумію душу завойовників. Ти здобула мій гарем, а потому, кажу тобі, возьмешся і до здобування моєї держави...

Говорив се так, мовби цікавість, як се виглядатиме, перемагала в нім усі інші думки.

Вона не зрозуміла відразу й по-жіночому відповіла:

— Побачиш, що тобі не буде зле по здобутті гарему! А державу — як же я можу здобути її?

— Наперед схочеш знати всі її тайни, почавши від першої: не перешкоджай у праці чесним людям!..

— Тайни держави? — запитала, й очі їй засвітилися, як дитині, котрій покажуть гарну забавку.

— Так! Держава має свої тайни, подібно як подружжя життя,— сказав, вдивляючись у її очі.

Не питала, які дальше. Бо була ще надто пересичена радістю своєї побіди над гаремом. І не хотіла непокоїти чоловіка ненаситністю. Але в голові сплітала свої спомини й думки про могутність від першої зустрічі з ним. Сплітала з тим, що він тепер сказав. І здавалося їй, що за сим першим здобуттям мусить прийти якесь друге, третє, десяте. Як воно приходитиме, ще не знала. І навіть не знала, що саме приходитиме. Але слова чоловіка не виходили їй з тямки. "Таємниці держави! Їх, певно, можна знайти у війську й на війні",— сказала собі.

І постановила побачити колись війну, бо там найяскріше мусить блистіти кривавий кришталь влади.

Твердо постановила ждати, аж поки лучиться нагода, побачити війну. Знала, що війна страшна. Бо чула про неї немало та й сама бачила й пережила татарський напад. Розуміла, що більше захопила її охота побачити війну зблизька, з самого нутра.

Нараз засвітило їй у головці, мов у церкві на Великдень. Адже при тій нагоді могла побачити чудові країни заходу, про котрі так гарно оповідав Річчі у школі невольниць, у

Криму! Де він тепер? І де може бути Кляра? Ірина? І... батько та мати...

Засоромилася, що так рідко згадувала про них. А преці́нь вони були такі добрі для неї... Вже двічі посилала з купцями розвідчиків у Польщу, щоб довідатися, що з ними сталося. Але купці привезли тільки вістку, що всякий слух по них пропав. Що ж мала робити більше? Тепер усі її думки були захоплені сином і війною. Кривавий кришталь влади, який раз заблистів перед очима її душі, полонив її вже назавше.

Думала, що аби той кришталь посісти, треба його наперед побачити в огні і зрозуміти. Думала до ранку.

IV

На другий день рано султан особисто наказав привести до себе євнуха Гассана. Переслухав його без свідків. Гассан трясся весь час, як осиковий лист. І раз у раз повторяв:

— Все неправда! То великий везир Агмед-баша казав мені так говорити.

— А нащо ж ти так говорив, коли знав, що се неправда?

— Бо везир казав.

— Адже ти знав, що се неправда!

— Знав.

— То чому ж ти говорив?

— Бо везир казав.

— І гроші обіцяв?

— Обіцяв.

— І ти тому так говорив?

— Тому. Але я вже більше не буду.

— Певно, що не будеш,— закінчив допити султан. Над вечером євнуха Гассана зашили в мішок і понесли топити в Босфорі. Він ще в мішку кричав:

— Все неправда! То великий везир Агмед-баша казав мені так говорити! Й обіцяв за те багато грошей і дім у Скутарі!..

— Там порахуєш ті гроші,— відповів один з яничарів, що кидали в море чорного Гассана. Заколихалося море, і тільки водні круги покотилися по нім. Так погиб Гассан, євнух Роксоляни.

І так закінчилися хрестини султанського сина Селіма.

Хассеке Хуррем казала собі докладно оповісти про те, як топили Гассана. Й опісля кілька разів ходила на місце його страчення. Ще довго потім непокоїв її чорний Гассан: снився їй, як рахує золоті гроші на дні моря, на міленькім пісочку між червоними коралями…

А кришталь влади над гаремом вже мала в руках! Тепер видніло перед нею ціле море кришталеве і як кров червоне... А сонце над Стамбулом сходило раз у раз таке криваве, що побожні мослеми ставали здивовані й молилися до всемогучого Аллага, щоб відвернув нещастя від роду падишаха. Бо всі вірили, що його нещастя було б нещастям усеї держави і народу.

V

Як показати всьому дворові султана свою побіду над гаремом? Над сим думала тепер султанка Ель Хуррем. Хотіла се зробити якнайделікатніше, але виразно. Ріжні думки приходили їй до голови. Рішилася на дві. Післала свого учителя до ради улемів, імамів і хатібів з повідомленням, що зачинає будувати величаву святиню для Аллага.

— Благословенне хай буде ім'я її, як ім'я Хадіжі, жінки Пророка,— сказав на ту вістку старий Пашасаде, з котрим усі науки зійдуть колись до гробу. І повторила ті слова Висока Рада ісламу з лицем, оберненим до Мекки.

А тоді молода султанка Ель Хуррем дала знати до султанської кухні, що особисто переймає нагляд над нею. Ніхто не вірив, що се можливе. Ні її служниці, котрих посилала до кухні, ні ті, що працювали там.

Але улюблена жінка Сулеймана дійсно прийшла. У скромній білій сукні, без прикрас, з біленьким фартушком на собі.

Навіть страчення великого везира Агмеда-баші не викликало такої дивовижі, як сей крок султанки Ель Хуррем. В цілім сераю мов запалив! Голосно зачали говорити про пониження достоїнства жінки падишаха. Переляканий Кізляр-ага повідомив про се самого падишаха. А над вечером прийшли завізвані до султана Кемаль Пашасаде і Пашкепрізаде.

Султан Сулейман дозволив їм сісти на дивані й довго мовчав. Не знав, від чого і як починати. Нарешті сказав:

— Ви, може, додумуєтеся, в якій справі попросив я вас до себе?

— Так, нам здається,— відповів Кемаль Пашасаде.

— Що ви кажете на се? Чи був коли такий випадок у моїм роді?

— Давно-давно твоя розумна прапрабабка, царю, жена султана Ертогрула, сама кляч для дітей своїх доїла, сама харч для мужа свого пекла і варила. Нема в тім, що робить султанка Ель Хуррем, ніякого пониження,— відповів Кемаль Пашасаде. А Пашкепрізаде, як луна, повторив його слова:

— Давно-давно твоя розумна прапрабабка, царю, жена султана Ертогрула, сама кляч для дітей своїх доїла, сама харч для мужа свого пекла і варила. Нема в тім, що робить султанка Ель Хуррем, ніякого пониження.

Султан відітхнув. Бо вже з досвіду знав, яка важка боротьба з суєвір'ям і привичкою людських думок і очей. Знав, що часом лекше здобути найбільшу кріпость, ніж переламати оден людський погляд тоді, коли нема на чім опертися в минувшині.

Незабаром у всіх мечетах Стамбула славили хатіби жінку Ертогрула і ставили за взір всім жінкам правовірних мослемів. А обурення, яке закипіло проти молодої султанки Ель Хуррем, зачало переходити в подив і пошану. Бо змінчива думка кождого народу, змінчива більше, ніж хвиля на морських безвістях. І благословенні ті, що протиставляють їй свою думку і своє діло, коли се роблять в почутті своєї правості і в пошані законів Божих.

Щойно тепер не боялася султанка Ель Хуррем в уяві своїй представляти собі свого сина Селіма на престолі султанів. Була вся потрясена тою блискучою мрією. Червона кров била їй до очей.

Але що зробити з первородним сином Сулеймана від іншої жінки?.. Знала, відчула й розуміла, що законодавець Османів не уступить в сій справі так, як уступив в інших. Знала твердий і споконвічний закон Османів, святий для всіх мослемів від краю до краю величезної держави султана Сулеймана, намісника Пророка на землі.

Мов пекуча іскра, впала у серденько султанки Ель Хуррем. Впала і пекла, горіла і щеміла і полум'ям палючим до головки йшла. А султанка Ель Хуррем бігла до колиски сина Селіма…

Ой, колисала його, повивала, в білі муслини спати клала, в яснії очка заглядала, в маленькі ручки цілувала. І страшне діло задумала — при золотій колисці сина, як усміхалася дитина, в прекрасній кімнаті, в марморній палаті, в цісарськім саді, над морем чудовим, над Рогом Золотим, що весь кипів життям і сяв під синім небом, у блиску Божого сонця.

Бо свобідну волю дав Господь людині — до добра і зла. А хто відразу не опреться злому, того воно захопить, як огонь захоплює дім. І тоді нестримно дозріває овоч думки людини, як дозріває буря, зірвана хмарою.

VI

На другий день, як утопили в Босфорі чорного Гассана, зустрілися улеми Мугієддін Сірек і Кемаль Пашасаде у передсінку Гагії Софії, найбільшої мошеї в цілім Царгороді.

Перший промовив Мугієддін Сірек:

— Чи то правда, що ти, о приятелю, був з Пашкепрізадем в султана Сулеймана — нехай живе вічно! — і що ви відкрили йому таємницю про його прапрабабку, жену султана Ертогрула?

— То правда, о приятелю, що я з Пашкепрізадем був у султана Сулеймана — нехай живе вічно! — але то неправда, що ми відкрили йому таємницю про його прапрабабку, жену султана Ертогрула, бо відкрив її мені Пашкепрізаде, а я відкрив султанові.

— Благословенне хай буде ім'я Аллага! Може, все те замішання скінчиться на смерті Агмеда-баші й одного євнуха!..

— Може, скінчиться.

Так думали улеми Мугієддін Сірек і Кемаль Пашасаде. Й обидва помилялися.

Небагато днів минуло, як одного вечора з дільниці вельможів затривожено сторожу сераю і велику казарму яничарів дивною вісткою, що підбурена кимсь товпа народу облягає палату вбитого Агмеда-баші і вже проломила огорожу.

Як стій, рушили туди відділи яничарів і сіпагів. Але хоч дійшли ще в сам час, не перепинили здобуття палати і знищення її. Начальник яничарів, що дав наказ жовнірам відперти товпу, впав, тяжко поранений камінням, а військові відділи стояли безчинно, слухаючи криків товпи, що треба зницити гніздо і рід того, котрий хотів украсти сина падишаха.

І на очах війська розгромлено палату Агмеда-баші та всі будівлі її, а його жінок і дітей витягала розшаліла товпа за волосся на вулиці Стамбула. І ніхто не знав, що з ними сталося.

Султана не було того дня в Царгороді. А як приїхав, зараз завізвав до себе Кассіма, команданта Стамбула, товариша своїх діточих забав, котрому довіряв і котрий був дуже прив'язаний до нього.

— Що сталося в моїй неприсутності? — запитав.— Знищено дім Агмеда-баші. Його жінки і діти лежать поранені.

— Хто се зробив?

— Зробила підбурена товпа.

— А хто ж її підбурив?

— Царю,— відповів отверто командант Стамбула,— всі сліди вказують на те, що жерело того заворушення ніде інде, тільки в сераю.

— Чи ти припускаєш, що хтось із близьких мені осіб свідомо викликав те недобре діло?

— Того не припускаю. Мої найлуччі звідуни не принесли нічого такого, що давало б підставу до подібного припущення.

— Може, боялися щось таке приносити?

— Знаю їх добре і думаю, що сказали б усе.

Султан задумався і довго думав. І мовчки сидів біля нього приятель з його молодечих літ, командант Стамбула. По хвилі Кассім докинув:

— Я думаю, що се самосівний зрив, котрий зродився зі старої ненависті народа до Агмеда-баші і котрий тільки використали ріжні темні духи.

— Як радиш залагодити ту справу?

— Вона сама залагодиться. Я довго радився з найстаршими людьми, що служать при мені. Всі тої думки, що треба тільки порадити сем'ї Агмеда-баші, щоб виїхала зі Стамбула, а народові оповістити, що коли б іще раз лучилася спроба таких непорядків, то з волі самого падишаха не буде помилування.

— І не робиш ніяких доходжень більше?

— Я вже досить доходив. Нічого тут, опріч шуму, не зробимо.

— Нехай буде і так,— сказав султан.— Але другу подібну ворохобню треба буде вже здавити рішучо і безпощадно.

Незабаром сем'я Агмеда-баші опустила Царгород, і все затихло над Золотим Рогом. Султан ні словечка не сказав своїй любій жінці про ту неприємну подію. А вона дійсно не була винна в ній: то тільки злий замір, який кільчився в ній, відчула темна товпа з пристаней і передмість столиці, як відчуває вода, де низ і куди плисти.

VII

В кілька днів по нападі на дім Агмеда-баші перша жінка падишаха, мати його первородного сина Мустафи, просила послухання у мужа. Падишах не міг відмовити.

Прийшла з малим синком, вся в чорнім і з глибокою заслоною на обличчі. А як відслонила її, видно було обличчя гарне і бліде, вимучене журбою. З плачем упала до ніг чоловікові і сказала:

— Вибач, що я просила побачення. Але сеї ночі мала я страшний сон: снилося мені, що хтось обкрутив шнур (тут дала знак синові, щоб вийшов) довкруги шиї нашої дитини й... — плач не дав їй докінчити.

Султан збентежився й відповів тихим голосом:

— Що ж я тобі поможу на важкі сни?

— Дай і мені дозвіл опустити з сином столицю й замешкати у моїх родичів. Я маю дуже важке прочуття.

— З сином? Се ж неможливе. Він як мій наслідник мусить бути вихований тут, на дворі.

— Наслідник? Ще не знати, чи на його наслідство згодиться та, від волі котрої залежить все в цілім сераю — від падишаха почавши, на конях у стайнях скінчивши!..

— Жінко! — перервав Сулейман.

— Може, неправда? — запитала дрижачим голосом.— Чогось подібного ще не було в роді батьків твоїх! Вся служба оглядається тільки на її волю, а я, мати престолонаслідника великої держави Османів, не маю навіть чим поїхати до мошеї на молитву...

— Ще мало коней і повозів?

— Ні, не мало, зовсім не мало! Але ж я не можу показатися на вулицях Стамбула з первородним сином падишаха в гіршім повозі, ніж вона, та приблуда з Керван-Йолі, що...

Не докінчила, знов вибухнувши плачем. Встала й затягнула чорну заслону.

— Кождій з вас видається гіршим все, що одержить друга. А моя жінка Ель Хуррем так само добра, як ти...

— Так само? І для того вже всі інші жінки забули, коли їх муж був у них? А ти, батько, забув, як виглядає твій син від першої правної жінки!.. І ти кажеш: "так само"!.. О Боже!.. І навіть виїхати відси не вільно, тільки маю тут мучитися сама в тих мурах?..

Розплакалася голосно і хилялася від ревного плачу, як чорна сосна від сильного вітру. Крізь плач говорила щось нерозбірчиво.

Сулейман, котрий все був рішучий, тут не міг здобутися на рішучість тим більше, що відчував і розумів її прикре становище. Надумався, що се добра нагода позбутися на будуче подібних сцен, котрі в разі повторювання могли нарушити його достоїнство в очах служби і всього двору. І сказав:

— Може, твоє прохання вдасться погодити з вихованням Мустафи при дворі. Повідомлю тебе про те в свій час.

Плач під чорною заслоною устав. І дався чути притишений, але як сталь острий, голос:

— Погодити? В свій час? Знаю! Ти хочеш наперед ще поговорити з нею! Щоб вона рішила про те!.. Ні!.. Беру назад свою просьбу!.. І не вступлюся відси, хіба мене і мого сина силою винесуть з дому мужа і батька, живих або мертвих!..

Склонилася глибоко і, хлипаючи з плачу, під заслоною, вийшла з кімнати, а здержуваний плач потрясав нею, як вітер деревиною.

Атмосфера в сераю ставала щораз тяжча. Ріжні понурі слухи зачали ходити по великім комплексі султанських палат. І занепокоїлася за внука мати падишаха...

XVI

БОГ ВСЕМОГУЧИЙ

"Domine, Deus meus, ne elongeris a me Deus meus, in exilium meum respice! Quoniam insurrexerunt in me varice cogitationes et timores magni affligentes animam meam. Quomodo pertransibo illaesus? Quomodo perfringam eas?" — *"Ego inquit, ante te ibo..."*

I

А в п'ятницю рано, в турецьку неділю, третього тижня місяця Хаваля зі всіх мінаретів султанської столиці голосно закричали мослемські муедзини:

— Аллагу Акбар! Ла-іллага-іл-Аллаг! Ва Магомет, расул Аллаг! Гам алас сала!.. Гам алас сала!.. Гам алас сала!..

А в кожду п'ятницю рано, в турецьку неділю, молода султанка Ель Хуррем з палати на молитву в мошею шестернею білих коней, у золотій кареті, зі сторожею кінних яничарів виїжджала. І, як завжди, під мурами по дорозі убога біднота у два довгі ряди стояла, на милостиву паню, на матір принца Селіма чекала. І руки простягала, милостині благала.

Кого там не було! Хто не стояв під муром палат Роксоляни? Стояли убогі турки, араби, курди і татаре та всякі мусульмане, стояли греки, вірмени, італійці, угри, волохи і поляки та всякі інші християне, ждали жиди і цигане, і нікого слуги султанки не минали, по жіночім боці її невольниці, по мужеським євнухи бідним людям милостиню роздавали.

А часом з рідною краю Роксоляни стояли невольник чи невольниця, із-за старості літ випущені на волю. Стояли і ждали на поміч, на дорогу. Спритна служба султанки вже вміла пізнавати людей з її країни й давала їм окрему милостиню. А вони рідним словом подяку султанці складали і сльозами пращали, піднесеними руками благословляли.

І в п'ятницю рано, в турецьку неділю, третього тижня місяця Хаваля, молода султанка Ель Хуррем з палати на молитву в мошею шестернею білих коней, у золотій кареті, зі сторожею кінних яничарів виїжджала.

Вже виїхала за брами султанського сераю і по боках карети два рівні ряди яничарів на буланих конях грали-скакали, як слуги султанки милостиню роздавали. А втім якась жінка старенька, в убогім одязі чужинецькім, із ряду бідних жінок виступала, незначно знак хреста святого на себе клала, проміж коней яничарів прорвалась, з плачем і з грошем у руці:

— Настуню, дитино моя! — закричала і біля золотої карети султанки, на слідах її колес, на дорозі впала.

А молода султанка Ель Хуррем голосно скричала, золоту карету свою задержати казала, сама скоренько з повозу висідала, пішки до старої жінки підступала, в дорогих шатах своїх на землю біля неї клякала і, плачучи, по руках цілувала.

— Чи добре тобі тут, дитинко моя? — стара мати питала.

— Дуже добре, мамо,— Настуня сказала і як від великого тягару глибоко віддихала, свою рідну матір до карети взяла і до палати завернути казала.

Мовчки плакали обидві в золотій кареті найбільшого султана Османів, аж поки не вступили у прекрасні кімнати Ель Хуррем.

А по цілім сераю і по всій столиці, мов лискавка, рознеслася вістка, що Бог знає відки прийшла убога теща Сулеймана і що з рядів жебрачих, під муром палати, взяла її в султанські кімнати султанка Роксоляна. У багатих родах башів і везирів закипіло обурення, гаряче як окріп…

Але улеми і проповідники святої читанки Пророка представили народові як взірець доброти поведения султанки супроти матері. І тільки ще вище підносилися руки убогих, що благословили молоду матір принца Селіма, до котрого зараз завела Настуня свою рідну матір, щоб показати їй внука. Радості матері не було кінця. Цілувала дитя і раз у раз хрестила, а все тішилася, що він здоровий і гарний…

— А як ти живеш з іншими його жінками? — питала.

— Не зле і не добре, от як з котрою, мамо.

— Більше зле, як добре. Та певно! Яке з ними може бути життя? А має ще твій чоловік маму?

— Та має. Він ще молодий, і вона не стара. Сороківки ще не має, мамо. Добра жінка. Найкращі свої клейноди мені подарувала.

— То вже, певно, задля сина зробила.

II

— Які ж тут, Настуню, великі багатства у кімнатах твоїх! І то все твоє? — сказала бідна мати Настуні, оглянувши помешкання своєї дочки. Вже й плакати на той вид перестала.

— Або я знаю, мамо,— відповіла Настя.— Та ніби моє. Я все, що захочу, маю.

— Такий добрий твій чоловік?

— Дуже добрий.

— А я все молилася до Бога, встаючи й лягаючи, щоб добру долю післав тобі, доню. Тільки ти якийсь тягар маєш на душі серед того добра. Бачу, бачу. Серцем відчуваю. І твій покійний тато молився за тебе до самої смерті. — Заплакала.

Настуня на вістку про смерть батька не могла зразу промовити ні слова. Залилася слізьми і зітхнула до Бога. Коли обидві виплакалися, запитала Настя:

— Як же ви, мамуню, відважилися самі пускатися в таку

далеку дорогу? І як ви дібралися сюди? І хто вам доніс, де я та й що зі мною діється? Бо я вже посилала не раз довірених людей з великими грішми, щоб мені принесли бодай вістку про родичів. Вертали й говорили, що і сліду по вас не могли знайти.

— Та то було так. Зараз по нападі ми обидвоє з татом похорували з жалю за тобою, бо гадали, що вже ніколи тебе не побачимо на сім світі. Та й батько й не побачив, бідний. А Стефан, твій наречений, розпитував за тобою зо два роки. Кудись їздив, шукав. Все надармо. І нам за той час помагав. А потому оженився, і все скінчилося.

— А з ким?

— Та з твоєю подругою Іриною. Разом з полону втікали і там серед пригод і познайомилися. Правда, він ще вірно шукав за тобою, не зараз побіг за другою. Тато наш не переставав уже хорувати. Парохію дали іншому, а я з хорим мусіла їхати до рідні в Самбірщині. Гірко нам жилося. Божа ласка, що хоч не мучився довго. Ще на смертнім ложі згадував тебе. А потому я сама остала...

Знов сплакала й оповідала дальше:

— А потому прийшли дивні вістки про тебе і твою долю.

— Куди? Аж у Самбірщину? — запитала Настя.

— Аж у Самбірщину. Аякже.

— І що ж оповідали?

— Та таке верзли люде, що аж повторити ніяково! Може, скажу тобі колись. А нарешті чую, глум з мене, доню, роблять... Стара попадя, кажуть, турецького цісаря за зятя має!.. А сама, кажуть, у подертих черевиках ходить... Та й дуже сміялися з мене. Натерпілася я від людських язиків, Настуню, — досить! Але Бог — всемогучий, доню! Привів мене аж сюди, через такі краї, і гори, і води, що не кождий мужчина потрафив би сюди добитися! А я, бідна, слабосильна жінка, та й добилася при Божій помочі...

— А вірили ви, мамо, що турецького цісаря за зятя маєте?

— А де ж у таке диво можна було повірити, доню! Я вже й у дорогу вибралася до тебе та й ще не вірила. Аж як побачила тебе в золотій кареті, а турецьке військо довкруги, тоді я подумала, що, може, й правда! Але ще напевно не знала, бо гадаю, ану ж ти за якого генерала вийшла, що служить коло самого султана. Аж тепер вірю, як від тебе чую. Та й ще мов сон усе мені здається... Диво Боже, та й тільки! Вже на якусь пробу Божа мудрість зробила се диво. Не без причини воно, доню.

— А як же ви, мамо, відважилися в таку далеку дорогу, через тільки чужих земель пускатися? І з ким ви сюди добилися? І за що?

— Та то було так. Кпять собі з мене люде та й кучму мені з насміхів шиють. Вже й діти покрикали за мною: "Цісарська теща йде!" Не обзиваюся, бувало, ні словечком. Тільки до Бога зітхну та й Йому свою гризоту поручаю. Аж одного дня, в неділю то було, з полудня, сиджу я по службі Божій, по обіді, у своїх свояків, що мене притулили, та й думаю. Дивлюся, а через вікно видко, як два старі жиди входять на подвір'я. Певно, якісь купці, гадаю. І ані в думці не маю, що вони до мене. Бо що я мала на продаж? Хіба свою журу та й опущену старість, що передо мною…

— Мамо! Ви ще не старі, лише зжурені. Віджиєте в добрі коло мене. І мені з вами веселіше буде. Як же я тішуся, що Бог всемогучий прислав мені вас!

— Та й я до смерті, доню, буду дякувати Богу за ту велику ласку. Отож, кажу, ані в думці не маю, що ті купці до мене. Але за хвилю кличуть мене домашні. "Ті купці,— кажуть,— до вас прийшли за чимсь". Я настрашилася, бо гадаю, певно, покійний твій батько, царство йому небесне, якийсь довг лишив і мені не сказав. Йду ні мертва ні жива. Виходжу до них, прошу їх сідати, а сама аж трясуся зі страху: бо ану ж зо сто золотих схочуть, гадаю. І відки я бідна возьму для них таку суму?

— Як же вони зачали?

— Та сіли й оден на другого подивився, і старший з них зачав: "Ми до вас,— каже,— з одною справою, пані..." Певно, за гроші, гадаю і ледво вимовити можу: "Прошу, кажіть!" А він каже так: "Ви вже, може, чули, що ваша донька живе і великою панею в Туреччині стала",— "Та чула я,— кажу,— всяке говорять люде, а Бог оден знає напевно, де вона та й що з нею діється, та й чи вона ще є на світі". І сльози мені закрутилися в очах.

— А вони що?

— А оден каже: "Наші, жидівські купці зі Львова були там, де є ваша донька,— каже.— І виділи її,— каже,— на свої очі,— каже,— як іде з палати, таки з палати,— каже,— шістьма кіньми їде,— каже.— І в золотій кареті,— каже!" А я як не бухну плачем!

— Та чого, мамуньцю?

— Бо вже й жиди, гадаю, аж додому з кпинами приходять... Та й кажу до них: "І не сором вам, старим, поважним людям, насміватися над бідною вдовою, що й без того з горя не бачить, куди ходить?"

— А вони що?

— А оден з них каже: "Ну, ну, то ви, імость,— каже,— мудро думаєте,— каже,— як гадаєте, що ми ніякої ліпшої роботи не мали та й з Перемишля аж сюди до вас умисно їхали, щоб насміятися над вами... Добрий інтерес, нема що казати",— каже. Се мене спам'ятало та й кажу до них: "Не дивуйтеся, люде, що я вам таке сказала, та й будьте вибачні, бо мені вже так докучають ріжні люде, що сама не знаю, що говорю". А вони кажуть: "Ми на тім нічого не стратили, не маємо вам що вибачати. Ви нас і не образили. Але вислухайте нас до кінця, ми за то нічого не хочемо".

— Та хочби ви що й хотіли, то не дістанете, бо нічого не маю,— кажу.

— Ми знаємо. Відки у вдови по чеснім священику маєтки? Та й ще по такім, що хорував! Ми всьо знаємо, бо нам люде казали.

Я відітхнула, що вже ніяких грошей не схочуть, і питаю:

— А говорили ті ваші знакомі купці з моєю донькою? А вони кажуть:

— Ви гадаєте, що до неї то так легко доступити, як до вас, імость,— лиш хвіртку в плоті відчинити та й, як нема близько пса, просто йди до кухні й запитай, чи імость вдома. Ну, ну, якби там так було, то вже половина наших жидів зі Львова, і з Рогатина, і з Перемишля, і з Самбора не тільки говорили би з вашою дочкою, але й не оден добрий інтерес міг би там зробити. Такий інтерес, як мід! Але там замість плота високі мури, замість хвіртки залізна брама, і то не одна, а замість пса войсько стоїть, і ані не рушиться з місця! Нема куди зайти і запитати, чи донька нашої імості вдома. А якби хто такий знайшовся, що впав би на голову і питав коло брами, то так би йому всипали, що вже більше за ніким не міг би питати, чи вдома, чи не вдома.

— А чого ж ви-в мене хочете? — питаю. А сама гадаю, що коли то навіть ти, Настуню, то в добрі клямки тебе там взяли. А вони кажуть:

— Помалу, імость, зараз почуєте. Всьо вам скажемо. Таже ми на те прийшли. А чому не питаєте, як ваша донька виглядає? Та вже по тім можете пізнати, чи її наші виділи, чи не виділи.

— Ну, а як же вона виглядає? — кажу.

— Файна, дуже файна! Біла, золоте волосся, сині очі, подовгасте лице, малі руки, як у дитини, і добре серце має, бо як їде, то не минає ніяких бідних, навіть наших, жидівських, хоч ми інша віра.

— Сама роздає милостиню? — питаю.

— Ви хотіли, аби вона сама виходила з повозу і роздавала гроші? Ну, ну, там уже є такі коло неї, що роздають і мають, що роздавати. Коби вона лише стала або не дуже борзо їхала, то турки, чи не турки, весь нарід тельмом біжить: то по запомогу, то по справедливість, як кому де кривда діється, всьо одно, в якім краю. То так її карету письмами закидають, якби сніг на дворі падав,— каже.— А її слуги,— каже,— всі письма збирають, бо такий уже наказ мають,— каже.

— Та й що вона з тими письмами робить? — питаю.

— Що робить? Вона сама не робить, бо там коло неї вже такі є, що роблять. Найменше письмо, навіть подерте,— каже,— розглядають і потому кожду справу розбирають,— каже.— І з-під землі винного добувають,— каже,— а невинному допоможуть,— каже,— аби не знати де був, чи оден, чи другий,— каже.

— Ну, а як такий, що провинився, втече в інший край? — питаю.

— Ну, ну,— каже.— Ви гадаєте,— каже,— що султан послів не має,— каже.— А де турецький посол приїде, то так всі коло нього скачуть, як от ми, жиди, коло свого рабіна. Ще гірше,— каже,— бо ми свого рабіна шануємо,— каже,— а турецького посла в інших краях, як огню бояться,— каже.

— Та чого так дуже бояться? — питаю. А сама вже боюся. А купець каже:

— Ви, як дитина, питаєте,— каже.— Та чи нема чого боятися,— каже,— як за тим послом,— каже,— коли йому не вгодити чого хоче, турецьке войсько йде, і тяжкі гармати везе, і міста розбиває, і села з огнем пускає, а всьо бере. А яничари, гадаєте, ніби на зальоти приходять? Ну, ну, добре нема чого боятися!

— То моя донька,— питаю,— таке слово має?

— Слово, кажете? Вона силу має, якої ще світ не видав, — каже.— Що хоче, то робить,— каже.

— Ну, а як чоловік її,— питаю,— чогось іншого хоче? А жид каже:

— Коли він того самого хоче, чого вона хоче, і то вже всі знають,— каже.— Ніби ви не розумієте, як то є?

— Але,— кажу їм,— чи одна так може виглядати, як моя дочка?

А вони кажуть:

— О, розумно кажете, їмость! І якраз тому ми до вас приїхали, щоб ви могли напевно сказати, чи то ваша дочка, чи не ваша.

А я їм на те кажу:

— Та як же ж я вам можу відси сказати,— кажу,— чи там сидить моя дочка, чи не моя? А вони на те:

— Розумне слово кажете, їмость! Відси не годна навіть рідна мати пізнати. Але треба туди поїхати й подивитися.

— Туди?! — аж крикнула я.— Та за що? Таж то суми треба, щоб у такі далекі краї їхати! І то на непевне! Бо таки скорше не вона, ніж вона. Чи ж мало гладких дівчат на світі? Та й не мало,— кажу,— кому таке трафитися, та якраз моїй доньці? Коби де якого-небудь чесного чоловіка трафила, а не то такого великого моцара! — Так кажу. А сама в думці міркую: "Бог всемогучий керує всім. Хто знає, що може бути?" А жиди кажуть:

— Ну, а відки ви, їмость, можете знати, що то на неї не трафило? Пан Біг всьо може, бо він всемогучий. Наші купці там уже довго розвідували між слугами, і таки кажуть, що найперша жінка нового султана, котру він найбільше любить, звідси, попадянка, кажуть, з Рогатина, що її татаре тому пару літ забрали в ясир. Котра ж інша може бути, як не ваша донька?

— Бог би з вас говорив,— кажу,— але то всьо може бути байка. А вони кажуть:

— А ми вам, їмость, на ту байку позичимо грошей на дорогу і туди, і назад, як схочете вертати. І самі з вами поїдемо. А я їм на те:

— Люде добрі,— кажу,— ніяких позичок не беру, бо не маю на що позичати, ні з чого віддавати. Ану ж потому покажеться, що то не моя дочка! І не тільки вертай зі сміхом, але ще довг віддавай! Та з чого?

— А жиди що на те, мамуню? — запитала Настуня.

— А вони подивилися оден на другого та й кажуть: "Гм, може, так, а може, інакше. Знаєте, що? — кажуть.— Ми вам, їмость, таки так дамо грошей на дорогу,— на наше ризико! Може, стратимо, а може, ні".

— А ви, мамо, що на те сказали?

— А що ж я, доню, іншого могла сказати, як: "Не хочу я нічийого задармо! Дякую вам, але не хочу, бо відки ви приходите до того, щоб мені щось задармо давати?"

А вони кажуть:

"Їмость, ви гадаєте, що то буде-таки зовсім задармо, якби там ваша дочка була? Ну, ну, добре ви, їмость, гадаєте! Ми, паніматко, від вас нічого не хочемо. І від вашої доньки ми нічого не хочемо, бо вона сама дасть".

А другий докинув:

— Вона й давати не потребує нічого, лише нехай одно слово скаже, аби нам в турецькім краю кривди в торговлі не робили. Ми більше не хочемо і не потребуємо.

— А як то не моя дочка,— кажу,— тоді ви до мене: віддавай гроші за дорогу!

— Імость, хто вам то каже?

— Та тепер не кажете, але потому можете сказати.

— Ми вам тепер на письмі дамо, що ні тепер, ні потому нічого від вас не хочемо. Ну? Добре буде?

— Боюся я й вашого письма,— кажу.— Моя нога, кажу,— ще не була в суді, нехай там нога чесного чоловіка не стане! Бог знає, що ви понаписуєте, а потому світи очима по судах. Тягайся!..

— Ну,— каже старший,— розумію: судові ви не вірите і, може, маєте слушність: усякі судді бувають. Але свому владиці вірите? Як вірите, то завтра можете їхати з нами до вашого єпископа в Перемишлі.

— Та ще єпископові вашими паперами голову клопотати? Мало він має своїх клопотів? — кажу.

— Ну, де ви виділи такого владику, аби не мав клопотів? І чим ліпший, тим більше клопотів має. Так, як з кождим чоловіком. Але він на то владика, аби мав клопоти, так як я купець на то, аби я мав інтереси,— каже,— А ви гадаєте, що інтереси без клопотів?.. Ну, надумайтеся,— каже.— Ми прийдемо завтра.— Попращалися і пішли.

— А я, доню, думаю й думати боюся. Вже до Перемишля не близько. А до тебе, гадаю, дорога як на другий світ. Далека й незнана. Та й коби ще знаття, що то до тебе! А то їдь. Бог знає куди та й за чим, гадаю. Доньки, що за турецьким цісарем, шукати!.. Чи придумав хто таке коли? Чи в сні кому таке приснилося? А тут ні порадитися з ким, бо лише сміються люде. Ще скажуть, що стара з розуму зійшла та й байку за правду бере. Як тільки жиди з хати — вже причепилися: "Що вам,— кажуть,— жиди казали?" — "Ет,— кажу,— дайте мені спокій з жидами! От, верзуть Бог знає що!"

— Не скоро, мабуть, заснули ви, мамо, тої ночі…

— Та де можна було заснути, доню! Так мені здавалося, якби на тамтой світ вибиратися... Задрімала я аж над ранком, як уже світало. І снилася ти мені, вся в білім і в блискучій короні на голові. А з серденька твого крізь білу суконку краплями червона кровця виступає. А ти рученьками за серденько хапаєш, кровцю розтираєш, і вже по пальчиках вона тобі спливає... І тяжко зітхаєш... І така мене туга за тобою зняла, що я таки у сні сказала собі: "Нехай ся діє воля Божа! Поїду! Що буде, то буде!"

— Жиди прийшли?

— Та прийшли, доню. Переночували знов у місцевого корчмаря і прийшли рано.

— "Що ж,— кажуть,— їдемо до Перемишля? То ближче, як до доньки".

— "Та їдемо,— кажу,— спробую".

— "Ну,— кажуть,— як до Перемишля доїдемо, то вже так, якби ми й до вашої дочки доїхали".

— Сплакала я, доню, та й поїхала з жидами. Ледви дійшла я до єпископської палати, бо віддиху не ставало. Найбільше з сорому.

— Та чого з сорому, мамо?

— Доню, доню! як неправда,— то стид, а як правда,— то гріх, гадаю, за чужу віру заміж виходити, своє покидати.

Настуня закрила очі руками й не сказала ні словечка. Мати зміркувала, що ся згадка заболіла Настуню. І оповідала дальше:

— Правда, ласкаво прийняв мене владика і згірдного слова не сказав. Чув уже, казав, про тебе і твою долю. Але не впевняє, чи то правда, чи ні. Бо всякі дива розказують не раз про татарських бранок. Вислухав жидів, поговорив зі мною і сказав: "Усяке буває з Божої волі, нехай Бог благословить вас у далеку дорогу! Без його волі ніхто вам нічого не вдіє!" І поблагословив мене. Лекше на душі стало.

— Ну, а з тим письмом, що жиди обіцяли, що сталося?

— Закликав владика аж двох духовних і казав списати те, що говорили жиди, що беруть на себе всі кошти дороги аж до Царгорода й назад, відки мене взяли, та зрікаються звороту на всякий випадок, чи там буде моя донька, чи не буде, чи схоче заплатити за мене, чи не схоче. Написали, підписали, мені відчитали, потому ще до єпископа носили, запечатали і в актах єпископських сховали. А жиди при них мені щось на дорогу таки до рук дали і такі раді були, що страх. Подякувала я всім, ще до храму Божого вступила, на убогих дала, хоч сама я небагата, і в Божу путь пустилася, в далеку дорогу.

Тут відітхнула Настунина мати, перехрестилася, якби вдруге зачинала подорож, і хотіла оповідати дальше. Втім служниці внесли овочі й солодкі сорбети. Низько склонилися і вийшли.

— А маєш ти, Настю, хоч одну нашу дівчину між своєю челяддю? — запитала мати.

— Маю, мамусю, маю. Гапка називається. Прийняла я її, коли тут був раз один випадок.

— Випадок, кажеш? Певно, з тими чорними, вони такі якісь лячні, що аж дивитися страшно.

— Ті чорні люде не страшні, треба лише привикнути до їх вигляду. А випадок тут був, бо де нема випадків? Та про се потому. Маємо часу доволі. Тим часом прошу, покріпіться.

— Не можу ні їсти ні пити,— сказала мати,— поки не докінчу та з свого серця не виллю хоч здебільша те, що я перейшла по дорозі, заки добилася до тебе, доню. Ой перейшла я щось, доню!

Та не пам'ятаючи, що перед хвилькою сказала, зачала прикладати уста до чарки з сорбетом і, помалесеньку п'ючи, говорила:

— Добрі тут напитки маєш, аякже... Так пустилася я в Божу путь. Поки нашим краєм їхалося, то ще так, якби вдома був чоловік, хоч і зроду не бачила я тих околиць. Переїхали ми Карпатські гори. Там, дитинко, так смереки пахнуть, аж серце радується. А травиця, як той шовк на тобі, така гарна та мила та зіллям усяким пахуча. А потому в'їхали ми в угорський край і щодалі, то нашої мови все менше і менше було чути. Але гарний то край! Так і видно на нім Божу руку. Але п'ють там, дитинко, п'ють. Ще гірше, як у Польщі. Здовж дороги в тім краю бачила я лиш гульню та забави. Дотанцюються вони до чогось, доню, бо то все таке буває з тими, що забагато танцюють. А жиди всюди як вдома, і всюди своїх знайдуть, і скрізь доступ мають, і всюди розмовляться, з кождим, чи наш, чи поляк, чи мадяр, чи німець, чи турок. Аж дивно.

— А шанували вони вас, мамо, по дорозі?

— Шанували, доню, що правда. Ліпші були, ніж свої не раз бувають. Ніякого зла вони мені не заподіяли, все, що було потрібне, я мала. Тільки раз таки доброго страху наїлася я через них. А було то так: як уже переїхали ми великі рівнини угорські і в'їхали у краї, де твій чоловік царствує,— то, кажеш, він добрий?

— Дуже добрий, мамо. І розумний, і справедливий, і нічого мені не відмовляє. Ліпший вже не може бути.

— Нехай йому Бог здоров'я дасть! Шкода лиш, що не християнин,— зітхнула.— Отож, як ми вже в'їхали в його царство, то побачила я турецьке військо з кривими шаблями і такий мене страх зняв, що ну! Оттут, гадаю, лиш голову зрубають, та й по всьому. Хіба на другім світі побачимось. А й жидам, видко було, трохи тряслися руки, як їх вози турки оглядали. Щось вони там їм давали і якось пустили нас далі. Ну, і знов їдемо. Рівнина така, що куди хочеш дивися. А жиди по пару днях кажуть, що до Дунаю вже недалеко. Серце в мені стиснулося, бо то велика вода, недаром про неї у піснях співають.

— А знаєте, мамо, ви вже бачили Дунай, а я ще не бачила. Бо я з іншого боку сюди приїхала. Через море.

— Та море ще більше, як Дунай. Усячину Бог сотворив на тім світі, а всьо чоловік перейде по Божій волі. Отож, доїхали ми до того Дунаю. Ріка то ріка, доню! Та й де тої води тільки набереться, гадаю, що так пливе і пливе, лиш синіє, а другий беріг ледви мерехтить. Гей, гей! А то ще за тою водою кавалок до тебе, кажуть. А як дунайським берегом поїхали ми довший час, бачу,— місто. Замок такий на білих скалах підноситься вгору, що хіба птах туди годен долетіти проти волі тих, що в тім замку старшують. А жиди кажуть, що там сидить турецький намісник, ніби заступник твого чоловіка. Таки так кажуть: "Видите,— кажуть,— у тім замку сидить заступник чоловіка вашої доньки!" А я собі гадаю: "Аби я того заступника тоді на сім світі побачила, як свого небіжчика мужа, а твого покійного тата, царство йому небесне!.." Але нічого не обзиваюся. Нехай говорять, що хочуть,— гадаю.— Та знаєш, доню, таки мусіла я його побачити, і то в тім високім замку!

— А то як?

— Та так: десь у місті заїхали жиди зі мною до якогось заїзного дому, дали мені кімнатку, а самі пішли за своїми інтересами. Сиджу я й молюся Богу. Нема їх та й нема. Аж десь так з полудня вже було, на другий день, чую — бренькіт. Дивлюся вікном, войсько турецьке йде і моїх жидів веде! Вони бліді, трясуться і на моє вікно показують та й щось говорять! На, маєш, гадаю. І задеревіла я. Духу в собі не чую.— Відітхнула, якби ще не видихалася з тодішнього страху, й оповідала далі:

— Входять товпою в хату турецькі жовніри. Але не кричать. Навіть руки до чола і до серця прикладають і голови передо мною схиляють. Доміркувалася я, що жиди мусіли їм наговорити, що я до якоїсь великої пані іду. Та й відітхнула я. А на подвір'я, вже бачу, й віз заїжджає. Така бричка, що й владиці не соромно було б такою їхати. Не знаю, що то буде, і питаю жидів.

А вони кажуть:

— Не бійтеся, імость. Ви вже нас поратували. Бо ми тут в інтересах натрафили на ворогів, аби вони собі кишки поламали! І були б нам усе дочиста забрали, бо нас тут прискаржили перед турецькою владою. Але ми сказали, що веземо няньку жінки самого султана. Ми так мусіли сказати, бо ви, імость, бідно одягнені та й з нами простими возами їдете. То нас ще побили б за брехню, якби ми правду сказали.

— А на що ж ви,— кажу,— заходили собі в то всьо?

— Де ми заходили? Та то на нас зайшло! І, може, лучше, що зайшло. Бо як ми їм за няньку султанки сказали, то зараз як не ті стали і спокій нам дали. А тепер ви, імость, мусите з нами піти на замок і там потвердити, що ми сказали.

— Та на неправду свідчити? А як присягати скажуть?

— На яку неправду? Або ви, не няньчили свою дитину? Яка неправда? Де неправда? В чім неправда?

— А де ж я знаю напевно, чи жінка султана — моя дитина, чи не моя?

— Ну, ну, то нехай вас допустять туди, а ви тоді напевно скажете. Де тут неправда і в чім тут неправда? Лиш подумайте! Чи ви їм касу їдете розбивати? Чи ви з їх військом їдете битися? Ви їдете своєї дитини шукати. Кождий чоловік — розуміє се. А як не ваша, то ви їм також ні мур не вкусите, ні моря не вип'єте. Вертаєте, та й вже.

— Не було ради. Треба було йти. Вийшла я з турецьким військом і з жидами, а серце в мені лиш тьохкає. Всадили мене в той повіз. Коні як змії. Лиш ліцами їх торкнули і пішли!

Ледви вилізла я на той замок. Спочивала я пару разів. Правда, навіть турки милосердіє мали. Не стигували на мене, а крок за кроком ішли. Ставала я, ставали й вони і чекали поки я не відпочала. Нарешті вийшла я на ту гору. Таке подвір'я кам'яне, що з нього видко дуже далеко: і Дунай, і поля навкруги. Як у раю, так гарно. І впровадили мене до якихсь покоїв. Скрізь дивани дорогі, подушки на підлогах аксамитні. Показують мені турки, що можу сідати. Сіла я. А жиди стоять. Чекаємо. За якийсь час чую — йдуть ще якісь люде. Аж замерехкотіло від них. А ті, що вже були, низько кланяються тим, що надходять. Я не знаю, що з собою робити, чи сидіти, чи вставати, та й сиджу. Аж тут з-між тих, що прийшли, виступає якийсь ще не старий і не молодий вже чоловік, по-турецьки одягнений, в турбані. Та й чисто по-нашому каже:

— Слухайте, жінко,— каже,— маєте правду сказати, як на сповіді, бо ви,— каже,— перед самим цісарським намісником, котрому я кожде ваше слово переповім по-турецьки.

— Питайте,— відповідаю,— а я скажу, що буду знати.

— Чи то правда,— питає,— що ви няньчили жінку великого султана Сулеймана і їдете до неї з отсими купцями, до Царгорода?

— Та до Царгорода з тими купцями я їду,— кажу.— Але чи жінка султана то та сама, котру я няньчила, то скажу аж тоді, як її побачу. Я їду,— кажу,— шукати тої, котру я няньчила на своїх руках,— кажу,— бо люде говорять, що вона в Царгороді,— кажу.

— Добре ви, мамо, відповіли,— сказала Настя.

— Та правда все добра, доню.

— А що ж той товмач на те?

— Товмач зараз заговорив до намісника. Старший, уже сивий, чоловік був той намісник. Він щось сказав товмачеві. А той знов до мене:

— Видко,— каже,— що ви правду говорите. Тепер питаю вас, відки ви і коли ту дівчину-попадянку, що ви її няньчили, забрали татаре?

— Я,— кажу,— зі свого краю, з Червоної Руси, а тоді була я в Рогатині.— І кажу, коли то було, всьо по правді. А він знов переповідає тому старому панові. Той лиш головою поважно кивав. І знов щось сказав товмачеві. А товмач до мене:

— А мали ви які певні вісти від того часу, як ту дівчину татаре взяли?

— Та вістей,— кажу,— було багато, казали люде, що вийшла заміж високо. Але де ж я можу знати, чи се правда?— Боялася я і словечком згадати, що люде і про цісаря говорять, аби турків не образити. А він знов переповів і вже щось довше між собою говорили. І інших запитували. І ті щось говорили. А жидів уже не питали. Видко, мусіли їх перед тим розпитувати. Досить, що нарешті товмач знов звернувся до мене та й говорить:

— Цісарський намісник каже вам, пані, переказати, що се може бути правда, що ви сказали. Тому питає вас, чи не потребуєте ви чого або чи не маєте якої скарги. Всьо скажіть і нічого не бійтеся.

— Нічого,— кажу,— я не потребую і ніякої скарги не маю. Коби лиш нас більше не спиняли по дорозі...— Він переповів і се. Знов поговорили та й каже він до мене:

— Ваше переслухання скінчене. Дістанете таке письмо, що ніхто вас більше по дорозі не зачепить...— Подякувала я, доню, і тому намісникові, і тому товмачеві. А на відхіднім сам намісник склонився і всі, що були з ним. Тоді я подумала: "Ну, коли то ти, доню, то мусиш там мати великий пошанівок, як такий великий пан задля тебе навіть стару няньку твою шанує". І ще менше я відтоді вірила, що се може бути.

— А на письмо довго ви, мамо, чекали?

— Не довго тривало, як мене тим самим повозом відвезли. А ще того дня вечором принесли мені то письмо і таки до моїх рук дали. І ще раз той товмач питав, чи не потребую чого. А я знов подякувала.

— А не питали, чи сторожу вам, мамо, дати?

— Не питали, бо видко діло, що не були певні. Той намісник, мабуть, міркував так: не знати напевно, чи я нянька, чи не нянька теперішньої султанки. Як нянька, то вистарчить мені пропуск, а як не нянька, то сторожею осмішив би себе. Отож гадаю, що він розумно зробив. Досить, що я поїхала дальше, і вже дійсно по дорозі не чіпали нас більше. То письмо помагало. Горами й долинами доїхала я з тими купцями аж до сего міста, і попід такі чорні гори їхали ми, доню, що нехай сховаються наші Карпати, хоч і там вірли мусять добре летіти, заки долетять на найвищі скали. А тут на верхах сніги, білі-білі, а під ними ліси такі чорні-чорні, аж сині. А долинами води бренять і квіти прекрасні. Велику красу Господь Бог поклав на сі дивні землі, але наша, доню, таки приємніша, бо наша.

Мати відітхнула глибоко і продовжала:

— А як побачила я великі мури і брами сего міста, то такий страх мене зняв, що я аж сплакала.

— Та чого, мамо? Таж тут безпечніше, ніж по дорозі.

— Не зі страху перед чужими людьми, дитино! Але, гадаю, ану ж ти не схочеш признатися до бідної мами.

— Та що ви кажете, мамо!

— Дитинко, всякі діти бувають. І не одно я вже на своїм віку чула про дітей. Добре то приповідка каже, що батько або мати навіть семеро дітей вигодують, а потому семеро дітей одного батька або одної мами не годно прокормити. Часом дитина лиш троха піднесеться понад свій стан, а вже соромиться родичів. А ти таки несподівано високо дійшла, дуже високо. А жиди не дурні. Мусіли й вони над тим думати, бо кажуть до мене: "Їмость, ви підете з нами і станете між людьми, де ми вам покажемо. Як буде їхати повозом цісарева, а ви пізнаєте, що то ваша дочка, то не закричіть,— кажуть.— Лише спокійно подивіться, відійдіть набік і нам скажіть. А ми вже знайдемо спосіб, як вас звести з вашою донькою разом".

Розумно радили, доню. Але я як тебе узріла і як милостиню від моєї дитини твоя слуга мені в руку втиснула, то — не видержала я, доню моя! Заплакала я і закричала. А ти вибач мені, дитинко моя, серцеві наказати не годен.

— То нічого, мамо! Всьо добре. Незабаром побачите мого чоловіка.

— Шкода, що я до нього ні слова промовити не годна, бо не знаю його мови.

— Він вирозумілий чоловік, побачите.

— А чого ти, доню, так за того намісника попитувала? — запитала мати.— Не метися, доню, на нікім, навіть якби було за що.

— Я, мамо, не хочу метатися. Але мені треба знати, яких людей мій чоловік де має або хоче настановити. От недавно питав мене, чи буде добрий оден командант. І ріжні приходили за ним просити. А я людям все кажу, що не мішаюся до справ султана. Але я часом мішаюся, мамо.

— Добре, доню, робиш, коли так кажеш людям. А чи мішатися, то ти вже тут ліпше знаєш, ніж я.

Говорили ще довго-довго і кілька разів ходили дивитися на дитинку.

III

А як Настуня скінчила випитувати маму за всю рідню і за всіх знакомих і сусідів, тоді запитала:

— А що там, мамо, так поза тим діється у нашім ріднім краю?

— Молода ти ще, доню, виїхала з дому, та й тяжко тобі сказати, що там діється.

— А прецінь, мамо, що? Чи так, як тут?

— Я ще не знаю, донечко, що тут є, бо закоротке я тут. Але як то, що я вже по дорозі у твоїм новім краю взріла, порівняю з тим, що там у нас робиться, то кажу тобі, доню, що там гірше. Досить там поляки жеруться між собою, а наші, донечко, ще гірше. Ненависть між нашими така, що оден другого в ложці води втопив би. Село з селом, монастир з монастирем без уговку якісь процеси мають. А міщане як процесуються з церквами! Доню, доню! Може, я й грішу перед Богом, але як на то всьо дивитися, то не можна інакше подумати, лише так: справедлива їх, донечко, доля зустріла, що так їх татаре женуть степами в ременях, босих і голодних!

Ой справедливо!

— Та що ви, мамунцю, кажете! Ви не знаєте, яка то страшна кара під татарськими батогами в ясир бути гнаним! А я знаю, мамо! Бо сама йшла дикими степами, раненими ногами.

— А пам'ятаєш ти ще, доню, ігумена з Чернча?

— Пам'ятаю, мамо, як не пам'ятати?

— Чернче тоді спалили татаре, і монастир згорів притім, хоч, що правда, ті бісурмени не палять навмисно Божих домів. А наші християне, дитино, як завозьмуться, то й свою власну церкву розіб'ють і знищать. Такий дивний наш нарід, доню.

— Таж не весь нарід такий, мамо! Всякі ж люде бувають.

— Правда, доню. Є й у нас добрі люде. Але, здається, що таки ніде так легко не знайдуть послуху ті, що юдять, як між нашими людьми. Ігумен о. Теодозій, чоловік розумний, каже, що Юда Іскаріотський мусів походити або з поляків, або з наших, а не з жидів. Так багато, донечко, тих юдів між нашими.

— Що ж вони таке роблять, мамо?

— Що роблять? Ти питай, чого вони не роблять! Вже наших так там притиснули по містах, що навіть тіло померлого чоловіка, чи жінки, чи дитини не вільно на кладовище вивозити з міста тою брамою, що інших людей вивозять, чи виносять, але тою, котрою падлину везуть. Так, так, донечко.

Настуня закрила очі руками, а хвиля обурення підогнала їй кров до обличчя. А мати оповідала дальше:

— І, знаєш, навіть такий насміх та гнет не спам'ятує їх! Вони між собою шукають ворогів і ненавидять своїх гірше, ніж чужих. І хоч яка біда між нашими по містах, а по селах не лучше, то на процес проти своєї церкви все гроші зберуть! Казав мені о. Теодозій, що всі владики в процесах з громадами. Нема ні одного без процесів, і так відколи пам'ять людська сягає. Вже у поляків того неба, доню, або як трафиться, то таки рідко. Хоч яка бутна їх шляхта, а таки якийсь пошанівок знає, хоч колись, хоч супроти когось! А наші, донечко, ні та й ні. Хіба що їх чужі поб'ють без милосердя, обідруть донага і голих, босих та голодних поженуть у неволю нагаями і ремінними бичами. Тоді плачуть і нарікають та й пошанівок для такого ворога мають. І при тім всім процеси не устають ні на хвилиночку: пани процесуються з панами, шляхта зі шляхтою, міщане з церквами, села з селами — колами, горішній кут села з долішнім кутом села, вулиця з вулицею, дім з домом, чоловік з чоловіком, а всі разом з жидами.

Настуня щось порівнювала в душі. По хвилі сказала:

— То тут, мамунцю, таки великий пошанівок єсть. Дуже великий.

— І тому, дитинко, кажу тобі, твій чоловік ще далі сягне, як сягнув. Я проста попадя, доню, але то, що очі бачать, кажу, та й що розумні люде говорять. Каже о. Теодозій, що Господь Бог так справедливо відмірив нашим кару, що ні на макове зерно не схибив.

— А за що ж ви, мамо, так натерпілися разом з покійним татом?

— За що? За тих, що перед нами були, так у нашім Святім Письмі написано, доню. От, бачиш, ти у нас все добра дитина була, і мене ти пошанувала, та й тобі, доню, Бог добру долю послав, що аж диво. А схибиш проти Божої волі, то відпокутуєш, доню, ой тяжко відпокутуєш і ти, і — най Бог відверне — твоя дитина. Бо кара Божа йде від роду в рід. А як навернешся, доню, серцем до Бога, то будеш чути, як Він іде перед тобою в житті твоїм так, як ішов перед тобою і переді мною аж сюди та й не дав нам кривди зробити по дорозі.

Мати перехрестилася побожно. Прості слова її глибоко западали в душу молодої султанки. Але немов не знаходили в ній дна. Лискавками перебігли їй у душі важні події її життя, неспричинені і спричинені нею. Пригадала собі, як вирекалася віри своїх батьків задля любові до мужчини і блиску світу сего. Мигнув їй перед очима убитий великий везир Агмед-баша і чорний слуга Гассан. А потому пригадала собі страшну думку, яку мала про первородного сина свого мужа від іншої жінки. Задрижала. Але не бачила повороту. Немовби плила або летіла в пропасть. Зітхнула.

— Бог ласкав, донечко,— казала лагідно мати, що запримітила тяжке зітхнення дочки.— І все ще час, поки живе людина, завернути зі злої дороги. Аж там уже не буде часу, як у сиру земленьку ляжемо і скінчиться наша спроба на сім світі.

І мати зітхнула.

Прийшли слуги просити до стола. Молода султанка перекинулася поглядом з матір'ю і відповіла:

— Потому.

Довго ще говорили.

Зачало вечеріти. Крізь венецькі шиби вікон султанської палати заблистіла червень заходячого сонця і заграла на дорогих коврах стін і долівки. Муедзини зачали співати п'ятий азан на вежах струнких мінаретів. На сади лягала чудова тиша ночі в Дері-Сеадеті.

Настуня встала, перепросила матір на хвилю і вийшла.

Йшла просто до своєї молитовної кімнати, де впала на диван, обличчям обернена до Мекки. Від часу убийства Агмеда-баші й чорного Гассана ще не молилася так горячо. З роздертої душі її, немов запах кадила з жару кадильниці, підносилася молитва до Бога. Дякувала в покорі за ласку, що привів матір до неї, і постановляла щиру поправу. А як переломила в собі злу думку про те, що думала зробити з первородним сином мужа свого, відчула таку легкість на серці, як тоді на жіночій торговиці, коли досвіта віддавалася в опіку Богу, кажучи: "Да будет воля Твоя!"

Не пам'ятала, як довго молилася до Бога. Коли встала, не чула співу ні з одної вежі мінарету. А в кімнатах світилися вже пахучі свічі.

За той час мати Насті вспіла вже розговоритися з Гапкою й довідалася від неї не тільки про "випадок", але і про всякі інші обставини життя своєї дочки.

Султан Сулейман прийшов до кімнат Ель Хуррем, коли його жінка ще молилася.

Покликана невольниця сказала, що пані на молитві. Сулейман Великий підняв руку вгору і сказав побожно: "Ель Хуррем говорить з більшим, ніж я. А як скінчить молитися, також не кажи своїй пані, що я жду, хіба сама запитає".

І тихо усів в одній з її прийомних кімнат та задумався.

А по гаремі стрілою пішла вістка, як дуже шанує султан жінку свою, до котрої прибула мати її. І вся служба відтоді ще більше на пальцях підходила до кімнат Ель Хуррем.

IV

Вже було пізно, як Настуня закликала службу й запитала, чи султан був.

— Падишах уже довго жде в наріжнім будуарі. Падишах не казав говорити, що жде, поки хассеке Хуррем сама не запитає.

Молода султанка Ель Хуррем вся почервоніла на обличчі. Коли служба відійшла, не видержала, щоб не похвалитися матері, який делікатний її чоловік.

— Ласка Божа, доню,— відповіла мати.— Бачу, що він направду великий цар.

— Так всі люде кажуть, мамо, і свої, і чужі. А войсько так дивиться в него, як в образ.

— Не роби ж йому, доню, нічого злого, бо жінка, донечко, може зробити багато зла чоловікові, як хоче, і він навіть не знає того.

Настуня запровадила маму до кімнат свого сина, а сама пішла до мужа. Він перший зачав живо говорити:

— Чую, що маєш дорогого гостя. І казали мені наші улеми, що ти, о моя мила Хуррем, знайшлася так, що будеш довго прикладом і взірцем всім дітям правовірних мослемів, як мають шанувати своїх батьків і матерей! Не знаходять слів похвали для тебе.

Настуня вся сіяла з радості, що чоловік так відразу привітав і похвалив її стрічу з матір'ю. Була прекрасна у своїй радості. І запитала:

— А чи ти будеш добрий для моєї матері?

— Не схочу прецінь показатися гіршим від своєї жінки, — сказав весело. І додав по хвилі.— А як у вашім краю вітається чоловік з матір'ю своєї жінки?

Настуня з вдячністю подивилася на него і відповіла:

— Се твій край, Сулеймане, і я твоя. Ти не потребуєш питати про звичаї в моїм краю. Твій край вже давно моїм краєм і твій нарід моїм народом.

— Знаю, о Хуррем, що ти найбільшим даром не втішишся так, як привітанням твоєї мами по звичаям твоєї землі і твого роду. Чому ж я не мав би зробити того?

Вона вся запаленіла з задоволення, стала на пальці й шепнула йому до уха кілька слів, якби не хотіла, щоби хтось почув їх. Опісля запровадила чоловіка до кімнат своєї дитини, де великий султан точно по звичаям країни своєї жінки привітав її матір. Бо чого не зробить мужчина для жінки веселої вдачі, котра вміє прив'язати його до себе?

V

Ще, мабуть, ніде й ніколи не втікали так два купці з ніякого міста, як утікали ті, що привезли матір султанки Ель Хуррем. Все лишили, що мали, й утікали — на однім возі.

— Зле ми зробили, Мойше,— сказав молодший до старшого.

— То не ми зле зробили,— відповів старший купець,— але стара попадя. Нащо вона кричала? Нащо вона наробила такий гармідер між дідами?

— Але нащо ми її між дідами поставили, Мойше?

— Видиш, Срулю, я дотепер гадав, що я маю розумного спільника. Таже ти сам так радив! І ти добре радив. Бо тоді султанка найпомаліше їде, як милостиню роздає, і стара мати могла їй найлучше придивитися. А якби ми були її поставили десь в іншім місці; то карета з султанкою була б лише мигнула між військом. І знов треба було чекати аж до п'ятниці.

— А не можна було старої попаді поставити перед головну мошею, де султанка висідає? Таж там вона вже не їде ні скоро, ні помалу!

— Видиш, Срулю, я дотепер гадав, що маю розумного спільника. А то троха інакше. По-перше: чому ти той розум маєш ззаду? А-по друге: навіть той задній розум не єсть ніякий розум. Там ні нас, ні її не допустили би стояти. А навіть якби допустили здалека, то між тими панами, що там заїжджають, і тим войськом, стара попадя була б і так нічого не доглянула. І таки треба було б чекати знов до п'ятниці і там само її поставити, де ми її поставили. А тепер знаєш, що з нами буде, як нас зловлять?

— Що буде, Мойше?

— Як нас зловлять, то можемо собі обидва сказати: "Бувай здоров, і Львів, і Перемишль, і наша лазня у Львові!"

— Чому так, Мойше?

— Бо нам тут справлять лазню і запорпають.

— За що, Мойше? Чи ми що зле хотіли або зробили?

— Видиш, Срулю, я гадав дотепер, що маю розумного спільника. Ми, Срулю, зробили добре діло, але ми його зле зробили. Розумієш? І нам не вибачать за те, що ми з султанської тещі жебрачку зробили, бо що правда, то вона не є ніяка жебрачка.

Глибоко віддихаючи, сказав Сруль:

— Кажуть, що султан дуже справедливий чоловік. А де ж була би справедливість убивати нас за наші труди і за наші гроші?

— Видиш, Срулю, я дотепер гадав, що маю розумного спільника. Ти гадаєш, що наша справа мусить дійти до самого султана? На сто випадків він і про оден не все може знати. Ані він, ані його жінка. Тут уже є такі, що сим займаються.

Так говорили у смертельнім страху два купці, що втікали бічними дорогами з султанської столиці. А тим часом султанка Ель Хуррем післала по них свою службу. Служба вернула і сказала, що їх вози є, а їх самих уже цілий день і ніч не було в заїзнім домі. Наказано їх шукати в обаві, чи хто їх не убив у великім місті. Недовго тривало, як відшукала їх спритна і до таких справ дуже вправлена султанська служба та привезла обидвох у смертельнім страху до сераю.

Таким чином жидівські купці, що привезли матір султанки, одержали у неї послухання, хоч не просили о нього. Молода султанка приняла їх дуже ласкаво в присутності своєї матері, дозволила їм сісти і довго з ними говорила про рідний край, про свій Рогатин, про Львів, про крами, ціни і матерії, про подорож і відносини в сусідніх краях.

Опісля, дякуючи їм за привезення матері, дала кождому з них значну скількість золотих монет у прозрачних шовкових покривалах як дар, ще й питаючи, які кошти виложили на подорож матері. Обидва купці, низько кланяючись і з радістю стискаючи золоті дари, відповіли, що вже не мають ніяких коштів і що ті ласкаві дари, які одержали, перейшли їх найбільші надії на відплату.

— То, може, маєте якесь інакше бажання? — питала колишня рогатинська попадянка, усміхаючись.

— О, найясніша пані,— відповів старший з них.— Ми не знаємо, чи можна просити залагодження одної справи...

— Спробуйте,— відповіла ласкаво,— як тільки се буде в моїй силі, то зроблю.

— Два роки тому, коло татарської границі, ограбували наших спільників на великі суми! Що ми вже не находилися по всіх польських владах, і нема способу дістати яке-небудь відшкодування. Ми пристали б і на половину шкоди.

— А де се сталося?

— На половині дороги між Бакотою і Кримом.

— Ви згадували про татарську границю. По котрім боці границі наступив грабунок?

— Найясніша пані! Де там є яка границя? То тільки так говорять, що границя. А там хто хоче, той рабує. Рабують ляхи, рабують козаки, рабують і татаре, бо чому не мали б рабувати? Але що поляки кажуть, що то їх земля, то, може б, вони заплатили, як їх?

Молода султанка плеснула в долоні. З'явилася служниця.

За короткий час з'явився урядовий товмач з турецьким писарем. Султанка випитала ще про назвиська ограбованих і вбитих, про їх спадкоємців і подиктувала про се короткий лист до польського короля. Закінчила його так: "Іменем свого мужа, султана Сулеймана, прошу полагодити ту справу і в дарі залучаю кілька сорочок і спідньої білизни".

Французький товмач в тій хвилі переклав.

Султанка звернулася до купців:

— Чи хочете самі одержати сей лист до короля, чи маю його переслати послом при першій нагоді?

— Найясніша пані! Чи не можна так, щоб ми разом з послом поїхали?

— Можна. Коли відходить найближче посольство падишаха в Польщу? — запитала секретаря.

— За тиждень, о радісна мати принца, але можна і приспішити його відхід.

— Чи можете почекати тиждень? — запитала купців.

— Чому не можемо? Певно, що можемо.

— Зголосіться за тиждень!

Веселі виходили оба купці з послухання у великої султанки. Вже на подвір'ї, коли нікого не бачили коло себе, сказав молодший до старшого:

— А що ти, Мойше. кажеш на ті калісони, які вона дарує польському королеві? Я гадав, що вона йому напише: "Як не зробиш те, що кажу, то я на тебе кину з одного боку яничарів, а з другого боку зо дві татарські орди". А вона йому калісони посилає!

— Видиш, Срулю, я дотепер гадав, що маю розумного спільника. Чи ти не розумієш, що значить, як така делікатна пані посилає такий дарунок? Ну, ну! А я тобі кажу, що тих дарунків вистарчить, щоб настрашити найліпших генералів, і то не тільки польських, але на цілім світі.

— Чому? Чим? Калісонами?

— Срулю! Ти не видиш, що тут робиться? Яке тут войсько стоїть? Ї як тут кипить? І кілько його приходить? Ніби йому не все одно, куди йти? А ти гадаєш, що якби її образили, а вона якби вчіпилася чоловіка, то він не пішов би на Польщу? Ти гадаєш, що то інакше, як з твоєю або моєю жінкою? Всі кажуть, що ти розумний купець, а ніби ти не мусиш їхати з Перемишля до Львова, як вона тобі каже, що їй там чогось треба? І що тобі помагає твій розум?

— То ти гадаєш, що тут так само?

— А ти гадаєш, що інакше? Ну, ну. Я вже їй добре придивився. Що султан розумний, то певно, бо дурного так не слухали б. Але що при ній йому його розум нічого не поможе, се таке певне, як те, що ми в нашого знакомого дістанемо на шабас "локшини". Ти знаєш, як вона грозить тим "дарунком"? Вона каже, що як не послухають її й не зроблять нам справедливості, то так їх обідре, що лишаться в тих калісонах. Ану, побачиш, як нам скоро залагодять справу, як лише побачать ті "дарунки"!

— Коли ти так думаєш, то чому ти не попросив її, аби нам дала дозвіл на свобідну торговлю?

— Чому? Бо я зараз без неї дістану. Аво! Тільки догонимо тих, що від неї вийшли. Вони нас зараз запровадять самі туди, де треба. Ану, якби не запровадили! Ну, ну! Я тобі, Срулю, кажу, що ми тепер були ліпше, ніж у самого султана. Тепер нам ніхто не скаже: "Ні". Та султанка така сама, як її мама. Небіжчик чоловік, нам всі казали, так само її слухав, хоч був розумний чоловік.

Обидва купці згодилися, що тут розум чоловіка на ніщо не придасться, і поспішили за достойниками. Ті дійсно взяли їх з собою з найбільшою чемністю, бо могутня була султанка Ель Хуррем, а хто раз в ласці переступив її поріг, за тим ішла її опіка, мов благодатне світло сонця.

VI

Солодка думка про гріх — і тяжка путь праведної людини. А найсолодша та думка, що провадить до найбільшого гріха. І її найтяжче викорінити в собі.

Молодій султанці Ель Хуррем довго здавалося, що вона викорінила в собі злу думку, яку мала про первородного сина свого мужа від іншої жінки.

Живучи зі своєю праведною матір'ю, мала навіть такі часи, що з прихильністю дивилася, як підростав малий Мустафа, первородний син Сулеймана, і як бігав по зелених травниках садів, і як яничаре на коня його саджали. А мав він чорні очі й велику живість свого батька, більшу від її сина Селіма.

І в тім блаженнім часі Роксоляни, коли спокій чула в душі своїй, прийшов на світ другий син її, Баязед, викапаний батько. А як розпізнала його риси, то відразу серце її загорілося любов'ю.

А що в очах і в душі своїй мала вже сить великих торжеств, просила свого мужа, щоб обрізання її другого сина Баязеда відбулося якнайтихіше і щоб кошти, які мали видати на торжественне обрізання султанського сина, були ужиті на шпиталі, святині й убогих. І ще просила увільнити триста невольників і триста невольниць з її рідного краю. Не могла його забути, хоч казала чоловікові свому, що його край — се також її край. І сталося після волі її.

А в часі тиші, яка панувала в сераю, коли обрізувано сина її Баязеда, відчула його мати, що зла думка її була в ній тільки зломана, а не викорінена. Була зломана, але випрямилася, коли слуги її переповідали їй кожде слово, яке чули в палатах і поза сераєм від слуг везирів і вельмож. І біль великий наростав у серці султанки Ель Хуррем. Наростав і скипів, як скипіла кров, що наростає в болючо натисненім місці.

Аж одної жаркої ночі, коли її муж був на ловах і вона сама гляділа на колиски дітей своїх, вибухло бунтом серце Роксоляни. І вона вимовила до себе отсі слова проти невидимих обидників своїх: "Пождіть, пождіть, а я вам покажу, що на престолі султанів засяде "син невольниці" і "внук жебрачки"!.. Я вам поломлю старі закони ваші так, як ви ломите серце моє!"

Нікого, крім дітей, не було в кімнаті Ель Хуррем, коли вона вимовляла до себе сі важкі слова. І ніхто їх не чув, крім всемогучого Бога, що дав людині свобідну волю до добра і зла. А над Стамбулом сунула тоді тяжка, синя хмара. І лискавиці її освітлювали час до часу золоті півмісяці на стрункіх мінаретах столиці. А дощ великими каплинами падав на широке листя платанів і шелестів по султанських садах, і дуже вітер кидав брамами сераю та термосив віконниці гарему.

А тої ночі снився сон султанці.

В одній хвилині відчинилися всі двері і всі занавіси в палатах султанів, як вони мали по царях Византії. І заблистіли їх долівки з гебану, золота й алябастру, їх зеркальні стіни й блискучі повали. І ангел Господень ішов коридорами й салями палат і білим крилом показував дивні образи і тіні, що появлялися на зеркальних стінах і на блискучих долівках з мармору. І взріла султанка зміст дванадцяти століть на стінах і всі таємні справи царів Византії й турецьких султанів. Узріла світлих і великих, що боялися Бога і мудрість мали в очах. Узріла Ольгу, київську княгиню, жінку Ігоря, матір Святослава, що прийняла хрест у сих палатах — прийняла втайні перед родом і народом своїм. Ішла тиха і скромна, в білій одежині і дивилася мовчки на нову царицю зі своєї землі. Султанка Ель Хуррем у сні дивувалась, що аж тепер згадала ту велику княгиню. Згадала і сказала: "Я маю завдання ще тяжче, ніж ти!.." А княгиня Ольга мовчки перейшла, лишень хрест міцніше до груди притиснула.

І взріла султанка великі злочини, підкупства й убийства. А на вид одного задрижала вся: в діядемі з перед, зі скриптом у руці, йшла якась жінка з давніх, давніх часів, а біля неї хлопець, з обличчя видно, що її дитя. А з сусідніх покоїв надійшли кати... І мати їм віддала рідную дитину... В сусідній кімнаті виривали очі синові її.

Султанка Ель Хуррем скричала у сні. І піт студений облив її личко. І збудилася. А як знов заснула, побачила кару за злочини ті. Побачила, як гнила живцем Византія в золоті й пурпурі. Побачила, як предок її чоловіка на місто наступав і як таранами мури розбивав. Узріла ряд султанів аж до мужа свого. Втім рука червона вирвала подобу Мустафи молодого й на столі султанів поклала — Селіма... Пізнала Ель Хуррем любі очі сина. Узріла, як Стамбулом три армії йшли, як Селім висилав їх на нові підбої...

Тут збудилася і — рішилася.

А дощ так плакав по садах султанських, як плаче дитина за матір'ю...

XVII

ДЖІГАД

"Коли Джігад займеться на землі, тоді по небі ходить заграва пожарна... Тоді стогнуть шляхи під важкими колесами пушок Халіфа. Тоді дудняь дороги від тупоту кінних полків його. Тоді чорніють поля від пішних військ падишаха, що пливуть, як повінь. Тоді гуде плач жінок і дітей християнських, як шум у градовій хмарі. Бо жах великий несе з собою Джігад!"

I

Таємнича рука Господня зіслала на землю 1526 рік. Такого дивного року не пам'ятали найстарші люде у Стамбулі. Сонце вдень нагрівало воздух так сильно, що ночами прів навіть небесний фірманент і зі звізд капав огняний піт на землю: на Золоту пристань Стамбула, на море Мармара і на Долину Солодких Від.

А як розвинулися липи з бігом гарячих днів, то по

довгих тижнях ночей без роси бачили люде ранком під липами і яворами дивний "піт небесний", що, мов липкий мід, покривав каміння під ними. А подорожнім, що в ті ночі спали під отвертим небом, злипалося волосся, й одяг їх покритий був каплинами зоряного поту, що капав з небесних звізд на грішну землю і на людей її.

І в ті страшні часи, коли прів від жаху фірманент небесний, постановив найбільший султан Османів рушити на завоювання землі "джаврів". Тоді отворено святу Браму Фетви і зі всіх мінаретів Стамбула голосно закричали мослемські муедзини: "Йдіть, легкі і тяжкі, та ревнуйте добром і кров'ю на шляху Господнім!"

А сто вистрілів з гармат оповістило початок Джігаду. Так зачався Джігад — святий похід султана Сулеймана. А в перший день Джігаду падав дощ кривавий на землю християнську, на шляхи, котрими мали йти небаром великі полки падишаха. Падав дощ кривавий, хоч на небі не було ні вітру, ні хмари. Впав і лежав на полях, стежках і шляхах від полудня до ночі. А в воздусі на угорських рівнинах піднявся пил кривавий і тижнями стояв на небі. Стояв і страшно світив хмарами вдень і вночі. І жах великий пішов по безмежних пуштах угорських і по замках лицарських. А безнадійність чорним саваном покрила соняшні землі мадярів і хорватів від краю до краю.

А як сімома брамами Стамбула сунули, мов туча, на святий Джігад полки Сулеймана, надійшла буря від Чорного моря. І йшла перед військом великого султана і сипала дивним дощем білих риб, що милями заслав дорогу полкам падишаха. Мусульманське військо з острахом вдивлялося в свого монарха. А він їхав на чорнім як ніч коні, під зеленим прапором Пророка, з мечем Магомета, "Твердий і Великий" султан Сулейман і ні оком не дрігнув, дивлячись на дивні знаки небесні. А військо його вдивлялося, як в образ, у неповорушну постать Сулеймана, що їхав на бистрім коні, мов висока кам'яна подоба Господньої кари. Ніякого металу, опріч твердої сталі, не мав на собі ні при собі, ніякої оздоби одяг його.

А біля нього їхала в арабськім вовняним бурнусі і в кашмірськім шалю, у критій колясі за ненецьким склом улюблена жінка завойовника, прегарна Роксоляна Хуррем, "серденько серця султана Сулеймана".

А як на обрію зникали найвищі вежі Царгорода, султан пересів з коня до карети жінки, щоб розпращатися з нею, і сказав:

— Я додержу слова і покажу тобі, як виглядає битва. Пришлю по тебе. А тобі в опіку віддаю мого найстаршого сина.

Червень ударила в обличчя Ель Хуррем. Велике довір'я мужа так на неї поділало, як грім з ясного неба. І аж сльози витиснуло їй з очей.

Сулейман Великий щось важив у душі. По хвилі сказав:

— Ти знаєш, хто тепер командант Стамбула?

— Знаю,— відповіла, здивована,— Кассім.

— Так, Кассім. Але він їде зі мною на війну.

— То його заступник.

— Так, але він старий і не відважиться нічого важнішого сам зарядити.

— Отже хто? — запитала.

— Ти,— відповів так тихо, що здавалося, немовби се причулося їй.

— Чи ти дав такий наказ?

— Перша основа правління: не видавати непотрібних наказів, бо се перешкоджає в праці чесним людям.

— А друга? — запитала.

— Друга та, про яку все говорив мені мій покійний батько Селім,— нехай Аллаг буде милостивий душі його! Він казав: "Щоби здобути державу, треба мати у відповідній порі не більше як сто розумних людей, котрі по наказу одного готові на всяку працю і на всякі жертви. А щоби правити державою, вистарчить п'ять таких людей". Чи ти, о Хуррем, маєш таких п'ять довірених людей? Я тому тебе питаю, бо Стамбул — командант всім городам моїм, а ти будеш фактичним командантом Стамбула.

Задумалася й відповіла:

— А коли б я не мала, то що треба робити, щоб їх знайти і придержати при собі?

— Ти розумно запитала, о Хуррем! Але ніяка людина не знаходить таких людей, бо їх знаходить і присилає для доброго діла тільки всемогучий Аллаг. І вони по волі Його так стягнуться до доброго володаря, як стягаються опилки заліза до магнету, який недавно показував тобі штукар венецький.

— А як же пізнати їх?

— Пізнати їх можна тільки по довшім часі по їх робучості і правості. Сі дві прикмети — се як двоє очей людини. Одна без другої може також існувати, і навіть може приносити хосен. Але помічник влади без одної з тих прикмет — се каліка.

— А як же задержати таких людей при собі?

— Мій покійний батько Селім,— нехай Аллаг буде милостивий душі його,— так учив мене, о Хуррем, а мав він досвід великий: перша прикмета володаря — ніколи не закпити собі з вірного слуги! А що дуже довго треба ждати, заки переконаєшся, хто тобі вірний, отож ніколи не кпи собі з нікого, що стоїть при тобі. Лучше убити, ніж закпити. Бо глум — се отруя, що затроює серце обидвох. Отроєні люде ні працювати, ні правити не можуть.

— Я ще ніколи не закпила собі зі слуг своїх.

— Знаю, о Хуррем, бо уважно придивляюся тобі, відколи ти перший раз піднесла на мене несмілі очі свої. І тому, власне, кажу тобі, що ти будеш тепер правдивим командантом Стамбула і без наказу мого.

— Я маю тільки оден гріх на душі: я казала убити без переслухання великого везира Агмеда-башу.

Слези виступили їй з очей.

— Так, о Хуррем. Се гріх проти волі всевідучого Аллага. І найгірший злочинець має право говорити свобідно перед смертю. І коли б ти, о Хуррем, побачила бунт Стамбула проти себе і бунт всіх городів моїх із-за домагання смерті останнього бідака в державі, а не уступила перед тим домаганням, заки переконаєшся про вину, і мусіла втікати, і коли б я знайшов тебе опущену в пустині, по утраті цілої держави,— я сказав би тобі: "Ти була добрим командантом Стамбула!" Бо володар, о Хуррем, тільки заступає святу волю Аллага, і справедливість Його по силам своїм. І тому такий високий престол володаря. І тому так далеко сягає рука його. Але та рука в'яне без справедливості.

Тут Сулейман Величавий глибоко вдивився в сині очі Ель Хуррем і доповів отсі слова: "Аллагу Акбар!" (Бог всемогучий!) Господь всемогучий царствує над усіми землями й водами, над звіздами й воздухами. І без волі Його не виросте й не впаде ні червак, ні людина, ні пташина з гнізда. Він тяжко карає за все, що зробить людина проти святої волі Його, котра так кориниться в совісті людини, як кориниться дерево в землі, як кориниться державна влада в послусі народу. А діл Господніх ніколи не зрозуміє людина. А хто думав би, що розуміє їх, той був би подібний до сліпої людини, котра, обмацавши хвіст мого коня, говорила б іншим, що знає його красу, расу і ріст.

Так говорив до жінки найбільший султан Османів.

А попри звільна їдучий повіз, як води, пливли густі лави піхоти мослемів. Вони з молитвою на устах переходили попри осклену карету Сулеймана Справедливого, і монотонно, як дощі осінні, звеніли на шляху незлічимі кроки їх.

Молода султанка Ель Хуррем аж похилилася під вагою слів свого мужа. Відчувала, що все, все було в них таке правдиве, як золото. І вона все дочиста готова була ціле життя сповняти,— з виїмком одного, одного-однісенького... Перед очима стояв їй первородний синок її мужа від іншої жінки, що заступав її власному синові шлях до престолу султанів.

Зітхнула і запитала:

— А яка друга прикмета володаря по думці твого розумного батька,— нехай Аллаг буде милостивий душі його!

— Друга прикмета володаря, о Хуррем,— так учив мене мій покійний батько Селім,— нехай Аллаг буде милостивий душі його,— така: "Не вір нікому без підстави! А раз повіривши, вивисши його. А раз вивисшивши, не бери назад вивисшення того, поки суд інших справедливих людей не скаже, що та людина стала недостойна твого вивисшення. Бо слово твоє, раз випущене, подібне до полку, який ти пустив уже до бою. Той полк уже не твій: він у руках Аллага, що рішає в бою".

Сулейман Величавий надумувався і додав по хвилі:

— Коли інакше робитимеш, внесеш замішання там, де повинен бути лад і спокій. І в тім замішанні сама станеш подібна до фуркала на вежі, з котрого так весело сміються малі діти, а котрим вітер крутить, з котрого боку повіє.

— Розумно тебе вчив твій покійний батько Селім,— нехай Аллаг буде милостивий душі його! А яка третя прикмета доброго володаря?

— А третя прикмета доброго володаря, так учив мене мій покійний батько Селім,— нехай Аллаг буде милостивий душі його,— єсть увага, щоби слуги не були ніколи без роботи: бо лінь — се мати злочинів. Та рівно добре треба уважати, щоби слуги твої не були перетяжені завеликою працею. Бо така праця скорше або пізніше доводить до отупіння. А лекше єсть мудрому і справедливому володареві дати собі раду навіть тоді, коли він оточений розумними злодіями, ніж коли він оточений чесними туманами, хоч дуже зле і одно, і друге. І ще вчив мене мій покійний батько Селім, — нехай Аллаг буде милостивий душі його,— щоб не давати тої праці великому везирові, котру може зробити везир, ні головному судді тої, котру може зробити звичайний суддя. Ні не посилати аги яничарів туди, де досить післати звичайного дверника. Ні не поручати одної роботи кільком, бо тоді ніхто за працю не може одвічати. Ні не вірити кравцеві, що він уміє добре підкувати коня, а ковалеві, що знає міст покласти. І все казав, що ранок мудріший від вечера. Тому перед вирішенням важнійшої справи радив переспати кілька ночей підряд,— нехай він спокійно спить у гробниці своїй!

Султан пригадав собі щось і додав:

— І ще казав мені мій покійний батько Селім,— нехай Аллаг буде милостивий душі його: "Шануй стан духовний! Але не вір, не вір, не вір тим, котрі других накликають до жертв, а самі нічого не жертвують на ніщо! Се напевно злодії й обманці, хочби мали на собі одяги хабітів і дервішів і хочби по три рази були у святім місті Мецці, при гробі Пророка. Не будь, о сину, дурніший від дикого звіряти, котре обминає дерева і корчі, які не дають доброго овочу в жертві зі себе, лиш отруйні ягоди. Се насінники непослуху, бунту й упадку". Так учив мене мій покійний батько Селім,— нехай Аллаг буде милостивий душі його!

— Я дуже буду пам'ятати науки покійного батька твого, — нехай Аллаг буде милостивий душі його! Але я ще більше пам'ятала б науку твою! Скажи мені, чи люде добрі, чи злі?

Поважно відповів Сулейман Величавий:

— О серце серця мого! Я ще не маю такого досвіду, який мав мій покійний батько Селім,— нехай Аллаг буде милостивий душі його! Але мені здається, що люде не добрі і не злі. Вони такі, якими їх роблять їх начальники у кождий час і в кождій країні. Тому за все відповідають верхи, хоч розуміється, є в кождім народі люде, з яких і найлучші верхи нічого путнього не зроблять. Є й цілі народи, що вродилися карликами, хоч не раз бувають числом великі. Коли давно-давно втікали предки мої з глибини Азії перед найбільшим завойовником її, вони по дорозі зустрічали такі народи-карлики, великі тілом і числом, бурливі й бунтівничі, але маленькі духом. Бо велич духу людей і народів мірить Аллаг покорою їх і готовістю жертви для влади своєї. І нияка людська праця не дасть непокірним народам сили, поки не покоряться. Але на загал добрий приклад верхів робить чуда у народів. Народ все дивиться на свої верхи. Чи ти знаєш, о Хуррем, кілько добра в сем'ях правовірних мослемів зробила ти двома добрими вчинками?

— Котрими? — запитала.

— Перший був той, що ти сама обняла заряд великої кухні сераю. Ще перед самим виїздом моїм, коли я пращався з членами ради улемів, імамів і хабітів, вони благословили тебе, кажучи: "Вже маємо вісти навіть з далеких околиць, як поділала праця хассаке Хуррем".

— Як же? — запитала цікаво.

— Так поділала, що жінки і дочки навіть найзаможніших родів ідуть за твоїм прикладом. І радо працюють, кажучи: "Коли жінка могутнього султана може працювати, то можемо і ми".

— А яке ж друге діло було добре?

— А друге, о Хуррем, було ще краще: те, що ти не соромилася своєї матері. Як далеко дійшла вістка про се, так далеко сягнуло добре діло твоє. І не одна дочка помогла на старості літ своїй матері, не оден син поміг свому батькові. Ми їдемо, а та вістка дальше йде. І дійде від краю усеї держави, а може, й поза неї.

Сулейман Величавий похилився до колін своєї улюбленої жінки й поцілував обі руки її. А попри звільна їдучий повіз, як води, пливли густі лави пiших військ мослемів. Вони з молитвою на устах переходили попри осклену карету Сулеймана Справедливого. І монотонно, як осінні дощі, звеніли на шляху незлічимі кроки їх.

— Так само, як добрі діла, ділають на народ і діла недобрі верхів його. А коли тих недобрих діл назбирається забагато, тоді всемогучий Аллаг важить їх у справедливих руках своїх і на такий нарід, в котрім переважили недобрі діла, посилає кривавий бич з руки своєї. І такий бич Господній єсм тепер і я, о Хуррем. То не мій розум, о Хуррем, зібрав ту силу, що пливе тепер сими шляхами на землі нессараг! То вічний розум Аллага. То не моя сила іде, о Хуррем. То йде частинка незмірних сил Аллага! А я, о Хуррем, лише трісочка, яку несе з собою повінь страшної кари Його. І тому я так спокійно дивлюся на ті знаки Господні на землі й на небі.

Молода султанка Ель Хуррем вся замінилася в слух. Сулейман Величавий ріс в очах її. З острахом запитала:

— А як далеко ти зайдеш тепер?

— Се знає тільки Аллаг і Пророк його Магомет. Я не знаю, о Хуррем. Я стану там, де мене спинить всемогучий Аллаг невидимою рукою своєю.

Муедзини зачали співати третій азан на горбах високих верблюдів.

Як оком сягнути, задержались на шляхах всі війська мослемів. Стала й золотиста карета Ель Хуррем. Сулейман Великий висів з повозу і разом з військом своїм упав на землю, на диван молитовний, лицем обернений до Мекки. Молився.

А коли Сулейман встав, то як далеко сягали очі, видно було, як зверталися на нього побожні погляди мослемів і як уста їх шептали молитви до Бога за свого султана.

Сулейман пращав улюблену жінку і, поклавши праву руку на серце, вимовив ще отсі слова:

— Аллагу Акбар! Я додержу слова, як тільки Бог всемогучий дозволить на те. Бо думка людини — се ніч без світла Його, а сила людини — се сила маленької дитини без помочі Його, а розум людини — се піна на воді без мудрості Його, а життя людини — се якийсь дурний, бо безцільний, сон без ласки Його!

Ще обтулив шалем білі руки Ель Хуррем, що витягнулися до нього з вікна карети. Ще раз поздоровив її, вискочив на коня й, не оглядаючись більше, рушив у дорогу, серед ентузіястичного крику всього війська, що гримів, як грім у хмарі.

Великий султан поїхав на Джігад. А за ним лавами їхала пишна кіннота й артилерія і плила струями піхота, обминаючи з пошаною повіз султанки. А повіз її стояв на шляху, поки виднів ще на коні Сулейман Величавий, що зник на обрію, як сон. Тільки ще раз блиснув на горбі зелений прапор його. І довго летіли за ним на тлі неба стада чорних круків і великі супи — страшні "воздушні черви". На їх вид християне в Стамбулі хрестилися й відмовляли молитви.

II

Султан Сулейман перший і одинокий раз не додержав слова, яке дав улюбленій жінці своїй. Не додержав, бо не міг додержати.

Дня 29 серпня 1526 р. несподівано зустрівся коло Могача над Дунаєм з усім військом угорського короля Людвика. Було саме полуднє, як заграла до битви музика мадярів і рушило бігом до бою їх блискуче лицарство. До двох годин проломив його, а заки сонце зайшло — смертельно викосив великий завойовник Османів. А король угорський в утечі утонув в одній з рік угорських, і ніякої битви не міг султан показати жінці своїй.

Сулейман заняв столицю Угорщини без бою і в 1200 скринях з буйволових шкір вивіз до Царгорода всі скарби і клейноди її. Несподівана легкість побіди застановила його так, що не пробував іти дальше. Оглянув тільки чорні гори

Карпати і став на границях Угорщини, котра ночами світила загравами пожарів, немов велика жертва за гріхи.

Ще з дороги султан прислав до Ель Хуррем свого любимця Кассіма, команданта Стамбула, з прекрасними діядемами й нашийниками угорських королевих на перепросини, що не міг додержати слова. Кассім, вручаючи дорогі дари, додав:

"Але ми всі віримо, що падишах додержить слова".

Кассім говорив правду. Бо новий, ще більший "джігад" задумав падишах мослемів.

А заки він вернув несподівано з походу, його люба жінка зазнала такої муки в царських палатах, якої не зазнала навіть тоді, коли її гнали в неволю сирими батогами Диким Полем килиїмським і Чорним Шляхом ординським. Бо є в душі людини також дикі поля і чорні шляхи.

Мала владу в столиці. Кождого дня рано з'являвся у неї заступник Кассіма і, кланяючись низько, вітав її словами:

— О, радісна мати принца Селіма! Благословенне хай буде ім'я твоє, як ім'я Хадіжі, жінки Пророка!..

А на питання, з чим прийшов, зачинав постійно так говорити: "Остання ніч принесла тільки важних справ до столиці падишаха, кілько є звізд на небеснім одязі Аллага! Та я представлю тобі, о радісна мати принца, тільки деякі, щоб попросити поради у доброго серця твого".

І оповідав зі спущеними вниз очима, часом підносячи їх на ясні очі жінки падишаха. Голова їй крутилася від тих справ, які викидала величезна машина столиці держави, що простягалася на трьох частях світу. Не знала досі, що чоловік її двигає на собі весь той безмірний тягар. Вже першого дня зрозуміла, чому її чоловік так часто приходив з почервонілими очима і так тихо сидів при ній, як хоре дитя при матері. Деякі справи були такі помотані, що дійсно тільки серцем, а не розумом можна було їх спробувати розв'язати.

По двогодинній розмові з заступником Кассіма просила його, щоб перестав говорити дальше, бо була дуже втомлена.

Той кланявся низько і відходив, лицем обернений до неї, раз у раз повторяючи слова: "Благословенне хай буде ім'я твоє, як ім'я Хадіжі, жінки Пророка, що покірно несла тягар життя з чоловіком своїм!"

По кождій такій авдієнції мала вгляд у глибини Стамбула, в верхи і низи його. І все напівпритомна від навалу думок лягала на диван і примикала розгорілі очі.

Змучена до краю, виїздила по кождій розмові з заступником Кассіма або до Бін-Бір-Діреку, або до Єні-Батан-

Сераю на відпочинок.

Відпочивала в лодці, бо мучили її й томили звіти і поради, яких у неї засягав командант Стамбула. А ще більше мучило її почуття величезної влади в наймогутшій державі світу. Не знала, що з тою владою ні починати, ні робити, бо ще не прийшов її час.

Але думка про Мустафу мучила її найгірше.

Бо мала під опікою первородного сина мужа свого від іншої жінки. І чула безмірний тягар на собі — на саму думку, що було б, коли муж повернув би й не застав Мустафи.

А ще більше мучила її думка про пустку, яка була б на тім місці, де любив гратися в саді малий Мустафа.

Відчувала, що полекшало б їй, якби могла висповідатися перед матір'ю зі своїх думок. Знала се напевно. І знала, що мати зняла би з неї той тягар, від котрого аж помарніла. Але не могла того сказати.

Боялася. Бачила в уяві наперед, як мати перехрестила б себе і її, вчувши про те. І які очі мала б і як поблідла б.

І навіть знала, що і як мати говорила б на те. Знала, що сказала б їй: "Ти була у мене добра, золота дитина, а зло зачалося, відколи ти скинула з себе той хрестик, котрий я тобі дала. І потому скидала ти вже одно за другим, аж поки не дійшла там, де тепер стоїш і думаєш".

Але чогось іншого боялася ще більше. Раз зачавши сповідатися, була б висповідалася і з того, як убила непереслуханого Агмеда-башу. Думала, що тоді мати не могла б довше жити під одним дахом з нею — з убийницею.

Думала: або під враженням того всього трісло б матері серце, або покинула б мене, сплакана, впавши на силах, і що ж тоді сказати Сулейманові, котрий напевно довідається, в якім стані мати опускала б палати. Що сказати?!

Знала свою матір лучше, ніж себе. І знала, що вона вийшла б від неї так без нічого, як прийшла,— тільки з великим горем. Не могла.

А втім, а втім! Чи ж можливо не бачити сина на престолі султанів?

Так мучилася прекрасна султанка Ель Хуррем, коли несподівано вернув муж з походу.

О, як же вітала його! З дійсною радістю і з дійсним смутком, вся змішана в нутрі своїм. А вечером дрожачими устами дякувала Богу, що ще і сим разом охоронив її — від здобуття золотого престола Османів для потомства свого.

Дякувала. А на дні серця чула, що вже не перепустить другої нагоди. О, ні!..

Вже привикла до думки про здобуття золотого престола Османів. Тоді виховає синів так, як уважає. О! І тоді зачне снувати плани і діла, якими перевищить велику княгиню Ольгу, котра в сих палатах приймала хрест — так само потайки, як потаємно і вона несе свій невидимий хрест терпіння, в котрім уже призабула святі слова Господньої молитви: "...і не введи нас во іскушеніє..."

А горами Балканами йшла в тім часі осінь. І немов горіло золоте й червоне листя дерев, як останнє пращання. Дерева стояли в блиску плодів своїх, мов священики перед вівтарями у ризах золотистих, червоно підшитих.

У садах сербів і болгарів стояли достиглі овочі. Осінь здійснила всі мрії весни. І спокійно гляділа у синьо-лазуровий небосклін небесний, по котрім тихо котилося золоте велике сонце, одна з порошинок давніх творів Божих.

З них людина бачить зникаюче маленьку часть і тішиться тим, що бачить, як тішиться метелик одним днем життя.

Але як на полях і в садах дозріває всяке добре насіння плодів землі, так дозріває й усяке зілля отруйне. А хто завчасу не виполе його зі своєї землі, той побачить, як отруйне зілля переможе й заглушить усяке добре насіння.

III

Коли Сулейман вдруге вибирався на святий Джігад і вже було певно, що разом з ним поїде сим разом на війну і султанка Ель Хуррем, запитала вона Кассіма, команданта Стамбула:

— Скажи мені, як, властиво, виглядає Джігад?

А все веселий Кассім споважнів на обличчі, повагом схилився й відповів:

— О радісна мати принца! Коли Джігад займеться на землі, тоді по небі ходить заграва пожарна. І кидає криваві блиски свої на чорні стовпища і хмари диму. Тоді стогнуть шляхи під важкими колесами гармат Халіфа. Тоді дуднять дороги від тупоту кінних полків його. Тоді чорніють поля від піших військ падишаха, що пливуть, як повінь. Тоді так гуде плач жінок і дітей християнських, як шум у градовій тучі. Бо жах великий несе з собою Джігад!

— То ти кажеш, Кассім, що Джігад страшний?

— Дуже страшний, о велика хатун!

— А чи є ще щось страшніша, ніж Джігад?

Командант Стамбула надумувався хвилину й відповів з острахом в очах:

— Є ще страшніша річ, ніж Джігад, о радісна мати принца!

— Чи ти, о Кассім, бачив ту ще страшнішу річ?

— Я бачив початок її, о пані, який удусив зараз своєю рукою султан Сулейман,— нехай благословенне буде ім'я його вовіки! Але про ту ще страшнішу річ не вільно навіть думати, не то говорити, о найясніша пані!

Очі султанки заблистіли цікавістю. Вона хвилинку вагалася і промовила живо:

— О Кассім! Ти скажеш мені, що се була за річ, ще страшніша, ніж Джігад, котру ти бачив на свої власні очі! Я вірю тобі, о Кассім, що ти скажеш мені правду!

— Все опріч того скажу, о радісна мати принца! А того не можу сказати, вибач вірному слузі падишаха і свому!

— Чому не можеш сказати, о Кассім? — запитала уражена.— Адже коли ся річ ще страшніша, ніж великий Джігад, то її мусіли бачити також інші люде. Чому ж вони можуть знати про се, а я ні?

— О, наймудріша із жінок мослемських! Ти правду сказала, що ту річ, ще страшнішу, ніж Джігад, бачили й інші люде! А я тому не можу її оповісти, бо є старе повір'я, що коли про ту річ в палаті султана заговорить хоч би тільки двоє людей, котрим вірить султан, то та страшна річ покажеться вдруге ще за життя того султана.

— Се забобонне повір'я, о Кассім! — сказала піднесеним голосом.— Так само забобонне, як те, що зорі на небі мають силу над людьми на землі!

Учитель Річчі зі школи невольниць стояв їй як живий перед очима... Кассім подумав і запитав:

— Чи дозволиш, о радісна мати принца, висказати мені отверто, що думаю?

— Все говори правду,— відповіла вже успокоєна.

— За твоїм дозволом, о хассеке Хуррем, говорю те, що уважаю правдою. Ні одно не єсть забобон, ні друге. Що се друге не єсть забобон, можеш переконатися кождого часу, коли місяць, найбільша звізда ночі, стоїть у своїй повні над палатами падишаха. Тоді з численної служби в сих палатах все витягає когось його дивне світло з кімнат. І витягнена людина лізе у сні по таких місцях, де навіть найзручніший штукар з Єгипту ні з Багдаду не міг би вилізти без утрати життя. Своїми очима можеш побачити, о радісна мати принца, що небесна звізда має силу над земними людьми. Чому ж би інші зорі не мали мати подібної або ще більшої сили? Тому, що ми добре не знаємо того?

Султанка задумалася над тим, що чула від Кассіма.

А він говорив дальше:

— Сам султан Сулейман уродився під такою звіздою, що, мимо всіх війн і боїв, умре своєю смертю на львінім столі. Так каже старе передання, і всі мудрці Сходу твердо вірять в те, що нема такої людської сили, котра могла б позбавити життя Сулеймана. І тільки тому й міг він зламати ту річ, ще страшнішу, ніж Джігад, про котру не вільно ні думати, ні говорити, щоб не повторилася.

— Ти боїшся, Кассім?

— О хассеке Хуррем! Я готов сегодня, як кождий воїн, покласти своє життя на приказ падишаха за нього, за рід його і за державу його,— спокійно відповів командант Стамбула.

Цікавість султанки росла. Бачачи, що звичайними способами не видобуде з Кассіма того, чого він не хоче сказати, опустила обидві руки і напівпримкнула очі, немов ослаблена. І тихо, як легіт вітру, промовила до нього:

— О Кассім! Чи падишах може мені оповісти про те, що він сам зробив?..

Кассім зблід...

— Не може,— відповів.

Вона вмить спостерегла його переляк. І зараз використала, кажучи:

— А чому не може?

Кассім ще більше змішався. По хвилі, зібравши думки, відповів:

— Бо падишах зробив то дуже необережне, хоч велике, діло, а сам не похвалиться ним.

— А як ти думаєш, Кассім, чи єсть на світі така жінка, що могла б видержати і не сказати чоловікові своєму: "Я чула від того і того таке й таке. Він зачав говорити і не хотів скінчити"...

Кассім, притиснений хитрістю Ель Хуррем, пробував востаннє боронитися і сказав:

— Така жінка єсть, о Хуррем. Се одинока подруга падишаха, котрій я вірю, що не видасть тайни, повіреної їй на слово.

— Так,— відповіла радісно і, плескаючи в долоні, як дитина, зірвалася з дивану.— Тільки ж ти, о Кассім, ще не сказав мені тої тайни! А як скажеш, вона остане між мною і тобою. Навіть син мій, Селім, як доросте, ніколи не довідається про те, що сказав його мамікомандант Стамбула у святім році Джігаду!

На те Кассім не мав уже що відповісти. Помалу й оглядаючись, зачав тихо говорити:

— То було так. Коли у місті Ограшкей помер покійний батько падишаха, блаженної пам'яті султан Селім,— нехай Аллаг буде милостивий душі його! — і чорним возом везли тіло його до Стамбула, тоді на престол султанів вступив син його Сулейман,— нехай живе вічно! А тоді вибухла ворохобня війська у Стамбулі...

— Так?! — перервала здивована Ель Хуррем.— Ворохобня... проти... Сулеймана? А чому ж я про се ніколи досі не чула?

— Бо про ту річ, страшнішу від війни й помору, ніколи не говорять правовірні мослеми в палаті падишаха.

— А чого ж вибух той бунт? І хто його зробив? І пощо? І як Сулейман здавив його?

Тепер пригадала собі, що султан Сулейман дуже нерадо їхав з нею в околицю Стамбула, де стояла велика на милю касарня яничарів. А коли раз спонукала його поїхати з нею туди, то весь час мав глибше, ніж звичайно, засунений турбан на очі і був дуже маломовний.

А Кассім оповідав дальше:

— Ворохобня, о Хуррем, се річ страшніша від війни. Бо тоді в улицях міста убиває брат брата, і батько сина, і дочка зраджує матір свою, як тільки допустити до того, щоб ворохобня розгорілася.

Відітхнув і оповідав дальше:

— А викликають ворохобню злі люде, котрі все носом чують, коли над ними має затяжити тверда рука. А причин до ворохобні знайдуть вони сто тисяч, а як нема, то видумають.

— А що ж видумали тоді?

— Нічого не видумали, тільки зажадали від молодого султана виплати в золоті надзвичайних дарів.

— Хто зажадав?

— Яничари,— відповів так тихо, якби боявся, що стіни вуха мають.

— І султан виплатив?

— Ой, виплатив він їм таку платню, що страшно попам'ятають і, мабуть, ніколи більше не підіймуть зброї проти Сулеймана.

Султанка Ель Хуррем заперла в собі віддих і вся перемінилася в слух. А в гарній головці її так закипіли думки, що примкнула очі, щоб командант Стамбула не зміркував, що діється в ній. Кассім оповідав дальше:

— Вже міхами обв'язали шиї агам яничарів і на площах столиці чути було гуркіт викочуваних гармат і метушня зчинилася в сераю, як молодий падишах казав привести три коні. Приведено три коні. Я був тоді ще ад'ютантом його як принца, бо ще не було часу зробити ніяких змін. Молодий падишах вискочив на коня і кивнув на мене і на Агмеда-башу, пізнішого великого везира. Ми обидва сіли на коней, вже бачачи, що султан думає робити. Перекинувся я очима з Агмедом, але жаден з нас не мав відваги сказати словечко до падишаха.

— І ви втрійку поїхали?

— Втрійку, о Хуррем!

— Без війська?

— Без ніякого війська. Сулейман їхав напереді, а ми за ним. Уже здалека шуміла велика касарня яничарів, як шумить Босфор в час бурі. А падишах мовчки в'їхав на подвір'я, де так кипіло, як у кітлі.

— Його не пізнали? — перервала.

— Його зараз пізнали, бо не раз він з тим військом ходив на муштри ще як престолонаслідник і знав його кождий жовнір у столиці. Падишах мовчки зіскочив з коня, а ми зробили те, що й він. І я, і Агмед — оба ми були певні, що живі не вийдемо з тієї прогулки.

— А що ви думали, що буде з султаном?

— Скажу правду, о Хуррем! Ми про те не думали.

— І що ж було дальше?

— Падишах просто пішов в середину збунтованої казарми.

— І всі затихли?

— Ой, не затихли, о радісна мати принца! Тільки уздрівши самого падишаха, звернули проти нього копії й шаблюки. І було так тихо, як перед дуже великим злочином.

— А що на те падишах?

— Падишах спокійно сказав отсі слова: "Зі всіма говорити не можу. Нехай виступлять три провідники!"

— І виступили?

— Так, зараз виступили і стали в крузі серед мечів.

— А падишах що сказав до них?

— Ані одного слова не сказав, тільки блискавичним рухом руки витягнув шаблю і трьома ударами на місці зарубав усіх трьох так скоро, що ніхто й не спам'ятався.

Ель Хуррем зблідла. Кассім кінчив:

— Ціла казарма збунтованого війська кинула зброю і

впала на коліна, благаючи прощення. Султан Сулейман мовчки обернувся і вийшов з казарми. І ще тої днини роззброїли їх. А заки сонце зайшло над Стамбулом, кров залила долівку у довгій на милю казармі яничарів.

Дрожачи під враженням того, що говорив Кассім, запитала Ель Хуррем:

— І всіх їх на смерть засудив султан?

— О хассеке Хурем! Падишах не судив з них нікого, тільки віддав суд над бунтівниками в руки військового суду. Лиш казав покликати до того суду, крім вчених суддів, ще одного простого жовніра-каліку, першого, якого зустріне його післанець на вулицях Стамбула. І той суд не помилував нікого. Бо вільно помилувати всякого злочинця й навіть убийника, але не вільно помилувати раз збунтованого війська. Коли б його помилував суд, то не помилував би Аллаг ні тих бунтівників, ні того суду.

— То ті яничари, що тепер є в Стамбулі, се зовсім інші?

— Зовсім інші, о Хуррем! Деякі з них надходили якраз з поблизьких міст, коли народ кінчив на вулицях Стамбула роздирати на шматки трупи збунтованих і кидати собакам кусники їх тіла.

Султанка Ель Хуррем закрила очі руками і сказала:

— Дійсно! Страшний єсть Джігад, але є ще страшніші річі, ніж Джігад. Ти правду казав, о Кассім!

А Кассім кінчив оповідати те, про що ніколи не оповідали правовірні мослеми в палаті падишаха:

— А на деякі подвір'я народ сам затягнув призначених на смерть бунтівників і, замкнувши всі брами, дивився з вікон, як голодні собаки живцем роздирали зв'язаних бунтівників.

Султанка відкрила руками очі і сказала:

— Се вже дуже жорстоко, о Кассім!

— Але справедливо, о Хуррем!

— Чому справедливо, о Кассім?

— Бо народ, котрий милосердиться над бунтівниками проти Аллагом даної влади, сам буде пошарпаний голодними псами, тільки ще гіршими, ніж ті пси, що мають шерсть на собі.

— То пси без шерсті гірші, ніж пси з шерстю? — запитала наївно.

— Безконечно гірші, о Хуррем! Бо навіть найлютіші пси з шерстю не збиткуються довго над ніким. Загризуть — і по всьому. А собаки без шерсті дуже збиткуються, о Хуррем, — і довго тривають їх знущання.

— А чому я ще не бачила таких небезпечних собак без

шерсті? Як вони називаються?

— Ти бачила їх, о найкраща квіточко Едему! Ті собаки без шерсті називаються люде. На покаяніє народам сотворила їх безконечна мудрість Аллага, як найстрашнішу кару. І взяла мудрість Божа гнучність гадини, і зуби вовка, і рев медведя, і виття гієни, і скомління пса, кигті леопарда, і рило безроги, і їдь скорпіона, і захланність тигра. І горе, о Хуррем, містам і країнам, котрі не пізнаються на тій собачій породі без шерсті.

Хвилину думала, потому запитала:

— То ти, о Кассім, відколи бачив початок бунту в Стамбулі, певно, змінився до глибини душі?

— Так, о Хуррем, я відтоді змінився до глибини душі,— відповів якимсь сухим голосом, як дервіш-аскет.

— І ти не уступив би перед бунтом, хоч би весь Стамбул ішов проти тебе...

— Я не уступив би, о Хуррем, хоч би весь Стамбул ішов проти мене, тільки сконав би у крові на станиці своїй,— відповів командант Стамбула голосом аскета.

— Так, як конає останній луч сонця, коли ніччю надходить туча,— додала.

— Ти добра, о Хуррем, що жовніра рівняєш з Божим блиском світла,— відповів вірний жовнір Сулеймана і глибоко склонився.

А султанка Ель Хуррем в ту саму хвилину в душі видавала вирок смерті на нього, на любимця свого, на Кассіма-башу, команданта Стамбула. Видавала вирок в ім'я Селіма — малого сина свого, будучого халіфа й султана Османів.

Видавала вирок, твердий і невмолимий. І вже очима своєї душі бачила скривавлену голову Кассіма, застромлену на страшній царській брамі Бабі-Гумаюн, де вже чорні круки випили очі одного ад'ютанта її мужа.

— Тяжке єсть діло володаря,— промовила тихо, немов до себе.

— І тим тяжше, чим лучше серце його,— сказав чистий Кассім з отвертими очима.

— Ні, о Кассім! — немов вибухла.— Бо володар з чистим серцем має мир у душі! А що діється з тим, котрий миру не має?

Навіть не припускаючи, що і до чого говорить гарна султанка, відповів спокійно командант столиці:

— Мабуть, правду кажеш, о наймудріша із жінок мослемських, вибрана Аллагом на подругу найчистішого з праведних заступників Пророка!

Подякувала йому поглядом і встала. Авдієція була скінчена.

Командант Стамбула низько склонився, мов перед святою, бо султанка Ель Хуррем дійсно задержала вигляд невинності з дівочих літ своїх. Кассім зложив руки на грудях і, виходячи лицем обернений до жінки падишаха, пращав її словами:

— Благословенне хай буде ім'я твоє, як ім'я Хадіжі, жінки Пророка, що тихо несла з ним тягар його життя!

Коли Кассім опустив кімнату і затих шелест його кроків на дорогих килимах її будуару, — впала на диван, обняла аксамітну подушку руками і зайшлася здавлюваним плачем.

Не припускала досі, що її муж — аж такий очайдушно відважний — він, що так тихо приходив літами до її кімнати.

Ясно бачила всю трудність у виконанні свого плану. Та ще глибше розуміла її, пізнавши Кассіма, на поміч котрого рахувала. Вже знала, що помочі від нього не дістане для протизаконного діла. Не припускала, що аж така тверда вірність виростає в серцях офіцирів султана. Розуміла добре, що такий дуб сам не росте. Се тільки один представник більшої скількості дубів міцного лісу, що ріс довкруги високого престола султанського роду. Відчувала і розуміла се. І знала, що коли, як буря, не звалить того лісу вірних людей, то син її ніколи не засяде на престолі султанів. Ніколи!..

Звук сего слова звенів у ній, хоч не вимовила його, немов якась чорна безодня отвиралася перед нею. Безодня, в котру падали всі її мрії й надії. Та се нітрохи не змінило самого ядра її замислу. Се, що пережила тепер у розмові з Кассімом, тільки казало їй розложити на довший час підготовку й виконання свого плану. І ждати нагоди.

Нагоди, нагоди, нагоди! Щось немов кричало в її душі. Відчувала всіми нервами, що така нагода прийде. Розуміла, що чим хто вище стоїть, тим більше бачить нагод. І розуміла, що в цілі знищення того міцного лісу, котрий охороняв рід і закон Османів, мусить наперед будувати, будувати, будувати.

Зачала вслухуватись. І видалося їй, що аж сюди, в кімнати царського гарему, доходить стукіт тесаного каміння при будові святині, яку розпочала.

О, яка ж вона ще тоді була щаслива в порівнянні з тим, до чого дійшла тепер! Хоч уже тоді мала на совісті смерть непереслуханої людини, котра, зрештою, заслужила собі на смерть своїми вимушеннями на невинній дитині.

"Чи не заслужив?" — питала сама себе. І сама собі відповідала: "Заслужив!"

А другий ад'ютант з молодих літ її мужа? заслужив на смерть?

— Ні! — голосно сказала сама до себе. І додала шепотом: — Та мусить умерти. Бо я мушу мати свого довіреного на тім становищі! Мушу! Без того всі мої плани на ніщо не придадуться. На ніщо!"

Відчувала й розуміла, що убиття Кассіма було б її першим, уже зовсім безпідставним убийством. Але не бачила вже відвороту. Куди? До чого змагати? Чула, немов у ній крізь усе її єство перепливає якась рвуча ріка — влади, золота, блеску, могутності. На дорозі стоять Кассім і Мустафа. Мусять бути усунені! А коли,— се ще покажеться. Ще відбуде з Кассімом оден святий Джігад на Захід... А потому...

Встала, зібралася й поїхала подивитися на роботу майстрів святині зі стовпами червоного граніту і з верхами з білого як сніг мармуру, де міграб буде з білого мармуру, і проповідниця, і мінбер для хатіба, і мастаб муедзина, й висока максура для Сулеймана Справедливого...

Здригнулася.

На хвилину зробилося їй дуже жаль, що він, її муж, єсть, і буде, і на віки остане чистим у споминах свого народу, а вона? Навчилася вже любити його нарід. За його велику побожність, котру помалу сама тратила і без котрої було їй так тяжко, так щораз тяжше. За його спокій. А головно за його очі, котрими той нарід так дивився все на її чоловіка, як вона дивилася на свою дитину, на свого сина Селіма.

І той нарід, і вона — обоє мали силу від своєї любові. Тільки — розуміла, о як же розуміла,— що сила того народу була невинна, хоч нищила довкруги всі землі, які не належали до падишаха,— а сила її була недобра, хоч іще не нищила, а будувала.

Розуміла. Та не мала вже змоги завернути. Воля її пливла вже, як ріка. Пливла страшним, Чорним Шляхом думки, таким страшним, який був той, котрим її пригнали сюди з рідного краю. І навіть чула на собі сирі батоги — жадоби влади для сина свого, для крові своєї.

Чула, що програє святий Джігад добра і зла, який має в душі кожда людина,— одна більший, друга менший.

Вже доїздила до місця, де тесали каміння під будову святині, її святині! Здалека чула стукіт робітників і бачила, як кланявся їй Сінан, найбільший будівничий Османів, що робив своє діло.

Підняла руку на знак, що побачила його, і приязно кивала до робітників, що похиляли голови перед жінкою трьох частей світу. Вискочила з повозу і ...ілого мармору, гарна, як ангел з синіми

IV

В місяці Мутаррем 936 року по численню святої Геджри разом з бурями зрівняних днів і ночей наблизилися під Відень передні сторожі і перші орди турецьких паліїв. Огні і дими горіючих осель покрили всю околицю. Перших сім полонених німецьких лицарів приведено перед самого султана. Кождий з них мусів держати на копіє настромлену людську голову. Так переслухував їх завойовник Османів.

А рівночасно два крила його військ ішли, як буря, в глибину Європи. Праве вже доходило на зелені левади прекрасної Морави, а ліве — аж до моря коло Трієсту.

В навечер'я св. Вячеслава розложено величезні султанські намети в селі Сіммерінг під Віднем. Внутрі і зверха блистіли вони золотими прикрасами. А кругом них стала табором султанська гвардія з 12 000 яничарів.

За нею аж до річки Швехат стояв беглер-бег Беграм, намісник Анатолії, з азійськими військами; а праворуч від Сіммерінгу — військові канцелярії. Від Санкт-Марксу до брами біля Штубенрінгу і дальше аж до Віденської Гори стояв великий везир Ібрагім і весь артилерійський парк, під командою Топчі-баші. З ним був віроломний єпископ Павло Вардай з Грану, що передав се місто туркам без бою і пішов з їх табором... Зрадивши в душі свою віру й апостольську столицю, зрадив і нарід свій, що стояв на дорозі в поході туркам. І буде навіки страшним доказом народам, що зрада своєї церкви і віри все попереджає зраду свого народу.

На Віденській Горі станув Балі-бег, намісник Босни, командант передньої сторожі, а перед ним, ближче до міста, Хозревбег, намісник Сербії, командант задньої сторожі війська в сім поході. Перед брамою бургу стояли добірні війська Румілії, а перед шкотською брамою в напрямі Деблінгу могутній баша мостарський. Весь простір дунайських вод стояв під наказами Кассіма, команданта Стамбула, що мав з собою вісім сот суден. І гомоніли від них широкі води Дунаю.

І стогнала земля, і стогнали гори від тягару гармат і полків Сулеймана, що, мов величезні дими, оточили широким перстенем найбільшу християнську кріпость над Дунаєм.

Турецькі "бігуни й палії" розбіглися загонами не тільки по околиці Відня, але й по Долішній і Горішній Австрії та по цілій Старії, сіючи скрізь знищення й пожежу. Жертвою їх упали чудові винниці Гайлігенштату, і Деблінг, і Пенцінг, і Гіттельдорф, і замок Санкт-Файт, і Ліхтенштайн, і Медлінг, і Берхтольсдорф, і Брун, і Енценсдорф, і навіть сильно укріплений Баден, і долішня часть Кльостернайбургу разом з величавим монастирем над Дунаєм, і багато інших замків, осель і городів. Фуражуючі й реквіруючі війська Сулеймана доходили аж у прегарну долину Ізонца, вирізаючи до ноги залоги християнські.

В дні, коли Роксоляна приїхала в Сіммерінг, підпалив Кассім на її честь всі мости на Дунаю. І вони горіли довго в ніч. Того ж дня застановлено в обляженім Відні всі годинники на вежах святинь і публічних будинках.

Застановлено на знак, що нема міри часу для трудів, і праць, і жертви, нема для нікого, коли віра й держава знаходяться в смертельній небезпеці.

А двадцять третього дня місяця Мутаррем відкрила Турецька артилерія вогонь на Відень, проти Кернтнертору, і била безнастанно цілу ніч аж до ранку. І всю ніч лив з неба дощ без умовку і не уставав ні на хвилинку.

Вже другого дня одержали турки наказ приготовити драбини до наступу, щоб вилізати на мури міста. Анатольські війська стягали з гір кругом Відня дерево і в'язки хворосту, щоб заповнити рови. Втім через Соляну браму вибігло нечайно вісім тисяч обляжених і впало на зади тим турецьким відділам, що здобували Кернтнертор. Але вони, замість ніччю, вийшли з міста щойно ранком, бо спізнилися з випадом. І турки убили 500 з них і сотника Гагена Вольфа. А коли вони подавалися в город, спробували турки разом з ними вдертися в створену браму. Одначе отвір був завузький, щоб більша сила їх могла нараз вдертися в місто.

Щойно, коли двома мінами зробили більший вилім біля монастиря Августинів коло Кернтнертору, припустили в тім місці тридневий наступ. Безнастанно гриміла артилерія з обох боків і безнастанно грали труби, позавни і трембіти з веж Августинів і церкви св. Стефана: їх весела музика мала додавати відваги оборонцям міста.

Так ішли дні за днями — криваві дні.

Ще дві міни сильно поширили вилім біля Кернтнертору. І воєнна рада везирів і башів під проводом падишаха вирішила останній та найбільший наступ, бо студінь і недостача харчів давалися вже взнаки турецькому війську. Остигаючий запал війська піднесено приреченням величезних сум в золоті. Кождому яничарові обіцяно виплатити тисячу асприв. Герольди викликували в таборі, що котрий простий воїн перший дістанеться на мури міста, одержить тридцять тисяч асприв, а коли се буде субаші, то стане цісарським намісником. Сам Сулейман під'їхав аж під мури города й, оглянувши вилім, висказав за його величину признання великому везирові. А вилім той мав 45 сажнів довжини.

Як морські хвилі в час бурі, рушили мулшагіди в великий вилім муру, а кров і мозок значили їх сліди.

Рев гармат і крики свіжих полків падишаха, що перли на мури Відня, долітали аж до Сіммерінга, до золотих наметів Роксоляни.

Султанка Ель Хуррем лежала на шовковім дивані, і якась дивно прикра розкіш розпирала її грудь і тамувала віддих. Думала. Вона всім єством своїм не хотіла упадку того міста, якого дзвони так жалісно молилися до неба. Але ся війна була її ділом. Пригадувала собі, як отворила святу Браму Фетви та на питання султана одержала відповідь імамів, якої хотіла, що й вона, хоч жінка, має обов'язок брати участь у святій війні проти невірних — по словам Корану:

"Йдіть, легкі і тяжкі, та ревнуйте добром і кров'ю на шляху Господнім!"

Не могла забути, як тоді шаліла султанська столиця і як п'яні восхитом дервіші виносили з меджидів злоту, як сонце, хоругов Пророка і червоні, як кров, прапори Османів і білі Омаядів, зелені фатимідів, чорні Аббасидів.

Пригадувала собі, як султан не хотів, щоби брала з собою в похід своїх малих синів, Селіма й Баязеда. Тоді вона вдруге зажадала рішення імамів. І вдруге Шейк-уль-іслям, голова імамів, на питання, чи й діти обов'язані брати участь у святій війні, дав таку відповідь на письмі:

"Ми зводили відповісти: так. Бог всевишній знає се лучше. Писав се я, потребуючий Божої помочі, син свого батька,— нехай Аллаг вибачить обидвом, коли написана недобра відповідь".

І молоденький син Роксоляни Селім взяв участь в поході. Виїздив зі столиці на коні поруч свого батька в оточенні гвардії султана. А мати їхала з ним у відкритій колясі, п'яна мріями, як роза, повна червені й запаху.

Не могла відвести очей від малого Селіма. Для нього

хотіла збагнути таємницю війни й держави, хоч смерть двох людей, яких убила в обороні будучности свого старшого сина, зразу дуже її прив'язала до нього, потому усувала його в тінь.

Вечеріло, і дитина вже спала в наметі. З вежі св. Стефана долітали звуки дзвонів на тривогу. А наступ мудшагідів шалів криваво кругом мурів Відня і все кріпшав.

До намету хассеке Хуррем вступив Сулейман з глибоко на чоло насуненим турбаном. Мав хмару на обличчі і спрагу в очах. Знала вже добре свого мужа. Встала і сама налила йому чашу сорбету. Він мовчки почав пити. Вона гладила його руку й успокоювала, мов дитину.

Випивши, сів на дивані й зажмурив очі. Був такий утомлений, що виглядав, як розпряжений лук. Тихо сіла коло мужа й навіть найменшим рухом не переривала його відпочинку. Помалу похилилася голова великого султана, і він з утоми заснув сидячи.

Сиділа біля нього, а в голові аж шуміло їй від ріжних думок. Боялася, щоб він особисто не повів своїх військ до наступу на мури Відня й не погиб.

Недовго спав завойовник Османів. Встав. Протер очі. Умився і збирався до виходу.

Не хотіла пустити його самого. Одягнулася в свій вовняний бурнус, взяла шаль кашмірський і вийшла з ним.

Султан не говорив ні слова. Думав над чимсь. Ель Хуррем казала й собі привести свого коника, сіла на нього і поїхала з чоловіком. За ними їхали два ад'ютанти.

Сулейман мовчки наближався до обляженого міста.

Коли під'їхали на якесь узгір'я, очам їх представився величавий вид. На високі окопи і мури Відня, як оком сягнути, дерлися зі всіх сторін рухливі муравлища полків падишаха, освітлювані червоним блиском заходячого сонця. Всі віденські церкви дзвонили на тривогу, жалібно, понуро.

Бам, бам, бам! Бам, бам, бам!

Гармати ревіли, міни тріскали. Чорний дим покривав окопи і мури міста. Коли вітер провівав його, видніли серед його клубів блискучі панцирі німецького лицарства і густа чернява полків мослемських, що, мов бурлива повінь, заливали зі всіх боків залізні відділи німців.

Кам'яними вулицями Відня бігли монахи з хрестами в руках і голосили: "Бог і Мати Божа помилують нарід, коли він варт Божого змилування!"

З домів виходили навіть ранені, щоб останками сил метати чим хто мав на ворога. А втомлений недостатком народ виносив останки харчів для підкріплення воїнів перед страшним наступом турецьких сил.

Кривавий бій шалів уже між окопами і мурами Відня. Стиснене і заливане мусульманами місто виглядало, як утомлений пливак, котрому на уста виступає смертельна піна: на мурах християнського міста появилися довгі процесії німецьких жінок у білих одягах, з малими дітьми при собі.

Вид їх мав підбадьорити борців і немов сказати їм своєю появою: "Коли не встоїте у бою, то дітей ваших застромлять на списи, а жінок і дочок ваших заберуть у неволю чужинці…"

Спів від них лунав — рівний, поважний. Священики в білих орнатах благословили їх і йдучих до бою лицарів золотими монстранціями. Церковні прапори маяли на вітрі. Дівчатка в білих одягах і самі смертельно бліді сипали квіти перед монстранціями.

А як на високій вежі св. Стефана ударив великий дзвін на "Ангел Господень", спазматичний плач потряс білими радами жінок і дітей німецьких: вони, ревно плачучи, витягали руки до неба і благали помочі в Бога.

"Аллагу Акбар! Ла іллага іл Аллаг! Ва Магомет рассул Аллаг!" — лунало їм у відповідь з густих лав мослемів, що перли без уговку на мури міста. Перли й лягали покотом, і нові перли — без кінця.

Сулейман Величавий підніс очі до неба і сказав разом з військом своїм: "Аллагу Акбар! Ла іллага іл Аллаг! Ва Магомет рассул Аллаг!" — І рушив конем у напрямі свого штабу.

Султанка Ель Хуррем вмить догадалася, що він готов для одушевлення своїх полків особисто піти наступом на місто.

Задрижала на цілім тілі. Бо якби муж її впав під мурами Відня, то хоч місто могло б тоді бути здобуте роз'юшеним військом мослемів, та всі плани її умерли б разом з життям її мужа. Ще син її був замалий, щоб міг устояти в тім вирі, який міг зірватися по смерті великого султана і його первородного сина. Ще майже нічого не приготовала до таких змін.

Пригадала собі слова Кассіма про небесні зорі, що мають силу над людьми на землі. Чула не раз, що ті зорі затемнюються. Від заходу надходила ніч і темна хмара.

А на мурах міста німецькі жінки в побожній екстазі на очах мужів і синів своїх зривали з пальців золоті і срібні перстені, здіймали прикраси з голів і складали прилюдно перед монстранціями на знак, що раненим і родинам погибших дана буде поміч. А там, де на мурах було замало мужчин, жінки і діти германців метали в турецьке військо приготоване на мурах каміння і лили гарячу смолу з казанів, що кипіли у фрамугах мурів.

А бій кипів. Шалений бій на білу зброю, на ножі, на зуби і пазурі. Великий, жертвенний бій, від якого ще не загинув ні оден нарід на світі, що вмів вірити і молитися. Не загинув, а скріплявся пролитою кров'ю і молитвою своєю у тяжкі години горя і тривоги: бо конають тільки ті народи, що не жертвують і не борються до загину — в єдності й молитві своїй.

В сутінках вечера побачила султанка, як засвітилися всі церкви віденські, немов великі вівтарі, освітлені для Бога, котрий бачить і рахує кожду жертву людську. Перед її очима стали створені царські врата церковці св. Духа на передмісті Рогатина у хвилі, як ішла до слюбу і як почула крик: "Аллагу — Аллаг!"

У світлі червоних смолоскипів узріла на мурах Відня, як німецька дитина завбільшки її сина Селіма кидала каменем у яничара, що ліз по драбині.

Серце в ній тьохнуло. Несподіваним і для себе рухом схопила обома руками за узду коня свого мужа. Наполоханий кінь Сулеймана кинувся вбік, і султанка вилетіла з сідла. Сулейман хотів її задержати і впав з коня.

Оба ад'ютанти зіскочили зі своїх коней.

Султан встав мовчки. А султанка Ель Хуррем клякла на розмоклій землі і, зложивши руки, як до молитви, залебеділа до свого мужа:

— Ти не підеш у вир сеї боротьби! Бо тут може померкнути твоя зоря! А ще жаден твій син не годен сам усісти на престолі султанів, ні піднести меча проти бунту! — закричала. І, заломивши руки, слізьми зросила криваву землю німецьку.

Від заходу надтягала буря. Від долин дунайських свистів вітер по горах і кидав першими заблуканими каплинами тучі — кидав на чорного коня завойовника Османів, і на нього самого, і на двох його ад'ютантів, що стояли, як кам'яні подоби, мовби не чули й не бачили нічого. Кидав і на сплакану султанку Ель Хуррем, що виглядала, мов мучениця у світлі лискавиць на долині плачу. І була мученицею, бо більше ударів горя ждало на неї в житті її, ніж було тих каплин тучі, котрі порахувати може тільки сила Божа.

Здалека чути було, як кріпшав шум і гук християнської кріпості. То, очевидно, кріпшала оборона Відня.

Сулейман мимо болю звихненої руки не дав по собі пізнати нічого. Великий завойовник і законодавець Османів, обернувшись обличчям до Мекки, покірно зітхнув до Бога і дав знак одному з ад'ютантів.

Той приложив трубку до уст.

За хвилинку грали вже труби і позавни від штабу. І здовж розбурханих, мов морські буруни, рядів мослемських заграли труби й барабани разом з першими громами бурі.

— Чи то знов до наступу? — запитала, все ще клячачи, султанка Ель Хуррем.

— До відвороту, о Хуррем! — спокійно відповів володар трьох частей світу. І, підступивши до жінки, підняв її з мокрої землі власною рукою.

Обоє йшли, мовчки і думали про своє життя. Він думав у покорі свого духу про волю Аллага, котрий, може, тут, на сім місці, поклав межу для дальшої кари "джаврам".

А вона? Хора внутрі душа думає над своїм болем.

Обляжене християнське місто немов віддихало. В нім ще ясніше заблистіли Господні церкви і радісно, мов на Великдень, дзвонили всі дзвони їх. В цілім місті лунала одна-одинока пісня:

"Тебе, Бога, хвалимо!.."

V

Глуха осінь ішла землею германців, коли відходив з-під Відня Сулейман Величавий. Не гнала за ним ніяка погоня. Ні оден відділ німців не вийшов за мури міста. Тільки вітер шумів по лісах над Дунаєм і кождий листок кидав у гріб його. Якісь короткі, немов постарілі, дні йшли з сірим світлом своїм над військом падишаха, що з вірою вертало з ним.

Тільки тут і там зарокотів грім по небі. І часом перун фосфоричним світлом круто, як гадина, заскакав на обрії.

А листки безнастанно канули з дерев.

Ними Бог Всемогучий пригадував людям зникомість їх. Він тихо промовляє осінніми днями: так минуть і ваші дні. І ви так ніколи не вернете на сей світ, як не вернуть на дерево ті самі листочки, що зогниють в землі, як не вернуть ті дні, що минули.

Відчував своїм серцем ту Господню мову великий султан Османів. І тому спокійно вертав з походу свого. А спокій вожда все уділяється тим, що вірять в нього і йдуть за ним. Тоді й вони стають учасниками його спокою.

Здовж берегів дунайських їхав Сулейман у напрямі

столиці Угорщини. Вже видніли вежі її, коли при шляху на оболоні узріла султанка Ель Хуррем бідний табор циганів. Блідий місяць стояв на небі, а в таборі горіли червоні огні.

І дригнув давній спомин у душі султанки. Вона казала задержати криту карету свою, вихилилась крізь вікно і кинула жменю золотих монет між гурток циганських жінок.

Як голодні птиці зерно, так вони вмить визбирали гроші з землі й зачали тиснутися до вікна карети, щоби предсказати будучність незнакомій пані.

Султанка Ель Хуррем простерла ліву руку, й одна з циганок зачала говорити:

"Біля шляху твого лелече й кедрина... По однім боці квіти і тернина... По другім боці хрест і домовина... Як блідий місяць, так рости буде твоя сила, пані... А в житті своїм два рази зустрінеш кождіську людину, котру раз узріли ясні очі твої... А як час наспіє, на мості калиновім узриш перстень з міді в п'яної людини, лозліткою вкритий, з каменем фальшивим..."

Тут циганка глянула в обличчя незнакомої пані і, сильно збентежена, крикнула одно незрозуміле слово та перервала ворожбу. Як розпуджені птиці, зачали втікати від повозу всі циганки й цигане. Та, що ворожила, правою рукою закрила очі, а лівою кинула в карету крізь створене вікно золотий гріш, який перед тим підняла з землі.

Султанка Ель Хуррем страшенно схвилювалася несподіваною образою звороту гроша, а ще більше перерванням ворожби. Бліда, глянула на свого мужа, котрий спокійно сидів на коні. На благаючий опіки погляд улюбленої жінки дав знак рукою — і його гвардія вмить обступила колом весь табор циганський.

— Що се значить? — запитав султан провідника циганів, що наближався до нього з глибокими поклонами. Той відповів з острахом, кланяючись майже до самої землі:

— О високий башо султана Сулеймана! Тут лучився надзвичайний випадок, який мусить перервати ворожбу. Та, що ворожила тій гарній пані, зустріла її вже другий раз в житті, і перша ворожба її вже здійснилася! Такій людині не вільно ворожити вдруге, ні приняти від неї ніякого дару людям з цілого табора, опріч корму для худібки...

Коли він се говорив, помалу наближалися розпуджені циганки й цигане та неохоче клали довкруги карети золоті монети, одержані від султанки.

Султан не відповів циганові ні слова, тільки тихо сказав кілька слів до одного зі своїх прибічників.

Незабаром циганам видавано обрік, сіно й овес для коней. А султан з жінкою виїздив на королівський замок на нічліг.

Коли знайшлися на високій платформі замку, зворушена пригодою, султанка сказала несміло до мужа, що почулася матір'ю. Усміхнувся до неї і сказав:

— Коли буде син...

— То ти даш ім'я йому,— докінчила.

— А коли буде дочка?

— То ім'я її буде Мірмаг (Місячне Світло),— відповіла, — бо згадка про силу того світла, про яку оповідав мені раз Кассім у Стамбулі, додала мені сили під Віднем не пустити тебе до бою.

По хвилі додала:

— Бачиш, я через тебе впала з коня, а тобі, може, і життя вратувала.

Султан весело усміхнувся й відповів:

— Коли я собі добре пригадую, то здається, що я через тебе впав з коня і в рішаючій хвилі вивихнув собі руку. Але, може, й лучше так сталося.

— І ти ще можеш сумніватися, чи лучше? — запитала.

— О, ні, не сумніваюся,— відповів Сулейман, котрий так любив сю жінку, що мимо великої твердості свого характеру все їй уступав. І все був задоволений з того, що уступав.

— І чому ж ти відразу так не говориш? — сказала, врадувана.

— Повір мені, що я дуже тішуся, що не ти звихнула руку, тільки я,— відповів.

— А мені найбільше подобалося, як ми, йдучи на Відень, бачили з горбів по дорозі, як утікали перед тобою німецькі відділи. Точно, як птиці перед бурею!

Бачив, що вона не звертала ніякої уваги на його невдачу й тішилася тільки проявами його сили. Чув любов її й був щасливий, дуже щасливий.

— А не знаєш,— запитала,— чому циганка перервала предсказування моєї будучності?

Цікаво вдивлялася в його очі. Сулейман споважнів і сказав:

— Мабуть, тому, що тобі предсказує будучність сам Аллаг.

— Нехай діється воля Його! — додала так щиро, якби на хвилинку блиснула в ній її давня віра.

І разом увійшли в прекрасні кімнати угорських королів.

Муедзини зачали співати п'ятий азан на вежах струнких мінаретів. На Дунай лягала чудова тиша ночі, і птиці змовкали в густих очеретах.

Сулейман Величавий схилився з жінкою на диван молитовний, обоє обличчям обернені до Мекки. Обоє молилися до Бога за життя, яке ще було перед ними,— дивне життя.

XVIII

ГАДДЖ РОКСОЛЯНИ

"Хвала будь Богу, єдиному! Крім Нього нема Бога. Він живучий і вічно живий. І нема нічого Йому рівного, ні на землі, ні на небі. Він сотворив небо та землю й упорядкував світло й темряву. Хвала і слава Йому, що своїх вірних провадить до святої святині!"

I

Вже час наспівав і здібний син Сулеймана, Мустафа, як винна літорость, дозрівав... Дозрів і замір султанки.

В п'ятницю, Аллагом благословенну днину, виплила хассеке Хуррем зі сином Селімом і з донечкою Мірмаг кораблем зі Стамбула до Єгипту, щоб відбути Гаддж — святу подорож на прощу до Мекки й до гробу Пророка. Вона нарочно вибрала ту путь, щоб обминути Єрусалим і святу землю нессараг, де уродився, страждав і помер на хресті дивний Бог джаврів. Султанка не хотіла ступити на ту землю, заки помолиться біля гробу Пророка. І всі правовірні мослеми хвалили розум і побожність її.

В Єгипті мала ждати на мужа свого, котрий також хотів їхати з нею на Гаддж, але важні державні справи задержали його несподівано в Стамбулі. Коли б Сулейман не міг прибути в означенім часі, одержала дозвіл їхати без нього дальше, що й сталося. В Каїрі зложено для неї велику каравану з прочан і султанської сторожі. І вона рушила на Схід, наперед щоб оглянути гори Синайські.

Геть за Суезом дромедар султанки звітрив воду оази і сам пустився найсильнішим бігом.

Сонце почало помалу заходити. А мертва піщана

пустиня зачала якраз тоді світити таким надміром красок, якого ще в житті не бачила: острі, мов пороздирані, зариси гірських ланцюхів на сході світили всіми красками, почавши від найяснішої краски фіолету аж до найтемнішої червоно-пурпурової. А в тім самім часі зелень долин немов завмирала в матовім відблиску і ставала недвижимо мертва.

Від сторони старого Єгипту надходила ніч. Вже провідники-бедуїни загорнулись на ніч в довгі кирей з чорної козячої вовни і поклалися на піску, блискучім, як перли, склонивши голови до сну на верблюдів. Над ними світила синя, як туркус, велика баня неба, з діямантовими зорями. Поклалася й султанка Місафір, а далекий сміх гієни, що йшла до води, колисав її до неспокійного сну. Султанка Місафір довго не могла заснути, розпам'ятуючи в пустині дивне життя своє й тягар гріха, що гнобив душу її: вже докладно уложений план убийства первородного сина свого мужа від першої жінки. Ніхто не знав про її план, опріч неї і Бога на небі. Якраз для відвернення всякого підозріння від себе наражувалася тепер на дуже важку й небезпечну подорож до найсвятішого місця мослемів і до гробу Пророка.

А раннім ранком, коли ясна стяжка світла зійшла далеко на Сході, забреніла мала мушка і збудила могутню султанку.

Незабаром заблестів на піску огонь з сухого навозу верблюдів. Над ним поклали казани з пахучою кавою. А по сніданню рушила каравана султанки в полуднево-східнім напрямі. Праворуч мінилося якоюсь дивною зеленню Червоне море. Оподалік від нього грізно піднімалися темні маси гір Джебель-Атака, а ліворуч — гори Джебель-Ет-Тіг, зложені з вапна, крейди й піскового каміння.

В блискучім світлі сонця тихо простягалося широке побережжя Червоного моря. Ноги коней і верблюдів глибоко западалися в його сипкім піску, але мимо того хід їх ледви було чутно.

Старий провідник, бедуїн у довгім, білім бурнусі, що їхав біля султанки Ель Хуррем, приложивши руку до чола і до серця, сказав:

— Отсі високопенні дактилеві пальми і вічнозелені тамариски з лускоматим листям і з квітом, як роза, червоним, отсі акації, що мають пні, мов з бронзи, і колючки, мов зі срібла, — всі вони вказують, що недалеко відси жерела Моисея, о велика хатун!

— Студені чи теплі?

— Гарячі, о хатун! Але руку можна в них вдержати. Вода в них має в собі тільки мало солі, а в деяких така гірка, що пити її неможливо. Джерела ті укриті між кактусами й дикими пальмами, о хатун!

Увагу султанки відвернув невисокий сугорб, дивний тим, що на самім верху його блистіла немов саджавка з водою. Султанка скермувала до нього свого верблюда і, під'їхавши ближче, зіскочила на землю та скоро підійшла до води. Хвилинку вдивлялася в неї, потому нахилилася й обидві руки вложила в воду, заки провідник вспів прибічи наверх.

Несподівано крикнула і поспішно витягнула руки. Їх обсіли водні насікомі й щипали завзято.

— Не бійся, о хатун,— сказав араб.— Ти кричиш більше з несподіваного страху, ніж від укушень. Вони нешкідливі.

Кажучи се, сам занурив обидві руки в воду аж поза лікті й зачав витягати намул чорний, як атрамент, і вимивати прозрачні вапняні шкаралущі звіряток, котрі вже вимерли в них. З таких шкаралущ повстав цілий той дивний сугорб, що стоїть досі на пісках пустині недалеко від жерел Мойсея біля гір Синаю.

Коли вже знов їхали старинним Шляхом Фараонів, котрим Ізраїль мандрував перед віками, сказав старий араб до могутньої султанки, показуючи рухом голови на сугорб з маси шкаралущ:

— Кождому сотворінню призначив Аллаг діло його. І нема в очах Всемогучого ні менших, ні більших діл. Мектуб!..

Султанці Ель Хуррем пригадався її учитель Абдуллаг, котрий у Кафі оповідав їй, що предсказано.

Їхали дальше мовчки Шляхом Фараонів. Кусні острого креміння й, очевидно, людськими руками зроблених кам'яних знарядів, кінці крем'яних стріл, до ножів подібні, лежали здовж того шляху в пісках. Їхали довго.

Жара кріпшала, бо наближалося полудне. Верблюд султанки, котрий досі уперто крутив носом, коли вона підсувала йому сухі, як порохно, зела пустині, тепер зачав ласувати їх, мов присмаки, особливо пахучі кантоліни та гіркі золотисто-жовті колоквінти; овочі їх, подібні до малих помаранч, лежали засхлі здовж Шляху Фараонів між листям, подібним до листя винограду.

А як сонце зайшло, каравана стала й арабські провідники зварили й зачали їсти біле м'ясо пустинних ящірок, котрого не могла їсти жінка падишаха. І дали їй меду диких пчіл і солодких дактилів.

І знов настав день, але такий, що не добре надасться до їзди в пустині. То зі сходу, то з полудня завівав вітер — такий гарячий, що здавалося, немовби хто дув огнем з величезного міха. Небо стало жовте, як сірка. А за кождим подувом гарячого вітру воздух ставав темний і їхалося, мов у мряці.

Невимовна спрага зачала мучити людей і звірят. Бедуїн, що постійно їхав біля султанки, виняв і подав їй до жування затверділу живицю, котрою пріє арабська акація.

Страшна жара тривала весь день аж до вечера. А коли нарешті улягся "вітер з пекла", була вже темна ніч. І навіть міцні люде не мали сили, щоб відразу зняти сідла зі звірят. Так їх втомила жара.

Всі бедуїни подивляли султанку Місафір, котра весь час їхала на своїм верблюді, мов правдива арабка. І ні разу не казала здержати каравани, хоч була дитиною далекої країни на півночі, де сонце лиш тоді має сильний блиск, коли на нього дивитися. За її прикладом держалися й жовніри падишаха, хоч не одному з них робилося млісно коло серця і язик згоряча деревів.

А третього дня старий шлях фараонський перейшов у майже бездоріжну, кам'янисту стежину. Довжезним гусаком сунула нею каравана султанки Роксоляни до гори, званої Горою Купелів Фараонських.

Густа пара по сей день добувається з дуже гарячих жерел на тій горі, в котрих від споконвіку кипить натрон і вапно, сіль і сірка. Там можна згинути від спраги, бо нема ні каплини води до питтю.

Немов гаряча піч, обняла каравану вузька і безводна долина. Одиноку стежину її ще більше звужували з обидвох боків острі, кам'яні виступи-іглиці високих гірських стін з червоним, чорним і ясно-жовтим камінням.

Каравана з трудом зачала входити на гору Ваді-Будру. Величезні поклади брунатного, червоного й зеленого граніту, мов поверхи веж, підносилися до неба. Виглядали як будова велетнів, бо велетканські квадри каміння видніли немов уставлені одні на других. Великі купи й довжезні полоси чорних жужлів, випалених вулканічним огнем, тягнулися попід колосальні брили граніту. Між ними тут і там немов горів яскравий, як цегла, червоний порфір.

Втомлена йшла каравана султанки стежиною самим крайчиком пропасті через старинний перехід, де вже найменший подих вітерця викликає бодай улуду охолоди.

В полудне четвертого дня дійшла каравана султанки до славних копалень Маггара, де вже літ тому п'ять тисяч єгипетські фараони добували мідь і малахіт і відки слуги їх привозили дорогий синій туркус до царських скарбниць у

Мемфісі.

Тут здержано похід, бо султанка хотіла оглянути старезні шахти. Вони з неймовірним трудом і накладом праці вкопані в надзвичайно тверді, блискучі скелі граніту і що далі, то вужчі. Штучні, кам'яні колюмни забезпечували робітників перед заваленням їх у небезпечних місцях, де граніт був потріскний. Ще видно було сліди долота й іншого знаряддя старинних каменярів Єгипту між синьо-зеленими туркусами в міцних скелях, де вони в темних ломах заховали свій блиск і свою чудну барву.

Вся долина покрита була до втоми монотонними кусками цегли, випаленими начервоно, оживлена тільки набатейськими, коптійськими, грецькими й арабськими написами, вирізаними на великих скелях. Султанка Місафір прислонила білою рукою свої сині очі й занялася читанням арабських написів. І довго читала їх та й навіть виписувала з них старинну мудрість, як пчола, що збирає мід, де зустріне його.

На заході бовваніла пуста і нага група гір Джебель-Мокатеб. Не було ні на ній, ні під нею навіть наймарнішої деревини тамариски, ні стебелини, ні моху, ні трави. Тільки цариця самота і дочка її мовчанка панували тут всевладне аж ген далеко і високо-високо — до величної і дивної гори-піраміди з п'ятьма росохами, званої Джебель-Сербаль. Се свята гора законодавства гебреїв і всіх народів, що прийняли віру Божої літорослі — Спасителя з роду Давида, сина Пречистої Діви Марії.

Стрімка і мов застигла в безконечній самоті і мовчанні стояла п'ятипальчаста свята гора Мойсея, звана Синайською, або Горою Божого Закона. Велична, мовчазна, мов білий п'ятикратне загнутий воаль-серпанок, правдиво найдорожчий з серпанків на землі. А під нею Чорні нижчі гори і далека оаза Феррану. Стрімка і застигла в спокійній величі підноситься свята гора Мойсея. А від неї аж до Рас-Магомеду на полудневім кінці півострова прямовисними розпадлинами блистять від споконвіку донині масивні гори з порфіру і ріжного іншого каміння — червоного, як м'ясо, зеленого, як трава, чорного, як вугілля, і такими масами доходять вони аж до Червоного моря, де кінчаться в воді, оточені коралями...

А п'ятого дня каравана султанки наближилася до стін з граніту Ваді-Феррану, найбільшої долини півострова, званої Долиною Шишей. Вона раз у раз ширшала. Біля стежини каравани зачали показуватися сочисті і поживні зела.

По п'яти годинах дійшла каравана до Перли Синаю,

найкращої оази Ваді-Феррану, де перед віками була битва з Амаликитами.

Свіжі жерельні струмки і потоки журчать в огородах Перли Синаю, званих Відблиском Раю. Над чистою жерельною водою ручаїв співали птахи в густій трощі і плигали дикі качки. Між рясними овочами зелені гранатів видніли зелені дерева мігдалові, тамариски, пальми дактилеві, і дерева сеялю, і прекрасні смуги піль з товстою пшеницею і ячменем.

В Перлі Синаю спочила перла Царгорода — султанка Роксоляна. А на другий день рано сказала здивованим арабам, що хоче особисто вийти — на сам верх святої гори Мойсея!

— Там нема ні доріжки, ні стежки, о велика хатун! То гори бездоріжні…

— Як часом людське життя,— відповіла султанка. І наказала приготовитися до подорожі провідникам і малим четам яничарів і сіпагів.

Через дикі скелі і гостре каміння, малими долинками, де били з землі жерела і була рістня, западнями і дебрами йшла дивна жінка падишаха в бездоріжні і безстежні висоти Джебель-Сербалю. За нею мовчки йшли чети мослемських салдатів, а біля неї здивовані провідники.

Немов виразна мапа, що має реліфи, ярко відріжнені красками, зарисувалися перед її очима вже з першої висоти: чорна полоса гранітів, і сіра піскового каменю, і жовта пустиня, й зелений управний простір Ваді-Феррану. А далі пребагаті в закрути долини між незлічимими горами і вижинами, безмежна й оком необнята Пустиня Мандрівки аж до далеких-далеких височин Петрасу, до гір між Нілем і Червоним морем — кожда з них у властивій собі красі і величі виразно виступала в прозрачнім чистім повітрі.

Ніхто не почув від дивної жінки падишаха ні словечка жалю, хоч одяг на ній скоро подерся і звисав шматами і хоч руки мала болюче й до крові подерті кільцями ростин у диких дебрах Джебель-Сербалю.

Провідники раз у раз оглядалися на неї, чи не скаже вертати. Але помилялися до кінця. Султанка йшла дальше в дикі вертепи Сербалю, хоч і біла сорочка її вже також була подерта. Держалась лишень щораз більш оподалік від мужчин і йшла завзято дальше на найвищий верх святої гори Мойсея, відділений від інших верхів її глибокими пропастями.

Під самим шпилем казала всім задержатися й сама-одна вийшла на нього.

Пізно вночі вернула зі сторожею до Перли Синаю й до краю втомлена лягла під тамарисками, дивними деревами, що дають манну, якою Бог кормив свій нарід у пустині. Дерева ті мають дуже делікатну кору. Вона, проколена одним родом насікомих, видає у зранених ними місцях каплини, подібні до меду і чисті як кришталь. Вони відпадають, твердіють і надаються до харчу.

Султанка Роксоляна відпочала кілька днів і вилічилася з ран на руках і ногах. А тоді заявила, що хоче ще відвідати Синайський монастир християн, положений високо в неприступнім місці між білою горою Мойсея і чорним Джебель-Аррібом.

Та тепер уже ніщо не дивувало ні бедуїнів-арабів, ні солдатів султана.

Скоро світ рушили з нею стрімкою стежкою. А коли стежина ставала вже дуже стрімка, взяла султанка звіра за поводи і пішки йшла перед ним, додаючи йому відваги. З молитвою до Аллага на устах ішли за нею побожні мослеми.

Праворуч і ліворуч підносилися височезні, прямовисні стіни з граніту в дико-фантастичних формах, бо й граніт вітріє у безвістях віків, і нема нічого вічного, опріч духа Божого і його частинки, яку Бог вдунув у людей на образ і подобіє своє.

По якімсь часі походу вгору побачила оточену горами рівнину Ер-Рага зі скалистою височиною Ес-Сафсар при її кінці. У страшній величі показалися її очам незабаром незмірні гранітні маси двох, майже до небес високих, червоно-брунатних скельних стін.

А коли перейшла ту страшенну челюсть, створилася перед нею лагідно піднесена долина Етро, по-арабськи Ваділ-Дер, з горою Арона. А далі шлях до високо положеного Синайського монастиря. Стоїть самотній, на широкій долині, у північно-східного підніжжя гори Мойсея, збудований як кріпость. У камінні перед тисячем літ вковані три тисячі сходів провадять туди, наверх.

Тут знов кілька днів спочивала султанка і п'ять разів на день молилася, лицем обернена до Мекки...

А потім пішла Ваді-Гебраном у полуднево-західнім напрямі, до чистого як кришталь жерела, біля котрого росте непрохідна гуща тамарисків і диких пальм. Сіеніт і базальт довкруги. Але скелі ставали помалу щораз менші. Вже виступали округлі каменюки і пісок, щораз то кращий і мілкіший.

Каравана султанки скорим походом перейшла пустиню

Ель-Каа і дійшла до гори, званої Дзвін, по-арабськи Джебель Накус. Вона дає себе чути немов далеким звуком дзвонів, котрий кріпшає й переходить у дуже дивний шум. То навіваний вітрами пісок паде там у розпуклини і пропасті тої незвичайної гори і, зсуваючись, дзвонить по скелях, а при скорім леті викликає враження сильно шумного дзвоніння. Дзвонить, як вічна вістка про дивну долю цариці і жінки Халіфа, що колись, як служниця в сераю, воду носила і кам'яні сходи мила.

II

А коли відважна султанка Місафір втягнула в свою душу образ пустині та передумала її,— стратила відвагу запускатися дальше. І несподівано для всіх казала вертати до Каіру, щоб іще ждати там на свого мужа Сулеймана. Бо образ пустині, рівно як образ моря, і степів, і великих надземних просторів, звертає душу до Бога.

Мовчки завернула сторожа султанки, а прочане, котрі йшли з нею, пішли дальше, до гробу Пророка.

А як у Каірі розійшлася вістка про очайдушну відвагу султанки, зібралася рада місцевих імамів і хатібів та заприсягла в святині сторожу її, що жаден воїн її не верне живий без живої жінки падишаха, коли вона вдруге вирушить у подорож до Мекки. А в кілька днів опісля наспів з Царгорода посол від падишаха і приніс сумну вістку, що вмерла мати Сулеймана, а він просить жену свою помолитися за смуток свій біля гробу Пророка. Тоді вдруге зложили для неї велику каравану з прочан і сторожі, і вона знов рушила на Схід.

А перше замітне місце її постою в дорозі була тепер місцевість Мігтат-Бір-Ель-Абд, де зачиналася країна малих горбатих коров. Там розложено намети й жінок узято в середину табору. Розпалено вогні та пражено пшеницю. А ніччю розставлювано сторожі аж до сходу сонця, бо розбійничі племена арабів чигають на такі каравани, підсуваються в темряві до них, душать прочан і ограбовують.

А як сонце зійшло, навантажено знов верблюдів. І каравана султанки рушила в путь та прийшла до Ель-Гамри, між високими горами, де не було ні одного подуву вітерця, опріч гарячого, як огонь, воздуха, що йшов від гір, страшенно розпечених сонцем. Скелі на тих горах виглядали, як замки з ріжнобарвного каміння. А попід гори тягнулися червоні, як кармін, піскові насипи. Тут каравана спочила й пекла та їла баранів. А потому посувалася між двома хребтами нагих гір. А як сонце зайшло, прийшла до Ель-Сафри. Там були жерела, та вода їх була гаряча, як окріп. Всі вірні милися в ній і молилися біля жерел. Тут застали якесь плем'я арабів, що жінки його були одягнені в шкіри, висаджені мушлями, а діти їх бігали нагі. Крім наметів, мали помешкання в печерах на склоні гір. Від них можна було купити яєць і сухих дактилів. Се плем'я убивало найбільше прочан. Але страх перед султанською сторожею мало такий великий, що вночі убило тільки б прочан, котрі необережно віддалилися з табора.

А найближчий постій називався Бір-Ель-Маші. Тут ніч була така темна, що не видно було руки, навіть піднявши її до самих очей. Тої ночі убили розбійничі араби тільки трьох прочан. Ранком похоронено їх на склоні гори, приложивши тіла камінням, бо годі було викопати гроби в твердій, як скеля, землі.

А найближчий постій називався Бір-Ель-Нахль, між горами без дерев, без ростин, з бідною землею. Тут воздух був дуже гарячий і води було дуже мало, вона була жовта і воняла сіркою. Щоб могти її пити, треба було розпускати в ній сок з брескви й тамаринди. Із-за горячі й душності не мож було заснути тої ночі. І хассеке Хуррем з донечкою Мірмаг вийшла перед свій намет і стала під безмежним наметом Аллага, що звисав над темною пустинею, як чорний оксамит, і дивилася султанка в пустиню, де видно було тільки блискучі в темряві очі шакалів і чути було їх сумне скигління, а молоденька Мірмаг тулилася до матері зі страху. І успокоювала її мати, що кругом стоїть сторожа з яничарів і сіпагів, а над прочанами сила Божа.

Нараз замовкло виття шакалів і стало тихо, як в усі. На горі заревів лев. І жах потряс пустинею і всіми, що жили на ній. Замовкли навіть перекликування сторожі. Хассеке Хуррем ішла до намету, бо й вона налякалася страшного царя пустині. Втім залунав людський голос. І серед нічної тиші блиснуло та загриміли дві сальви вистрілів. То яничари й сіпаги стріляли в темряву пустині. Відповів їм знов потрясаючий рев. А вони вдруге і трете стріляли в темряву. Тої ночі не спав ніхто дорана.

В наметі оповідали невольниці, як гарячий вихор самум засипає каравани прочан, що мають тяжкі гріхи на совісті.

А потому знов їхали довго і каравана увійшла в якусь дивну місцевість, довкруги котрої був простір "водних дір".

Там ґрунт був вапнистий і поритий штучними басейнами, де місяцями переховувано воду з рідкого в тій околиці дощу. Там видніли де-не-де поодинокі пальми, але сама місцевість була без зелені.

Відси рушила каравана на пусту й тільки сліпучим блиском сонця залиту рівнину. Година за годиною минала, і все видніли тільки простори піску й чорне каміння, гладенько вітром ошліфоване, що страшно блистіло в яркім блиску сонця. З верхів піщаних горбів, які зустрічалися по дорозі, видніло непереглядне море далеких піскових рівнин, малі округлі голови піскових сугорбів і дивні гребені, що немов тонули в оточенні кам'яних валів.

А найближчий постій був Ель-Ціят,— дуже приємний. Тут привітали султанку посли святого міста Медини,— мир і поводження мешканцям її!

Та заки каравана дійшла до Медини, воздух став від горячі такий червоний, як шерсть верблюда, мальована гемною, й земля стала пекуча, мов грань. Тут на цім шляху згинуло багато верблюдів, а ті, що їхали на них, поручившися волі Божій, ішли далі пішки по розпаленім, як грань, камінні. І багато їх упало мертвих серед пустині, і не побачили вони домів своїх.

Нарешті здалека показався в промінях сонця святий город Медина-Ель-Набі, як біла голубка на жовтій пустині. А як сонце клонилося до заходу, каравана султанки вступала у святе місто. Всі люди її були мов п'яні від утоми і спеки. Але в тім місті могли справді відпочати, бо тут вода була зимна, як лід, і солодка, як мід, а воздух був чистий, як кришталь. Тут усі забули страшну горяч пустині та спали твердо до ранку. А рано пішла султанка до Гарам-Еш-Шерифу і вступила у Браму Миру і молилася. Дім той був такий гарний, якби люде вкрали його з Божого раю. Чудові були краски його: червоні, жовті й зелені. І великі скарби були в нім, даровані султанами, і князями, і вірним народом. Оден мур того дому був позолочений, на нім багато надписів з Корану і правдивих історій. Між 400 стовпами і 300 лямпами, на долівці з мозаїк і мармурів, під високим вікном, крізь яке видно синє небо, на місці, де помер Пророк Магомет, узріла хассеке Хуррем його домовину з білого, як сніг, мармуру, під чотиригранним балдахіном з чорного каменю. Вся вона була покрита дорогоцінними килимами, які змінять що 6 літ й уживають опісля до накривання домовини султанів і дітей султанської крові. Біля Пророка спочивають халіфи Абу-Бекр і Омар.

— А тут,— промовив провідник,— має забезпечене

місце Ісус, син Марії, що прийде ще раз при кінці світу...

Султанка здригнулася, зітхнула до Бога і казала покласти привезені зі Стамбула дорогі килими, призначені колись на домовини її мужа й дітей.

Кинула ще раз оком на домовину Пророка і на напис на ній: "В ім'я Бога! Уділи йому ласки своєї!" І вийшла зі святині Пророка з острахом у душі, бо знала, що тут не була ще нога невірної людини. Навіть віддих такої занечищує воздух святих місць. Тут мослеми убивають без пощади кождого невірного, що наблизиться до святих місць Ісламу. Відси пішла султанка до місця, де ангел Господень зійшов з неба, і до місця, де жила дочка Пророка, і до інших святих місць, відріжняючи правду від неправди. І ще відвідала хассеке Хуррем,— благословення Боже і мир над нею! — місця, де жила Сіт-Галіма, мамка Пророка, і жінки його, і син його Сіді-Ібрагім і Саід-Ель-Хадрі, приятель його, і місце, де святої ночі кадр Коран зіслано з неба, і студню Ель-Хатім, що, має воду солодку, як мід, і квасну, як цитрина, бо два жерела з такими водами вливаються в неї, і де любив сидіти Пророк Магомет,— хай мир дарує йому Аллаг!

А потому їла по-тамошньому звичаю шам-борек, тісто на маслі, приряджене, як у Дамаску, і пила воду з жерела Пророка.

А другого дня ранком пішла на молитву до чотирьох святинь і коло полудня відвідала місце, де стояв ручний млинок, на котрім молола пшеницю дочка Пророка Фатьма. Млинок той оббитий золотом і висаджений смарагдами та іншим дорогим камінням. А потому пішки пішла з почотом своїм на гору Агд, де молилася за мужа свого, і за синів своїх, і приятелів їх. А вернувши, їла печене м'ясо, солену шаранчу, риж з маслом і овочі. А все там було дешеве, крім цитрин, хоч багато прочан було в Медині.

А як семий раз зійшло сонце над святим містом пустині, принесли аж під мури його і в саме місто Магмель-Шамі з дорогими завісами. А з нею прийшло 20 000 прочан і горожане з Мекки по жінку падишаха. І плакали за нею мешканці Медини, мов дощ лив з неба, і всадили її в святині до Магмель-Шамі при реві самопалів і гармат кріпості.

І йшла каравана султанки аж до заходу сонця і спочала в Біярі-Алі. А другого дня коло полудня вистріл з канони дав знак, що наближаються до найсвятішого місця ісламу. І попадали всі обличчям до землі й лежали годину на піску і молилися, аж поки гук гармат не дав їм знати, що можуть встати і йти дальше. Встали і йшли ще годину по заході сонця, аж прийшли до місця багатого у воду. Там була непереглядна тьма прочан, що заповняли пустиню на три милі довкруги. Вони пекли на огнях солодке галяві з оливою з сезаму, з цукру і муки та хліб на зелізнім сачу, м'ясо на рожнах і инші присмаки. І горіла вся пустиня огнями серед чорної ночі. А кругом чути було оклики султанської сторожі, що берегла жінки падишаха: "Будь готов!"

А хассеке Хуррем спочивала в наметі на горбі, що називається Капелюх з цукру. Тут войовничі племена Геджасу складали їй поклін і частували її напитком, якого ще не пила в житті своїм.

І знов рушила дальше каравана султанки і спочала аж вночі серед нагої пустині. Тут усі прочане скинули одяги й завинулися в полотна. Йшли босо, без обуви, без завоїв на головах, бо не вільно вже мати на собі нічого шитого нитками, ні найменшої зброї, щоб навіть птички не убити в тім святім місці. І перед сонцем закриватися не вільно ні мужчинам, ні жінкам. А вечером дня того дійшли до Мекки, де воздух такий гарячий, що дихати ним важко. І води пити годі, бо й вона гаряча. Мов п'яні від утоми і страшної жари, прочане перейшли площу святої Кааби, покритої чорним шовком. Вона була оточена чудовою колюмнадою, освітленою тисячами округлих лямп, що горіли на землі, як звізди на небі.

Процесія вступила в Гарам-Ель-Меккі й молилася наперед за щасливий поворот. Там усі пили святу воду Пророка. А вечером споживали м'ясо з квасним молоком.

А слідуючого дня взяла султанка купіль і поїхала на гору Арафат, де Адам їв з дерева знання добра і зла і де його вигнала з раю сила Божа. Ця гора покрита міленьким пісочком і така широка, що на ній може зміститися 20 000 людей. На ній не було чути ніяких розмов, опріч криків прочан, що просили Бога дарувати їм їх гріхи і провини. А як сонце зайшло, освітили ракетами всю гору й залунали голоси серед ночі: "Прочане! Аллаг вибачить вам ваші гріхи!"

А як маси прочан дійшли до брами Адама й Еви, званої Ель-Алемцін, почався такий стиск, що брат не знав брата, ні батько сина; перли навіть на лектику жінки падишаха! Кождий хотів якнайскорше вийти з того місця, бо воно вузьке й дуже душне, а верблюди тратували на смерть тих, що впали з них у тій брамі. Тут військова сторожа жінки падишаха мала найбільше клопоту за весь час дороги.

А зі сходом сонця йшли прочане на місце Мазддяфаг, де кождий набрав кремінів сім разів по сім, щоб кидати їх в долині Мінд — на спомин, що тут Авраам відігнав кремінням чорта, що не давав йому принести в жертву сина Ісаака. З тим у понятті вірних лучиться відкидування від себе гріхів і грішних замислів. Султанка Ель Хуррем кинула також власноручно 49 кремінів на долині Міна.

Хассеке Хуррем власними руками збирала гаряче каміння пустині, а думки про долю її сина пекли її, як огонь... Мала кидати каміння в долині по звичаю. Але не хотіла відкинути ні одного зі своїх замислів, хоч вони були тяжкі, як олово. В долині Міна остали три дні по старому звичаю. А потому принесли в жертву баранів і вечером пішли до Мегмеля на чудоно прикрашеній площі. Т;ім були три ночі, освітлювані ракетами так прегарно, що подібної краси нема ніде більше. Щойно третього дня кидала хассеке Хуррем кремніння в долині Міна й вернула до Мекки. По дорозі оглядала гору Ель-Нур, яка так світить вночі, якби її хтось освітлював. А в долині Міна не остав ні один хорий, хоч спека там була страшна. Всі святині Мекки перейшла і милася в студні Земзен, біля якої осіли перші люди, й оглянула чарівну Мошею.

А як скінчила оглядати всі святині Мекки, пішла до найсвятішої з них, до Беіт Аллаг, де вмурований біля входу чорний камінь "гаджар". Його приніс архангел Гавриїл праотцю Аврааму. Там і досі є Макам Ібрагім, камінь з відтиском стіп Авраама. Ціла святиня закрита зверха перед людськими очима найдорожчими килимами. А щоб увійти до неї, треба її сім разів обійти пішки кам'яним шляхом.

А святиня Кааба не має дверей від землі, як усі інші святині на світі. Двері її уміщені високо. І сходів до них нема, тільки драбина.

З дрожанням серця входила по драбині султанка Ель Хуррем до нутра святині. А як увійшла і зступила до її нутра, — стала, здивована на вид, який побачила.

Дім Бога, званий Кааба,— ціль паломництва всіх вірних мослемів,— був у нутрі зовсім порожній і пустий... Чотири нагі стіни, і більше нічого... Ні вівтаря. Ні надписів. Ні знаків. Ні прапорів... Ні саджу, ні гікгми, ні тафсіру, ні фікги, ні навіть гадіту... Чотири нагі стіни, і більше нічого... Кам'яна долівка й кам'яна повала. Все з сірого каменю. Без килимів. Без оздоб... Чотири нагі стіни, і більше нічого...

І напружила весь свій ум султанка. Та не могла розуміти дивної мови Кааби, найсвятішої з святинь мослемських, що говорить мовчанням серед сірих стін.

А як вийшла з дивної святині мослемів, до котрої

кермуються обличчя їх, де вони не були б, знайшлася знов у блеску сонця. І прислонила очі, і побачила ряд улемів і хатібів, що вітали її глибокими поклонами, а діти найвищих родів Мекки страусиними перами кінчили змітати прегарні килими, постелені для ніг її, заки зійде до лектики. Стала, подякувала за честь і промовила:

— Хочу оставити добру пам'ятку для найсвятішого міста мослемів, щоб Аллаг милостивий був дітям моїм.

Всі достойники перемінилися в слух, і стало дуже тихо на подвір'ях Кааби. А могутня султанка Місафір отворила уста свої і промовила:

— Виберіть собі жерела студеної, доброї води хочби як далеко від святого міста сього, а я побудую кам'яні склепіння водопроводів по пустині й іменем мужа мого султана Сулеймана,— нехай вовіки триває слава його! — накажу допровадити все свіжу воду до святого міста сього.

Ще хвилинку стояли всі як остовпілі від такого дару, якого не дали досі й наймогутніші халіфи та султани. А потому всі впали обличчями на землю перед нею, як перед святою. І винесли срібні кітли з святині і вдарили в них. І збігся весь народ святого міста Мекки, і всі прочане, що були в нім. З кріпості над містом заграли труби, і вдарили гармати, й шал радості опанував усіх. І не було нікого, хто не знав би про великанський дар султанки Місафір, і всі благословили сліди її й дітей її.

III

А дня того вечером чудовий запах шампаки й інших етеричних перфум з найдорожчих магнолій заповнив високі кімнати султанки Місафір. Та не могла успокоїтися розбурхана думка її, і сон не зліпав її повік на відпочинок. Хоч уже й глуха північ глибоко віддихала і в уліцях святого міста Мекки не видно було ні одного дому, де світилося світло, стояли освітлені кімнати Ель Хуррем.

І запримітіла се нічна сторожа святині Кааби. А ранком занепокоєні священики її ждали вже в домі, призначенім для султанки, щоб довідатися, чи не хора вона.

Коли султанка Місафір переказала їм запит, якого лікаря мали б на приміті, відповіли: "Для хорого тіла і для хорої думки". А коли султанка Місафір попросила їх, щоб привели його, відповіли, що він не опускає своєї печери в пустині, де посвятився Богу як дервіш, і тільки там можна відвідати його.

По трьох безсонних ночах рішилася султанка Місафір відвідати святого дервіша. На триста кроків перед печерою затрималися всі, що товаришили їй, і тільки вона сама підійшла до печери й побачила в ній старця, що молився в ній. А вигляд мав такий, що пригадався їй опис того дервіша, котрий у Царгороді предсказав султанові уродження її сина Селіма в річницю здобуття Стамбула.

Вступила в печеру, і привітала його, і запитала, спустивши очі, як моленниця:

— Чи ти, о старче Божий, лічиш хоре тіло і хору думку людей?

— Бог лічить. А я тільки раджу людям, що мають робити, щоб осягнути ласку його.

— Чи тобі заповіли, що я прийду просити поради в тебе?

— Ніяких заповідин не приймаю, бо вірю, що лиш оден Аллаг кермує ногами людей до покути, коли ще не стратив надії на поправу їх. Усядь, донечка моя.

І показав їй на кам'яну лаву. Султанка сіла. Хвилину панувала мовчанка.

— Чи ти, старче Божий, міг би мені сказати, чому найсвятіша святиня мослемів пуста і порожня в нутрі своїм?

Старець уважно подивився на султанку й відповів:

— Щоб ти повнішу науку говорила тим, що в покорі перед Богом вступають до неї.

— Чому ж вона мені нічого не сказала?

— І тобі, доню моя, сказала порожня Кааба думки, повні мудрості, як овоч винограду повний соку свого. Тільки ти не розуміла їх.

— А які ж ті думки і як їх розуміти?

— Як звізда хвостата, як бездомний вітер, що блукають без цілі по небі й по землі,— так без мети блукає і кожда людина, котра відвернеться від правди слів Аллага, від заповідей Його. Тут, у пустій Каабі, бачиш все, що життя може дати, коли опустиш правий шлях Аллага. Пустий і порожній буде овоч Його. Така людина піде порожніми стежками і зійде на червоні, на котрих чути плюскіт керви. Умре без Бога радість в ній і надія сконає, вкінці покине її і страх перед Богом, початок і кінець розуму людини на землі. А як людина вийде з Кааби, то бачить світло сонця й пізнає, що можна одідичити більше, ніж земля може дати: блаженну ласку Божу на путі життєвій.

Здалека долітав здавлений оклик сторожі, котра

пильнувала, щоб ніхто не наближався до печери старця.

Султанка задумалася й запитала:

— Чи ти знаєш, хто я та де мій рід і дім?

Старець вдивлявся в неї довго. Потому відповів:

— Ти — давно предсказана... Султанка Місафір... Твій рідний дім відси так далеко, що там по дощевій порі вода в потоках і ріках стає тверда, як камінь, і можна її різати, як дерево, зубчастою пилою і долотом лупати, як мармор... бачу тиху річку... і садок над нею... бачу біля нього... і малу мошею — Пророка нессараг... коло неї бачу... домик батька твого... а ти ще маленька... бігаєш по нім...

— Що було зі мною дальше? — запитала султанка, запираючи в собі віддих.

— Ти виростаєш... струнка, як пальма... весела, як водиця... Тебе одягають... у білу суконку, в зелений вінок... Ти йдеш до мошеї Пророка нессараг... з молодим хлопцем, ні, вже мужчиною... і бачиш свічі... воскові, золотисті...

— Що було зі мною дальше?

— Ти біжиш... попри коні... дикі, волохаті... форкають на тебе зблизька ніздрями... а ремінні шлиї у тебе на шиї... батіг-сирівець кpaє твоє тіло... чую свист його... бачу твою ніжку... скервавлену... білу... і води спрагнені устонька твої...

— Що було зі мною дальше?

— Бачу морську мраку... і місто над нею... мінарети сяють... мослеми співають... бачу тебе в школі... й учителів твоїх... сідаєш на галеру... на чорний корабель... а на руках твоїх... ланці затискають... на беріг виганяють... на Аврет-базар...

Тут султанка,— котрій в очах крутилися слези вже від хвилі, коли старець згадав про її рідний дім,— заплакала, і слези, як перли, покотилися з очей її. По хвилі запитала м'яким голосом:

— Що ж було зі мною дальше?

— У найкращій хвилі свойого життя... ти молишся до Бога... у сутінку-ранку... за кратами стайні... на краю базару... а найглибша віра... у премудрість Божу... бухає з серця твого, як із жерела... ти кажеш сі слова... Да будет воля Твоя!..

Тут султанка перестала плакати й уважно вдивилася в очі дивного старця, що заходили екстазою. Їй вихопився з уст тихий шепт:

— Ти не мослемський дервіш, ти монах нессараг!..

Старець або не чув, або не хотів чути того, що вона сказала. Говорив дальше з екстазою в очах, уже без її запиту:

— Заходило сонце за святиню Божу... як тебе продали

на Авретбазарі... і сумерк западав... коли ти входила... у дім Сулеймана... Великого султана... ним Бог благословив... його власний нарід... а тяжко покарав... народи нессараг...

— Що було зі мною дальше?

— Бачу білий ясмин... ясний місяць сяє... очей молодих дві пари зустрічає... твій перший наречений... тебе благословляє... бо ти не відкидаєш... святий для тебе знак... не хочеш заміняти... за сигнет султанів... в тій хвилі залюбився в тобі Сулейман...

— О старче Божий! Скажи мені правду, чи він не перестане... любити мене?

— Сильний віл, моя доню, зриває воловід... великий чоловік не ломить слова... ось в'яне личко твоє... бо Господній посол... нікому невидимий... сильніший від заліза... вже час наспіває... в палату Сулеймана... у святу ніч Байраму... приведуть дівчину... найкращу квітку... зі всіх земель султана... а він не прийме...

Султанка Місафір відітхнула глибоко і вже спокійно запитала:

— Що буде зі мною дальше?

— Зараз, доню моя... ти могла зробити... зі своїм чоловіком... все при Божій волі... чуєш, доню?.. все... як він з народом своїм... і твоїм... а ти замість доконати великого діла... вкрала одну душу... і криєшся з краденим... доню моя, доню!..

— Ти не мослемський дервіш, ти монах нессараг!..

Довшу хвилю панувала мовчанка. Старець молився. Султанка блукала очима по нутрі його кам'яної печери і збирала відвагу, щоб запитати про те, чи здійсниться її найбільша мрія. Нарешті перервала мовчанку.

— Чи Мустафа, син Сулеймана, засяде на престолі султанів?

Обличчя старця захмарилося. Він остро вдивився в могутню султанку і твердо відповів, якби сокирою рубав:

— Мустафа... син Сулеймана... правний наслідник його... не сяде на престолі... батька і діда свого!..

— Чому?

— Уб'є його могутня султанка Місафір!..

Султанка побіліла як полотно і виглядала як береза, обвіяна снігом. Вся кров збігла їй з обличчя, і віддих в ній заперло. Коли прийшла до себе, кинула одно різке слово:

— Як?

— Рукою мужа свого... і батька Мустафи...

— Ти знаєш план її?! — закричала з забобонним страхом.

— Бачу, дитино моя... бачу ученого... котрий підкуплений султанкою... фальшує листи невинного Мустафи... фальшує так... що й сам Мустафа... не годен перед батьком... відріжнити своїх листів від пофальшованих... І гине Мустафа смертю невинного...

— То такий сильний блиск золота і самоцвітів? — запитала з укритим задоволенням, котре ледви здержувала в собі в почуттю, що посідає ту велику силу.

— Я вже бачив, як жовтий блиск золота і світло дорогого каміння з князів робило убийників і не одну жінку, не одну дівчину спонукало віддати свій найбільший скарб, чистоту свою, за перли і каміння, що мало прикрасити тіло її. Я бачив рубіни, котрих огниста і глибока червень робила чесних мужчин злочинцями, а шанованих жінок — упавшими. Я бачив перли, котрих матовий, ніжний блиск руйнував життя цілим родинам, сіяв зіпсуття, нечесть і смерть...

— Чи й я так люблю ті річі? — запитала з острахом.

— Ні! Ти, як уроджена цариця, любиш ті річі так, як любиться цінних людей за їх властиву вартість, за те, що кождий з них інакший і має цінність особи в собі. Бо всьому сила Божа дала обличчя своє, та найбільшу цінність має душа людини.

— А що буде з дітьми моїми?

— Гріх робить мати, котра більше любить дітей, ніж Бога і заповіді його. Дітьми карає матір сила Божа. Скоро по смерті Мустафи побачиш чашу кари в руці Селіма.

— І що тоді зроблю?

— Зажадаєш від мужа свого, щоб він право престола переніс на Баязеда.

— А муж?

— Він послухає закона Османів про право первородства і вперве та востаннє опреться волі твоїй.

— А що зроблю я?

— Ти даш Баязедові, молодшому синові свому, багато золота і самоцвіт-каміння на збунтування агів і війська падишаха. А свого мужа наклониш хитрістю, щоби зробив його намісником Анатолії. І піде син твій Баязед війною на батька і на брата свого та й Анатолі кине на Румілі. Заграють гармати, а син твій Баязед кривавими руками сягне від Скутарі на острови Принців, на Дівочу Вежу і на Долину Солодких Від. І зачне обступати пишну столицю Стамбул, і бити в довгу на милю касарню яничарів, і в серай батька свого, де колись стояла колиска його. А дикий розрух закриватить улиці Стамбула...

Султанка слухала, дрижачи на всім тілі — з жаху і з почуття гордості, що її син, кров її, буде в силі здобутися на таке діло. Зі зворушення ледви могла вимовити слова:

— А що буде з ним дальше?

— Від вечера до ранку ревітимуть гармати Баязеда на столицю батька. А за ту ніч покажуться білі, як срібло, нитки в волоссі побожного мужа твого. А як ранок засвітить, він виїде з сераю, з молитвою на устах, на чорно-чорнім коні, під зеленим прапором Пророка, проти руїнника і сина свого. І трьома ударами розіб'є на три части силу Баязеда, і чергою зіпхне в Чорне море, і в Босфор бурливий, і в море Мармара. І огнем з гармати буде ще плювати на трупи їх.

— Побідить?.. — прошепотіла султанка й поблідла.— І довідається про мою участь у бунті? А що зробить зі мною?

— Побідить, і довідається про твою участь, і нічого тобі не зробить... Тільки заллє кров'ю коридори й кімнати сераю, найгарніша квітко в городі Аллага!

Останні слова старця звучали немов глум. Вона відчула се й запитала скромно:

— А що робить людину гарною?

— Не тіло її, і не розум її, і не знання її, тільки мир у нутрі й діяльність, згідна з заповідями Бога. А того не осягне ніхто без чистоти душі.

— А як осягнути ту чистоту душі?

— Не уповати на себе, бо людина слаба і кволий дух її. Не рахувати на людей, бо вони непостійні й минущі. А кождої днини і перед кождим ділом своїм радитися в дусі Бога, бо тільки Він вічно постійний, найлучший і наймудріший.

Скривилася, бо не чула в собі змоги радитися з Богом про те, що задумала. Запитала:

— А що буде з моїм сином Баязедом?

— Згине з рук батька свого, подібно як Мустафа...

Впала на долівку під вагою тих слів і лежала, мов у паморочі. Немов у півсні, чула, як старець говорив:

— Далеко в північних горах, у землях перського шаха, стоїть оборонний замок, на недоступних скелях. Там схорониться син твій Баязед перед гнівом батька, шукаючи опіки у ворога свого і його. Та посли падишаха знайдуть його і там. І як ти золотом підкупиш військо султана, так вони золотом підкуплять замкову сторожу і серед ночі викрадуть живого Баязеда. І серед диких гір, під синім наметом Аллага, відчитають йому батьківський вирок і приб'ють йому його ятаганом на серце і скинуть у пропасть, де дикі звірі розірвуть тіло його.

Голосно заридала, а відгомін її ридання заповнив скельну печеру й понісся пустинею.

Та скоро перемогла себе. Обтерла сльози і запитала:

— Чи потомство мого сина Селіма вдержиться на престолі султанів?

— Удержиться, дитино моя,— відповів з сумом старець, — удержиться, аж поки мине круг часів, призначений всемогучим Богом.

Подумала хвилю й запитала напівсвідомо:

— Хто я, старче Божий, бо чужа я вже й сама собі…

— Ти велика людина, нещасна доню моя... Бо маєш сильну волю у змаганні своїм. Але твоя воля звернена до зла, до непошани заповідей Божих. І тому ти чужа сама собі, що ти відчужилася від Бога.

Султанка склонилася глибоко, дякуючи за потрясаючу розмову.

— Не знаю, чим надгородити тебе, старче Божий,— сказала, помалу вимовляючи кожде слово.

— Мене — нічим, хіба зміною злих замірів твоїх,— відповів зітхаючи.

Усміхнулася й, нічого не кажучи, вийшла з кам'яної келії старця. Ще від отвору відвернулася і сказала:

— Надгороджу милостинею багатьох убогих, яких зустріну на шляху свого життя.

Тепер старець не відповів ні слова. Він похилився на кам'яну долівку й потонув у молитві.

Пісковою пустинею Нефуд ішла каравана султанки в напрямі на північ і пустинею Гамед дійшла до святої землі. А як побачила Єрихон, чудове "місто роз і пальм", серед диких яруг та печер, задержалася біля криниці Єлисея з солодкою водою. Тут спочила султанка Місафір і відси пішла оглядати глибокі береги Йордану з трьома терасами.

А з Єрихону йшла дикими ярами, поміж нагі гори, до Мутесаріфліку.

Серце султанки товклося, мов птичка в клітці, то немов завмирало, коли в'їздила у святе місто, котре бачило муки Спасителя. Хвилями не ставало їй віддиху. Ще раз, останній раз, завагалася на тій землі, по котрій спливала свята кров Ісуса, але з упертим смутком в душі відкинула вагання.

Казала їхати просто до великої святині Омара й

розділювати милостиню по всім місті без ріжниці віри: магометанам, жидам і християнам.

І була султанка сім днів і сім ночей у святім місті Христовім. Не спала спокійно ні одної ночі. А днями блукала зі своїми дітьми і з пишним оточенням своїм по всім городі. Була на горі Голгофті, була й на Безетті-Моріяг і бачила всі більші стави Єрусалима, Ель-Батрак, Ісраін і Сітті Марям, і Бетесду, і Маміллю, й Еш-Султана, і численні цистерни. Об'їхала оборонні мури, котрі наказав будувати її муж, і двічі переїхала попри дуже сумну й обдерту церкву Господнього гробу, але не вступала до неї. А як переїздила попри Мур Плачу, почула несподівано з товпи жінок жидівських оклик у своїй рідній мові:

— О велика пані! Змилосердися над нами!..

Глянула в той бік. Оподалік стояла її приятелька з Кафи, Кляра, з піднесеними, мов до молитви, руками.

Султанка казала здержати свою лектику і, вся паленіючи на обличчі зі зворушення, вимовила тільки одно слово:

— Кляра!

— Настуню! — відповіла несміливо її товаришка зі школи невольниць. — Чи не погордиш мною?

— Чого б я мала гордити? Прийди до мого помешкання біля Гарам еш Шеріфу!

— Знаю, знаю! — відповіла врадувана Кляра, глибоко кланяючись разом з оточенням своїм.

Ще того дня прийняла її султанка разом з великою депутацією євреїв, котрі просили полекші в доступі до свого Муру Плачу. Султанка зараз наказала не робити їм ніяких перешкод, а закликавши сина свого Селіма, сказала до нього при депутації:

— Може, ти матимеш колись з волі батька владу намісника у сім святім місті. Не забудь тоді подарувати жидівському народові бодай сей Мур Плачу в Єрусалимі.

Опісля відійшла з Клярою до своїх кімнат і довго говорила з нею та тішилася її долею, бо Кляра оповіла їй, як по двох літах невольництва купив її поважний і добрий єврейський купець з Єрусалиму та взяв за жінку.

В неділю рано дзвонили дзвони в християнських церквах Єрусалиму й опускала святе місто султанка Місафір. Місто муки Спасителя мало сіру-сіру краску, тільки де-не-де виділяла зелень деревини. Султанка їхала в лектиці назустріч кривавим подіям, які мала викликати. В нутрі серця свого мала завзяту певність, що осягне свою ціль, хочби прийшлося їй прибити на хрест муки два народи, свій і свого мужа. А над

Юдейськими горами, що стрімко спадають до Мертвого моря, сходило тоді сонце, й побожні мослеми, лицем обернені до Мекки, розпочали азан, молитву свою.

Так відбула султанка Роксоляна свій другий Гаддж. А третій Гаддж відбуде до всевідучого Бога, коли небо розколеться, і коли звізди розсипляться, і коли води змішаються, гіркі з солодкими, і гроби обернуться, і коли Бог зажадає рахунку від усеї тварі, що має образ і подобіє духа Його.

Бо коли незнищимий жаден атом порошини, то мусить бути безсмертний і дух людини. І коли вічно ділає кождий рух вітерця, то мусять вічно ділати і наслідки наших діл. І тому кождий з нас відбуде великий Гаддж до Творця свого.

ПРИМІТКИ І ПОЯСНЕННЯ

Роксоляна — се історична постать.

Жила вона на переломі Середньовіччя й Нових Часів, коли люде білої раси відкрили Новий Світ, бусолю, друк, класичні книги й себе як індивідуальність, коли "рушили з основ землю й задержали сонце". В тім великім часі виступає на історичній арені Європи багато славних і діяльних жінок. Український нарід переживав тоді якраз найглибший упадок. Державність його зруйнована була так основне, що затратилися навіть спогади про неї в пам'яті українського народу. Він був тоді майже тільки безпросвітне темною масою, яка в тяжкій неволі коротала свій вік і не мала змоги видати з себе навіть славних мужів, не то славних жінок. Але немов на знак, які великі способності криються в народі нашої землі, видвигнула з нього Божа воля якраз в тім часі одну жінку як найбільшу жіночу постать світової історії тої епохи. Тою жінкою була Анастазія Лісовська, дочка нашого священика. Про сю наймогутнішу з тодішніх жінок, про радісну й веселу, повну енергії Настуню Лісовську, знану в історії під іменем Роксоляни, й написана ся повість.

Присвячую українським дівчатам сю працю про велику українку, що блистіла умом і веселістю, безоглядністю й милосердям, кров'ю і перлами. Присвячую на те, щоб вони навіть у найтяжчих хвилях свого народу і своїх не тратили бодрості духу і були підпорою своїх мужів і синів та діяльними одиницями свого народу,— передовсім опанувавши якусь працю і полюбивши її. Тільки таким способом можна доконати діла. Але воно, хоч доконане, не приносить добра, коли людина тратить у душі своїй вічний ідеал Божий і ломить постанови його. Я не доказую сего в сій повісті. Я тільки стверджую сей правдивий факт, ілюстрований дивним життям великої султанки, котра своїм гріхом розпочала розвал могутньої світової держави. Розвал той ішов уже нестримно аж до наших днів... Впливи — українські, східні, візантійські, західні, ренесансові й інші — сплітаються в барвистий килим тла, по якім, мов світла комета, перелетіла Роксоляна, той український Одіссей в жіночій сукні. Се тло тим трудніше представити, що ні у нас, ні в інших народів нема досі ні одної праці про синтезу тих чинників, як вони сплелися в тім часі на Сході. Бодай ні мені, ні тим, з котрими я говорив про ті часи, невідома ні одна така праця. Нехай же ся перша спроба — вжитися в ті часи заохотить письменників будучих поколінь української нації краще і лучше представити ту епоху й найвеличнішу постать її, яка століттями звертатиме увагу на себе. Бо, ставши своєю красою жінкою султана, виключно своїм блискучим умом і волею стала вона необмеженою панею двора і великої держави. Була безоглядна, як її час. Але серце мала добре і скарбів свого мужа часто уживала на зменшення людського терпіння. Була благородна, скромна і велика, мимо своїх гріхів, котрі тяжко спокутувала сама і її потомство.

Для тих, що зацікавляться особою Роксоляни, подаю тут деякі найбільш доступні жерела про неї:

1) Hammer: Geschichle des Osmanischen Reiches, groesstenteils aus bisher unbenuetzten Handschriften und Archiven. Друге, поправлене, видання, Пешт, 1834. Головно Том ІІ-ий. (Але для пізнання Туреччини треба перечитати всі томи). Се величезний і дуже докладний твір німецького ученого. Історики інформували мене, що, хоч тому творові вже сто літ, то він все ще належить до найлучших.

2) Niemcewicz: Zbior pamiatek o dawnej Polsce. Warszawa, 1822. Том II.

3) Szajnocha: Sxkice historyczne. III.

4) Zegota Pauh: Starozytnosci galicyjskie, 1840. Він цитує в оригіналі реляцію венецького посла Петра Брагадіно про Роксоляну з 1526 р.: "questa domna di natione Rossa, giovine, non bella, ma grassiada..." Те, що пише італійський (венецький) посол, котрий бачив Роксоляну як султанку,

значить, що та пані, по народності русинка, не була гарна, але приємна. Та кождий має своє поняття про красу. Портрет Роксоляни, котрий знаходиться в нашім Національнім музеї у Львові, роботи італійського майстра, вказує, на мою думку, що вона була дуже гарна: дуже делікатна, дуже скромна і дуже спокійна з вигляду,— така спокійна, що успокоює навіть погляд на її портрет. Кромі сего прегарного портрета Роксоляни, бачив я ще оден, роботи німецького артиста, на котрім крісло її й буквально весь її одяг висаджені великими перлами. В нашім Національнім музеї є два її портрети.

5) Польський посол Твардовський, який був у Царгороді в 1621 р., чув від турків, що Роксоляна походила з Рогатина. Інші вістки кажуть, що вона походила зі Стрийщини; Гославський пише, що з містечка Чемерівці на Поділлі. Наша народна традиція, яку пригадую собі ще з діточих літ, в'яже її походження з Рогатином, що підтверджує привезене Твардовським свідоцтво турків, яким та їх султанка мусіла глибоко вбитися в пам'ять — з ріжних причин.

6) З белетристичних опрацьовань теми відома мені історична повість "Роксоляна, или Анастазія Лисовская", печатана в "Подольских Епархиальных Ведомостях" з 1880 р., мала поема Старицької, печатана в Києві, й лібретто до опери Д. Січинського, печатане в Станиславові.

7) Кромі того, відомо мені, що в бібліотеці одного з італійських університетів знаходиться по-латинськи написана книжка про Роксоляну під заголовком "Roksolana uxor Suleimani". Я робив усякі можливі заходи, щоб одержати ту книжку до перечитання, але мені не удалося. Звертаю увагу будучих наших письменників, що для докладного пізнання тої епохи і теми треба пізнати і сю працю.

8) Кромі згаданих тут праць, які я міг роздобути, користав я ще з ріжних інших історій східних держав, з описів подорожників, з докладних мап Стамбула і т. п. А шлях, котрим татаре гнали Роксоляну в ясир, відбув я в деякій частині возом в часі війни і приглядався, очевидно зміненій тепер, природі тих околиць. Кромі того, мав я в часі війни нагоду докладно оглянути Рогатин, церковцю св. Духа й околицю, бо недалеко відтам стояв довший час кіш українських січових стрільців, у якім я працював при його пресовій кватирі. Народне передання про Роксоляну,

писана історія про неї й особисті враження з місць, па котрих вона перебувала, зложилися в моїм умі й уяві на сю працю.

9) До орієнтації в релігійних поглядах і почуваннях послужили мені м. і.: "Причинки до історії фільософії середньовіччя, тексти й розсліди", видані професорами Баймгером зі Штрасбурга й Гертлінгом з Мінхена(106), особливе том VI, часть 3: Д-ра Георга Грінвальда: "Історія доказів на істнування Бога в середньовіччу аж до кінця високої схоластики", Мінхен, 1907.

10) 10) Д-ра Маріїна Вітмана: "Становище св. Томи з Аквіну до Авенцеброля (Ібн Гебіроля)", Мінстер, 1900.

11) 11) Проф. Рауля Ріхтерії: "Фільософія релігії", Липськ, 1912.

12) 12) Д-ра Е. Люца: "Психологія Бонавентури", Мінстер, 1909.

13) 13) До психології релігійних почувань взагалі — твір Віліяма Джемса "Релігійний досвід в його ріжноманітности, матеріяли і студії до психольогії и патольогії релігійного життя", Лнпськ, 1907 (її німецькім перекладі).

14) 14) Розуміється, уживав я також повного перекладу св письма мусульман — Корану й особливо цікавих турецьких приповідок, котрих назбирав значну скількість з ріжних творів.

15) 15) З українських праць користав я з великої історії проф М. Грушевського, зі студій про старий Львів д-ра Ів. Крип'якевича, з іпорії Туреччини Кримського, з ріжних томів Записок Наук. Тов Шевченка у Львові і ін.

16) 16) Святоафонські легенди взяв я з російських творів про монастирі на св. Афоні. Виписки з тих творів десь заподілися в моїх подорожах, тому не подаю їх заголовків.

17) Будучий автор, котрий схоче докладніше опанувати тему, муситиме знати особливо перську мову, бо культура на султанськім дворі була в тім часі більше перська, ніж турецька й навіть арабська.

18) В галицько-руській бібліографії Еміліяна Левицького записано, що маємо ще невелику "політично-історичну" драму "Роксоляна", печатану в Коломиї в 1869 р. (ст. 77), рецензія на неї була в 22 ч. львівської "Правди" з 1869 р. Але я, на жаль, не міг роздобути гої драми.

19) Про такі відомі твори, як Буркгарда, Хлендовського й інші, не згадую докладніше. Взагалі до сеї теми треба вжити також творів, що описують вчасніші або пізніші часи її епохи, бо вчасніші мали вже в собі зерна, які

доспіли щойно за часів Роксоляни, а пізніші — се овочі тих зерен, які повставали в її часах.

20) Шо лучаються жінки, котрі до самої смерти ділають своєю красою,— про се свідчить відома історія славної тулузанки Павлі де Віньє, сучасниці Петрарки (1304 — 1374). Французькі й італійські письменники описують, що вона не могла вийти на вулицю, щоб зараз не почали збиратися товпи народу, зложені не тільки з молодих мужчин, але і зі старих та й навіть з дітей і жінок, котрі подивляли її красу. Доходило до того, що при її появі на вулиці комунікація в місті ставала неможлива й рада міста була приневолена заборонити їй виходити без заслони. Павля де Віньє згодилася на те. Але коли вістка про се розійшлася по Тулузі, товпа грозила явним бунтом за позбавлення її такого виду. Прийшло до нової постанови: гарна Павля мала два рази в тижні показуватися народові без заслони у вікні свого помешкання, а на місто виходити тільки в заслоні. Сучасні пишуть, що Павля де Віньє до смерти, котра наступила и глибокій старости, ділала ще на мужчин красою своєї постави і приємним видом. Подібним феноменом, який сильно дідав на відомого з твердості характеру султана Сулеймана Великого, була, очевидно, й одинока його жінка Роксоляна, котра задержала вплив на нього аж до своєї смерти. Навіть коли з віком зів'яла вже давня краса її й вороги її впливу хотіли підсунути Сулейманові молоду прегарну дівчину та й уже привели її до палати султана,— Роксоляна спротивилася тому. Султан піддався її волі й не прийняв молодої дівчини. Так обстояла вона до кінця моногамічне подружжя своєї країни, всупереч звичаям народу мужа свого. Надзвичайно драматичні і високо трагічні події з її дальшого життя зломали її передвчасно: вона померлії, зуживши сили надмірним проявом своєї енергії та гризотою із-за своїх синів. Наскільки відбилося на її душі і здоровлю відступство від віри батьків, трудно виробити собі поняття. Але що й се му сіло з літами ділати на неї — в тих часах ще дуже твердої віри, особливо на Сході,— не підлягає сумніву. Все те могло б бути предметом окремої праці про ту дуже цікаву й визначну жінку.

Тут треба ще підчеркнути, що між ріжними реляціями про походження Роксоляни не конче мусить бути суперечність. Наприклад, коли Гославський пише, що Роксоляна родом з Чемеровець, а гурки казали польському послові Твардовському, що вона походила з Рогатина,— то правдою може бути одно і друге. Бо уродитися вона могла в Чемерівцях, а виростала в Рогатині, куди перенісся батько. Родина ж її могла походити зі Стрийщини (Самбірщини), як твердять інші. На всякий випадок, походила вона з української землі, й, може, колись устійнять точно, з котрої саме місцевості.

При тім хибно було б уважати польськими або московськими студії таких письменників, котрі походили з України, а писали по-польськи чи по-російськи. Такі праці, очевидно, належать до українського письменства, все одно в якій мові вони писані. Бо територія (земля) рішає в першій мірі про приналежність людини, а тим самим і про її духа та творчість. Про се у культурних народів нема вже ніякого сумніву, і, наприклад, американцям і на думку не прийде уважати не-американцем людину, котра уродилася на американській землі, хоч би ту людину навіть зараз по уродженню вивезли, наприклад, до Польщі й вона була там довгі літа. Так само дивиться на всіх уроженців своєї землі кождий культурний нарід. Мова — се річ, яку можна основне забути й основне навчитися. Тому мова зовсім не рішає про те, хто куди належить. Так само не рішає те кров, бо нема найменшої контролі, чия кров українська, а чия неукраїнська. Головна річ — се територія, земля, котра згодом асимілює навіть дійсного чужинця до більшости населення даної землі, коли та більшість проявить у собі потрібний порядок і культуру. А коли не проявить того, то згодом з'асимілюють на її власній землі. І тоді вся творчість її дітей буде зарахована без апеляції до творчости інших літератур і культур, як підрядна частинка їх, хочби у творчості тої незорганізованої людности були не знати які гарні іскри й огні та й індивідуальності такої величі, яку проявила Роксоляна. Живемо в часі переломовім, коли важиться, власне, наша доля. Коли потрафимо при помочі твердої моралі, ясної ідеї й дисципліни приготовитися до здобуття своєї держави, будемо колись становиш окрему силу. А як пустим вереском і руйництвом зруйнуємо в народі всяку пошану до свого Авторитету,— тоді і вся наша творчість, і всі пам'ятки по ній увійдуть у склад чужих культур і чужих пам'яток тих народів, котрі перевищать нас пошаною для своїх Авторитетів і тому загорнуть настало нашу землю. Се сталося вже з не одним народом і з не одною землею.

Вкінці почуваюся до обов'язку зложити найщирішу подяку за пересилання наукових книг з бібліотек Наукового Товариства імені Шевченка, університетської й Оссолінеум у Львові, котрі потрібні були до опанування матеріялу для виконання сеї праці, та за вказівки при вишуканню потрібних книг і мап до історії турків і кримського Манату з бібліотек у Відні — двом особам, котрі тепер знаходяться на большевицькій території і котрі, коли б я назвав їх імена, могли б там мати прикрості, навіть за колишні "взаємини з контрреволюціонерами".

Повість сю писано в часі великої війни і революції, на Україні й на еміграції, у Львові, в Кам'янці на Поділлі, у Благодатній чи Херсонщині. у Відні й Філадельфії в Америці, в рр. 1918—1926, у значних відступах бурливого часу, разом з іншою історичною, ще не печатаною повістю "Проти орд Джінгісхана", а перероблено у Львові в рр. 1927—1929.

СЛОВНИК

Аллагу Акбар! — Боже всемогучий!

Авретбамір — жіноча торговиця, на котрій продавали невольниць.

Анатолі, або **Анадолі** — турецьке означення Малої Азії. Слово се походить від грецького "анатолє" — вихід, ранок, відси "країна Сходу", розуміється сонця.

Ага — генерал, або високий достойник на султанськім дворі. Генерали мали титул зовнішніх агів, високі достойники сераю — внутрішніх агія. З внутрішніх агів найвищі були: Капу-Ага (майстер церемоній і завідатель двора) та Кізляр-Ага (управитель гарему султана). Перший був білий євнух, другий начальник чорних євнухів.

Байрам — турецький Великдень.

Бін-Бір-Дірек ("Цистерна Тисячі й Одної Колюмн"), крита студня в Царгороді з величавим басейном, величини церкви Нотр Дам у Парижі, сегодня вже висла. Дах її на 16 рядах колюмн.

Везир — міністр. Великий везир — премієр міністрів.

Гадіт — вискази Пророка Магомета, передані традицією, та взагалі традиція. (В більшескладових словах наголос на останнім складі).

Гамом — лазня.

Гікгма — прислів'я мудрости.

Дефтердар — генеральний поборець податків. Дефтердарів було рівно часом більше Були се дуже впливові люде.

Дервіші — магометанські монахи. Щойно від 12 століття жили вони також у монастирях. Переважно знали вони ріжні ремесла й доводили в них до майстерства. Дивними танцями вправляли вони себе в містичну вдумчивість і заглиблення в Бозі. Мандруючі дервіші переходили всі краї ісламські як проповідники або жебраки. Вони мали й великий політичний вплив.

Єні-Батан-Серай ("Запавшася Підземна Палата"). Була се також величава цистерна в Царгороді, збудована ще візантійським царем Юстиніяном (на 1000 літ перед Сулейманом). Дах тої цистерни опирався на 336 мармурових колюмнах, на 6 м. високих, уставлених симетрично в 26 рядах. Поміж тими колюмнами тихо пливала лодка по басейні води об'єму близько 10км(140х70м.).

Імами — духовні, що завідували мечетами (святинями мусульман), виконували треби й читали спільні молитви. Вони мусіли мати богословську освіту і затвердження влади. Відзнаки їх в одіжі: білий турбан і білі рукави.

Каравелі — кораблі без чердаків.

Кафа (тепер Феодозія) — місто, де тоді продавали невольників і невольниць на великих торговицях.

"Калим" був дар, який наречений складав батькам дівчини. "Калим" у монгольських народів був властиво ціною купна дівчини. В давніх часах виносив найменше 27 кобил або 2 кобили і 5 верблюдів. У пізніших часах заступали се дорогоцінні річі, відповідно до стану і майна нареченого, та помалу ставали не то віном, не то приданим дівчини.

"Кімната Катів" — внутрі т. зв. Середньої Брами, біля Площі яничарів, з двома воротами. Там схоплювали везирів і пашів, що попали в неласку султана, в хвилі, коли перейшли перші ворота. Других уже відчинити не могли. Всередині їх замучувала на смерть німа сторожа.

Міграб — ніша, в якій лежить свята книга, Коран; се головний вівтар мусульманської святині.

Мінбер — підвищення, з якого хатіб щоп'ятниці голосить право верховладства ісламу.

Максура — емпора, в якій султан слухає богослужения.

Меджід — місце молитви, по-еспанськи "mezquito", з чого перекручено "мошея".

Мудшагіди — мусульманські борці за віру, учасники святої війни Джігаду.

Нессараг — християн.

Омар Кгаіям — висококультурний перський поет, учений і філософ, реформатор східного календаря. Уродився в половині XI століття як син ремісника, ткача наметів, у місті Нішапур, в країні Хоразан, славній своєю пшеницею, шовком і виробами з вовни та копальнями туркусів і малахіту. Був скептиком і песимістом, але згодом осягнув радісний світогляд, опертий на вірі в ласку Божу. Так званим рубайятом (коротким чотиристихом) висказував найглибші думки в гарній і милій формі, й був улюбленим поетом мусульманської аристократії духу на всім Сході. В зеніті турецької влади за Сулеймана сей поет і перська культура взагалі були високо цінені. Цікаво, що сей поет і тепер, в часі зеніту великобританської влади, також високо цінений англійською аристократією, про що свідчать нові переклади і студії над ним.

Румілі — турецьке слово — Рум-ілі — край римлян або візантійців, котрі називали себе ромеї, а не візантійці і не греки. "Румілі" — се була європейська територія Туреччини (з виїмком Албанії, Босни й Мореї), під одним беглербегом, що резидував звичайно в Софії. (Т. зв. Східну Румелію виділено щойно в 1878 р., вона мала 32 594 км і столицю Філіпополь). Румілі не треба мішати з Romунією.

Садж — рифмована проза, дуже старий спосіб висловлювання думок в Арабії та на всім Сході.

Селямлік — турецьке слово, утворене правдоподібно від арабського "селям" (мир, спасения, привіт). Перше його значіння — авдієнція, послухання, нарада, дальше: кімната і палата, доступна тільки для мужчин, в котрій відбуваються принятя й ділові наради. Слово "селямлік" мало ще і локальне, стамбульське значіння, а саме: означало воно торжественну їзду султана в п'ятницю до мощеї з військовою парадою.

Султанка — такого поняття турки не знали, у них була тільки жінка султана. В повісті уживав я слова "султанка" в приміненню до Роксоляни. котра була виїмково впливова жінка султана.

Селім I. (Батько Сулеймана Великого) — знаний в турецькій історії під іменем: "Грізний" і "Жорстокий". Уже батько Селіма Баязед пустошив українські землі аж поза Самбір і Перемишль. А Селім побідив Персію та загорнув Сирію і Єгипет, де на його приказ утопили турки в Нілі 20 000 полонених мамелюків. Селім поводився жорстоко і з найближчими родичами. Помер наглою смертю в подорожі 1520 р.

Тифсір — пояснення Корану.

Фікг — практичні релігійні приписи.

Хатун — пані.

Хатіби — духовні, що мали обов'язок проводити (целебрувати) богослужения у п'ятниці, читати молитви й виголошувати перед тим мови ("хутба" або "хатба"). Хатіби мали обов'язок "хутби" не тільки в п'ятниці, але і в інші свята.

Хатіб — святочний проповідник. У мусульман святочний день п'ятниця.

Царгород, Византія, Константинополь, по-турецьки Істамбул (або Стамбул), одно з найкращих міст на землі. Турки здобули його від сварливих візантійців раненько, дня 29 мая, 1453 р. за Сулейманового предка Магомета ІІ.

ІСТОРИЧНІ ДАНІ ПРО СУЛЕЙМАНА І РІД ЙОГО

Сулейман В. царствував 46 літ (1520—1566).

Скоро по вступленню па престол пішов війною проти Угорщини і показався відразу грізним сусідом християнського світу та дуже здібним вождом. Він здобув Білгород над Дунаєм та всі околичні замки, скрізь витинаючи впень залоги, подібно як його батько. Папа Лев Х голосив раз у раз круціяти проти нього. В рік опісля обляг Сулейман в силі 300 воєнних кораблів зі 100 000 війська остров Родос і здобув його від Лицарів св Іоанна (відомих опісля під іменем Мальтанських) по тяжкій 5-місячній облозі, признавши їм за хоробрість почесну капітуляцію (вони боронилися поки їм стало пороху). В другім поході проти Угорщини побив її короля Людвика ІІ під Могачем і страшно знищив угорську армію та весь край здовж Дунаю.. В р. 1529 пішов війною проти Австрії, обступив Відень і довго бив у ту кріпость з 300 гармат. В тім поході товаришила йому його жінка Роксоляна. Золоті намети її стояли в селі Сіммсрінгу. (Тепер ХІ округ Відня). Вдоволився потому щорічним гарачом від Фердинанда в сумі 100 000 золотих дукатів. Опісля пустошив береги Італії. Армію мав поверх півміліонову і 15 000 гвардії яничарів дуже здисциплінопаних. Доходи його виносили коло 500 міліонів аспрів річно. Силі його не було рівні в цілім тодішнім світі. Був твердого характеру, відважний, робучий, розумний і справедливий, раз даного слова все вірно додержував. Любив молитву (сам укладав побожні псальми), лови і війну. Се перший монарх нових часів, що з державної каси виплачував постійні значні платні ученим, поетам і артистам. Росту був високого, рухи мав поважні, вираз обличчя дивно лагідний, в поведенню самостійний. Не підлягав нікому, опріч своєї жінки Роксоляни, "невольниці з руської країни", з котрою жив у моногамії — одинокий зі всіх султанів. Але тій одній улягав страшно. Під впливом її тонкої хитрості казав на своїх очах удусити дорослого і здібного, первородного сина свого від першої жінки, Мустафу — в переконанню, що він "заговірщик", хоч той був невинний. Цілі полки турецького війська так плакали на похороні Мустафи, аж заходилися з плачу. Убиття сина було одиноким поганим ділом найбільшого законодавця Турків-Османів. Але й воно було доконане в добрій вірі, що карає руйнника права і держави. Сулейман помер у глибокій старості, переживши всіх своїх ворогів й улюблену жінку Роксоляну, котру любив аж до її смерті. Вона осягнула свою ціль: забезпечила трон султанів свому синові Селімові II. Але ще побачила на нім палець Божий як на престоло-наслідникові: він розпився (Селім Софт — п'яниця). Від нього зачалася руїна сильної держави Османів. Син Сулеймана і Роксоляни, Селім II царсівував несповна 9 літ (1566—1574) і помер з надмірного пиянсва и уживання життя, оставивши 10 синів. По нім царствував 22 роки внук Роксоляни Мурад III (1574—1595), чоловік людський, але слабої волі, яку одідичив по батьку-алкоголіку. Бачачи се й побоюючись замішань у державі, рада улемів постановила для забезпечення єдиновласія перевести безоглядно стару, але жорстоку засаду турків: вимордувати всіх братів султана. 18 годин опирався їй у диспуті султан Мурад III, вкінці уляг зі слезами в очах і начальникові німої сторожі подав своєю рукою 9 хусток, щоб удусила ного 9 братів, що й сталося. По нім царствували дальші потомки: Магомет III (1595—1603), Ахмед I (1603—1617) і т. д. Ні оден не осягнув уже могутності Сулеймана, але сприт їх прабабки проявився ще не раз у її потомстві.

РОДОВІД СУЛЕЙМАНА ВЕЛИКОГО

1. СУЛЕЙМАН 1 помер 1231

2. ЕРТОГРУЛ 1231 — 1288

3. ОСМАН* 1288 — 1326

4. УРХАН 1326 — 1359

5. МУРАД І 1359 — 1389

6. БАЯЗЕД І 1389 — 1402

7. МАГОМЕД І 1403 — 1421

8. МУРАД ІІ 1421 — 1451

9. МАГОМЕД ІІ 1451 — 1481

10. БАЯЗЕД ІІ 1481 — 1512

11. СЕЛІМ І 1512 — 1520

12. СУЛЕЙМАН ВЕЛИКИЙ 1520 — 1566

---

* Османа уважають властивим основником могутности Туреччини. Від нього й почесна назва турків — османе. Від нього й рахують ряд властивих турецьких володарів і Сулейман Великий знаний під іменем десятого султана, рахуючи від Османа

ЗМІСТ

РОКСОЛЯНА... 5
ПРИМІТКИ І ПОЯСНЕННЯ........................... 256
Словник... 262
Історичні дані про Сулеймана і рід його................. 266
Родовід Сулеймана Великого.................................268

Printed in Great Britain
by Amazon